STEPHEN KING

CELULAR

TRADUÇÃO
Fabiano Morais

2ª reimpressão

Copyright © 2007 by Stephen King
Publicado mediante acordo com o autor através de Ralph M. Vicinanza, Ltd.
Proibida a venda em Portugal

Grafia atualizada segundo o Acordo Ortográfico da Língua Portuguesa de 1990, que entrou em vigor no Brasil em 2009.

Título original
Cell

Capa e imagem de capa
Jorge Oliveira

Preparação
Emanuella Feix

Revisão
Thaís Totino Richter
Nana Rodrigues

Dados Internacionais de Catalogação na Publicação (CIP)
(Câmara Brasileira do Livro, SP, Brasil)

King, Stephen
   Celular / Stephen King ; tradução Fabiano Morais. – 1ª ed. – Rio de Janeiro : Suma, 2018.

   Título original: Cell.
   ISBN 978-85-5651-072-3

   1. Ficção de suspense 2. Ficção norte-americana I. Título.

18-17430   CDD-813

Índice para catálogo sistemático:
1. Ficção de suspense : Literatura norte-americana   813

Iolanda Rodrigues Biode – Bibliotecária – CRB-8/10014

Todos os direitos desta edição reservados à
EDITORA SCHWARCZ S.A.
Praça Floriano, 19, sala 3001 — Cinelândia
20031-050 — Rio de Janeiro — RJ
Telefone: (21) 3993-7510
www.companhiadasletras.com.br
www.blogdacompanhia.com.br
facebook.com/editorasuma
instagram.com/editorasuma
twitter.com/Suma_BR

Para Richard Matheson e George Romero

O id é incapaz de tolerar uma demora na satisfação. Ele sente a todo momento a tensão do impulso irrealizado.

Sigmund Freud

A agressividade humana é instintiva. Os humanos não desenvolveram nenhum mecanismo inibidor de agressão ritualizado que garanta a sobrevivência da espécie. Por esse motivo, o homem é considerado um animal muito perigoso.

Konrad Lorenz

Está me ouvindo agora?

Verizon

A civilização entrou na sua segunda idade das trevas em um rastro de sangue pouco surpreendente, mas com uma rapidez que não poderia ser prevista nem mesmo pelo mais pessimista dos futurólogos. Era como se estivesse engatilhado. No dia 1º de outubro, Deus estava no céu Dele, a Bolsa de Valores estava em 10 140 pontos, e a maioria dos aviões estava no horário (exceto os que chegavam e partiam de Chicago, o que era de esperar). Duas semanas depois, os céus pertenciam novamente aos pássaros, e a Bolsa de Valores era apenas uma lembrança. Já no Dia das Bruxas, todas as grandes cidades, de Nova York a Moscou, fediam sob o céu vazio, e o mundo como ele havia sido antes era uma lembrança.

O PULSO

1

O evento que veio a ser conhecido como o Pulso começou às 15h03, horário da costa leste, na tarde de 1º de outubro. O termo era evidentemente inadequado, mas, dez horas depois do evento, a maioria dos cientistas capazes de apontar isso já havia morrido ou enlouquecido. Seja como for, o nome não tinha importância. O importante foi o efeito.

Às três da tarde daquele dia, um jovem sem grande relevância para a história mundial veio andando — quase *saltitando* — na direção leste pela Boylston Street, em Boston. O nome dele era Clayton Riddell. Trazia uma inconfundível expressão de contentamento no rosto, que combinava com seu passo alegre. Na mão esquerda, segurava as alças de um portfólio, daquele tipo que fecha e prende para virar uma maleta. Enrolado nos dedos da mão direita, estava o cordão de uma sacola de plástico marrom, com as palavras PEQUENOS TESOUROS impressas nela para qualquer um que quisesse ler.

Dentro da sacola, balançando para a frente e para trás, havia um pequeno objeto redondo. Um presente, você pode arriscar a dizer, e com razão. Talvez você também se arriscasse a dizer que Clayton Riddell era um jovem que queria comemorar alguma pequena (ou talvez não tão pequena assim) vitória com um PEQUENO TESOURO, e estaria certo novamente. O item dentro da sacola era um peso de papel, consideravelmente caro, com uma nuvem cinza de penugem de dente-de-leão no centro. Ele o comprara ao voltar do Copley Square Hotel para o muito mais modesto Atlantic Avenue Inn, onde estava hospedado. Estava assustado com a etiqueta de noventa dólares na base do peso de papel e, de certa forma, mais assustado ainda em saber que ele agora tinha condições de comprar uma coisa daquelas.

Entregar o cartão de crédito para o balconista exigira quase um esforço físico. Achava que não teria conseguido comprar o peso de papel se o objeto fosse para ele mesmo; teria balbuciado algo sobre ter mudado de ideia e saído correndo da loja. Mas era para Sharon. Sharon gostava daquele tipo de coisa, e ainda gostava dele — *estou torcendo por você, querido*, ela falou um dia antes de ele ir para Boston. Considerando os problemas que tinham causado um para o outro no decorrer do ano anterior, aquilo tinha mexido com ele. Agora ele queria mexer com ela, se é que ainda era possível. O peso de papel era um presente pequeno (um PEQUENO TESOURO), mas ele tinha certeza de que ela adoraria aquela delicada nuvem cinza enfiada no meio do vidro, como uma névoa de bolso.

2

O som de um caminhão de sorvete atraiu a atenção de Clay. Estava parado na calçada oposta ao Four Seasons Hotel (que era ainda mais grandioso do que o Copley Square) e próximo ao Boston Common, que segue pela Boylston por duas ou três quadras naquele lado da rua. As palavras MISTER SOFTEE estavam pintadas nas cores do arco-íris sobre uma dupla de sorvetes dançantes. Três garotos estavam amontoados na janela, mochilas jogadas no chão, esperando suas guloseimas. Atrás deles estavam uma mulher de terninho com um poodle em uma coleira e duas adolescentes usando jeans de cós baixo, com iPods e fones de ouvido em volta dos pescoços, cochichando — sérias, sem risadinhas.

Clay ficou atrás delas, transformando o que antes era um pequeno grupo em uma fila curta. Havia comprado um presente para a sua ex-mulher; passaria na Comix Supreme no caminho de casa e levaria para o filho a nova edição do *Homem Aranha*; talvez também se desse um presente. Estava louco para contar a novidade para Sharon, mas ela estaria fora de contato até chegar em casa, por volta das 15h45. Ele achou que ficaria no Inn pelo menos até falar com ela, basicamente andando de um lado para o outro no seu quarto pequeno e olhando para o portfólio aberto. Enquanto isso, o Mister Softee seria uma maneira aceitável de passar o tempo.

O cara no caminhão serviu aos garotos na janela dois Dilly Bars e um cascão enorme de chocolate e baunilha para o rapaz do meio, que pelo visto estava pagando para todos. Enquanto ele arrancava um punhado de notas amassadas do bolso do seu jeans *baggy* da moda, a mulher com o poodle e o terninho executivo enfiou a mão na sua bolsa de ombro, tirou o celular — mulheres que vestem terninhos executivos já não saem de casa sem o celular, assim como não saem sem seus cartões de crédito Amex — e o abriu. Atrás deles, no parque, um cachorro latiu e alguém gritou. Não pareceu a Clay um grito de alegria, mas, quando ele olhou por sobre o ombro, tudo que pôde ver foram alguns pedestres, um cachorro correndo com um frisbee na boca (*eles não deviam ficar de coleira ali?*, pensou), o gramado verde ensolarado e sombras convidativas. Parecia um bom lugar para um homem que acabara de vender sua primeira graphic novel — e a continuação dela, ambas por uma bela grana — se sentar e tomar uma casquinha de chocolate.

Quando voltou a olhar, os três meninos de jeans *baggy* haviam ido embora, e a mulher de terninho pedia um sundae. Uma das duas garotas atrás dela tinha um celular cor de hortelã preso à cintura e a mulher do terninho executivo segurava o dela na orelha. Clay pensou, como quase sempre pensava quando via uma variação daquele comportamento, que aquele ato no passado teria sido considerado de uma falta de educação quase intolerável — sim, mesmo durante uma pequena transação comercial com um completo estranho —, e agora se tornara um comportamento cotidiano ordinário.

Coloque isso no Dark Wanderer, *querido,* disse Sharon. A versão de Sharon que ele trazia na cabeça falava bastante e sempre tinha algo a dizer. Isso valia para a Sharon do mundo real também, estando separados ou não. Mas não no celular dele. Clay não tinha celular.

O celular cor de hortelã tocou as primeiras notas daquela música do Crazy Frog que Johnny adorava — o nome da música era "Axel F"? Clay não conseguia lembrar, talvez porque a bloqueara da sua mente. A dona do telefone o tirou da cintura e falou:

— Beth? — Escutou, sorriu e então disse para a amiga: — É a Beth.

Em seguida, a outra garota inclinou o corpo para a frente e as duas ficaram ouvindo, os cabelinhos curtos quase idênticos (para Clay elas pareciam personagens de desenho animado, as Meninas Superpoderosas, talvez) balançando juntos na brisa da tarde.

— Maddy? — disse a mulher do terninho quase na mesma hora. O poodle dela estava sentado de modo contemplativo na ponta da coleira (que era vermelha e salpicada de alguma coisa cintilante), observando o tráfego na Boylston Street. Do outro lado, no Four Seasons, um porteiro com um uniforme marrom — eles sempre eram marrons ou azuis — acenava, provavelmente para um táxi. Um ônibus de turismo repleto de turistas passava, parecendo navegar sobre a terra, o motorista berrando em seu megafone alguma informação histórica. As duas garotas que ouviam o telefone cor de hortelã olharam uma para a outra e sorriram por conta de alguma coisa que escutavam, mas ainda não davam risadinhas.

— Maddy? Está me ouvindo? *Está me...*

A mulher de terninho levantou a mão que segurava a coleira e enfiou um dedo de unha longa na outra orelha. Clay estremeceu, temendo pelo tímpano dela. Imaginou como a desenharia: o cachorro na coleira, o terninho, o cabelo curto chique... e uma pequena gota de sangue pingando do dedo na orelha; o ônibus acabando de sair do quadro e o porteiro ao fundo, aquelas coisas conferindo ao desenho certa verossimilhança. Funcionaria; ele sabia que sim.

— Maddy, a ligação está *caindo!* Só queria dizer que cortei o cabelo naquele novo... meu *cabelo?... MEU...*

O cara do Mister Softee se abaixou e lhe entregou uma taça de sundae. Uma verdadeira montanha se erguia sobre a taça, com calda de chocolate e morango escorrendo pelos lados. O rosto dele, com a barba por fazer, estava impassível. Dava para ver que ele já presenciara aquilo antes. Clay tinha certeza que sim, e mais de uma vez. No parque, alguém gritou. Clay voltou a olhar por sobre o ombro, dizendo a si mesmo que só podia ser um grito de alegria. Às três da tarde, no Boston Common, *tinha* que ser um grito de alegria. Não tinha?

A mulher disse algo ininteligível para Maddy e fechou o celular com uma bem treinada virada do pulso. Jogou-o de volta na bolsa e então ficou parada, como se tivesse se esquecido do que estava fazendo ou talvez até mesmo de onde estava.

— São quatro dólares e cinquenta — informou o cara do Mister Softee, ainda estendendo pacientemente o sundae. Clay teve tempo para pensar em como tudo era caro pra cacete na cidade. Talvez a Mulher do Terninho

Executivo também achasse... aquele, pelo menos, era seu primeiro palpite... porque ela continuou sem ação por um instante. Simplesmente olhava para a taça com seu morro de sorvete e calda escorrendo como se nunca tivesse visto algo parecido.

Então Clay escutou outro grito do Common, e daquela vez não era humano, mas algo entre um latido de surpresa e um uivo de dor. Ele se virou para olhar e viu o cachorro que estivera correndo com o frisbee na boca. Era um cão marrom de bom porte, talvez um labrador. Ele não entendia muito de cachorros; quando precisava desenhar um, copiava a gravura de algum livro. Um homem de terno e gravata estava ajoelhado ao lado do cão, e parecia estar — *com certeza não estou vendo o que acho que estou vendo* — mastigando a orelha dele. Então o cachorro uivou novamente e tentou se desvencilhar. O homem de terno o segurou firme e, sim, estava com a orelha do cão na boca e, enquanto Clay continuava a olhar, ele a arrancou do lado da cabeça do animal. Desta vez, o cão soltou um grito quase humano, e vários patos que estavam flutuando em uma lagoa próxima alçaram voo grasnindo.

"Rast!", alguém gritou atrás de Clay. Pareceu *rast*. Poderia ter sido *rato ou rastro*, mas experiências futuras o fizeram chegar à conclusão de que era *rast*. Não uma palavra de verdade, apenas um som inarticulado de agressão.

Ele se virou na direção do caminhão de sorvete a tempo de ver a Mulher do Terninho Executivo investir contra a janela em um esforço para agarrar o Cara do Mister Softee. Ela conseguiu pegá-lo pelas dobras soltas do avental, mas bastou que ele desse um pulo para trás para se livrar dela. Os saltos altos da mulher deixaram a calçada por um instante. Clay ouviu o som de tecido se rasgando e o tilintar de botões, à medida que a frente do casaco dela subia pela beirada do balcão e depois escorregava de volta para baixo. O sundae caiu, sumindo de vista. Clay viu uma mancha de sorvete e calda no pulso esquerdo e no antebraço da Mulher do Terninho Executivo enquanto seus saltos batiam de volta na calçada. Ela cambaleou, joelhos dobrados. A expressão reservada, polida, de estou-em-público que antes estampava seu rosto — que Clay chamava de cara-de-paisagem-para-usar-na-rua — tinha sido substituída por um rosnado convulsivo. Seus olhos se transformaram em pequenas frestas, e ambas as carreiras de dentes estavam expostas. O lábio superior estava completamente levantado, revelando um tecido rosa e aveludado, tão íntimo quanto uma vulva. O poodle correu para a rua arrastando a coleira vermelha atrás de si com a alça na ponta. Uma limusine preta o atropelou antes de ele conseguir atravessar a metade da rua. Fofura em um instante, entranhas no outro.

O pobrezinho já devia estar latindo no paraíso dos cachorrinhos antes de descobrir que estava morto, pensou Clay. Compreendeu de uma maneira vagamente clínica que estava em estado de choque, mas aquilo não modificou a profundidade do seu assombro. Ficou parado com o portfólio pendendo de uma das mãos e a sacola de compras marrom da outra, boquiaberto.

Em algum lugar — talvez na esquina da Newbury Street — houve uma explosão.

As duas garotas tinham o mesmíssimo corte de cabelo sobre os fones de ouvido de seus iPods, mas a do celular cor de hortelã era loura, e a amiga era morena; eram a Cabelinho Claro e a Cabelinho Escuro. A Cabelinho Claro deixou o telefone cair e se despedaçar na calçada e agarrou a Mulher do Terninho Executivo pela cintura. Clay supôs (da melhor maneira que lhe era possível supor algo naquela circunstância) que ela queria impedir a Mulher do Terninho Executivo de avançar novamente no Cara do Mister Softee ou de sair correndo para a rua atrás do cachorro. Ele chegou a aplaudir mentalmente a presença de espírito da menina. A amiga dela, Cabelinho Escuro, estava se afastando dali, as mãozinhas brancas juntas entre os seios, os olhos arregalados.

Clay largou seus próprios itens, um de cada lado, e deu um passo à frente para ajudar a Cabelinho Claro. Do outro lado da rua — viu apenas de soslaio —, um carro perdeu a direção e disparou pela calçada em frente ao Four Seasons, fazendo o porteiro sair correndo do caminho. Gritos vieram do saguão do hotel. E, antes que Clay pudesse começar a ajudar a Cabelinho Claro com a Mulher do Terninho Executivo, a garota lançou o rostinho bonito para frente com a velocidade de uma cobra, mostrou os dentes jovens e sem dúvida fortes e os fincou no pescoço da mulher. Um enorme jato de sangue apareceu. A Cabelinho Claro enfiou a cara nele, parecendo banhar-se — talvez tenha até bebido (Clay tinha quase certeza de que a viu beber) —, e então sacudiu a Mulher do Terninho Executivo como uma boneca. A mulher era mais alta e devia ter uns vinte quilos a mais, mas a menina a sacudia com força o suficiente para jogar a cabeça dela para a frente e para trás, fazendo mais sangue jorrar. Ao mesmo tempo, ergueu o próprio rosto manchado de sangue para o céu azul-celeste de outubro e uivou de uma maneira que parecia triunfante.

Ela está louca, pensou Clay. *Completamente louca.*

A Cabelinho Escuro gritou:

— Quem é *você*? O *que está acontecendo*?

Ao som da voz da amiga, a Cabelinho Claro virou a cabeça sanguinolenta. O sangue pingava das pontas do cabelo que pendiam da sua testa. Olhos brilhantes como lâmpadas brancas fitavam de órbitas salpicadas de sangue.

A Cabelinho Escuro olhou para Clay, os olhos arregalados.

— Quem é *você*? — ela repetiu… e então: — Quem sou *eu*?

A Cabelinho Claro largou a Mulher do Terninho Executivo, que desabou na calçada com a carótida aberta a dentadas ainda esguichando, e então saltou na direção da garota com quem ela estivera dividindo amigavelmente um telefone poucos minutos atrás.

Clay não pensou. Se tivesse pensado, a garganta da Cabelinho Escuro talvez tivesse sido aberta como aconteceu à Mulher do Terninho Executivo. Ele nem chegou a olhar. Simplesmente se abaixou, agarrou a parte de cima da sacola de compras da PEQUENOS TESOUROS à sua direita e a girou contra a nuca da Cabelinho Claro, enquanto ela pulava em cima da sua ex-amiga com as mãos esticadas, formando garras contra o céu azul. Se ele errasse…

Mas não errou; tampouco acertou de leve a garota. O peso de papel de vidro dentro da sacola atingiu em cheio a nuca da Cabelinho Claro, fazendo um barulho abafado. Ela deixou as mãos penderem, uma manchada de sangue, outra ainda limpa, e desabou na calçada como um pacote de correio aos pés da amiga.

— Que porra é essa? — exclamou o Cara do Mister Softee. A voz dele era de um agudo improvável. Talvez o choque o tenha emprestado aquele alto tenor.

— Não sei — Clay respondeu. O coração dele estava retumbando. — Rápido, me ajuda. Esta aqui está se esvaindo em sangue.

De trás deles, na Newbury Street, veio o inconfundível som oco de batida e estilhaços de um acidente de carro, seguido de gritos. Os gritos foram acompanhados por outra explosão, mais alta, profunda, como se martelasse o dia. Atrás do caminhão do Mister Softee, outro carro perdeu a direção, atravessou três pistas da Boylston Street e entrou no saguão do

Four Seasons. Ceifou uma dupla de pedestres e por fim se enfiou na traseira do carro anterior, que acabara com a frente enroscada nas portas giratórias. Aquela segunda batida empurrou o carro mais para dentro das portas e as entortou para o lado. Clay não conseguia ver se havia alguém preso lá dentro — nuvens de fumaça subiam do radiador aberto do primeiro carro —, mas os gritos aterrorizados nas sombras sugeriam coisas ruins. Muito ruins.

O Cara do Mister Softee, que não conseguia ver aquele lado, estava debruçado na janela do caminhão, olhando para Clay.

— O que está acontecendo lá atrás?

— Não sei. Algumas batidas de carro. Pessoas feridas. Esquece. Me ajuda aqui, cara.

Ele se ajoelhou ao lado da Mulher do Terninho Executivo no meio do sangue e os restos despedaçados do celular da Cabelinho Claro. Àquela altura, os espasmos da mulher já tinham ficado bem fracos.

— Tem fumaça subindo da Newbury — observou o Cara do Mister Softee, ainda sem abandonar a relativa segurança dentro do seu caminhão de sorvete. — Alguma coisa explodiu lá. Parece sério. Talvez sejam terroristas.

Assim que a palavra saiu da boca do homem, Clay teve certeza de que ele tinha razão.

— Me ajuda.

— QUEM SOU EU? — a Cabelinho Escuro gritou de repente.

Clay tinha se esquecido completamente dela. Ergueu os olhos a tempo de ver a garota bater na própria testa com a base da mão e então dar três voltas rápidas em torno de si, ficando quase na ponta dos tênis ao fazer isso. A visão trouxe à tona a lembrança de um poema que ele lera em uma aula de literatura na faculdade — "Descreva um círculo ao redor dele três vezes". Coleridge, não era? Ela cambaleou e em seguida correu depressa pela calçada e bateu de frente em um poste. Não tentou desviar, sequer levantou as mãos. Meteu a cara nele, ricocheteou, cambaleou e fez de novo.

— *Pare com isso!* — vociferou Clay. Ele saltou de pé, começou a correr na direção dela, escorregou no sangue da Mulher do Terninho Executivo e quase caiu. Voltou a correr, tropeçou na Cabelinho Claro e quase caiu mais uma vez.

A Cabelinho Escuro se virou para olhar para ele. O nariz dela estava quebrado e esguichava sangue até o queixo. Uma contusão vertical estava inchando na sobrancelha, como uma nuvem carregada em um dia de verão. Um dos olhos tinha se entortado na órbita. Ela abriu a boca, expondo os destroços do que provavelmente havia sido um tratamento dentário caro, e sorriu para ele. Ele nunca se esqueceria daquilo.

Então ela saiu correndo pela calçada, gritando.

Atrás dele, um motor deu partida e amplificadores começaram a badalar o tema de *Vila Sésamo*. Clay se virou e viu o caminhão do Mister Softee saindo rapidamente do meio-fio no mesmo momento em que, do último andar do hotel do outro lado da rua, uma janela se estilhaçava em uma ducha brilhante de vidro. Um corpo se atirava no dia de outubro. Caiu na calçada, onde meio que explodiu. Mais gritos vinham do saguão. Gritos de horror; gritos de dor.

— Não! — gritou Clay, correndo do lado do caminhão do Mister Softee. — Não, volte e me ajude! Preciso que alguém me ajude aqui, seu filho da puta!

Não houve resposta do Cara do Mister Softee, que talvez nem tivesse o escutado por conta da música alta. Clay conseguia lembrar a letra, de uma época em que não tinha motivos para acreditar que seu casamento não duraria para sempre. Naquele tempo, Johnny assistia a *Vila Sésamo* todos os dias, sentado na sua cadeirinha azul e com as mãos em volta do seu copinho de bebê. Algo sobre um dia ensolarado, que mantinha longe as nuvens.

Um homem de terno surgiu correndo do parque, rugindo sons sem palavras a plenos pulmões, a gola do paletó batendo às suas costas. Clay o reconheceu por conta do cavanhaque formado por pelos de cachorro. O homem seguiu correndo para a Boylston Street. Carros derrapavam ao redor dele, quase o atropelando. Ele atravessou para o outro lado, sem parar de rugir e acenar com as mãos para o céu. Desapareceu nas sombras sob o toldo do saguão do Four Seasons e sumiu de vista, mas deve ter arranjado mais encrenca, pois uma nova torrente de gritos irrompeu imediatamente do lado de lá.

Clay desistiu de perseguir o caminhão do Mister Softee e ficou com um pé na calçada e outro na sarjeta, observando o veículo seguir até a pista do meio da Boylston Street, com o alto-falante ainda tocando. Estava prestes a voltar para a menina inconsciente e a mulher moribunda quando outro ônibus de turismo apareceu. Mas ele não estava vindo devagar como o anterior, e sim disparando à velocidade máxima, balançando loucamente de bombordo a estibordo. Alguns dos passageiros estavam sendo jogados para a frente e para trás e berrando — *implorando* — para que o piloto parasse. Outros simplesmente se agarravam aos suportes de metal que corriam pelas laterais abertas do trambolho enquanto ele vinha na direção da Boylston Street de encontro ao tráfego.

Um homem de suéter agarrou o motorista por trás e Clay escutou outro daqueles gritos desarticulados através do sistema de amplificação primitivo do ônibus, quando o motorista atirou o cara longe, jogando os ombros para trás com força. Daquela vez não foi "*Rast!*", mas algo mais gutural, algo como "*Grrr!*". Então o motorista avistou o caminhão do Mister Softee — Clay tinha certeza disso — e mudou de rumo, indo na direção dele.

— *Ah, Deus, por favor, não!* — gritou uma mulher sentada na parte da frente da embarcação e, à medida que se aproximava do caminhão de sorvete, que tinha quase um sexto do seu tamanho, Clay se lembrou com clareza do desfile de vitória dos Red Sox que assistiu na TV, no ano em que eles ganharam a World Series. O time veio em uma procissão lenta, naqueles mesmos ônibus de turismo, acenando para as massas delirantes enquanto uma garoa gelada de outono caía.

— *Deus, por favor, não!* — a mulher voltou a gritar e, do lado de Clay, um homem disse, quase com brandura:

— Jesus Cristo.

O ônibus de turismo atingiu a parte lateral do caminhão de sorvete, fazendo-o virar, como um brinquedo de criança. Ele caiu de lado, com as caixas de som ainda tocando o tema de *Vila Sésamo*, e deslizou para trás na direção do Common, jogando para cima rajadas de faíscas geradas pelo atrito. Duas mulheres que estavam observando saíram correndo do caminho, de mãos dadas, e escaparam por um triz. O caminhão do Mister Softee entrou quicando na calçada, ficou suspenso no ar por um instante, atingiu a cerca de ferro forjado em torno do parque e parou. A música pulou duas vezes e cessou em seguida.

Enquanto isso, o lunático que dirigia o ônibus de turismo perdera qualquer vago controle que tivera antes sobre o veículo. Ele disparou de volta pela Boylston Street com sua carga de passageiros aterrorizados, gritando e se agarrando às laterais abertas, subiu a calçada oposta a uns cinquenta metros do local onde o caminhão do Mister Softee tilintara pela última vez e se chocou contra o muro de sustentação debaixo da vitrine de uma loja de móveis chique chamada Citylights. Houve um estrondo enorme e dissonante à medida que a janela se despedaçava. A traseira grande do ônibus (o *Dama da Enseada*, indicavam letras cor-de-rosa) subiu cerca de um metro e meio no ar. A força cinética queria que o trambolho sacolejante capotasse; a massa não permitia. Assentou-se de volta na calçada com o bico enfiado entre os sofás espalhados e as dispendiosas cadeiras de sala de estar, mas não sem antes atirar para a frente pelo menos uma dúzia de pessoas, que sumiram de vista. Dentro da Citylights, um alarme começou a soar.

— Jesus Cristo — repetiu a voz branda do lado direito de Clay. Ele se virou e viu um homem baixinho com cabelo preto ralo, bigodinho da mesma cor e óculos com armação dourada. — O que está acontecendo?

— Não sei — respondeu Clay. Era difícil falar. Muito difícil. Ele sentiu que estava quase empurrando as palavras para fora. Imaginou que fosse o choque. Do outro lado da rua, pessoas corriam, algumas saíam de dentro do Four Seasons, outras do ônibus de turismo acidentado. Enquanto ele observava, um sobrevivente do ônibus colidiu com um dos que escaparam do hotel, e ambos se espatifaram na calçada. Clay teve tempo de se perguntar se estava enlouquecendo e se aquilo tudo não seria uma alucinação dele em algum manicômio. Juniper Hill, na região de Augusta, talvez, entre injeções de Torazina. — O cara no caminhão de sorvete disse que talvez fossem terroristas.

— Não estou vendo homens armados — disse o baixinho de bigode. — Nem gente com bombas amarradas nas costas.

Clay também não, mas ele olhou para a sacola de compras da PEQUENOS TESOUROS e o portfólio na calçada, e viu que o sangue da garganta aberta da Mulher do Terninho Executivo — *meu Deus,* pensou, *tanto sangue* — estava quase alcançando o portfólio. Apenas uns dez desenhos seus do *Dark Wanderer* estavam lá dentro e era com estes desenhos que ele estava preocupado. Ele começou a voltar para lá a passos rápidos, e o baixinho o acompanhou no mesmo ritmo. Quando um segundo alarme contra roubos (bem, *algum* tipo de alarme) disparou no hotel, juntando seu zunido rouco ao som do alarme da Citylights, o sujeitinho deu um pulo.

— É o hotel — disse Clay.

— Eu sei, é só que... ah, meu Deus. — O homem baixinho acabara de ver a Mulher do Terninho Executivo, que estava deitada sobre um lago daquele líquido mágico que até pouco tempo vinha fazendo tudo nela funcionar... há quanto tempo? Quatro minutos? Ou só dois?

— Ela está morta — falou Clay. — Tenho quase certeza. Aquela garota... — Apontou para a Cabelinho Claro. — Foi ela. Com os dentes.

— Tá brincando.

— Bem que eu queria.

Uma outra explosão veio de algum ponto mais adiante na Boylston Street. Os dois homens se abaixaram. Clay notou que sentia cheiro de fumaça. Pegou a sacola da PEQUENOS TESOUROS e o portfólio e os tirou de perto do sangue que se espalhava.

— Essas coisas são minhas — falou, se perguntando por que sentiu necessidade de explicar.

O sujeitinho, que usava um terno de tweed — muito elegante, pensou Clay —, ainda estava olhando, aterrorizado, para o corpo retorcido da mulher que parara para tomar um sundae e perdera primeiro o cachorro e depois a vida. Atrás deles, três jovens passaram correndo pela calçada, rindo e fazendo algazarra. Dois estavam com bonés dos Red Sox virados para trás. Um deles estava segurando uma caixa de papelão contra o peito. Tinha a palavra PANASONIC escrita em azul na lateral. Este último pisou no sangue da Mulher de Terninho Executivo com o tênis direito e foi deixando atrás de si uma trilha de um pé só, cujas marcas iam ficando mais fracas até desaparecerem, enquanto ele e os colegas corriam para a extremidade leste do Common, em direção a Chinatown.

3

Clay se agachou, apoiando-se em um joelho, e usou a mão que não estava segurando o portfólio (estava com mais medo ainda de perdê-lo depois que viu o menino correndo com a caixa de papelão da PANASONIC) para pegar a mão da Cabelinho Claro. Encontrou o pulso de imediato. Estava lento, mas forte e regular. Sentiu um grande alívio. Não importava o que ela tinha feito, era só uma menina. Não queria pensar que a matara com uma pancada do peso de papel que daria de presente para a esposa.

— *Cuidado! Cuidado!* — quase cantou o sujeitinho de bigode. Clay não teve tempo de ter cuidado. Por sorte, daquela vez não era perto deles. O veículo, um daqueles enormes utilitários esportivos, saiu da pista da Boylston e entrou no parque, a uns vinte metros de onde ele estava agachado, emaranhando-se na cerca de ferro batido e indo parar com o para-choque enfiado na lagoa dos patos.

A porta se abriu e um jovem saiu tropeçando de dentro do carro, gritando contra o céu. Caiu ajoelhado na água, bebeu um pouco dela com as duas mãos (um pensamento cruzou a cabeça de Clay sobre todos os patos que haviam cagado alegremente naquela lagoa anos a fio), então fez um esforço para se levantar e atravessou a água para o lado oposto. Desapareceu em um arvoredo, ainda brandindo as mãos e berrando seu sermão incoerente.

— Temos que buscar ajuda para essa garota — disse Clay para o homem de bigode. — Está inconsciente, mas não corre risco algum de vida.

— O que temos que *fazer* é sair da rua antes de sermos atropelados — respondeu o homem e, como se validasse seu argumento, um táxi bateu em uma limusine perto do ônibus de turismo acidentado. A limusine estava na contramão, mas o táxi sofreu mais com o impacto; enquanto Clay olhava, ainda ajoelhado na calçada, o motorista saiu voando pela janela subitamente sem vidro do carro e caiu na rua, segurando um braço ensanguentado para cima e gritando.

O homem de bigode estava certo, é claro. A pouca racionalidade que Clay conseguiu reunir — só um pouquinho dela conseguiu atravessar a cortina de choque que abafava seu raciocínio — sugeriu que a atitude mais sensata certamente seria dar o fora da Boylston Street e procurar abrigo. Se aquilo fosse um ato terrorista, não parecia com nada que ele tivesse visto ou lido. O que ele — *eles* — devia fazer era se manter escondido até a situação se esclarecer. Aquilo provavelmente envolveria encontrar uma televisão. Mas ele não queria deixar aquela menina inconsciente estirada em uma rua que de repente se transformara num manicômio. Todos os instintos do seu geralmente bondoso — e certamente civilizado — coração se ergueram contra essa ideia.

— Vá em frente — ele sugeriu ao homenzinho de bigode. Falou aquilo com imensa relutância. Nunca havia visto o homenzinho na vida, mas pelo menos ele não estava vociferando e jogando as mãos para o céu. Ou partindo para cima da sua garganta com os dentes para fora. — Procure algum abrigo. Eu vou... — Ele não sabia como terminar a frase.

— Vai o quê? — perguntou o homem e, em seguida, jogou os ombros para frente e se encolheu quando alguma outra coisa explodiu. Aquela explosão parecia ter vindo logo de trás do hotel, e então uma fumaça escura começou a subir de lá, manchando o céu azul antes de ficar alta o suficiente para o vento levar embora.

— Vou ligar para a polícia — Clay respondeu, subitamente inspirado. — Ela tem um celular. — Ele apontou com o polegar para a Mulher do Terninho Executivo, deitada sobre uma poça do próprio sangue. — Ela estava usando antes... sabe, logo antes de a merda...

Ele se interrompeu, relembrando o que exatamente *tinha* acontecido antes de a merda bater no ventilador. Olhava perplexo, primeiro para a mulher morta, depois para a garota inconsciente e então para os fragmentos do celular cor de hortelã da menina.

Sirenes de dois timbres diferentes encheram o ar. Clay presumiu que uma delas pertencia a carros de polícia e a outra a caminhões de bombeiros. Supôs que saberia a diferença se morasse na cidade, mas ele não morava; vivia em Kent Pond, no Maine, e desejou de todo coração estar lá naquele momento.

O que aconteceu pouco antes de a merda bater no ventilador foi que a Mulher do Terninho Executivo ligara para sua amiga Maddy para contar que tinha cortado o cabelo, e a Cabelinho Claro também havia recebido uma chamada. A Cabelinho Escuro escutara essa última ligação. Depois disso, as três enlouqueceram.

Você não está achando...

De trás deles, da direção leste, veio a maior explosão de todas: um som terrível que mais parecia um tiro de escopeta. Clay saltou de pé. Ele e o homenzinho de terno de tweed se entreolharam desvairados e em seguida se viraram na direção de Chinatown e do North End de Boston. Não conseguiam ver o que havia explodido, mas uma coluna de fumaça muito mais larga e escura subia para além dos prédios daquele lado do horizonte.

Enquanto olhavam para a fumaça, uma radiopatrulha da polícia de Boston e um caminhão de bombeiro com escada pararam em frente ao Four Seasons, do outro lado da rua. Clay olhou para a outra calçada a tempo de ver um outro suicida sair voando do último andar do hotel, seguido por mais dois que se jogaram do telhado. Para Clay, parecia que a dupla estava brigando enquanto caía.

— *Meu Deus do Céu,* NÃO! — gritou uma mulher. — Ah, não, CHEGA, CHEGA!

O primeiro do trio suicida caiu na traseira do carro de polícia, espalhando cabelo e entranhas pela lataria do porta-malas e estilhaçando a janela de trás. Os outros dois caíram no caminhão, enquanto bombeiros vestidos com capotes amarelo brilhantes se afastavam como pássaros confusos.

— NÃO! — berrou a mulher. — CHEGA! CHEGA!! Bom DEUS, já CHEGA!

Então mais uma pessoa, uma mulher, se jogou do quinto ou sexto andar, às cambalhotas como uma acrobata louca, atingindo um policial que estava olhando para cima e certamente o matando ao mesmo tempo que matava a si mesma.

Do norte, veio outra daquelas explosões ensurdecedoras — era como o som do diabo atirando com uma escopeta no inferno —, e Clay olhou de novo para o homenzinho, que o fitava ansioso. Mais fumaça subia até o céu e, apesar do vento forte, o azul estava quase encoberto.

— Eles estão usando aviões de novo! — O homenzinho exclamou. — Os desgraçados estão usando aviões de novo!

Como que para reforçar essa ideia, o som de uma terceira e monstruosa explosão veio da parte nordeste da cidade.

— Mas… o aeroporto é para lá. — Clay tinha dificuldades para falar e mais dificuldade ainda para pensar. Tudo o que parecia haver na sua cabeça era uma espécie de piada pela metade: *Já ouviu aquela dos terroristas* [insira aqui o seu grupo étnico favorito] *que decidiram acabar com os Estados Unidos explodindo o aeroporto?*

— E?… — o homenzinho perguntou de um jeito quase truculento.

— E por que não o Hancock Building? Ou o arranha-céu do Prudential Center?

O homenzinho curvou os ombros.

— Não sei. Só sei que quero sair dessa rua.

Como se mais uma vez o argumento do homenzinho ganhasse reforço, meia dúzia de jovens passou correndo por eles. Boston era uma cidade de gente jovem, notou Clay — com todas aquelas universidades. Aqueles seis, três homens e três mulheres, pelo menos não tinham roubado nada, e com certeza não estavam rindo. Enquanto corriam, um dos rapazes tirou o celular e o levou à orelha.

Clay olhou para o outro lado da rua e viu que uma segunda viatura preto e branco tinha estacionado atrás da primeira. No fim das contas não precisaria usar o celular da Mulher do Terninho Executivo (o que era bom, já que ele concluíra que não queria mesmo fazer aquilo). Poderia simplesmente atravessar a rua e falar com eles... só que não tinha certeza se teria coragem de atravessar a Boylston Street naquele instante. E, mesmo que o fizesse, será que eles atravessariam para atender uma garota inconsciente quando tinham só Deus sabe quantas mortes do lado de *lá*? E, à medida que observava, os bombeiros começaram a entrar de volta no caminhão; parecia que estavam indo para algum outro lugar. Para o aeroporto Logan, possivelmente, ou...

— Ai meu Jesus Cristo, olha só aquele — disse o homenzinho de bigode, falando com uma voz baixa e tensa. Estava olhando para oeste, na Boylston em direção ao centro, de onde Clay tinha vindo quando seu maior objetivo na vida era conseguir ligar para Sharon. Ele até sabia como iria começar a ligação: *Ótimas notícias, querida: não importa como as coisas estejam entre nós, sempre vai ter comida na mesa para o nosso garoto.* Na cabeça dele, parecia alegre e engraçado. Como nos velhos tempos.

Não tinha nada de engraçado naquilo. Na direção deles — sem correr, mas andando a passos largos e decididos — vinha um homem de uns cinquenta anos, usando uma calça social e os restos de uma camisa e gravata. As calças eram cinza. Era impossível saber as cores da camisa e da gravata, pois ambas estavam em farrapos e manchadas de sangue. O homem carregava na mão direita o que parecia ser um cutelo com uma lâmina de uns 45 centímetros. Clay achava que tinha visto aquele cutelo na vitrine de uma loja chamada Soul Kitchen, quando estava voltando da reunião no Copley Square Hotel. O jogo de facas na vitrine (AÇO SUECO! proclamava o pequeno cartão impresso na frente dele) brilhava sob a luz atraente dos spots embutidos, mas aquele cutelo já tinha sido bem usado desde que saíra de lá — ou mal usado — e estava embaçado de sangue.

O homem de blusa esfarrapada brandiu o cutelo à medida que se aproximava dos dois com seus passos firmes, a lâmina formando arcos curtos para cima e para baixo no ar. Ele quebrou o padrão somente uma vez, para golpear a si mesmo. Um córrego de sangue desceu pelo corte recém-aberto na camisa rasgada. Os restos da gravata se agitaram. Ao se aproximar, o homem os intimidou como um pregador caipira declamando o fervoroso palavrório de alguma revelação divina.

— Ailá! — gritou. — *Eilá-ailã-a-babalá naz!A-babalá* hein? *A-bunalu* ué? *Kazalá!Kazalá-VAI! Fiu!XI-iu!* — E então levou o cutelo de volta ao quadril direito, atravessando-o. E Clay, cujo senso visual era superdesenvolvido, viu o golpe arrebatador que viria em seguida. O golpe nas entranhas teria acontecido ao mesmo tempo que o homem continuava sua marcha insana para lugar nenhum pela tarde de outubro naqueles passos firmes e declamatórios.

— *Cuidado!* — gritou o homenzinho de bigode, mas *ele mesmo* não estava tomando cuidado. O sujeitinho de bigode, a primeira pessoa *normal* com quem Clay Riddell falara desde o começo da loucura... ele, na verdade, que havia ido falar com Clay, e provavelmente juntara alguma coragem para isso, dadas as circunstâncias... estava congelado, os olhos mais arregalados do que nunca por trás das lentes dos seus óculos de aros dourados. E será que o maluco estava indo para cima dele porque o de bigode era menor e parecia uma presa mais fácil? Se fosse isso, talvez o senhor Discurso-Fervoroso não fosse *completamente louco*, e de repente Clay ficou assustado e com raiva. Com a mesma raiva que ficaria se tivesse olhado pelo portão do pátio de uma escola e visto um valentão se preparando para bater em um menino mais novo.

— CUIDADO! — quase chorou o homem de bigode, ainda imóvel enquanto a morte vinha correndo em sua direção, a morte vinda de uma loja chamada Soul Kitchen, onde os cartões Diner's Club e Visa sem dúvida eram aceitos, e também o seu cheque, se acompanhado do cartão do banco.

Clay não pensou. Simplesmente pegou de volta o portfólio pela alça dupla e o enfiou entre o cutelo em movimento e seu novo amigo de terno de tweed. A lâmina cortou a pasta inteira com um som oco, mas a ponta se deteve a dez centímetros da barriga do homenzinho. O sujeitinho finalmente se tocou e deu um passo medroso para o lado, na direção do Common, gritando por ajuda a plenos pulmões.

O homem de camisa e gravata esfarrapadas — era meio bochechudo e tinha uma leve papada, como se suas resoluções pessoais de boa alimentação e exercícios físicos tivessem parado de dar certo há uns dois anos — interrompeu de súbito a ladainha sem sentido. Seu rosto assumiu uma expressão de perplexidade vazia que parecia muito com surpresa, e mais ainda com assombro.

O que Clay sentiu foi uma espécie de ultraje desolador. A lâmina cortara todos os seus retratos do *Dark Wanderer* (para ele eram retratos, não desenhos ou ilustrações), e lhe parecia que aquele som oco era o barulho da lâmina penetrando em uma câmara especial do seu coração. Sabia que era uma bobagem, pois ele tinha reproduções de tudo, incluindo as quatro *splash pages* coloridas, mas isso não o fazia se sentir melhor. A lâmina do maluco rasgara John, o Feiticeiro (em homenagem ao seu filho, é claro), Flak, o Mago, Frank e os Posse Boys — Gene Dorminhoco, Sally Venenosa, Lily Astolet, a Bruxa Azul e, claro, Ray Damon, o próprio Dark Wanderer. Eram as criaturas fantásticas dele, que viviam na caverna da sua imaginação e estavam prontas para libertá-lo da chatice que era ensinar artes em uma dúzia de escolas rurais do Maine, dirigir milhares de quilômetros e viver praticamente dentro de um carro.

Ele poderia jurar que tinha ouvido os personagens gemerem quando a lâmina de aço sueco os cortou enquanto dormiam o sono dos inocentes.

Furioso, sem se preocupar com o cutelo (pelo menos por ora), ele empurrou o homem de camisa rasgada para trás, usando o portfólio como uma espécie de escudo. Estava cada vez mais irado à medida que a pasta se entortava em um grande V ao redor da lâmina.

— *Bled* — o lunático urrou enquanto tentava puxar o cutelo de volta. Estava preso demais. — *Blet qui-iã dô-rã kazalá a-babali!*

— Eu vou meter o a-babali no *seu* a-kazalá, seu filho da puta! — gritou Clay, enfiando o pé esquerdo na parte de trás das pernas agitadas do lunático. Mais tarde lhe ocorreu a ideia de que o corpo sabe lutar quando precisa; que aquela é uma informação que o corpo guarda, do mesmo jeito que o faz com as informações de como correr ou pular na água, dar uma trepada ou, muito possivelmente, morrer quando não há outra escolha. Que, sob situações de extremo estresse, o corpo simplesmente assume o controle e faz o que precisa ser feito, enquanto o cérebro sai de cena, incapaz de fazer outra coisa a não ser gritar, bater o pé e olhar para o céu. Ou, então, contemplar o som de um cutelo rasgando o portfólio que sua esposa lhe deu em seu aniversário de vinte e oito anos.

O lunático tropeçou no pé de Clay, na hora que seu inteligente corpo quis que o homem tropeçasse, e caiu de costas na calçada. Clay ficou em cima dele, resfolegando, ainda agarrando o portfólio com as duas mãos, como um escudo entortado em uma batalha. O cutelo ainda estava preso na pasta, cabo para um lado, lâmina para o outro.

O lunático tentou se levantar. O novo amigo de Clay veio em disparada e deu um chute em seu pescoço, com muita força. O sujeitinho estava chorando alto, as lágrimas jorrando pelas faces e embaçando as lentes dos seus óculos. O louco caiu de volta na calçada com a língua para fora. Produziu sons sufocados que Clay achou parecidos com a ladainha fervorosa de antes.

— Ele tentou nos matar! — chorou o homenzinho. — Ele tentou nos matar!

— Sim, sim — Clay respondeu. Ele estava ciente de que havia dito "sim" do mesmo jeito que dizia "sim" para Johnny na época em que eles ainda o chamavam de Johnny-Gee e ele vinha na direção dos dois pelo caminho de entrada da casa com as canelas ou cotovelos ralados berrando *eu tenho SANGUE!*

O homem na calçada (que tinha bastante sangue) estava apoiado nos cotovelos, tentando se levantar de novo. Clay fez as honras daquela vez, tirando um dos cotovelos dele do chão com um chute e o fazendo cair de volta no asfalto. O chute parecia no máximo um improviso, e dos piores. Clay agarrou o cabo do cutelo, retraiu-se por conta da sensação pegajosa do sangue meio gelatinoso — era como passar a palma da mão por um pedaço de gordura fria de bacon — e o puxou. O cutelo se soltou um pouco, mas depois ou ficou preso ou sua mão escorregou. Imaginava ter ouvido os personagens murmurando em agonia dentro da escuridão do portfólio, e ele mesmo soltou um murmúrio de dor. Não pôde evitar. E não pôde deixar de pensar no que pretendia fazer com o cutelo assim que o soltasse. Esfaquear o lunático até a morte? Pensou que talvez tivesse conseguido fazer isso no calor do momento, mas provavelmente não naquele instante.

— O que houve? — perguntou o homenzinho com uma voz lacrimosa. Clay, mesmo aflito, se sentiu tocado pela preocupação que detectou naquela pergunta. — Ele te pegou? Você o tapou por alguns segundos e não consegui ver. Ele te pegou? Você está ferido?

— Não — respondeu Clay. — Estou b...

Outra explosão gigantesca veio do norte, muito provavelmente do aeroporto Logan, do outro lado do porto de Boston. Os dois curvaram os ombros e se encolheram.

O lunático aproveitou para se sentar e estava lutando para ficar de pé quando o homenzinho de terno de tweed deu um desajeitado, porém eficiente, chute enviesado, cravando um sapato bem no meio da gravata esfarrapada do homem, nocauteando-o mais uma vez. O lunático rugiu e agarrou o pé do homenzinho. Poderia tê-lo derrubado no chão e talvez em seguida teria quebrado suas costelas, mas Clay pegou seu novo amigo pelo ombro e o puxou para longe.

— *Ele pegou meu sapato!* — gritou o homenzinho. Atrás deles, mais dois carros bateram. Mais gritos, mais alarmes. Alarmes de carro, alarmes de incêndio, alarmes barulhentos contra roubos. Sirenes soavam à distância. — O *desgraçado pegou meu sa...*

De repente, lá estava um policial. Clay supôs que era um dos que estavam do outro lado da rua, e, à medida que o policial se agachava, apoiando-se em uma joelheira azul ao lado do lunático tagarela, Clay sentia algo muito parecido com amor pelo tira. Ele tinha se dado ao trabalho de ir até lá! Ele tinha notado!

— É melhor tomar cuidado — disse o homenzinho nervosamente. — Ele é...

— Eu sei o que ele é — respondeu o policial, e Clay viu que ele estava com sua pistola automática na mão. Não fazia ideia se o policial a tirara depois de se ajoelhar ou se estivera com ela em punho o tempo todo. Clay estava muito ocupado se sentindo agradecido para notar.

O policial olhou para o lunático, aproximando-se dele. Pareceu quase se *oferecer* para o lunático.

— E aí, meu caro, como vai? — ele murmurou. — Tudo em cima?

O lunático investiu contra o policial e pôs as mãos na garganta dele. No momento em que fez isso, o policial meteu a arma na cavidade da têmpora do homem e puxou o gatilho. Um grande jato de sangue jorrou pelos cabelos grisalhos, do outro lado da cabeça do lunático, e ele caiu de volta na calçada, estirando os dois braços de forma melodramática: *Olhe só mamãe, estou morto.*

Clay olhou para o homenzinho de bigode e o homenzinho de bigode olhou para ele. Então os dois olharam de volta para o policial, que tinha enfiado a arma no coldre e estava tirando uma carteira de couro do bolso da frente da camisa. Clay ficou feliz em ver que a mão do policial estava tremendo um pouco. Estava com medo dele, mas teria ficado com mais medo ainda se suas mãos estivessem firmes. E o que acabara de acontecer não era um caso isolado. O tiro parecia ter causado algum efeito na audição de Clay, limpado um circuito ou algo do gênero. Ele passou a ouvir outros tiros, estampidos isolados pontuando a cacofonia cada vez maior daquela tarde.

O policial tirou um cartão — Clay achou que fosse um cartão de apresentação — da carteira fina de couro e então a guardou de volta no bolso da frente. Segurou o cartão entre os dois primeiros dedos da mão esquerda enquanto a direita havia descido novamente para a coronha da arma. Perto dos seus sapatos bem polidos, sangue da cabeça estraçalhada do lunático empoçava na calçada. Próximo de lá, a Mulher do Terninho Executivo estava caída em outra poça de sangue, que começava a coagular e passava para um tom mais escuro de vermelho.

— Qual é seu nome, senhor? — o policial perguntou para Clay.

— Clayton Riddell.

— O senhor sabe me dizer quem é o presidente?

Clay respondeu.

— Senhor, sabe me dizer a data de hoje?

— É dia 1º de outubro. Você sabe o que está...?

O policial olhou para o homenzinho de bigode.

— Seu nome?

— Eu sou Thomas McCourt, Salem Street, nº 140, Malden. Eu...

— Sabe me dizer o nome do candidato que concorreu com o presidente eleito na última eleição?

Tom McCourt disse.

— Quem é a esposa do Brad Pitt?

McCourt jogou as mãos para cima.

— Como é que eu vou saber? Uma estrela de cinema qualquer, eu acho.

— O.k. — O policial entregou para Clay o cartão que estava entre seus dedos. — Eu sou o oficial Ulrich Ashland. Este é o meu cartão. Os senhores talvez sejam chamados para testemunhar sobre o que aconteceu aqui. O que aconteceu é que os senhores precisaram da minha ajuda, eu os ajudei, fui atacado e me defendi.

— Mas você quis matá-lo — disse Clay.

— Sim, senhor, estamos mandando esses caras dessa para a melhor o mais rápido possível — concordou o oficial Ashland. — E, se o senhor disser para qualquer tribunal ou comitê de inquérito que eu falei isso, vou negar. Mas tinha que ser feito. Esse pessoal está aparecendo em tudo quanto é canto. Alguns apenas cometem suicídio. Muitos outros atacam. — Ele hesitou e então prosseguiu: — Até onde sei, todos os outros atacam. — Como se para reforçar aquele argumento, outro tiro se fez ouvir do outro lado da rua. Houve uma breve pausa e então mais três, em rápida sucessão, do saguão coberto de sombras do Four Seasons Hotel, que se tornara um emaranhado de vidro quebrado, corpos dilacerados, veículos acidentados e sangue derramado. — É como a porra do *A noite dos mortos-vivos*. — O oficial Ulrich Ashland seguiu de volta para a Boylston Street com a mão ainda na coronha da arma. — Só que essas pessoas não estão mortas. Quero dizer, a não ser que a gente dê uma mãozinha.

— Rick! — Um policial do outro lado da rua chamava insistentemente. — Rick, temos que ir para o Logan! Todas as viaturas! Vem pra cá!

O oficial Ashland olhou para ver se havia trânsito, mas não havia. Com exceção dos veículos acidentados, a Boylston Street estava momentaneamente deserta. No entanto, era possível escutar o som de mais explosões e batidas nos arredores. O cheiro de fumaça estava ficando mais forte. Ele começou a atravessar a rua, chegou até a metade do caminho e se virou.

— Procurem algum abrigo — aconselhou. — Protejam-se. Já tiveram sorte uma vez. Talvez não tenham da próxima.

— Oficial Ashland — Clay chamou. — O seu pessoal não usa celulares, usa?

Ashland o observou do meio da Boylston Street — um lugar não muito seguro para ficar, na opinião de Clay. Ele estava pensando no ônibus de turismo fora de controle.

— Não, senhor — respondeu. — Temos rádios nos nossos carros. E esses aqui — ele deu uma batidinha no rádio que carregava no cinto, no lado oposto ao coldre. Clay, um viciado em histórias em quadrinhos desde que aprendera a ler, pensou brevemente no maravilhoso cinto de utilidades do Batman.

— Não os use — disse Clay. — Diga aos outros. *Não usem os celulares.*

— Por que diz isso?

— Por que *eles* estavam usando. — E apontou para a mulher morta e para a garota inconsciente. — Logo antes de enlouquecerem. Aposto o que você quiser que o cara do cutelo...

— *Rick!* — o policial do outro lado da rua voltou a gritar. — *Anda logo, porra!*

— Procurem abrigo — repetiu o oficial Ashland e correu para a calçada do Four Seasons. Clay queria ter repetido o que falou sobre os celulares, mas no geral estava feliz de ver que o policial estava a salvo. Não que ele achasse que qualquer pessoa em Boston estivesse de fato, não naquela tarde.

4

— O que você está fazendo? — Clay perguntou a Tom McCourt. — Não encoste nele! Pode ser, sei lá, contagioso.

— Não vou encostar nele — Tom respondeu —, mas preciso do meu sapato.

O sapato, perto dos dedos abertos da mão esquerda do lunático, pelo menos estava longe de onde jorrava o sangue. Tom enganchou com cuidado os dedos na parte de trás dele e o puxou na sua direção. Então se sentou no meio-fio da Boylston Street — exatamente onde o caminhão do Mister Softee havia estacionado, no que parecia a Clay ter acontecido em outra vida — e o calçou no pé.

— O cadarço está rasgado — ele disse. — Aquele maluco rasgou o cadarço. — E começou a chorar de novo.

— Faça do jeito que der — falou Clay. Começou a tentar tirar o cutelo do portfólio. Ele tinha sido enfiado com uma força extraordinária, e Clay descobriu que teria que sacudi-lo para cima e para baixo até soltá-lo. O cutelo saiu com relutância, após uma série de puxões, e com uns rangidos que lhe davam vontade de se encolher. Ele não parava de imaginar quem teria sofrido mais lá dentro. Sabia que era idiotice, tudo culpa do estado de choque, mas ele não conseguia evitar. — Não dá para amarrar mais embaixo?

— É, acho que s...

Clay começou a ouvir um zumbido de mosquito mecânico que aumentou até virar um ronco mais próximo. Tom levantou o pescoço, ainda sentado no meio-fio. Clay se virou. A pequena caravana de carros do Departamento de Polícia de Boston que saía do Four Seasons parou em frente à Citylights e ao ônibus de turismo acidentado com suas luzes piscando. Policiais colocaram a cabeça para fora das janelas à medida que um avião particular — de tamanho médio, talvez um Cessna ou o tipo que chamam de Twin Bonanza, Clay não conhecia aviões direito — veio seguindo lentamente por sobre os prédios entre o porto de Boston e o Boston Common, perdendo altitude. O avião fez uma curva desajeitada sobre o parque, a asa inferior quase raspando o topo de uma árvore outonal, e então se estabilizou no desfiladeiro da Charles Street, como se decidisse que aquilo seria uma pista. Depois, a menos de seis metros do solo, se inclinou para a esquerda e a asa daquele lado se chocou contra a fachada de um prédio de ardósia cinza, talvez um banco, na esquina da Charles com a Beacon. Qualquer ilusão de que o avião se movia lentamente, quase deslizando, desapareceu naquele instante. Ele girou ao redor da asa presa com um tranco violento, bateu no prédio de tijolo vermelho do lado do banco e desapareceu por entre pétalas brilhantes de fogo laranja-avermelhado. A onda de impacto martelou pelo parque. Patos levantaram voo diante dela.

Clay olhou para baixo e viu que estava segurando o cutelo na mão. Ele o havia soltado do portfólio enquanto observava o avião bater. Limpou primeiro um lado da lâmina e depois o outro com a parte da frente da camisa, tomando cuidado para não se cortar (agora as mãos *dele* estavam tremendo). Então o enfiou — com muito cuidado — no cinto, até o cabo. Ao fazer aquilo, uma das suas primeiras tentativas de criar uma história em quadrinhos lhe veio à mente... uma pequena série, na verdade.

— Joxer, o Pirata, ao seu dispor, belezinha — ele murmurou.

— O quê? — perguntou Tom. Ele estava do lado de Clay, olhando para aquele inferno borbulhante que se tornara o avião no lado oposto ao Boston Common. Somente a cauda estava fora do fogo. Nela, Clay conseguia ler o número LN6409B. Logo acima, havia algo que parecia um logotipo de alguma equipe esportiva.

Então a cauda também desapareceu.

Ele sentia as primeiras ondas de calor começando a bater contra o seu rosto.

— Nada — ele disse para o homenzinho de terno de tweed. — Vamos vazar.

— Hein?

— Vamos cair fora.

— Ah, o.k.

Clay começou a andar pelo lado sul do Common, na direção que estava indo às três da tarde, na eternidade que haviam sido os dezoito minutos anteriores. Tom McCourt apertou o passo para acompanhá-lo. Ele realmente era um homem muito baixinho.

— Me diz uma coisa — ele falou —, você fala muita besteira?

— Sem dúvida — Clay respondeu. — Pergunte pra minha mulher.

5

— Para onde estamos indo? — perguntou Tom. — Eu estava a caminho do metrô. — Ele apontou para um quiosque pintado de verde a aproximadamente uma quadra de distância. Uma pequena multidão se encontrava lá. — Mas já não acho que estar debaixo da terra seja uma boa ideia.

— Eu também não — disse Clay. — Estou hospedado em um hotel chamado Atlantic Avenue Inn, a umas cinco quadras adiante.

Tom se animou.

— Acho que eu conheço. Fica na Louden, na verdade, *saindo* da Atlantic.

— Isso. Vamos para lá. Podemos ver a TV. Eu quero ligar para a minha mulher.

— Do telefone do quarto.

— Do telefone do quarto, claro. Eu nem *tenho* celular.

— Eu tenho, mas ficou em casa. Está quebrado. Rafe, meu gato, o derrubou de cima do aparador. Ia comprar um novo hoje mesmo, mas... peraí. Sr. Riddell...

— Clay.

— Clay, então. Tem certeza que é seguro usar o telefone do seu quarto?

Clay parou. Não tinha nem mesmo considerado essa possibilidade. Mas, se os telefones fixos não fossem seguros, o que seria? Ia dizer aquilo para Tom quando uma confusão começou de repente na estação do metrô logo adiante. Ouviam-se exclamações de pânico, gritos e mais daquelas palavras sem sentido — que agora ele reconhecia como uma assinatura mal traçada da loucura. O pequeno emaranhado de pessoas que se misturava ao redor do abrigo de ardósia cinza e dos degraus que descem para o metrô se dispersou. Alguns correram para a rua, dois deles abraçados, lançando olhares furtivos por sobre os ombros no caminho. Outras pessoas — a maioria delas — correram para o parque, todas em direções diferentes, o que partiu um pouco o coração de Clay. Ele sentiu um pouco mais de simpatia pelos dois que se abraçavam.

Ainda na entrada da estação do metrô e de pé estavam dois homens e duas mulheres. Clay tinha quase certeza de que eles haviam saído da estação e afugentado os demais. Enquanto Clay e Tom observavam a meia quadra de distância, aqueles quatro restantes começaram a lutar entre si. Aquela briga possuía a crueldade histérica e mortal que ele já tinha visto antes, mas não havia um padrão discernível. Não eram três contra um, dois contra dois e certamente não eram meninos contra meninas; na verdade, uma das "meninas" era uma mulher que parecia ter uns sessenta e cinco anos, com um corpo atarracado e um corte de cabelo severo, o que fez Clay pensar em várias professoras que ele conhecera e que estavam perto de se aposentar.

Eles brigavam com pés, punhos, unhas e dentes, grunhindo, gritando e circundando os corpos de meia dúzia de pessoas que já estavam no chão desmaiadas, ou talvez mortas. Um dos homens tropeçou em uma perna esticada e caiu de joelhos. A mais jovem das duas mulheres se jogou em cima dele. O homem de joelhos pegou algo da calçada, no patamar da escada — Clay notou sem surpresa alguma que o objeto era um celular — e golpeou o lado do rosto da mulher. O celular se despedaçou, abrindo um rasgo na bochecha da mulher e fazendo um jato de sangue jorrar no ombro do seu casaco leve, mas seu grito foi mais de raiva do que de dor. Ela segurou as orelhas do homem ajoelhado como se fossem um par de alças, deu um chute no colo dele e o empurrou para trás, jogando-o na penumbra do fosso da escada do metrô. Eles saíram de vista entrelaçados e se engalfinhando como gatos no cio.

— Vamos — murmurou Tom, puxando a camisa de Clay com uma estranha delicadeza. — Vamos. Para o outro lado da rua. Vamos.

Clay se deixou ser levado pela Boylston Street. Imaginou que ou Tom McCourt estava atento ao caminho ou era apenas sortudo, pois chegaram ao outro lado a salvo. Pararam novamente em frente à Colonial Books (Os Melhores Livros Antigos, os Melhores Livros Novos), observando a improvável vencedora da Batalha da Estação de Metrô entrar no parque em direção ao avião em chamas, com sangue pingando no colarinho, das pontas do seu cabelo grisalho cortado no estilo tolerância zero. Clay não ficou nem um pouco surpreso que a última pessoa de pé tivesse sido a senhora que parecia uma bibliotecária ou uma professora de latim às vésperas da aposentadoria. Dera aulas com bastante senhoras daquele tipo, e as que chegavam àquela idade eram muitas vezes quase indestrutíveis.

Ele abriu a boca para fazer algum comentário para Tom — na cabeça dele, parecia muito espirituoso —, mas o que saiu foi um grasnido choroso. Sua visão também ficou tremida. Ao que parecia, Tom McCourt, o homenzinho de terno de tweed, não era o único com dificuldades em conter as lágrimas. Clay esfregou um braço sobre os olhos, tentou falar mais uma vez e não conseguiu nada além do que outro daqueles grasnidos chorosos.

— Está tudo bem — disse Tom. — É melhor botar pra fora.

E assim, de pé em frente a uma vitrine cheia de livros velhos em volta de uma máquina de escrever Royal que mandava suas saudações de uma época muito anterior à era das comunicações celulares, Clay desabou. Chorou pela Mulher do Terninho Executivo, pela Cabelinho Claro e pela Cabelinho Escuro e chorou por si mesmo, pois Boston não era seu lar, e seu lar nunca pareceu tão distante.

6

Depois do Common, a Boylston Street se estreitou e ficou tão entulhada de carros — tanto acidentados quanto simplesmente abandonados — que eles não precisavam mais se preocupar com limusines suicidas ou ônibus de turismo fora de controle. O que era um alívio. Por todos os lados, a cidade pipocava e explodia como um Réveillon dos infernos. Também havia muito barulho nas proximidades — alarmes de carros e de prédios, em sua maioria —, mas a rua em si estava sinistramente deserta pelo momento. *Protejam-se*, disse o oficial Ulrich Ashland, *já tiveram sorte uma vez. Talvez não tenham da próxima.*

Porém, duas quadras à direita da Colonial Books e ainda a uma quadra do hotel nem-tão-fuleiro-assim de Clay, eles *tiveram* sorte mais uma vez. Outro lunático, daquela vez um rapaz de aproximadamente vinte e cinco anos, com músculos esculpidos por aparelhos de ginástica, irrompeu de um beco bem na frente deles e saiu correndo pela rua, saltando por cima dos para-choques enganchados de dois carros e despejando um fluxo incessante daquele idioma sem sentido no caminho. Segurava uma antena de carro em cada mão e as brandia rapidamente para a frente e para trás no ar, como se fossem adagas, enquanto seguia seu curso sinistro. Estava nu, com exceção do que parecia um par de Nikes novinho em folha, com seus logos vermelhos brilhantes. O pau dele balançava de um lado para o outro, como o pêndulo agitado de um relógio antigo. Ele chegou à calçada oposta e dobrou para a esquerda, seguindo de volta para o Common, os músculos de sua bunda subindo e descendo em um ritmo alucinante.

Tom McCourt agarrou o braço de Clay, com força, até que o lunático desaparecesse, e então o soltou devagar.

— Se ele tivesse visto a gente... — começou a falar.

— É, mas não viu — disse Clay, que de repente sentiu uma felicidade absurda. Sabia que a sensação iria passar, mas, por ora, a aproveitava com prazer. Sentia-se como um jogador conseguindo uma sequência interna em uma partida de pôquer com o maior pote da noite bem na sua frente.

— Tenho pena de quem *ele* encontrar — disse Tom.

— E eu de quem encontrá-lo — Clay respondeu. — Vamos.

7

As portas do Atlantic Avenue Inn estavam trancadas.

Clay ficou tão surpreso que por um instante tudo que fez foi ficar parado ali, tentando girar a maçaneta e sentindo-a escorregar pelos dedos.

Tentava fazer a ideia ser processada em sua mente: trancada. As portas do seu hotel, trancadas para ele.

Tom foi para o seu lado, encostou a testa no vidro para evitar o reflexo e olhou para dentro. Do norte, certamente do Logan, veio outra daquelas explosões monstruosas e, dessa vez, Clay apenas se encolheu. Não achou que Tom McCourt houvesse tido reação alguma. Ele estava muito compenetrado no que estava vendo.

— Um cara morto no chão — anunciou por fim. — Com um uniforme, mas parece velho demais para ser o carregador.

— Não quero que ninguém carregue a minha bagagem, porra — disse Clay. — Só quero subir para o meu quarto.

Tom soltou uma bufadinha esquisita. Clay achou que ele talvez estivesse começando a chorar de novo, mas então percebeu que o som era de uma risada abafada.

As portas duplas traziam ATLANTIC AVENUE INN escrito em um dos vidros e uma mentira cabeluda — O MELHOR HOTEL DE BOSTON — escrita no outro. Tom apoiou a mão sobre o vidro da esquerda, entre O MELHOR HOTEL DE BOSTON e uma série de adesivos de cartões de crédito.

Agora Clay também estava olhando lá para dentro. O saguão não era muito grande. À esquerda ficava o balcão da recepção. À direita, dois elevadores. No chão, havia um tapete vermelho-alaranjado. O velho de uniforme estava em cima dele, de bruços, com um pé sobre uma poltrona e um quadro emoldurado de um veleiro sobre a bunda.

Os bons sentimentos de Clay o deixaram rapidamente e, quando Tom começou a esmurrar o vidro em vez de só bater nele, ele pousou a mão sobre o punho de Tom.

— Não vai adiantar — ele falou. — Eles não vão deixar a gente entrar, mesmo se estiverem vivos e sãos. — Pensou sobre aquilo e assentiu. — Sobretudo se estiverem sãos.

Tom olhou para ele, pensativo.

— Você não entende, não é?

— Hein? Não entendo o quê? — perguntou Clay.

— As coisas mudaram. Eles não podem deixar a gente aqui fora. — Ele tirou a mão de Clay de cima da dele, mas, em vez de esmurrar, encostou a testa no vidro de novo e gritou. Clay achou que ele gritava bem para um cara tão pequeno. — Ei! Tem alguém aí?

Uma pausa. Nenhum movimento no saguão. O velho carregador continuou morto com um quadro em cima da bunda.

— Ei, *se vocês estão aí, é melhor abrirem a porta! O homem que está comigo é um hóspede do hotel e eu sou convidado dele! Abram ou eu vou pegar um paralelepípedo e quebrar o vidro, estão me ouvindo?*

— Um *paralelepípedo* — repetiu Clay. Ele começou a rir. — Você disse *paralelepípedo*? Que maravilha. — Riu mais forte. Não conseguia evitar. Então notou um movimento à esquerda com o canto do olho. Olhou em volta e viu uma adolescente parada um pouco mais à frente na rua. Estava olhando para eles com os olhos azuis abatidos de uma vítima de desastre. Usava um vestido branco e havia uma grande mancha de sangue na parte da frente dele. Mais sangue estava incrustado debaixo do nariz, da boca e do queixo. Fora o nariz sangrando, ela não parecia estar ferida, nem tampouco louca, apenas chocada. Chocada quase até a morte.

— Você está bem? — perguntou Clay, dando um passo na direção dela, que respondeu com um passo para trás. Dadas as circunstâncias, podia compreendê-la. Ele parou, mas levantou uma das palmas das mãos para a garota como um guarda de trânsito: *Fique parada*.

Tom olhou brevemente em volta e então voltou a esmurrar a porta, daquela vez com força o bastante para chocalhar o vidro na moldura de madeira velha e fazer seu reflexo tremer.

— *Última chance, depois nós vamos entrar!*

Clay se virou e abriu a boca para avisar que aquele tom de ordem não iria adiantar nada, não naquele dia, e então uma cabeça careca subiu lentamente de trás do balcão. Era como um periscópio saindo da água. Clay reconheceu aquela cabeça mesmo antes de o rosto aparecer; era do recepcionista que fizera o registro dele no dia anterior e que carimbara o seu tíquete do estacionamento, que ficava a uma quadra de distância. O mesmo recepcionista que lhe dera informações sobre como chegar ao Copley Square Hotel naquela manhã.

Ele ainda ficou parado no balcão por um instante, e Clay ergueu a chave do quarto com o pingente de plástico verde do Atlantic Avenue Inn. Então levantou também o portfólio, achando que o recepcionista poderia reconhecê-lo.

Talvez tenha reconhecido. Era mais provável que houvesse apenas percebido que não tinha escolha. Fosse como fosse, ele levantou a parte com dobradiça do final do balcão e correu na direção da porta, desviando do corpo no chão. Clay Riddell pensou que talvez estivesse vendo pela primeira vez na vida uma disparada relutante. Quando o recepcionista chegou ao outro lado da porta, olhou de Clay para Tom e de volta para Clay. Embora não parecesse exatamente tranquilizado pelo que estava vendo, retirou um molho de chaves de um bolso, passou os dedos depressa por ele, separou uma e a usou no seu lado da porta. Quando Tom foi pegar a maçaneta, o recepcionista careca levantou a mão quase da mesma maneira que Clay levantara a sua para a menina suja de sangue atrás deles. O recepcionista encontrou uma segunda chave, a passou em outra tranca e abriu a porta.

— Entrem — ele falou. — Rápido. — E então viu a garota, parada um pouco mais adiante e observando. — Ela não.

— Ela sim — disse Clay. — Venha, querida.

Mas ela não se movia. Quando Clay deu um passo na direção dela, a menina deu meia-volta e começou a correr, a saia do vestido balançando às suas costas.

8

— Ela pode morrer lá fora — disse Clay.

— Não é problema meu — o recepcionista respondeu. — Vai entrar ou não, sr. Riddle?

Ele tinha um sotaque de Boston, não o tipo proletariado-de-South-Boston a que Clay estava mais acostumado no Maine, onde de cada três pessoas que você encontrava uma parecia ter sido expatriada de Massachusetts. Era um sotaque metido, do tipo eu-bem-que-queria-ser-britânico.

— É *Riddell*.

Ele iria entrar, sim, aquele cara não iria deixá-lo de fora de jeito nenhum agora que a porta estava aberta, mas ficou mais um tempo parado na calçada, procurando a garota.

— Entre — Tom disse baixinho. — Não podemos fazer nada.

E ele estava certo. Não podiam fazer nada. Aquela é que era a agonia. Ele entrou depois de Tom, e o recepcionista voltou a fechar as duas trancas do Atlantic Avenue Inn atrás deles, como se aquilo bastasse para protegê-los do caos nas ruas.

9

— Aquele era o Franklin — disse o recepcionista enquanto ia à frente, contornando o homem uniformizado estirado de bruços no chão. *Parece velho demais para ser um carregador*, Tom havia dito, enquanto olhava pela janela, e Clay pensou que parecia mesmo. Era um homem pequeno, com cabelos brancos bastos e viçosos. Para o azar dele, a cabeça na qual eles ainda cresciam (Clay tinha lido em algum lugar que cabelos e unhas demoravam a receber a notícia sobre a morte da pessoa) estava virada em um terrível ângulo torto, como se tivesse sido enforcado.

— Ele trabalhava há trinta e cinco anos no hotel, e tenho certeza de que contou esse detalhe, às vezes até repetia a informação, a todos os hóspedes que ele registrou.

O sotaquezinho forçado dava nos nervos em frangalhos de Clay. Ele pensou que, se a voz do recepcionista fosse um peido, seria como uma corneta soprada por uma criança com asma.

— Um homem saiu do elevador — o recepcionista continuou, voltando para trás do balcão, de volta ao local em que parecia se sentir em casa. A luz da lâmpada do teto bateu no seu rosto e Clay notou que ele estava muito pálido. — Era um dos malucos. Franklin deu o azar de estar parado bem na frente das portas...

— Pelo visto não passou pela sua cabeça ao menos tirar a porra do quadro de cima da bunda dele — disse Clay, que se agachou, pegou o quadro e o pôs sobre o sofá. Aproveitou para tirar o pé do recepcionista morto da almofada, onde ele havia ido parar. O pé caiu com um som que Clay conhecia muito bem. Já o tinha transcrito em várias revistas em quadrinhos como CLUMP.

— O homem do elevador só acertou um soco nele — falou o recepcionista. — Fez o pobre Franklin sair voando até a parede. Acho que quebrou o pescoço. De qualquer forma, foi isso que fez o quadro cair, a batida de Franklin na parede.

Na cabeça do recepcionista, aquilo parecia justificar tudo.

— E o que aconteceu com o homem que bateu nele? — perguntou Tom. — O maluco? Para onde ele foi?

— Foi pra rua — o recepcionista respondeu. — Foi quando achei que trancar a porta seria de longe a atitude mais sensata. Depois que ele saiu. — Ele olhou para os dois com uma mistura de medo e avareza lasciva e linguaruda que Clay achou particularmente de mau gosto. — O que está *acontecendo* lá fora? É muito grave?

— Você deve ter uma boa ideia do que está acontecendo — disse Clay. — Não foi por isso que trancou a porta?

— Sim, mas…

— O que estão falando na TV? — perguntou Tom.

— Nada. A TV está fora do ar… — Ele olhou para o relógio. — Há quase meia hora.

— E o rádio?

O recepcionista lançou um olhar afetado que dizia *você só pode estar brincando*. Clay estava começando a pensar que aquele sujeito poderia escrever um livro: *Como ser detestado em três passos*.

— Rádio *aqui*? Em *qualquer* hotel do centro? Você só pode estar brincando.

Lá de fora, veio um urro agudo de dor. A garota de vestido manchado de sangue voltou a aparecer na porta e começou a bater no vidro com a palma da mão, olhando insistentemente para trás. Clay foi para lá, depressa.

— Não, ele trancou a porta de novo, lembra? — Tom gritou para ele.

Clay havia se esquecido.

— Traga a chave.

— Não! — o recepcionista exclamou e cruzou os dois braços com firmeza sobre o peito estreito, mostrando como se opunha a agir daquela forma. Do lado de fora, a menina de vestido branco olhou para trás de novo e bateu com mais força. Seu rosto manchado de sangue estava retesado de terror.

Clay tirou o cutelo do cinto. Tinha quase se esquecido do objeto preso à sua cintura e ficou um tanto espantado com a velocidade e a naturalidade com que ele se lembrou.

— Abra a porta, seu filho da puta — ele falou para o recepcionista —, ou eu corto a sua garganta.

10

— Não vai dar tempo! — gritou Tom, pegando uma das cadeiras Queen Anne falsas de espaldar alto que ladeavam o sofá do saguão e as jogou com as pernas para cima contras as portas duplas.

A garota notou que ele estava vindo e se afastou encolhida, erguendo as duas mãos para proteger o rosto. No mesmo instante, o homem que a perseguia apareceu na frente da porta. Fazia o tipo peão; era enorme, com um bom pedaço da barriga saltando da frente da camisa amarela e um rabo de cavalo grisalho e seboso balançando às suas costas. As pernas da cadeira se chocaram com os painéis das portas duplas. As duas da esquerda estilhaçaram o vidro que dizia ATLANTIC AVENUE INN, e as duas da direita, o que dizia O MELHOR HOTEL DE BOSTON. As da direita atingiram o ombro corpulento e coberto de amarelo do peão no exato momento em que ele agarrava a garota pelo pescoço. A parte de baixo do assento da cadeira bateu na junção sólida em que as duas portas se encontravam, e Tom McCourt foi cambaleando para trás, atordoado.

O peão estava rugindo aquelas palavras desconexas quando o sangue começou a descer pela carne sardenta do seu bíceps esquerdo. A garota conseguiu se livrar dele, mas tropeçou nos próprios pés e caiu, metade na calçada e metade na sarjeta, gritando de dor e medo.

Clay estava emoldurado em um dos painéis de vidro estilhaçados, sem se lembrar de ter atravessado o saguão e apenas com uma vaga lembrança de ter tirado a cadeira do caminho.

— Ei, babaca! — gritou, e se sentiu um pouquinho encorajado quando a torrente de palavras sem sentido do homenzarrão parou por um instante e ele se deteve. — É, você mesmo — Clay continuou. — Estou falando com você. — E então, por ser a única coisa em que conseguiu pensar: — Eu comi a sua mãe, e foi uma trepada e tanto!

O maníaco enorme de camisa amarela gritou alguma coisa que parecia sinistramente com o que a Mulher do Terninho Executivo gritara logo antes de morrer — parecia o estranho *Rast!* — e se virou de volta para o prédio que de repente tinha criado dentes e voz para atacá-lo. O que quer que tenha visto, certamente não era um homem feroz e suado com um cutelo na mão, saindo de dentro de um painel retangular que antes era envidraçado. Clay nem precisou atacá-lo, e o homem de camisa amarela já pulou em cima da lâmina projetada para frente do cutelo. O aço sueco deslizou com facilidade para dentro da papada queimada de sol sob seu queixo, fazendo o sangue jorrar numa cascata vermelha. Ela inundou a mão de Clay com uma quentura surpreendente — quase tão quente quanto uma xícara de café recém-servida —, o que o obrigou a refrear um impulso de se afastar. Em vez disso, fez força para a frente, sentindo por fim que a faca encontrava resistência. Ela hesitou, mas aquela belezinha não empenava: atravessou a cartilagem e então saiu pela nuca do homenzarrão. Ele caiu para frente — Clay não tinha como segurá-lo com um braço, de jeito nenhum, o cara devia ter uns cento e quinze quilos, talvez até uns cento e trinta — e por um instante ficou apoiado na porta como um bêbado em um poste, com os olhos castanhos saltando para fora, a língua escura de nicotina pendendo de um canto da boca e o pescoço cuspindo sangue. Então os joelhos dele falharam e ele desabou. Clay segurou o cabo do cutelo e ficou impressionado com a facilidade com que ele se desprendeu. Muito mais fácil do que arrancá-lo do couro e da placa reforçada do portfólio.

Com o lunático no chão, ele podia ver a garota novamente, um joelho na calçada e outro na sarjeta, gritando por trás da cortina de cabelo que pendia sobre o seu rosto.

— Querida — ele disse. — Querida, pare — mas ela continuou gritando.

11

O nome da menina era Alice Maxwell. Pelo menos isso ela conseguiu dizer a eles. Contou também que tinha vindo de trem junto com a mãe para Boston — de Boxford, ela disse — para fazer umas compras. Costumavam fazer isso às quartas, que chamavam de "dia curto" na escola secundária que frequentava. Ela falou que as duas tinham descido do trem na South Station e pegado um táxi. O motorista estava usando um turbante azul, e esse turbante era a última coisa de que ela conseguia se lembrar até o recepcionista careca finalmente destrancar as portas duplas estilhaçadas do Atlantic Avenue Inn e deixá-la entrar. Clay, no entanto, achava que ela se lembrava de mais coisas. Baseou esse palpite na maneira como a garota começou a tremer quando Tom McCourt perguntou se ela ou a mãe estavam com celulares. Ela disse que não se lembrava, mas Clay tinha certeza de que uma delas estava, ou as duas. Parecia que todo mundo tinha um naqueles dias. Ele era a exceção que confirmava a regra. E havia Tom, que talvez devesse a vida ao gato que derrubara o dele de cima do balcão.

Eles conversaram com Alice (o que basicamente consistiu em Clay fazer perguntas enquanto ela ficava calada, baixando os olhos para os joelhos ralados e balançando a cabeça de vez em quando) no saguão do hotel. Clay e Tom tinham levado o corpo de Franklin para trás do balcão, ignorando o protesto veemente e bizarro do recepcionista careca, que alegava que "assim eu vou ficar pisando nele". Desde então, o recepcionista, que dissera se chamar sr. Ricardi, havia se retirado para o seu escritório particular. Clay o seguira para se certificar de que o sr. Ricardi tinha dito a verdade sobre a TV estar fora do ar, e então o deixou sozinho. Sharon Riddell diria que o sr. Ricardi estava meditando na sua tenda.

No entanto, o homem não deixou Clay ir embora sem uma última provocação.

— Agora estamos vulneráveis — disse ele com azedume. — Espero que você esteja satisfeito.

— Sr. Ricardi — Clay respondeu, o mais pacientemente possível —, eu vi um avião cair do outro lado do Boston Common há menos de uma hora. Ao que consta, mais aviões, aviões grandes, estavam fazendo a mesma coisa no Logan. Talvez eles até estejam realizando ataques suicidas nos terminais. Explosões estão acontecendo por todo o centro. Eu diria que esta tarde toda a cidade de Boston está vulnerável.

Como que para validar a resposta, um baque muito pesado soou sobre a cabeça deles. O sr. Ricardi não olhou para cima. Apenas fez um gesto com a mão que dizia *vai embora* na direção de Clay. Sem TV para assistir, ele se sentou à mesa e ficou olhando severamente para a parede.

12

Clay e Tom colocaram as duas cadeiras Queen Anne falsas contra a porta, e seus espaldares altos taparam bem as molduras que antes sustentavam os vidros, agora estilhaçados. Embora Clay tivesse certeza de que obstruir a entrada do hotel não ofereceria uma segurança completa, achou também que bloquear a vista da rua seria uma boa ideia, e Tom concordara. Uma vez que as cadeiras estavam no lugar, eles baixaram a persiana da janela principal do saguão. Isso fez com que o local ficasse em uma penumbra, e sombras fracas na forma de barras de cela de prisão marcharam pelo tapete vermelho-alaranjado.

Com aquelas medidas tomadas e após ouvir a história radicalmente resumida de Alice Maxwell, Clay enfim se dirigiu ao telefone atrás do balcão. Ele olhou para o relógio. Eram 16h22; um horário perfeitamente lógico, porém qualquer sensação de tempo parecia ter se esvaído. Horas pareciam ter passado desde que ele vira o homem mordendo o cachorro no parque. Também era como se o tempo não existisse. Mas o tempo *existia*, da maneira como os humanos o mediam, pelo menos, e, em Kent Pond, Sharon com certeza já teria voltado para a casa que ele ainda considerava um lar. Precisava falar com ela. Precisava se certificar de que ela estava bem e dizer que ele também estava; mas aquilo não era o importante. Saber se Johnny estava bem, isso sim importava. Mas havia uma coisa mais importante ainda. Vital, na realidade.

Ele não tinha um celular e estava quase certo de que Sharon também não. Achava que talvez ela tivesse comprado um desde que eles se separaram em abril, mas os dois ainda viviam na mesma cidade, ele a via quase todos os dias e achou que, se Sharon tivesse comprado um, ele saberia. Para começo de conversa, ela teria lhe dado o número, certo? Certo. Mas...

Mas Johnny tinha um celular. Foi aquilo que o pequeno Johnny-Gee, que já não era tão pequeno assim, doze anos não era tão pequeno, pediu no seu último aniversário. Um celular vermelho que tocava o tema do programa de TV favorito dele quando chamava. É claro que ele não podia ligá-lo ou até mesmo tirá-lo de dentro da mochila enquanto estivesse na escola, mas as aulas já tinham terminado àquela hora. E, além disso, Clay e Sharon na verdade o *incentivaram* a levar o aparelho para o colégio, em parte por causa do divórcio. Poderiam acontecer emergências ou pequenos contratempos,

49

como perder um ônibus. A esperança de Clay era que Sharon tinha lhe contado que, ultimamente, quando entrava no quarto de Johnny, quase sempre via o celular esquecido em cima da mesa ou no peitoril da janela ao lado da cama, fora do carregador e morto como um cocô de cachorro.

Ainda assim, a ideia do celular vermelho de John tiquetaqueava na cabeça dele como uma bomba.

Clay encostou no telefone fixo no balcão do hotel e então tirou a mão. Lá fora, algo explodiu, mas aquela explosão havia sido longe. Era como ouvir um projétil explodir quando se está bem longe das linhas inimigas.

Não levante essa hipótese, ele pensou. *Nem mesmo levante a hipótese de existirem* linhas inimigas.

Ele olhou através do saguão e viu Tom se agachando ao lado de Alice enquanto ela se sentava no sofá. Tom estava murmurando algo baixinho, tocando um de seus mocassins e erguendo os olhos para o rosto dela. Aquilo era bom. *Ele* era bom. Clay se sentia cada vez mais grato por ter encontrado Tom McCourt… ou por Tom McCourt tê-lo encontrado.

Provavelmente, não teria problema em usar os telefones fixos. A questão era se "provavelmente" seria bom o bastante. Ele tinha uma esposa pela qual ainda se sentia responsável de certa forma, e, quanto ao filho, não havia essa história de "de certa forma". Simplesmente pensar em Johnny era perigoso. Todas as vezes em que sua mente se voltava para o garoto, Clay sentia como se um rato surtasse na sua cabeça, pronto para se libertar da gaiola frágil que o prendia e sair mordendo tudo o que encontrasse pela frente com seus dentinhos afiados. Se ele conseguisse se certificar de que Johnny e Sharon estavam bem, poderia manter o rato na gaiola e planejar o que fazer em seguida. Mas, se fizesse alguma idiotice, não seria capaz de ajudar ninguém. Na verdade, tornaria as coisas mais difíceis para as pessoas que estavam ali. Pensou um pouco naquilo e então chamou o recepcionista.

Quando não obteve resposta do escritório, chamou de novo. Quando continuou sem resposta, disse:

— Sei que está me ouvindo, sr. Ricardi. Se me obrigar a ir buscá-lo, vou ficar chateado. Talvez fique chateado o bastante para considerar a possibilidade de jogar você na rua.

— Não pode fazer isso — o sr. Ricardi respondeu em um tom rude de ordem. — Você é um *hóspede* deste *hotel*.

Clay pensou em repetir o que Tom dissera para ele quando ainda estavam lá fora — *as coisas mudaram*. Em vez disso, algo o fez ficar calado.

— O que… — disse o sr. Ricardi finalmente, soando mais rude do que nunca. Do andar de cima, veio um baque mais alto, como se alguém tivesse derrubado uma mobília pesada. Uma escrivaninha, talvez. Daquela vez, até mesmo a garota olhou para cima. Clay achou que tinha ouvido um grito abafado, ou talvez um uivo de dor, mas, se fosse o caso, não houve continuidade. O que ficava no segundo piso? Não era um restaurante, ele se lembrava que alguém havia lhe dito (o próprio sr. Ricardi, quando Clay chegara) que o hotel não tinha restaurante, e que o Metropolitan Café ficava logo ao lado. *Salas de reunião*, ele pensou. *Tenho quase certeza de que são salas de reunião com nomes indígenas.*

— *O quê?* — perguntou novamente o sr. Ricardi. Parecia mais rabugento ainda.

— Você tentou ligar para alguém depois que tudo isso começou?

— Mas é *claro!* — o sr. Ricardi respondeu. Ele apareceu na porta entre o escritório e a área atrás do balcão, com seus escaninhos, monitores do circuito de segurança e computadores. Então olhou indignado para Clay. — Os alarmes de incêndio dispararam, eu os desliguei; Doris falou que uma lixeira tinha pegado fogo no terceiro andar, e eu liguei para os bombeiros para dizer que não precisavam se preocupar. A linha estava ocupada! *Ocupada*, imagine só!

— Você deve ter ficado bastante irritado — Tom comentou. O sr. Ricardi pareceu ficar mais calmo pela primeira vez.

— Liguei para a polícia quando as coisas lá fora começaram a… bem… a degringolar.

— Sim — falou Clay. *Degringolar* era uma bela maneira de colocar a questão. — Conseguiu falar com eles?

— Um homem disse que eu tinha que desocupar a linha e desligou na minha cara — disse o sr. Ricardi. A indignação estava voltando à sua voz. — Quando liguei de novo, depois de o maluco ter saído do elevador e matado Franklin, uma mulher atendeu. Ela disse que… — A voz do sr. Ricardi começou a tremer e Clay viu as primeiras lágrimas descerem pelos desfiladeiros estreitos que marcavam as laterais do nariz do homem — … disse…

— Disse o quê? — perguntou Tom, naquele mesmo tom de solidariedade. — O que ela disse, sr. Ricardi?

— Ela disse que, se Franklin já estava morto e o homem que o matara tinha ido embora, eu não tinha com o que me preocupar. Foi ela quem aconselhou que eu me trancasse aqui dentro. Também me disse para chamar os elevadores do hotel para o saguão e desligá-los, e foi o que fiz.

Clay e Tom trocaram um olhar que expressava um pensamento: *Boa ideia*. Clay vislumbrou uma imagem vívida de insetos presos entre uma janela fechada e uma tela, zumbindo furiosamente, mas sem conseguirem sair. Aquela imagem tinha algo a ver com os baques que tinham vindo dos andares de cima. Ele imaginou brevemente quanto tempo levaria para a pessoa — ou pessoas — que estava fazendo o barulho lá em cima encontrar a escada.

— Então *ela* desligou na minha cara. Depois disso, liguei pra minha mulher em Milton.

— Você conseguiu falar com ela? — perguntou Clay, querendo esclarecer bem aquele ponto.

— Ela estava muito assustada. Me pediu para ir pra casa. Falei que tinham me aconselhado a ficar no hotel com as portas trancadas. A polícia tinha me aconselhado. Falei pra ela fazer o mesmo. Tranque as portas e fique... bem, fique na surdina. Ela implorou que eu fosse para casa, me disse que tinha ouvido tiros na rua e uma explosão a uma quadra de distância. Falou também que viu um homem nu correndo pelo quintal dos Benzyck. Os Benzyck são nossos vizinhos.

— Sim — disse Tom com brandura. Com doçura, até. Clay não falou nada. Estava um pouco envergonhado pela raiva que sentira do sr. Ricardi, mas Tom ficara com raiva também.

— Ela disse que achava que o homem nu talvez... *talvez*, ela só disse *talvez*... estivesse carregando o corpo de uma... humm... uma criança nua. Mas provavelmente era só uma boneca. Ela me implorou de novo para deixar o hotel e voltar para casa.

Clay já tinha conseguido o que precisava. Os telefones fixos eram seguros. O sr. Ricardi estava em estado de choque, mas não louco. Clay pôs a mão no aparelho, mas o sr. Ricardi pôs a mão sobre a dele antes de Clay levantar o fone. Os dedos do sr. Ricardi eram longos, pálidos e muito frios. Ele ainda não terminara. Estava inspirado.

— Ela me chamou de filho da puta e desligou. Sei que estava com raiva de mim, e é claro que entendo o porquê. Mas a polícia me disse para trancar tudo e ficar onde estava. A polícia me disse para ficar fora das ruas. A polícia. As *autoridades*.

Clay assentiu.

— As autoridades, claro.

— Você veio de metrô? — perguntou o sr. Ricardi. — Eu sempre uso o metrô. Fica a duas quadras daqui. É muito conveniente.

— Não seria conveniente nesta tarde — falou Tom. — Depois do que acabamos de ver, nada me faria ir lá para baixo.

O sr. Ricardi olhou para Clay com uma impaciência chorosa.

— Está vendo?

Clay assentiu mais uma vez.

— Você está mais seguro aqui — falou, ciente de que queria ir para casa ver o filho. Sharon também, é claro, mas principalmente o filho. Ciente de que nada o impediria, a não ser que fosse inevitável. Era como um peso na sua mente que lançava uma sombra real sobre seus olhos. — Muito mais seguro.

Então pegou o fone e discou 9 para uma linha externa. Não tinha certeza se iria conseguir linha, mas conseguiu. Discou 1, depois 207, que era o código de área do Maine, e então 692, que era o prefixo para Kent Pond e para as cidades vizinhas. Discou três dos quatro números — quase alcançando a casa na qual ainda pensava como lar — antes de os característicos três toques o interromperem. Uma voz feminina gravada entrou em seguida: "Desculpe-nos. Todos os circuitos estão ocupados. Por favor, tente fazer sua chamada mais tarde".

Logo em seguida, veio um tom de discagem, como se um circuito automático o tivesse desconectado do Maine... se é que era de lá que vinha a voz da máquina. Clay deixou o telefone cair até a altura do ombro, como se tivesse ficado muito pesado. Então o pôs de volta no gancho.

13

Tom disse que Clay era louco de querer sair dali.

Em primeiro lugar, Tom explicou, eles estavam relativamente seguros no Atlantic Avenue Inn, ainda mais com os elevadores desativados e o acesso ao saguão pelas escadas bloqueado. Tinham feito isso empilhando caixas e malas que estavam na sala de bagagens em frente à porta no fim do corredor curto, depois da área dos elevadores. Mesmo se alguém dotado de uma força extraordinária empurrasse a porta do outro lado, conseguiria apenas arrastar a pilha até a parede oposta, criando uma brecha de uns quinze centímetros. Insuficiente para uma pessoa passar.

Em segundo lugar, o tumulto na cidade além do porto seguro deles parecia estar aumentando. Havia um barulho constante de alarmes que se misturavam, gritos, berros, motores em disparada e, às vezes, o cheiro apavorante de fumaça, embora parecesse que o vento forte do dia estivesse levando a maior parte dela para longe dali. *Até agora*, pensou Clay, mas não disse em voz alta, pelo menos não por ora — não queria deixar a garota mais assustada do que já estava. Havia explosões que nunca pareciam vir individualmente, e sim em espasmos. Uma delas foi tão perto que todos se agacharam, certos de que a janela da frente iria explodir. Não aconteceu, mas, depois daquilo, eles foram para o santuário do sr. Ricardi.

O terceiro motivo que Tom deu para achar que Clay estava louco de simplesmente *pensar* em deixar a precária segurança do hotel era que já eram 17h15. O dia estava para terminar. Ele argumentou que tentar sair de Boston à noite seria loucura.

— Dê uma olhada lá fora — ele disse, gesticulando para a pequena janela do sr. Ricardi, que dava para a Essex Street. A Essex estava repleta de carros abandonados. Havia pelo menos um corpo, de uma jovem vestindo jeans e uma camiseta dos Red Sox. Estava de bruços na calçada, com os dois braços estirados, como se tivesse morrido tentando nadar. VARITEK, dizia a camiseta. — Você está pensando que vai conseguir dirigir seu carro? Se estiver, é melhor pensar de novo.

— Ele está certo — concordou o sr. Ricardi. Estava sentado atrás da mesa com os braços cruzados mais uma vez sobre o peito estreito, o retrato do desalento. — O seu carro está no estacionamento da Tamworth Street. Acho que você não vai conseguir nem recuperar as chaves.

Clay, que já havia considerado o carro uma causa perdida, abriu a boca para dizer que não estava pensando em dirigir (pelo menos não em um primeiro momento), quando outro baque veio do andar de cima, daquela vez, forte o bastante para fazer o teto tremer. Alice Maxwell, que estava sentada na cadeira em frente à mesa do sr. Ricardi, olhou nervosa para cima e então começou a se encolher mais ainda.

— O que tem lá em cima? — perguntou Tom.

— Logo acima da gente fica a Sala Iroquois — respondeu o sr. Ricardi. — A maior das nossas três salas de reunião e onde guardamos todos os nossos materiais: cadeiras, mesas, equipamento audiovisual. — Ele fez uma pausa. — E, embora não tenhamos um restaurante, organizamos bufês ou coquetéis, se os clientes requisitarem esse tipo de serviço. Esse barulho...

Ele não completou a frase. Na opinião de Clay, não precisava. Aquele último baque foi de um carrinho com uma pilha de utensílios de vidro sendo virado no chão da Sala Iroquois, onde vários outros carrinhos e mesas já tinham sido derrubados por algum louco que estava furiosamente andando de um lado para o outro lá em cima. Zunindo pelo segundo andar como um inseto preso entre a janela e a tela, o lunático não tinha inteligência para descobrir a saída; só sabia correr e parar, correr e parar.

Alice falou pela primeira vez em quase meia hora e, pela primeira vez desde que a encontraram, sem que alguém lhe perguntasse algo.

— Você disse alguma coisa sobre uma mulher chamada Doris.

— Doris Gutierrez. — O sr. Ricardi assentia com a cabeça. — A chefe da limpeza. Excelente funcionária. Provavelmente a melhor. Ela estava no terceiro andar na última vez que falei com ela.

— Ela estava com um... — Alice não terminou a frase. Em vez disso, fez um gesto que se tornara quase tão familiar para Clay quanto colocar o indicador na frente dos lábios para pedir silêncio. Alice posicionou a mão direita do lado do rosto com o polegar perto da orelha e o mindinho na frente da boca.

— Não — disse o sr. Ricardi, quase afetadamente. — Os funcionários são obrigados a deixá-los nos seus armários durante o expediente. Se violarem a regra eles recebem uma advertência. Se receberem duas, podem ser despedidos. Digo isso a eles quando são contratados. — Ele meio que deu de ombros com um só ombro magro. — A política é da casa, não minha.

— Ela poderia ter descido para o segundo andar para investigar aqueles sons? — perguntou Alice.

— Provavelmente — disse o sr. Ricardi. — Não tenho como saber. Só sei que não tive notícias de Doris desde que fui comunicado do fogo na lata de lixo, e ela não respondeu ao bipe. Eu a bipei duas vezes.

Clay não queria dizer algo como "*Viram? Aqui também não é seguro*" em voz alta, então olhou para Tom, que estava atrás de Alice, tentando passar para ele a mesma ideia com o olhar.

Tom falou:

— Quantas pessoas você diria que ainda estão nos andares de cima?

— Não tenho como saber.

— Se tivesse que dar um palpite.

— Não muitas. Em se tratando do pessoal da limpeza, provavelmente só Doris. Os funcionários do dia saem às três, e os da noite só chegam às seis. — O sr. Ricardi apertou os lábios com força. — É uma forma de economia. Não se pode dizer *medida*, porque não funciona. Quanto aos hóspedes...

Ele pensou.

— A tarde é tranquila para nós, muito tranquila. Os hóspedes da noite anterior já saíram todos, é claro, pois o check-out do Atlantic Inn é ao meio-dia, e os próximos hóspedes não começam a se registrar antes das quatro, mais ou menos, em uma tarde comum. O que certamente não é o caso de hoje. Os hóspedes que ficam vários dias em geral estão aqui a negócios. Como imagino que seja o *seu* caso, sr. Riddle.

Clay assentiu sem se preocupar em corrigi-lo.

— No meio da tarde, os executivos geralmente estão trabalhando. Então, como pode ver, estamos quase sozinhos.

Como que para contradizer aquela afirmação, outro baque soou sobre a cabeça deles. Mais vidro quebrando e um rosnado feroz baixo. Todos olharam para cima.

— Clay, ouça — disse Tom. — Se o cara lá de cima encontrar as escadas... Não sei se essas pessoas são capazes de raciocinar, mas...

— A julgar pelo que vimos nas ruas — interrompeu Clay —, considerar que sejam pessoas pode estar errado. Estava pensando que o cara lá em cima é mais como um inseto preso entre uma janela e uma tela. Um inseto assim pode sair, se achar um buraco, e o cara lá em cima pode até achar as escadas, mas se isso acontecer, acho que vai ser por acaso.

— Quando ele descer e descobrir que a porta para o saguão está travada, vai usar a porta de incêndio do corredor — falou o sr. Ricardi com o que, para ele, era um tom de animação. — O alarme está programado para soar sempre que alguém empurrar a barra, então, se tocar, saberemos que ele foi embora. Menos um doido para nos preocuparmos.

Em algum lugar a sul de onde estavam, algo grande explodiu e todos se encolheram. Clay pensou que agora sabia como devia ser viver em Beirute durante a década de 1980.

— Estou tentando provar uma coisa — disse Clay com paciência.

— Eu não acho — discordou Tom. — Você vai sair de qualquer jeito, porque está preocupado com sua mulher e seu filho. Está tentando nos convencer, pois quer companhia.

Clay soltou um suspiro de frustração.

— É claro que quero companhia, mas não é por isso que quero convencê-los a vir comigo. O cheiro de fumaça está ficando mais forte, mas quando foi a última vez em que vocês ouviram um alarme?

Ninguém respondeu.

— Pois é — falou Clay. — Não acho que as coisas vão melhorar em Boston, não por agora. Vão piorar. Se foram os celulares...

— Ela tentou deixar uma mensagem pro papai — Alice interrompeu. Falou depressa, como se quisesse garantir que todas as palavras saíssem antes que a lembrança fosse embora. — Só queria confirmar se ele tinha ido buscar a roupa na lavanderia, porque precisava do vestido amarelo de lã para a reunião do comitê. E eu também precisava do meu uniforme extra para o jogo no sábado. Isso foi no táxi. E então nós batemos! *Ela estrangulou o homem e o mordeu. O turbante dele caiu e o rosto dele estava cheio de sangue e nós batemos!*

Alice olhou em volta para os três rostos que a observavam, então enfiou o próprio rosto entre as mãos e começou a soluçar. Tom fez menção de confortá-la, mas o sr. Ricardi surpreendeu Clay ao dar a volta na mesa e passar um braço magrelo em volta da garota antes de Tom a alcançar.

— Passou, passou — ele disse. — Tenho certeza de que foi tudo um mal-entendido, minha jovem.

Ela levantou a cabeça para olhar para ele, os olhos arregalados e furiosos.

— *Mal-entendido?* — Ela indicou a grande mancha de sangue seco na frente do vestido. — Isso parece um *mal-entendido?* Usei o caratê que aprendi nas aulas de defesa pessoal da escola. Dei golpes de caratê na minha própria mãe! Quebrei o nariz dela, acho... tenho *certeza*... — Alice balançou a cabeça rapidamente, o cabelo se agitando. — E mesmo assim, se eu não tivesse conseguido esticar o braço para trás para abrir a porta...

— Ela teria te matado — disse Clay categoricamente.

— Ela teria me matado — concordou Alice com um sussurro. — Ela não sabia quem eu era. Minha própria mãe. — A garota olhou de Clay para Tom. — Foram os celulares — ela disse com o mesmo sussurro. — Foram os celulares, com certeza.

14

— Quantas dessas pragas existem em Boston? — perguntou Clay. — Qual é a penetração no mercado?

— Considerando o grande número de universitários, eu diria que é enorme — respondeu o sr. Ricardi. Ele estava de volta ao seu lugar atrás da mesa e agora parecia um pouco mais animado. Provavelmente por ter confortado a garota, ou talvez por conta da pergunta sobre negócios. — No entanto, o alcance vai muito além dos jovens de alto poder aquisitivo, é claro. Li um artigo na *Inc.* há um ou dois meses que afirmava que hoje em dia o número de celulares na China continental é igual à população dos Estados Unidos. Dá pra imaginar uma coisa dessas?

Clay não queria imaginar.

— Certo. — Tom assentia com relutância. — Estou vendo aonde você quer chegar com isso. Alguém, alguma organização terrorista, dá um jeito de manipular os sinais de celular. Se você fizer ou receber uma ligação, recebe um tipo de... o quê?... um tipo de mensagem subliminar, sei lá... que te deixa maluco. Parece ficção científica, mas acredito que há quinze ou vinte anos os telefones celulares, como de fato são hoje em dia, pareceriam ficção científica para a maioria das pessoas.

— Tenho quase certeza de que é algo do gênero — disse Clay. — Basta *entreouvir* uma ligação e você está completamente ferrado. — Ele estava pensando na Cabelinho Escuro. — Mas o mais traiçoeiro é que quando as pessoas veem algo de errado ao redor...

— O primeiro impulso delas é pegar o celular e tentar descobrir a causa — Tom completou.

— Exatamente — Clay concordou. — Eu vi gente fazer isso.

Tom olhou para ele com desânimo.

— Eu também.

— Mas o que tudo isso tem a ver com você sair da segurança do hotel, principalmente com a noite chegando, eu não sei — disse o sr. Ricardi.

Como se para responder à dúvida do sr. Ricardi, houve outra explosão, que foi seguida por outra meia dúzia, marchando para sudeste como as passadas de um gigante indo embora. De cima deles veio outro baque e um grito fraco de raiva.

— Não acredito que esses malucos tenham inteligência o bastante para sair da cidade, da mesma forma que o cara lá de cima não consegue achar o caminho para as escadas — disse Clay.

Por um instante ele pensou que a expressão no rosto de Tom fosse de choque, mas então percebeu que era de outra coisa. Estupefação, talvez. E uma esperança nascente.

— Ah, meu Deus — ele disse e chegou a dar um tapa no rosto com uma das mãos. — Eles não vão sair. Não tinha pensado nisso.

— Acho que tem outra coisa — falou Alice. Estava mordendo o lábio e com os olhos baixados para as mãos, que estavam embaralhadas em um nó inquieto. Ela se forçou a erguer os olhos para Clay. — Talvez seja *mais* seguro sair à noite.

— Por quê, Alice?

— Se não conseguirem te ver, se você for para trás de alguma coisa e conseguir se esconder, eles esquecem de você quase na mesma hora.

— O que te faz pensar assim, querida? — perguntou Tom.

— Eu me escondi do homem que estava me seguindo — ela disse baixinho. — O cara de camisa amarela. Foi logo antes de eu ver vocês. Me escondi em um beco. Atrás de uma daquelas caçambas. Fiquei com medo porque achei que estava sem saída se ele viesse atrás de mim, mas foi a única coisa que consegui pensar em fazer. Ele ficou parado na entrada do beco, olhando em volta, *andando* de um lado para o outro... fazendo círculos de preocupação, como diria meu avô... Primeiro achei que ele estava de sacanagem comigo, sabe? Porque ele *tinha* que ter me visto entrar no beco, eu estava a poucos centímetros dele... só alguns centímetros... quase ao alcance da mão... — Alice começou a tremer. — Mas, assim que entrei ali, era como se eu estivesse... sei lá...

— Longe dos olhos, longe da mente — concluiu Tom. — Mas se ele estava tão perto, por que você parou de correr?

— Por que eu não aguentava mais — respondeu Alice. — Simplesmente não aguentava mais. Minhas pernas pareciam de borracha e era como se eu fosse me despedaçar por dentro. Mas acabou que nem precisava correr. Ele fez mais alguns círculos de preocupação, murmurando aquelas palavras malucas, e foi embora. Mal pude acreditar. Achei que ele estivesse tentando blefar... mas ao mesmo tempo sabia que era louco demais para uma coisa daquelas. — Ela olhou de relance para Clay e então voltou a baixar os olhos para as mãos. — Meu azar foi encontrar com ele de novo. Devia ter ficado com vocês na primeira vez que os vi. Às vezes eu sou uma idiota.

— Você estava assus... — Clay começou a falar, e então a maior explosão que já haviam ouvido até o momento veio de algum lugar a leste. Era um *KER-WHAM!* ensurdecedor, que fez com que todos se abaixassem e tapassem os ouvidos. Ouviram a janela do saguão se estilhaçar.

— Meu... *Deus* — disse o sr. Ricardi. Para Clay, aqueles olhos arregalados debaixo da careca deixaram-no parecido com Daddy Warbucks, o preceptor de Annie, a Pequena Órfã. — Deve ter sido aquele novo posto da Shell que eles construíram na Kneeland. Aquele que todos os táxis e ônibus de turismo usam. Veio da direção dele.

Clay não fazia ideia se Ricardi tinha razão, não sentia cheiro de gasolina (pelo menos não ainda), mas em sua mente podia ver a construção queimando como um maçarico no entardecer.

— Uma cidade moderna pode ser incendiada? — ele perguntou para Tom. — Uma cidade feita quase toda de concreto, metal e vidro? Ela pode pegar fogo como aconteceu com Chicago em 1871 depois que a vaca da sra. O'Leary derrubou o lampião?

— Essa história de vaca derrubando o lampião não passa de uma lenda urbana — falou Alice. Ela massageava a nuca como se estivesse ficando com uma dor de cabeça forte. — Foi o que a sra. Myers disse, na aula de história americana.

— Claro que pode — Tom respondeu. — Veja o que aconteceu com o World Trade Center, depois que aqueles aviões bateram nele.

— Aviões cheios de combustível — disse o sr. Ricardi incisivamente.

Como se o recepcionista careca o tivesse invocado, o cheiro de gasolina queimando chegou a eles, entrando pelas janelas estilhaçadas do saguão e deslizando por baixo da porta do escritório como um sinal de más vibrações.

— Parece que você acertou na mosca em relação ao posto da Shell — observou Tom.

O sr. Ricardi foi até a porta que separava o escritório do saguão. Ele a destrancou e abriu. O que Clay conseguia ver do saguão à sua frente já parecia deserto, sombrio e, de certa forma, irrelevante. O sr. Ricardi deu uma fungada ruidosa e então fechou a porta e a trancou novamente.

— Já está mais fraco — falou.

— Quem dera — disse Clay. — É o seu nariz que já está se acostumando com o cheiro.

— Acho que ele pode ter razão — disse Tom. — Um vento forte está vindo de oeste lá fora, o que significa que o ar está se movendo na direção do mar. E, se o que acabamos de ouvir foi o novo posto que eles inauguraram na esquina da Kneeland com a Washington, em frente ao New England Medical Center...

— É esse mesmo — o sr. Ricardi confirmou. Seu rosto registrava uma satisfação abatida. — Houve protestos, mas o dinheiro deve ter dado um jeito *neles,* pode acredit...

— ... então a essa altura o hospital também deve estar pegando fogo... junto com todo mundo que ainda estiver dentro dele, é claro... — Tom o interrompeu.

— Não! — Alice exclamou, e em seguida cobriu a boca com a mão.

— Provavelmente sim. E o Wang Center vai ser o próximo. O vento pode parar de soprar mais tarde, mas, se não parar, até as dez da noite tudo o que estiver a leste da Mass Pike vai virar churrasco.

— Nós estamos a oeste — observou o sr. Ricardi.

— Então estamos a salvo — disse Clay. — Pelo menos *disso.*

Ele foi até a janelinha do escritório, ficou na ponta dos pés e olhou para a Essex Street.

— O que está vendo? — perguntou Alice. — Está vendo alguém?

— Não... sim. Um homem. Do outro lado da rua.

— É um dos malucos? — ela perguntou.

— Não dá para saber. — Mas Clay achava que sim, por conta do jeito como ele andava e da maneira convulsiva como ficava olhando sobre o ombro. Logo antes de dobrar a esquina para a Lincoln Street, o cara quase bateu em um arranjo de frutas em frente a uma mercearia. E, embora Clay não pudesse ouvi-lo, conseguia ver os lábios do homem se mexendo. — Agora ele sumiu.

— Mais ninguém? — perguntou Tom.

— Não no momento, mas tem fumaça. — Clay fez uma pausa. — Fuligem e poeira também. Não dá para saber quanto. O vento está soprando tudo.

— O.k., você me convenceu — disse Tom. — Sempre fui devagar para aprender as coisas, mas nunca fui burro. A cidade vai queimar e só os malucos vão ficar por aqui.

— Acho que vai ser isso mesmo — Clay respondeu. E ele não achava que aquilo valia só para Boston, mas, por ora, Boston era tudo o que suportaria levar em conta. Poderia até ser capaz de ampliar sua visão mais tarde, mas não antes de saber que Johnny estava em segurança. Ou talvez o quadro mais amplo ficasse sempre fora do seu alcance. Afinal de contas, ele desenhava quadrinhos para viver. Porém, apesar de tudo, o sujeito egoísta que ficava agarrado na sua mente como um carrapato teve tempo de enviar um pensamento claro. Ele veio em azul e dourado cintilante. *Por que isso teve que acontecer justamente hoje? Logo depois de eu finalmente dar uma dentro?*

— Posso ir com vocês, se vocês forem? — perguntou Alice.

— Claro — respondeu Clay. Olhou para o recepcionista. — Você também pode vir, sr. Ricardi.

— Eu vou ficar no meu posto — o sr. Ricardi afirmou. Ele falou com arrogância, mas, antes de se afastarem do olhar de Clay, seus olhos pareceram doentes.

— Não acho que você vai ter problemas com a gerência se encerrar o expediente sob essas circunstâncias — disse Tom. Ele falou daquele jeito cavalheiro de que Clay estava começando a gostar bastante.

— Eu vou ficar no meu posto — ele repetiu. — O sr. Donnelly, o gerente do dia, saiu para fazer um depósito no banco e me deixou responsável pelo hotel. Se ele voltar, talvez...

— Por favor, sr. Ricardi — Alice o interrompeu. — Ficar aqui não vai adiantar.

Mas o sr. Ricardi, que tinha mais uma vez cruzado os braços sobre o peito estreito, apenas balançou a cabeça.

15

Eles tiraram uma das cadeiras Queen Anne do caminho e o sr. Ricardi destrancou as portas da frente. Clay olhou para fora. Não via pessoas se movendo em nenhuma direção, mas era difícil ter certeza, pois o ar estava cheio de poeira fina e preta. Ela bailava no vento como neve escura.

— Vamos — ele disse. Para começar, eles iriam apenas para o prédio vizinho, o Metropolitan Café.

— Vou trancar de novo a porta e colocar a cadeira de volta no lugar — disse o sr. Ricardi —, mas estarei atento. Se tiverem problemas, se mais daquelas... pessoas... estiverem escondidas no Metropolitan, por exemplo, e vocês precisarem voltar, lembrem-se de gritar: "sr. Ricardi, sr. Ricardi, precisamos de ajuda!". Assim eu fico sabendo que é seguro abrir a porta. Entendido?

— Certo — disse Clay. Ele apertou o ombro magro do sr. Ricardi. O recepcionista se retraiu, e então ficou firme, embora não tenha demonstrado sinal algum de prazer por ter sido cumprimentado daquela forma. — Você é gente boa. Não achei que fosse, mas estava enganado.

— Tento fazer o melhor que posso — disse o careca com austeridade. — Lembre-se...

— Nós vamos lembrar — garantiu Tom. — E vamos ficar lá uns dez minutos. Se alguma coisa der errado por aqui, *você* grita.

— Certo.

Mas Clay não achou que ele gritaria. Não sabia por que pensou isso, não fazia sentido pensar que um homem não gritaria para salvar a própria vida se estivesse encrencado, mas Clay pensou.

Alice falou:

— Por favor, reconsidere, sr. Ricardi. Boston não é segura, o senhor já deve ter percebido isso.

O sr. Ricardi apenas desviou o olhar. E Clay pensou, não sem espanto: é assim que um homem fica quando decide que correr o risco de morrer é melhor do que correr o risco de mudar.

— Venham — disse Clay. — Vamos fazer uns sanduíches enquanto ainda temos eletricidade para enxergar.

— Algumas garrafas de água mineral também seria uma boa ideia — Tom sugeriu.

16

A luz oscilou enquanto eles embrulhavam o último sanduíche na cozinha bem-arrumada e de azulejos brancos do Metropolitan Café. Àquela altura, Clay já havia tentado ligar mais três vezes para o Maine: uma para sua antiga casa, outra para a Escola de Kent Pond, onde Sharon dava aulas, e outra para a Escola Joshua Chamberlain, que Johnny frequentava. Em nenhuma das vezes conseguiu ir além do código de área 207.

Quando as luzes do Metropolitan se apagaram, Alice deu um grito. A princípio, pareceu a Clay que estavam numa escuridão total. Em seguida, no entanto, as luzes de emergência se acenderam, o que não tranquilizou muito Alice. Ela se apoiava em Tom com um braço. Na outra mão, empunhava a faca de pão que usara para cortar os sanduíches. Os olhos dela estavam arregalados e, de certa forma, apáticos.

— Alice, largue essa faca — pediu Clay, com um pouco mais de rispidez do que queria. — Antes que você corte um de nós com ela.

— Ou a si mesma — disse Tom com aquela sua voz branda e confortante. Seus óculos cintilavam com o brilho das luzes de emergência.

Ela largou a faca e então a apanhou de volta.

— Quero ficar com ela — falou. — Quero tê-la comigo. Você tem uma, Clay. Eu também quero.

— Tudo bem — ele disse —, mas você não tem um cinto. Vamos fazer um com uma toalha de mesa. Por enquanto, só tenha cuidado.

Metade dos sanduíches era de rosbife e queijo, a outra de presunto e queijo. Alice os embrulhou com filme de pvc. Debaixo da caixa registradora,

Clay encontrou uma pilha de sacos e ele e Tom jogaram os sanduíches em dois deles. Em um terceiro, guardaram três garrafas de água.

As mesas haviam sido preparadas para um jantar que nunca iria acontecer. Duas ou três tinham sido viradas, mas a maioria estava perfeita, com as taças e talheres brilhando na luz dura das lâmpadas de emergência nas paredes. Algo naquela ordenação calma partiu o coração de Clay. A brancura dos guardanapos dobrados e as pequenas lâmpadas elétricas em cada mesa. Os abajurzinhos estavam apagados, e ele imaginava que demoraria bastante para as lâmpadas dentro deles se acenderem novamente.

Ele viu Alice e Tom olhando em volta com rostos tão infelizes quanto o seu provavelmente também estava, e um desejo de animá-los — quase frenético de tão urgente — o invadiu. Lembrou-se de um truque que costumava fazer para o filho. Voltou a pensar no celular de Johnny e o rato surtado de sua mente deu uma outra mordida nele. Clay esperava de todo coração que o maldito telefone estivesse esquecido debaixo da cama de Johnny-Gee, entre bolinhas de poeira e com a bateria morta-morta-morta.

— Prestem bastante atenção nisso — ele começou, largando o seu saco de sanduíches —, e notem que em nenhum momento minhas mãos saem do lugar. — Ele pegou a ponta de uma toalha de mesa.

— Não é hora para truques de mágica.

— Eu quero ver — Alice falou. Pela primeira vez desde que eles a encontraram, ela estava com um sorriso no rosto. Era pequeno, mas estava lá.

— Precisamos da toalha de mesa — continuou Clay. — Vai ser rápido e, além do mais, a dama quer ver. — Ele se virou para Alice. — Mas você vai ter que falar uma palavra mágica. *Shazam* serve.

— *Shazam* — ela disse, e Clay puxou com força com as duas mãos.

Não fazia o truque há dois, talvez três anos, e quase deu errado. Porém, ao mesmo tempo, o erro — uma pequena hesitação na hora de puxar, sem dúvida — acabou acrescentando charme à brincadeira. Em vez de ficarem parados no mesmo lugar enquanto a toalha simplesmente era puxada e desaparecia debaixo deles, todos os utensílios na mesa andaram uns dez centímetros para a direita. Na verdade, a taça mais próxima de onde Clay estava ficou com metade da sua base circular na mesa e outra metade fora dela.

Alice aplaudiu, agora rindo. Clay fez uma mesura com as mãos estendidas.

— Podemos ir agora, ó, grande Vermicelli? — perguntou Tom, que também estava sorrindo. Clay conseguia ver seus dentes pequenos sob as luzes de emergência.

— Assim que eu ajeitar isso — respondeu Clay. — Ela pode carregar a faca de um lado e um saco de sanduíches do outro. Você pode levar a água.

Ele dobrou a toalha em um triângulo e então a enrolou rapidamente na forma de um cinto. Passou o cinto improvisado pelas alças de um dos sacos de sanduíches e então o colocou em volta da cintura fina da garota, precisando dar uma volta e meia e amarrar o nó nas costas dela para deixar firme. Arrematou enfiando a faca serrada de pão do lado direito.

— Você é bem jeitoso, hein — disse Tom.

— Jeitoso é vistoso — falou Clay, e então alguma outra coisa explodiu lá fora, perto o bastante para fazer o local tremer. A taça que estava metade na mesa e metade fora dela acabou perdendo o equilíbrio, caiu no chão e quebrou. Os três olharam para ela. Clay pensou em dizer que não acreditava em presságios, mas aquilo só pioraria as coisas. E além do mais, ele acreditava.

17

Clay tinha seus motivos para querer voltar ao Atlantic Avenue Inn antes de eles partirem. Um deles era reaver seu portfólio, que esquecera no saguão. Outro era ver se conseguiam achar algum tipo de bainha improvisada para a faca de Alice — ele calculou que até mesmo um estojo de barbear serviria, se fosse longo o bastante. O terceiro era dar ao sr. Ricardi mais uma chance de se juntar a eles. Ele ficou surpreso ao descobrir que queria isso mais do que o portfólio de desenhos esquecido. Desenvolvera uma estranha e relutante simpatia pelo homem.

Quando confessou isso a Tom, este o surpreendeu com um assentimento.

— É assim que eu me sinto em relação a anchovas na pizza — ele comparou. — Digo a mim mesmo que há algo de nojento em uma combinação de queijo, molho de tomate e peixe morto... mas às vezes um impulso vergonhoso toma conta de mim e não consigo enfrentá-lo.

Uma tempestade de cinzas pretas e fuligem soprava pela rua e entre os prédios. Alarmes de carro soavam, alarmes contra roubo zurravam e alarmes de incêndio grasniam. Não parecia haver calor no ar, mas Clay ouvia fogo estalando nas direções sul e leste. O cheiro de queimado também estava mais forte. Eles ouviram vozes gritando, mas elas vinham do caminho de volta para o Common, onde a Boylston Street se alargava.

Quando chegaram de volta ao Atlantic Avenue Inn, Tom ajudou Clay a empurrar uma das cadeiras Queen Anne da frente de um dos painéis de vidro quebrados. O saguão se tornara um mar de escuridão no qual o balcão e o sofá do sr. Ricardi eram apenas sombras mais escuras; se Clay já não tivesse estado ali, não faria ideia do que aquelas sombras representavam. Sobre os elevadores, uma única luz de emergência piscava, a bateria na caixa atrás dela zumbindo como uma mosca.

— Sr. Ricardi? — chamou Tom. — Sr. Ricardi, nós viemos ver se você mudou de ideia.

Não houve resposta. Um instante depois, Alice começou a retirar os pedaços de vidro que ainda estavam presos na janela. — *Sr. Ricardi!* — Tom chamou novamente e, quando continuou sem resposta, virou para Clay. — Você vai entrar, não vai?

— Sim. Preciso pegar meu portfólio. Meus desenhos estão nele.

— Você não tem cópias?

— Aqueles são os originais — Clay respondeu, como se aquilo explicasse tudo. Para ele, explicava. E, além do mais, havia o sr. Ricardi. Ele havia garantido: *Estarei atento.*

— E se o barulhento do andar de cima o tiver atacado? — perguntou Tom.

— Se fosse o caso, acho que teríamos escutado ele fazendo barulho aqui embaixo — Clay considerou. — Além disso, ele viria correndo na direção do som das nossas vozes, tagarelando como o cara que tentou nos retalhar lá no Common.

— Você não tem como saber isso — Alice suspeitou. Ela estava mordendo o lábio inferior. — É cedo demais para achar que sabe todas as regras.

É claro que ela estava certa, mas eles não podiam ficar parados lá discutindo, pois aquilo também não iria adiantar nada.

— Vou tomar cuidado — ele falou e passou uma perna por sobre a parte de baixo da janela. Era estreita, mas tinha espaço suficiente para ele passar.

— Vou só enfiar a cabeça dentro do escritório. Se ele não estiver por lá, não vou sair atrás dele como uma criança de filme de terror. Só vou pegar meu portfólio e a gente cai fora.

— Grite — pediu Alice. — Diga apenas: "O.k., estou bem", ou algo do gênero. O tempo todo.

— Certo, mas se eu parar de gritar, *vão embora*. Não venham atrás de mim.

— Não se preocupe — ela disse, sem sorrir. — Eu também vi todos esses filmes. A gente tem Cinemax lá em casa.

18

— Estou bem — gritou Clay, pegando o portfólio e depositando-o sobre o balcão. *Prontinho*, ele pensou. Mas ainda não tinha feito tudo o que precisava.

Ele olhou sobre o ombro ao dar a volta no balcão e viu a única janela desbloqueada tremeluzir, parecendo flutuar na escuridão cada vez mais densa, com duas silhuetas recortadas na última luz do dia.

— Estou bem, ainda estou bem, só vou dar uma olhada no escritório agora, ainda estou bem, ainda es...

— Clay? — a voz de Tom estava inquieta, mas por um instante Clay não conseguiu responder para tranquilizá-lo. Havia um lustre no meio do teto alto do escritório, e o sr. Ricardi estava pendurado nele pelo que parecia ser um cordão para amarrar cortinas. Seu rosto estava coberto por uma sacola branca. Clay reconheceu o saco plástico que o hotel fornecia para os hóspedes colocarem a roupa suja e para a lavanderia. — Clay, você está bem?

— Clay? — A voz de Alice saiu esganiçada, à beira da histeria.

— Estou bem. — Clay ouviu a própria voz dizer. Sua boca parecia estar funcionando sozinha, sem ajuda do cérebro. — Ainda estou bem aqui. — Ele estava pensando na expressão do sr. Ricardi quando disse: *Eu vou ficar no meu posto.* As palavras foram arrogantes, mas os olhos estavam assustados e, de certa forma, humildes. Eram como os olhos de um guaxinim encurralado em um canto da garagem por um cachorro grande e furioso. — Já estou saindo.

Ele se afastou andando de costas, como se o sr. Ricardi pudesse tirar o garrote improvisado do pescoço e ir correndo atrás dele no instante em que Clay virasse. De repente, sentiu mais medo por Sharon e Johnny; a saudade deles era tão profunda que o fez relembrar a infância: pensou no seu primeiro dia na escola, a mãe o deixando no portão do playground. Os outros pais tinham entrado com os filhos. *Entre lá, Clayton, é a primeira sala, vai dar tudo certo. Meninos têm que fazer essa parte sozinhos.* Antes de fazer o que ela ordenara, ele a observou ir embora, subindo de volta a Cedar Street com seu casaco azul. Agora, parado no escuro, ele se deparava novamente com a ideia de que as pessoas não diziam *morrer* de saudade à toa.

Tom e Alice eram legais, mas ele queria estar com as pessoas que amava.

Assim que deu a volta no balcão, ele se virou de frente para a rua e atravessou o saguão. Chegou perto o bastante da longa janela quebrada para ver os rostos assustados dos seus novos amigos, e então lembrou que tinha esquecido de novo a porra do portfólio e teria que voltar. Ao pegá-lo, teve certeza de que a mão do sr. Ricardi sairia da escuridão cada vez maior atrás da mesa e se fecharia sobre a dele. Isso não aconteceu, mas outro daqueles baques veio do andar de cima. Ainda havia algo lá, algo ainda andava às cegas no escuro. Algo que havia sido humano até as três da tarde daquele dia.

Daquela vez, quando ele estava a meio caminho da porta, a solitária luz de emergência à bateria do saguão piscou brevemente e então se apagou. *Isto é uma violação do Código de Segurança Contra Incêndio,* pensou Clay. *Eu deveria fazer uma denúncia.*

Ele estendeu o portfólio e o entregou a Tom.

— Onde está ele? — perguntou Alice. — Ele não estava lá dentro?

— Morto — Clay respondeu. A ideia de mentir passara pela cabeça dele, mas não achou que seria capaz. Estava chocado demais pelo que tinha acabado de ver. Como um homem poderia se enforcar sozinho? Ele nem conseguia entender como era possível. — Suicídio.

Alice começou a chorar e ocorreu a Clay que ela nem sabia que, se dependesse do sr. Ricardi, provavelmente ela mesma estaria morta àquela altura. Na verdade, ele próprio sentiu um pouco de vontade de chorar. Porque o sr. Ricardi acabara sendo gente boa. Talvez a maioria das pessoas o fosse, se tivesse a chance.

Um grito que pareceu forte demais para ter saído de pulmões humanos veio da direção do Common, a oeste da rua cada vez mais escura onde estavam. Clay achou que parecia quase um barrido de elefante. Não havia dor nele, tampouco alegria. Apenas loucura. Alice se apertou contra Clay, que passou o braço em volta dela. A sensação que vinha do corpo da garota era como a de um fio elétrico conduzindo uma corrente forte.

— Se vamos dar o fora daqui, é melhor irmos logo — disse Tom. — Se a gente não se meter em muito problema, conseguiremos chegar até Malden e podemos passar a noite na minha casa.

— Excelente ideia — Clay concordou.

Tom sorriu com cautela.

— Você acha mesmo?

— Com certeza. Quem sabe, talvez o oficial Ashland já esteja lá.

— Quem é o oficial Ashland? — perguntou Alice.

— Um policial que encontramos no Common — disse Tom. — Ele... bem, ele nos ajudou. — Os três estavam caminhando para leste na direção da Atlantic Avenue, em meio às cinzas que caíam e ao som de alarmes. — Mas ele não vai estar por lá. Clay só está tentando fazer graça.

— Ah — ela disse. — Que bom que alguém está tentando.

Um celular azul com a capa quebrada estava caído na calçada, ao lado de uma lata de lixo. Alice o chutou para a sarjeta sem desviar do percurso.

— Bom chute — disse Clay. Alice deu de ombros.

— Cinco anos de futebol — ela respondeu e, naquele mesmo instante, as luzes da rua se acenderam, com um presságio de que nem tudo estava perdido.

MALDEN

1

Milhares de pessoas pararam na ponte do Mystic River e observaram tudo entre a Commonwealth Avenue e o porto de Boston ser consumido pelo fogo. O vento oeste continuou forte e quente mesmo depois que o sol se pôs, e as chamas crepitaram como em uma fornalha, ofuscando as estrelas. A lua que começava a surgir estava cheia e basicamente terrível. Por vezes, a fumaça a escondia, mas a maior parte do tempo aquele olho de dragão saliente voava livre e olhava para baixo, projetando uma luz laranja turva. Clay achou que ela parecia uma lua de revista em quadrinhos de horror, mas preferiu não comentar nada.

Ninguém tinha muito a dizer. As pessoas na ponte simplesmente olhavam para a cidade que tinham acabado de abandonar, observando as chamas que alcançavam os condomínios luxuosos de frente para o porto e começavam a engoli-los. Do outro lado do rio, vinha uma intricada sonoridade de alarmes — alguns de incêndio e a maioria de carros, com diversas sirenes barulhentas. Por algum tempo, uma voz em amplificadores repetia aos cidadãos para SAÍREM DAS RUAS e, em seguida, outra voz os recomendava a ABANDONAREM A CIDADE A PÉ PELAS PRINCIPAIS AVENIDAS A OESTE E A NORTE. Esses dois conselhos contraditórios competiram por vários minutos, e então o aviso para SAIR DAS RUAS cessou. Cinco minutos depois, os alto-falantes que sugeriam ABANDONAR A CIDADE A PÉ também foram interrompidos. Agora havia apenas o rugido faminto do fogo impulsionado pelo vento, os alarmes e um estrondo distante e contínuo que Clay imaginou ser de janelas estourando por conta do enorme calor.

Ele imaginou quantas pessoas estariam presas do lado de lá, entre o fogo e a água.

— Lembra quando você perguntou se uma cidade moderna podia se incendiar? — Tom McCourt perguntou. Sob a luz do fogo, seu rosto pequeno e inteligente parecia cansado e doente. Havia uma mancha de cinza em uma de suas bochechas. — Lembra?

— Ah, cala a boca — Alice falou. Ela estava claramente irritada, mas, assim como Tom, falou em voz baixa. *Parece que estamos em uma biblioteca*, pensou Clay. E depois, *Não... em uma funerária.* — Vamos embora, por favor? Isso está me deixando louca.

— Claro — disse Clay. — Pode crer. A que distância fica a sua casa, Tom?

— A pouco mais de três quilômetros adiante — ele respondeu. — Mas sinto dizer que ainda não deixamos tudo para trás.

Eles viraram para norte, e Tom apontou para a direção nordeste. O brilho que vinha de lá poderia até ser o da luz alaranjada das lâmpadas de sódio dos postes em uma noite nublada, só que a noite estava limpa, e os postes estavam apagados. De qualquer forma, lâmpadas em postes não soltavam colunas de fumaça.

Alice gemeu e então cobriu a boca, como se temesse que alguém em meio à multidão silenciosa que observava Boston queimar a repreendesse por fazer muito barulho.

— Não se preocupe — disse Tom com uma estranha calma. — Nós estamos indo para Malden, e aquilo parece Revere. Do jeito que o vento está soprando, ainda deve estar tudo bem em Malden.

Pare de falar agora mesmo, Clay exigiu em silêncio, mas Tom acrescentou:

— Por enquanto.

2

Dezenas de carros abandonados estavam na pista de baixo, e um caminhão de bombeiros, com EAST BOSTON escrito na lateral verde-abacate, tinha sido atingido por um caminhão de cimento (os dois também estavam abandonados). Mas, no geral, aquele nível da ponte pertencia aos pedestres. *Só que agora provavelmente vamos ter que chamá-los de refugiados*, pensou Clay, e então percebeu que não fazia sentido se referir aos transeuntes na terceira pessoa. Nós. *Nos chamar de refugiados.*

Pouca gente conversava. A maioria das pessoas ficava parada, observando a cidade queimar em silêncio. Os que estavam se movimentando o faziam muito devagar, olhando com frequência sobre os ombros. Então, quando eles chegaram ao final da ponte (já era possível enxergar o *Old Ironsides*, o mais antigo navio ainda em atividade no mundo e um dos mais famosos da história naval americana — pelo menos parecia ser o *Old Ironsides* — ancorado no porto, ainda a salvo das chamas), Clay notou uma coisa estranha. Muitas pessoas também estavam olhando para Alice. A princípio, lhe passou pela cabeça a ideia paranoica de que todos pudessem estar pensando que ele e Tom tinham raptado a garota, que a estavam levando para Deus sabe que tipo de intenções imorais. Então ele lembrou a si mesmo que aqueles fantasmas na ponte estavam em estado de choque, que haviam sido arrancados de suas vidas normais com mais violência do que os sobreviventes do furacão *Katrina* — aqueles infelizes pelo menos receberam algum aviso — e possivelmente não seriam capazes de reflexões tão elaboradas. Muitos deles estavam imersos demais nos próprios pensamentos para fazer juízos morais. Então a lua subiu mais um pouco, aparecendo com um pouco mais de clareza, e ele entendeu: ela era a única adolescente ali. Mesmo o próprio Clay era jovem, se comparado à maior parte dos presentes. A maioria das pessoas que olhava incrédula para a tocha que havia sido Boston ou que caminhava em direção a Malden e Danvers tinha mais de quarenta anos, e muitos provavelmente já poderiam utilizar a fila de idosos no supermercado. Ele viu poucas pessoas com crianças e uns dois bebês em carrinhos, mas o grupo de jovens se resumia praticamente a isso.

Um pouco mais adiante, ele notou outra coisa. Havia telefones celulares largados pela rua. Eles passavam por um depois do outro, e nenhum estava inteiro. Tinham sido ou esmagados ou pisoteados até se tornarem um monte de fios e lascas de plástico, como cobras perigosas aniquiladas antes que voltassem a morder.

3

— Qual é o seu nome, querida? — perguntou uma mulher gorducha que atravessou a rua na direção dos três, mais ou menos cinco minutos depois de terem deixado a ponte. Tom disse que em mais quinze e eles chegariam à saída da Salem Street e, de lá, estariam a apenas quatro quadras da sua casa. Ele falou que o gato ficaria felicíssimo em vê-lo e aquilo trouxe um sorriso abatido ao rosto de Alice. Clay pensou que um sorriso abatido era melhor do que nada.

Alice olhava com uma desconfiança natural para a gorducha que havia se separado dos grupos mais silenciosos e das pequenas fileiras de homens e mulheres. Eram pouco mais do que sombras, na realidade; alguns carregavam malas, outros levavam sacolas de compras ou mochilas. Eles atravessaram a ponte e seguiam na direção norte pela Route One, para longe do grande incêndio a sul e plenamente conscientes do outro que se formava em Revere, mais adiante, a nordeste.

A mulher gorducha retribuiu o olhar com um interesse terno. Seu cabelo grisalho estava repleto de cachinhos, certamente produzidos em um salão de beleza. Ela usava óculos de gatinho e vestia o que a mãe de Clay chamaria de "casaquinho". Carregava uma sacola de compras em uma das mãos e um livro na outra. Parecia inofensiva. Certamente não era um daqueles malucos — eles não viram um deles desde que saíram do Atlantic Avenue Inn com seus sacos de sanduíches —, mas Clay sentiu que estava na defensiva de qualquer jeito. Serem abordados daquela maneira, como se estivessem em uma festinha em vez de fugindo de uma cidade em chamas, não parecia normal. Mas, sob aquelas circunstâncias, o que seria normal? Ele provavelmente estava ficando doido, mas, se fosse o caso, Tom também estava. Ele lançava para a mulher gorducha e maternal um olhar que dava a entender: "cai fora".

— Alice — ela finalmente respondeu, bem na hora em que Clay tinha decidido que a garota não iria falar nada. Ela soava como uma criança com medo de responder a uma pergunta que podia ser uma pegadinha, em uma aula que era difícil demais para ela. — Meu nome é Alice Maxwell.

— Alice — repetiu a mulher gorducha, os lábios se curvando em um sorriso maternal tão terno quanto o seu interesse. Não havia motivo para aquele sorriso deixar Clay mais desconfiado do que ele já estava, mas deixou. — É um nome adorável. Significa "abençoada por Deus".

— Na verdade, senhora, significa "da realeza", ou "de berço nobre" — Tom corrigiu. — Agora, a senhora nos dá licença? A garota perdeu a mãe hoje e...

— *Todos* nós perdemos alguma coisa hoje, não é Alice? — falou a mulher gorducha sem olhar para Tom. Ela acompanhou o ritmo de Alice, seus cachinhos de salão de beleza balançando a cada passo. Alice a olhava com uma mistura de inquietude e fascinação. Ao redor deles, algumas pessoas andavam, apertavam o passo e, na maioria das vezes, se arrastavam cabisbaixos, pouco mais que fantasmas naquela escuridão pouco familiar. Clay continuava sem ver pessoas jovens, exceto por algumas crianças, alguns bebês e Alice. Nenhum adolescente, porque a maioria dos adolescentes tinha celulares, como a Cabelinho Claro no caminhão do Mister Softee. Ou seu próprio filho, que tinha um Nextel vermelho com um toque do *Clube dos Monstros* e uma mãe workaholic que poderia estar com ele ou em praticamente qualquer out...

Pare. Não deixe aquele rato sair. Aquele rato não pode fazer nada além de correr, morder e perseguir o próprio rabo.

Enquanto isso, a mulher gorducha continuava balançando a cabeça, em expectativa. Seus cachinhos seguiam saltitantes.

— Sim, todos nós perdemos alguém, porque esta é a hora da Grande Tribulação. Está tudo lá, no Apocalipse.

Ela ergueu o livro que estava carregando, e é claro que era uma Bíblia; Clay achou que começava a entender melhor o brilho nos olhos por trás dos óculos de gatinho da mulher gorducha. Não era interesse bondoso; era loucura.

— Ah, já chega, pode ir tirando o cavalinho da chuva — disse Tom. Clay notou na voz dele uma mistura de revolta (consigo mesmo, muito provavelmente por ter deixado a mulher gorducha se aproximar para começo de conversa) e desânimo.

A gorducha não deu ouvidos, é óbvio; grudara os olhos em Alice. Quem poderia tirá-la dali? A polícia estava ocupada com outros assuntos. Havia apenas os refugiados que se arrastavam em estado de choque, e eles pouco se importavam com uma senhora maluca com uma Bíblia e um cabelo de permanente.

— O Véu da Insanidade recaiu sobre a mente dos maus, e a Cidade do Pecado foi incendiada pela chama purificadora de Je-o-vá! — gritou a mulher gorducha. Ela usava batom vermelho. Os dentes eram certinhos demais para não ser uma dentadura. — Agora vemos os impenitentes fugirem, sim, é verdade, como os vermes fogem da barriga aberta de...

Alice tapou os ouvidos com as mãos.

— Faça ela parar! — ela gritou, e os vultos fantasmagóricos dos ex-moradores da cidade continuaram passando. Apenas alguns lançavam um olhar apático e sem curiosidade, para em seguida voltarem a olhar para a escuridão onde, mais adiante, em algum lugar, ficava New Hampshire.

A mulher gorducha estava começando a suar, Bíblia erguida, olhos acesos, cachinhos de salão de beleza balançando e acompanhando os movimentos.

— Abaixe as mãos, garota, e ouça a Palavra de Deus antes de permitir que esses homens te levem embora e forniquem com você diante dos próprios portões do Inferno! "Pois eu vi uma estrela arder no céu e o nome dela era Absinto, e todos aqueles que a seguiam também seguiam Lúcifer, e aqueles que seguiam Lúcifer o seguiam até a fornalha do..."

Clay bateu nela. Ele retraiu o soco no último segundo, mas ainda assim lhe deu um belo golpe no queixo, sentindo o impacto da pancada subir até o seu ombro. Os óculos da gorducha saltaram do nariz de buldogue e então voltaram para o lugar. Atrás das lentes, os olhos perderam o brilho e rolaram para cima nas órbitas. Seus joelhos falharam e ela se curvou, a Bíblia caindo da mão cerrada. Alice, embora ainda parecesse estar chocada e horrorizada, tirou as mãos de cima das orelhas com rapidez o bastante para pegar a Bíblia enquanto Tom McCourt agarrava a mulher pelas axilas. O soco e os dois movimentos que se seguiram foram tão caprichados que poderiam ter sido coreografados.

Clay de repente estava mais perto do que nunca de um colapso, desde que as coisas começaram a dar errado. Não sabia exatamente por que aquilo era pior do que a adolescente vampira ou do que o homem de negócios com o cutelo na mão, pior do que encontrar o sr. Ricardi enforcado em um lustre com um saco sobre a cabeça. Mas era. Ele chutara o homem de negócios com o cutelo, Tom também, mas aquele homem era um outro tipo de maluco. A velha com cachinhos de salão de beleza era só...

— Meu Deus — disse Clay. — Ela era só uma louca e eu a nocauteei. — Ele estava começando a tremer.

— Ela estava aterrorizando uma jovem que perdeu a mãe hoje — Tom argumentou, e Clay notou que não era calma o que ouvia na voz do homenzinho, mas uma extraordinária frieza. — Você fez exatamente a coisa certa. Além do mais, é impossível derrubar um boi desses por muito tempo. Ela já está acordando. Me ajude a carregá-la até o acostamento.

4

Eles tinham chegado à parte da Route One — chamada às vezes de Estrada dos Milagres e às vezes de Beco da Cafonice — em que a via expressa passava a dar lugar a um amontoado de outlets de roupas e de artigos esportivos, a empórios de bebidas e estabelecimentos de comida com nomes como Fuddruckers. Lá, as seis pistas estavam abarrotadas, se não congestionadas, de veículos engavetados ou que foram simplesmente abandonados quando seus motoristas entraram em pânico ou tentaram usar os celulares e enlouqueceram. Os refugiados traçaram suas diversas rotas em silêncio por entre os destroços, fazendo Clay imaginar um grupo de formigas evacuando um formigueiro que tivesse sido demolido pela pisada desatenta de algum humano.

Uma placa verde com refletores dizia MALDEN SALEM ST. SAÍDA A 400m pertinho de um prédio rosa baixo que fora invadido; a fachada era um rodapé de pontiagudos vidros quebrados, e um alarme contra roubo a bateria continuava soando seus últimos estertores. Clay olhou para a placa apagada na entrada do prédio, o que foi suficiente para entender o que fez daquele estabelecimento um alvo na esteira do desastre: MERCADÃO DE BEBIDAS MISTER BIG.

Ele pegara um dos braços da gorducha. Tom pegara o outro, e Alice segurava a cabeça da mulher murmurante à medida que eles a colocavam sentada com as costas apoiadas contra um dos suportes da placa. Assim que a baixaram, a mulher abriu os olhos e olhou desnorteada para eles.

Tom estalou os dedos na frente do rosto dela, duas vezes, rapidamente. Ela piscou e olhou para Clay.

— Você... me bateu — ela disse. Seus dedos subiram para tocar a parte do queixo que inchava depressa.

— Sim, eu lamen... — começou a falar Clay.

— Ele pode lamentar, mas eu não — Tom interrompeu. Ele falou naquele mesmo tom enérgico e frio. — Você estava perturbando nossa pupila.

A mulher gorducha riu baixinho, mas havia lágrimas nos seus olhos.

— *Pupila*! Eu já ouvi muitas palavras para isso, mas é a primeira vez que ouço esta. Como se eu não soubesse o que homens como vocês querem com uma garota meiga como ela, especialmente numa hora dessas. "Eles não se arrependerão pelas fornicações, ou pelas sodomias, ou pelas..."

— Cala a boca — disse Tom —, ou eu mesmo vou te dar uma porrada. E, diferentemente do meu amigo, que parece ter tido a sorte de não crescer entre carolas e que, portanto, não reconhece você pelo que é, não vou retrair meu soco. Está avisada... mais uma palavra. — Ele ergueu o punho diante dos olhos da mulher e, embora Clay já tivesse concluído que Tom era um homem educado, civilizado e provavelmente não muito bom de soco em circunstâncias normais, não pôde deixar de se sentir abalado diante daquele pequeno punho cerrado, como se estivesse vendo um presságio dos tempos vindouros.

A mulher olhou e ficou calada. Uma lágrima gorda desceu pela sua bochecha avermelhada de blush.

— Já chega, Tom, eu estou bem — Alice pediu.

Tom depositou a bolsa de compras da mulher gorducha no colo dela. Clay nem tinha percebido que Tom a resgatara. Então ele pegou a Bíblia de Alice, puxou uma das mãos cheias de anéis da mulher e enfiou o livro nela, com a lombada para dentro. Começou a se afastar e então voltou.

— Tom, já chega, vamos embora — disse Clay.

Tom o ignorou. Inclinou-se na direção da mulher recostada no suporte da placa. As mãos dele estavam nos joelhos e, para Clay, os dois — a gorducha de óculos que olhava para cima e o homenzinho de óculos que se apoiava nos joelhos — pareciam gravuras de alguma paródia enlouquecida das ilustrações antigas dos romances de Charles Dickens.

— Vou te dar um conselho, irmã — Tom começou. — A polícia não vai mais protegê-la como fez nas passeatas que você e seus amigos hipócritas e papa-hóstias organizaram nos centros de planejamento familiar ou na Clínica Emily Cathcart em Waltham...

— Aquela fábrica de abortos! — ela exclamou e ergueu a Bíblia, como se bloqueasse um golpe.

Tom não bateu nela, mas estava sorrindo com ferocidade.

— Não sei quanto ao Véu da Insanidade, mas com certeza tem *beaucoup* malucos por aí esta noite. Está entendendo? Os leões estão soltos, e pode acreditar que eles vão comer os cristãos tagarelas primeiro. Alguém anulou seu direito à liberdade de expressão por volta das três da tarde de hoje. Só estou dando um conselho. — Ele olhou para Alice e Clay, e Clay viu que seu lábio superior, logo abaixo do bigode, tremia um pouco. — Vamos?

— Sim — Clay assentiu.

— Uau! — Alice exclamou, quando eles já haviam voltado a caminhar em direção à rampa para Salem Street, deixando o empório de bebidas Mister Big para trás. — Você foi criado por alguém assim?

— Minha mãe e as duas irmãs dela — disse Tom. — Primeira Igreja do Cristo Redentor da Nova Inglaterra. Elas viam Jesus como um salvador particular, enquanto a igreja as considerava suas trouxas particulares.

— Onde está sua mãe agora? — perguntou Clay.

Tom olhou brevemente para ele.

— No céu. A não ser que aqueles desgraçados tenham enganado ela sobre isso também. Tenho quase certeza que sim.

5

Perto do semáforo ao fim da rampa, dois homens brigavam por um barril de chope. Se tivesse que adivinhar, Clay diria que ele provavelmente fora roubado do empório de bebidas Mister Big. O barril estava no acostamento, esquecido, amassado e vazando espuma, enquanto os dois homens — ambos fortes e ambos sangrando — se esmurravam.

Alice apertou o corpo contra Clay e ele passou o braço ao redor dela, mas havia algo quase tranquilizador naqueles brigões. Eles estavam com raiva — furiosos —, mas não loucos. Não como aquelas pessoas na cidade.

Um deles era careca e usava um casaco dos Celtics. Ele acertou um gancho de cima para baixo no outro, esmagando os lábios do oponente e o nocauteando. Quando o homem de casaco dos Celtics avançou sobre o que estava caído, este se arrastou para longe e então se levantou, ainda se afastando. Cuspiu sangue.

— Pode ficar, seu merda! — gritou, com um sotaque de Boston, gutural e choroso. — Tomara que morra engasgado.

O careca de casaco dos Celtics fez menção de atacá-lo, e o outro subiu correndo a rampa na direção da Route One. O Casaco dos Celtics começou a se abaixar para apanhar seu prêmio, quando notou a presença de Clay, Alice e Tom, e se empertigou de novo. Eram três contra um, ele estava com um olho roxo e sangue de uma orelha estraçalhada descia pelo seu rosto.

Mas Clay não viu medo na expressão dele, embora só tivesse a luz cada vez mais fraca do incêndio de Revere para poder enxergar. Ele pensou que seu avô teria dito que a sorte daquele cara tinha acabado, o que combinava bem com o trevo nas costas do casaco.

— Tá olhando o quê, caralho? — ele perguntou.

— Nada... só estou de passagem, se não tiver problema — Tom respondeu com brandura. — Moro na Salem Street.

— Pra mim, você pode ir pra Salem Street ou pro inferno — disse o careca com o casaco dos Celtics. — Ainda é um país livre, não é?

— Hoje à noite? — falou Clay. — Livre até demais.

O careca refletiu e então gargalhou, um ha-ha duplo sem humor.

— O que aconteceu, porra? Cês tão sabendo?

Alice respondeu:

— Foram os celulares. Eles deixaram as pessoas malucas.

O careca pegou o barril. Ele o manuseou com facilidade, inclinando-o para cessar o vazamento.

— Essas merdas — começou. — Nunca quis ter um. Programa de minutos acumulados. Que porra é essa?

Clay não sabia. Talvez Tom soubesse — ele tinha celular, então era capaz de saber —, mas não falou nada. Provavelmente não queria entrar em uma discussão longa com o careca, não parecia uma boa ideia. Clay pensou que aquele homem tinha algumas das características de uma granada não detonada.

— A cidade tá queimando — disse o careca. — Não tá?

— Está, sim — respondeu Clay. — Acho que os Celtics não vão jogar no Fleet este ano.

— Eles estão uma merda mesmo — falou o homem. — Doc Rivers não serve pra treinar nem a Liga Atlética da Polícia. — O homem ficou olhando para eles, barril no ombro, sangue descendo por um lado do rosto. No entanto, parecia bastante pacífico, quase sereno. — Vão — ele disse. — Mas não fiquem muito tempo tão perto da cidade. A coisa vai piorar antes de melhorar. Vai ter muito mais incêndios, pra começo de conversa. Vocês acham que todo mundo que fugiu pro norte lembrou de desligar o gás da cozinha? Eu duvido.

Os três começaram a andar, e então Alice parou. Ela apontou para o barril.

— Isso era seu?

O careca lançou um olhar sensato para ela.

— Não tem mais *era* numa hora dessas, docinho. Não tem mais essa de *era*. Só tem o agora e o amanhã-quem-sabe. Agora ele é meu e, se tiver mais algum sobrando, vai ser meu também amanhã-quem-sabe. Agora, vão. Caiam fora.

— Até loguinho — disse Clay, e ergueu a mão.

— Não queria estar na pelinha de vocês — respondeu o careca, sem sorrir, mas levantou a própria mão em resposta. Eles tinham passado do semáforo e estavam atravessando para a outra calçada do que Clay supunha ser a Salem Street, quando o careca os chamou de novo:

— Ei, bonitão.

Tanto Clay quanto Tom viraram, e então trocaram olhares, achando graça. O careca com o barril já tinha virado apenas um vulto na ladeira; podia ser um homem das cavernas carregando um tacape.

— Onde foram parar os doidos? — perguntou o careca. — Não venham me dizer que estão todos mortos. Porque eu não vou acreditar.

— Boa pergunta — disse Clay.

— Pode crer que sim. Tomem conta dessa belezinha aí. — E, sem esperar resposta, o homem que vencera a batalha do barril de cerveja deu meia-volta e se misturou às sombras.

6

— Cá estamos — disse Tom, menos de dez minutos depois. A luz surgiu de trás das nuvens de fumaça esparsas que a haviam escondido por cerca de uma hora, como se o homenzinho de óculos e bigode tivesse dado uma deixa para o Diretor de Iluminação Celestial. Seus raios, agora prateados, em vez daquele terrível laranja infecto, iluminavam a casa que era ou azul-escuro, ou verde, ou até mesmo cinza; sem a ajuda das luzes da rua, era difícil ter certeza. O que Clay *conseguia* ver era que a casa era bem conservada e bonita, embora não tão grande quanto a primeira impressão dava a entender. O luar ajudava a criar a ilusão, mas ela era causada principalmente pela maneira como os degraus subiam do gramado bem-cuidado até a única varanda coberta da rua. Havia uma chaminé de pedra à esquerda. De cima da varanda, uma água-furtada dava para a rua.

— Ah, Tom, ela é *linda* — Alice falou com uma voz extasiada demais. Para Clay, a menina parecia exausta e à beira da histeria. Ele não havia achado a casa linda, mas certamente parecia pertencer a um homem que tinha um celular e todos os outros apetrechos do século XXI. Assim como todas as demais construções naquela parte da Salem Street. E Clay duvidava que muitos moradores tivessem tido a fantástica sorte de Tom. Ele olhou apreensivo ao redor. Todas as casas estavam escuras, sem eletricidade, e talvez estivessem desertas, embora ele tivesse a sensação de estarem sendo observados.

Os olhos dos lunáticos? Dos fonáticos, malucos dos celulares? Ele pensou na Mulher do Terninho Executivo e na Cabelinho Claro; no louco de calças cinza e gravata em frangalhos; no homem de terno que arrancara a orelha do cachorro com os dentes. Pensou no homem nu brandindo as antenas de carro para a frente e para trás enquanto corria. Não, *ficar à espreita* não fazia parte do repertório dos fonáticos. Eles simplesmente vinham para cima. Mas, se houvesse pessoas normais escondidas naquelas casas — *algumas* delas, pelo menos —, onde *estavam os* fonáticos? Clay não sabia.

— Não sei se eu a chamaria de linda — Tom respondeu —, mas ainda está de pé, e isso já está de bom tamanho pra mim. Eu já tinha me convencido de que a gente ia chegar aqui e encontrar um buraco fumegante no chão. — Ele enfiou a mão no bolso e tirou um pequeno molho de chaves. — Entrem. Mesmo sendo um lar humilde e todas essas coisas.

Eles foram caminhando pela passagem e subiram apenas uma meia dúzia de degraus quando Alice gritou:

— *Esperem!*

Clay deu meia-volta, sentindo-se ao mesmo tempo assustado e exausto. Ele achou que estava começando a entender um pouco a fadiga de combate. Até sua adrenalina parecia combalida. Mas não havia ninguém lá — nenhum fonático, nenhum careca com sangue escorrendo pelo rosto de uma orelha rasgada, nem mesmo uma senhora tagarelando sobre o Apocalipse. Só Alice, apoiando-se em um joelho, parada onde havia a divisa entre a calçada e a entrada da casa de Tom.

— O que foi, querida? — perguntou Tom.

Alice se levantou e Clay viu que ela segurava um tênis muito pequeno.

— É um Nike de bebê — ela disse. — Você tem...

Tom balançou a cabeça em negativa.

— Eu moro sozinho. Tirando Rafe, quero dizer. Ele acha que é o rei do pedaço, mas é só um gato.

— Então quem o perdeu? — Ela olhou de Tom para Clay com um olhar pensativo e cansado.

Clay balançou a cabeça.

— Impossível saber, Alice. É melhor jogar fora.

Mas Clay sabia que ela não faria isso; era um déjà-vu na sua forma mais desconcertante. Ela ainda o trazia nas mãos, enroscado contra a cintura, quando seguiu Tom, que estava nos degraus, passando os dedos devagar pelas chaves sob a luz escassa.

Agora vamos ouvir o gato, pensou Clay. *Rafe.* E, sem dúvida, lá estava o gato que tinha sido a salvação de Tom McCourt, miando boas-vindas do lado de dentro.

7

Tom se agachou, e Rafe pulou nos braços dele, ronronando alto e esticando o pescoço para cheirar o bigode bem aparado do dono.

— É, eu também senti sua falta — disse Tom. — Está perdoado, acredite.

Ele carregou Rafe pela varanda coberta, acariciando o topo da cabeça do gato. Alice o seguiu. Clay entrou por último, fechando e trancando a porta antes de ir atrás dos outros dois.

— Sigam-me até a cozinha — falou Tom quando eles já estavam dentro da casa. Havia um cheiro agradável de lustra-móveis e de couro, Clay pensou, um cheiro que ele associava a homens que viviam vidas tranquilas, que não necessariamente envolviam mulheres. — Segunda porta à direita. Fiquem juntos. O corredor é largo e não tem nada no chão, mas há mesas dos dois lados e está um breu, como vocês podem ver.

— Por assim dizer — disse Clay.

— Ha-ha.

— Você tem lanternas? — Clay perguntou.

— Lanternas e um lampião que deve servir melhor ainda, mas antes vamos à cozinha.

Eles o seguiram pelo corredor, Alice andando entre os dois homens. Clay podia ouvi-la respirar rápido, tentando não ficar apavorada com o ambiente desconhecido, mas era obviamente difícil. Diabos, era difícil para ele. Desorientador. Seria melhor se eles tivessem pelo menos um pouquinho de luz, mas...

Ele bateu com o joelho em uma das mesas que Tom mencionara, e algo que parecia muito propenso a quebrar fez um barulho de dentes tiritando. Clay se preparou para ouvir o objeto se despedaçar e em seguida ouvir o grito de Alice. Era quase garantido que ela iria gritar. Então, o que quer que fosse, um vaso ou alguma quinquilharia, decidiu viver um pouco mais e permaneceu no lugar. Ainda assim, pareceu que eles andaram bastante até Tom falar:

— Aqui, o.k.? Virem à direita.

A cozinha estava quase tão escura quanto o corredor, e Clay teve apenas um instante para pensar em todas as coisas que faziam falta, das quais Tom devia estar sentindo mais falta ainda: o painel digital do micro-ondas, o zumbido da geladeira, talvez uma luz da casa vizinha entrando pela janela sobre a pia e fazendo reflexos na torneira.

— Aqui está a mesa — disse Tom. — Alice, vou pegar na sua mão. Aqui está uma cadeira, o.k.? Desculpe se parece que estou brincando de cabra-cega.

— Tudo b... — ela começou a falar, então soltou um gritinho que fez Clay pular. A mão dele foi parar no cabo do seu cutelo (agora Clay pensava no cutelo como *dele*), antes mesmo de ele perceber que o estava segurando.

— O quê? — Tom perguntou bruscamente. — *O quê?*

— Nada — ela respondeu. — Foi só... nada. O gato. O rabo dele... na minha perna.

— Ah. Desculpe.

— Tudo bem. *Que idiota* — ela acrescentou com um ódio de si mesma que fez Clay se encolher no escuro.

— Não — ele disse. — Não seja tão dura consigo mesma, Alice. Foi um dia difícil no escritório.

— Um dia difícil no escritório! — repetiu Alice, e riu de uma maneira que Clay não gostou, pois o fez lembrar da maneira como ela chamou a casa de Tom de linda. Ele pensou: *Ela vai ter que parar com isso; mas o que eu posso fazer? Nos filmes, a garota histérica leva uma bofetada e isso sempre põe a cabeça dela de volta no lugar, mas nos filmes a gente consegue enxergá-la.*

Ele não precisou estapeá-la, sacudi-la ou abraçá-la, o que seria, provavelmente, a sua primeira opção. Ela talvez tenha escutado aquela inflexão na própria voz, controlou-a e a subjugou: transformando-a primeiro em um gargarejo sufocado, depois em um arquejo e, por fim, em silêncio.

— Sente-se — disse Tom. — Você deve estar cansada. Você também, Clay. Vou trazer uma luz para cá.

Clay tateou em busca de uma cadeira e sentou-se à mesa que mal conseguia enxergar, embora seus olhos já estivessem totalmente habituados ao escuro àquela altura. Sentiu algo roçar a perna da sua calça por um instante. Um miado baixinho. Rafe.

— Olha só — ele falou para o vulto da garota à medida que os passos de Tom se afastavam. — O velho Rafe acabou de me dar um susto também. — Embora não tivesse sido o caso, não exatamente.

— Temos que perdoá-lo — ela disse. — Sem o gato, Tom estaria tão maluco quanto aqueles outros. E isso seria uma pena.

— Seria mesmo.

— Estou com tanto medo — ela continuou. — Você acha que vai melhorar amanhã, à luz do dia, essa coisa de sentir medo?

— Não sei.

— Você deve estar morrendo de preocupação com a sua mulher e seu filho.

Clay suspirou e esfregou o rosto.

— A pior parte é a sensação de impotência. Nós estamos separados, sabe, e... — Ele parou de falar e balançou a cabeça. Não teria conseguido prosseguir se Alice não tivesse segurado a sua mão. Os dedos dela estavam firmes e gelados. — Nós nos separamos na primavera. Ainda moramos na mesma cidadezinha, o que minha mãe chamaria de casamento de portão. Minha esposa é professora primária.

Ele se inclinou para a frente, tentando ver o rosto de Alice na escuridão.

— Sabe o que é pior? Se isso tivesse acontecido um ano atrás, Johnny estaria com ela. Mas nesse último setembro ele passou para o outro ciclo do ensino fundamental, e a escola nova fica a oito quilômetros de distância.

Fico tentando calcular se ele já teria chegado em casa quando tudo foi pelos ares. Ele e os amigos vêm de ônibus. *Acho que ele já devia estar em casa. E acho que teria ido direto atrás da mãe.*

Ou tirado o celular da mochila e ligado para ela!, sugeriu alegremente o rato surtado... e então *mordeu*. Clay sentiu seus dedos apertarem a mão de Alice e se forçou a parar. Mas não conseguia impedir que o suor brotasse no rosto e nos braços.

— Mas você não tem certeza — ela disse.

— Não.

— Meu pai tem uma loja de molduras e reproduções de quadros em Newton — ela disse. — Tenho certeza de que ele está bem. Papai sabe se virar bem sozinho, mas deve estar preocupado comigo. Comigo e com a minha. A minha você-sabe-quem.

Clay sabia.

— Não paro de pensar em como ele fez para jantar — ela continuou. — Sei que é loucura, mas ele não sabe fritar um ovo.

Clay pensou em perguntar se o pai dela tinha celular, mas algo o avisou para não fazê-lo. Em vez disso, perguntou:

— Você está bem agora?

— Sim — ela respondeu dando de ombros. — O que tiver acontecido com ele já aconteceu. Não posso fazer nada.

Ele pensou: *Preferia que você não tivesse dito isso.*

— Já contei que o meu filho tem um celular? — A voz dele soou tão rouca quanto o grasnido de um corvo aos seus próprios ouvidos.

— Sim, contou. Antes de cruzarmos a ponte.

— É verdade. — Ele estava mordendo o lábio inferior e se forçou a parar. — Mas ele não estava sempre carregado. Eu devo ter falado isso também.

— Falou.

— Não tenho como saber. — O rato surtado tinha saído da gaiola. Estava correndo e mordendo.

As duas mãos dela se fecharam sobre as de Clay. Ele não queria ceder às palavras de conforto da garota — era difícil abdicar do autocontrole e ceder —, mas o fez, achando que talvez ela precisasse mais oferecer do que ele receber. Eles estavam daquele jeito, as mãos unidas perto do saleiro e do pimenteiro de metal na mesa da pequena cozinha de Tom McCourt, quando Tom voltou do porão com quatro lanternas e um lampião ainda na caixa.

8

A luz do lampião era forte o bastante para tornar as lanternas desnecessárias. O brilho era intenso e branco, e Clay gostava da maneira como a claridade acabava com todas as sombras, exceto as deles próprios e a do gato — que saltou de um jeito fantástico parede acima como uma decoração de Dia das Bruxas feita de papel crepom preto.

— Acho que você devia fechar as cortinas — comentou Alice.

Tom estava abrindo um dos sacos plásticos do Metropolitan Café. Ele parou e olhou para ela com curiosidade.

— Por quê?

Ela deu de ombros e sorriu. Clay achou que aquele era o sorriso mais estranho que já tinha visto no rosto de uma adolescente. Ela limpara o sangue do nariz e do queixo, mas havia olheiras de cansaço debaixo dos seus olhos. O lampião descoloriu o restante do rosto dela, fazendo com que ficasse pálido como o de um cadáver. E a artificialidade adulta daquele sorriso, que mostrava um pedacinho dos dentes entre lábios trêmulos que já não tinham mais batom algum, era desconcertante. Clay pensou que Alice parecia uma atriz de cinema do fim da década de 1940 fazendo o papel de uma socialite à beira de um colapso nervoso. O tênis em miniatura estava diante dela na mesa. Ela o girava com um dedo. A cada volta, os cadarços rodavam com um estalo. Clay começou a desejar que ela desmoronasse logo. Quanto mais segurasse as pontas, pior seria quando finalmente se entregasse. Ela havia deixado um pouco do desespero vir à tona, mas ainda estava longe de ser o suficiente. Até o momento, quem tinha deixado vir mais à tona era Clay.

— Não acho que as pessoas deviam ver que estamos aqui, só isso — ela respondeu. Girou o tênis, que ela chamava de Nike de bebê. Ele deu uma volta. Os cadarços rodaram com um estalo na mesa bem lustrada de Tom. — Talvez seja... ruim.

Tom olhou para Clay.

— Ela pode ter razão — disse Clay. — Não gosto da ideia de sermos a única casa iluminada no quarteirão, mesmo sendo a luz dos fundos.

Tom se levantou e fechou as cortinas sobre a pia sem falar mais nada. A cozinha tinha mais outras duas janelas, e ele fechou suas cortinas também. Começou a voltar para a mesa, mas então mudou de rumo e fechou a porta entre a cozinha e o corredor. Alice continuou girando o Nike de bebê à sua frente. Sob o brilho intenso e profuso do lampião, Clay pôde ver que o tênis era rosa e púrpura, cores que só mesmo uma criança gostaria de usar. E ele rodou. Os cadarços saltavam fazendo estalos. Tom olhou para ele com a cara fechada ao sentar, e Clay pensou: *Diga para ela tirar o tênis da mesa. Diga que não sabemos por onde isso andou e que você não o quer em cima da mesa. Isso deve bastar para ela explodir e então poderemos começar a superar essa parte. Diga a ela. Acho que é isso que ela quer. Acho que é por isso que está girando o tênis.*

Porém, Tom apenas tirou os sanduíches da sacola — rosbife e queijo, presunto e queijo — e os distribuiu. Ele pegou um jarro de chá gelado do refrigerador ("Ainda está bem gelado", ele comentou) e então colocou os restos de uma caixa de hambúrgueres crus no chão para o gato.

— Ele merece — ele falou, quase na defensiva. — Além do mais, ia acabar estragando com a falta de energia.

Havia um telefone pendurado na parede. Clay o testou, mas era apenas por formalidade; daquela vez não conseguiu nem um tom de discagem. A coisa estava morta que nem... bem, a Mulher do Terninho Executivo, lá no Boston Common. Ele sentou novamente e se ocupou do seu sanduíche. Estava com fome, mas sem apetite.

Alice largou o dela depois de apenas três mordidas.

— Não consigo — ela disse. — Não agora. Acho que estou cansada demais. Quero dormir. E quero tirar esse vestido. Acho que não dá pra lavar, não muito bem, mas daria qualquer coisa para poder jogar essa porra de vestido fora. Está fedendo a suor e sangue. — Ela girou o tênis. Ele rodou do lado do papel amassado que cobria o sanduíche, quase intocado. — Sinto o cheiro da minha mãe nele também. Do perfume dela.

Por um instante, ninguém falou nada. Clay se sentia desconfortável. Ele visualizou momentaneamente Alice sem o vestido, vestindo sutiã e calcinhas brancas, com aqueles olhos arregalados e fundos que a faziam se parecer com uma boneca de papel. Sua imaginação de artista, sempre obediente e prestativa, acrescentou pequenas abas nos ombros e na parte de baixo das pernas da figura. Era perturbador não por ser sexy, mas por não ser. Ao longe — muito baixinho — algo explodiu com um *vump!* surdo.

Tom quebrou o silêncio, e Clay lhe agradeceu por isso.

— Aposto que um jeans meu serviria em você, se dobrar a bainha. — Ele se levantou. — Sabe, acho que você vai até ficar bonitinha com ele, vai ficar parecendo o Huck Finn em uma montagem de *Big River* em uma escola para meninas. Vamos subir. Vou separar umas roupas para você usar de manhã e pode passar a noite no quarto de hóspedes. Tenho um monte de pijamas, minha casa é infestada de pijamas. Quer ficar com o lampião?

— Só uma... acho que só uma lanterna já é o suficiente pra mim. Pode ser?

— Claro — disse ele. Tom pegou uma lanterna e entregou a outra para Alice. Deu a impressão de estar prestes a falar alguma coisa sobre o tênis em miniatura quando a garota o pegou, mas pareceu reconsiderar. Falou apenas: — Pode se lavar, também. Talvez não tenha muita água, mas deve sair um pouco da torneira mesmo sem energia, e tenho certeza de que teremos ao menos uma bacia para usar. — Ele olhou por sobre a cabeça dela para Clay. — Sempre deixo um engradado de garrafas com água no porão, então não vai faltar para beber.

Clay assentiu.

— Durma bem, Alice — falou.

— Você também — ela respondeu vagamente. E depois, mais vagamente ainda: — Foi um prazer conhecer você.

Tom abriu a porta para ela. As luzes das lanternas oscilaram e então a porta voltou a fechar. Clay escutou passos na escada e depois no andar de cima. Ouviu água corrente. Esperou o barulho do ar nos canos, mas o fluxo da água parou antes que o ar começasse. Clay também queria lavar sangue e sujeira do corpo — assim como Tom, ele imaginava —, mas imaginou que deveria ter outro banheiro no primeiro piso. E se Tom fosse tão caprichoso em relação à higiene quanto o era consigo mesmo, a água da privada estaria limpa. E havia também a água do tanque, é claro.

Rafe pulou na cadeira de Tom e começou a lamber as patas sob a luz branca do lampião. Mesmo com o zumbido baixo e constante do lampião, Clay conseguia ouvi-lo ronronar. Na opinião de Rafe, a vida ainda era tranquila.

Ele pensou em Alice girando o tênis em miniatura e imaginou, quase distraidamente, se era possível para uma garota de quinze anos ter um colapso nervoso.

— Não seja idiota — ele falou para o gato. — É claro que sim. Acontece o tempo todo. Eles fazem filmes sobre isso.

Rafe olhou para ele com olhos verdes e sábios e continuou lambendo a pata. *Conte-me maisss,* aqueles olhos pareciam dizer. *Você apanhava quando era criança? Tinha pensamentos ssssexuais sobre a mãe?*

Sinto o cheiro da minha mãe nele. Do perfume dela.

Alice é uma boneca de papel, com abas saindo dos ombros e das pernas.

Não ssseja bobo, os olhos de Rafe pareciam dizer. *As abasss ficam nas roupas, não na boneca. Que tipo de artista você é?*

— O tipo desempregado — ele respondeu. — Por que você não cala a boca?

Clay fechou os olhos, mas foi pior. Os olhos de Rafe flutuavam descarnados no escuro, como os do Gato Risonho de Lewis Carroll: *Somos todos loucos aqui, querida Alice.* E, sob o zumbido constante do lampião, ele ainda conseguia ouvir o ronronar.

9

Tom demorou quinze minutos. Quando voltou, empurrou Rafe para fora da cadeira sem cerimônia e deu uma mordida grande e convincente no seu sanduíche.

— Ela está dormindo — ele disse. — Se enfiou em um dos meus pijamas enquanto eu esperava no corredor e então fomos juntos jogar o vestido no lixo. Acho que ela apagou quarenta segundos depois de encostar no travesseiro. Estou convencido de que jogar o vestido fora foi o que resolveu o problema. — Uma pequena pausa. — Estava fedendo mesmo.

— Enquanto você estava lá em cima — disse Clay —, nomeei Rafe presidente dos Estados Unidos. Ele foi eleito por unanimidade.

— Ótimo — falou Tom. — Boa escolha. Quem votou?

— Milhões. Todo mundo que ainda está são. Eles enviaram os votos por telepatia. — Clay arregalou bem os olhos e cutucou as têmporas. — Eu leio *meeentesss.*

Tom parou de mastigar, então voltou... porém lentamente.

— Sabe — ele começou —, dadas as circunstâncias, isso não é tão engraçado assim.

Clay suspirou, bebericou um pouco de chá gelado e se forçou a comer um pouco mais do sanduíche. Ele disse a si mesmo para pensar na comida como gasolina para o corpo, como era necessário empurrá-la goela abaixo.

— Não. Acho que não. Desculpe.

Tom fez um gesto com o copo dele na direção de Clay antes de beber.

— Tudo bem. Agradeço o esforço. Ei, onde está o seu portfólio?

— Deixei na varanda. Queria estar com as duas mãos livres enquanto passávamos pelo Corredor da Morte de Tom McCourt.

— Então *está* tudo bem. Escute, Clay, lamento mesmo pela sua família...

— Não lamente ainda — disse Clay, com um pouco de rispidez. — Não há nada para lamentar ainda.

— ... mas fico muito feliz por ter encontrado você. Era só o que eu queria dizer.

— Igualmente — Clay respondeu. — Agradeço pelo lugar tranquilo para passar a noite e tenho certeza de que Alice também.

— Contanto que Malden não surte e queime à nossa volta.

Clay concordou, sorrindo um pouco.

— Contanto que isso não aconteça. Você tirou aquele sapatinho sinistro dela?

— Não. Ela foi para cama com ele como... sei lá, um ursinho de pelúcia. Ela vai estar melhor amanhã se dormir a noite inteira.

— Você acha mesmo?

— Não — disse Tom. — Mas, se acordar assustada no meio da noite, vou dormir com ela. Fico na cama junto, se for preciso. Você sabe que eu não faria nada com ela, não é?

— Claro. — Clay sabia que ele próprio também não, mas entendeu sobre o que Tom estava falando. — Vou para norte amanhã assim que o dia raiar. Talvez seja uma boa ideia vocês dois virem comigo.

Tom pensou sobre a proposta por um instante, então perguntou:

— E o pai dela?

— Ela falou que o pai, abre aspas, sabe se virar bem sozinho. A maior preocupação dela era sobre como ele fez para jantar. O que entendi disso é que Alice não está pronta para saber o que pode ter acontecido. É claro que teremos que esperar para ver a reação dela, mas prefiro mantê-la conosco e não quero ir para aquelas cidades industriais a oeste.

— Você não quer ir para oeste de jeito nenhum?
— Não — admitiu Clay.

Clay pensou que Tom talvez fosse discutir sobre aquilo, mas não discutiu.

— E hoje à noite? Você acha que devemos ficar vigiando?

Clay não tinha pensado sobre o assunto até aquele momento. Ele disse:

— Não sei se vai adiantar muito. Se uma horda enlouquecida descer a Salem Street brandindo armas e tochas, o que *nós* poderemos fazer?

— Descer para o subsolo?

Clay pensou naquela opção. Descer para o subsolo lhe parecia um ato terrivelmente extremo — o refúgio final do bunker como defesa —, mas havia a possibilidade de a hipotética horda enlouquecida achar que a casa estivesse deserta e invadi-la. Ele imaginou que seria melhor descer do que ser massacrado na cozinha, provavelmente depois de ver Alice ser estuprada por um grupo de homens.

Não vai chegar a esse ponto, ele pensou, apreensivo. *Você está se deixando levar pelas hipóteses, só isso. Ficando apavorado no escuro. Não vai chegar a esse ponto.*

Só que Boston estava em chamas atrás deles. Lojas de bebidas estavam sendo saqueadas e homens se esmurravam até sangrar por barris de cerveja. As coisas já tinham chegado àquele ponto.

Enquanto isso, Tom o observava, deixando-o digerir a ideia... o que significava que Tom talvez já tivesse feito isso. Rafe pulou no colo dele. Tom largou o sanduíche e acariciou as costas do gato.

— Por que a gente não faz o seguinte? — falou Clay. — Se você tiver umas mantas para eu me enrolar, posso passar a noite lá fora, na varanda. Ela é coberta e mais escura do que a rua. O que significa que é mais provável que eu veja qualquer pessoa vindo bem antes de ela notar que eu estou observando. Principalmente se for um daqueles fonáticos. Eles não me pareceram ser muito bons de tocaia.

— Não, eles não são do tipo que atacam de surpresa. Mas e se alguém vier pelos fundos? A Lynn Avenue fica a uma quadra daqui.

Clay deu de ombros, tentando indicar que eles não tinham como se defender de tudo — ou mesmo de muita coisa — sem precisar dizer em voz alta.

— Tudo bem — disse Tom, depois de comer um pouco mais do seu sanduíche e dar um pedaço de presunto para Rafe. — Mas você poderia me chamar lá pelas três. Se a Alice não tiver acordado até essa hora, é bem provável que durma a noite inteira.

— Vamos esperar para ver o que acontece — disse Clay. — Olha só, acho que sei a resposta para essa pergunta, mas você não teria uma arma?

— Não — Tom respondeu. — Nem uma solitária lata de spray de pimenta. — Ele olhou para o sanduíche e o largou. Quando ergueu os olhos para Clay, eles estavam extraordinariamente tristes. Falou baixinho, como as pessoas falam quando conversam assuntos secretos. — Você se lembra do que o policial falou antes de atirar naquele maluco?

Clay assentiu. *E aí, meu caro, como vai? Tudo em cima?* Ele jamais se esqueceria daquilo.

— Sei que não foi igual nos filmes — disse Tom —, mas nunca imaginei que tivesse um *poder* tão enorme, ou que fosse acontecer tão bruscamente... e o barulho quando os miolos... os miolos...

Ele se inclinou para a frente de súbito, uma das mãos pequenas fechada sobre a boca. O movimento assustou Rafe, que pulou para o chão. Tom emitiu três sons baixos e guturais, e Clay esperou o vômito que quase certamente viria em seguida. Ele não queria começar a vomitar também, mas achava que não ia ter jeito. Sabia que estava perto de fazê-lo, muito perto, pois ele sabia do que Tom estava falando. O tiro e, depois, o borrifo líquido e pegajoso no asfalto.

Ninguém vomitou. Tom se controlou e ergueu a cabeça com os olhos úmidos.

— Desculpe — ele falou. — Não devia ter falado sobre isso.

— Não precisa se desculpar.

— Acho que, se quisermos passar pelo que, não importa o que seja, está por vir, é melhor darmos um jeito de conter nossas sensibilidades mais nobres. Acho que as pessoas que não conseguirem fazer isso... — Ele se interrompeu e então voltou a falar. — Acho que as pessoas que não conseguirem fazer isso... — Parou uma segunda vez. Na terceira, conseguiu terminar. — Acho que as pessoas que não conseguirem fazer isso podem morrer.

Eles se encararam sob a luz do lampião.

10

— Depois que deixamos a cidade, não vi *ninguém* armado — disse Clay. — No começo, não estava prestando atenção, mas depois passei a reparar.

— Você sabe por quê, não sabe? Com exceção talvez da Califórnia, Massachusetts é o estado que tem a lei mais rigorosa para armas do país.

Clay se lembrava de ter visto outdoors com essa informação na divisa do estado alguns anos atrás. Logo depois eles foram substituídos por outros que diziam que, se você fosse pego dirigindo alcoolizado, passaria a noite na prisão.

Tom disse:

— Se os policiais encontrarem uma arma escondida no seu carro, tipo no porta-luvas com os seus documentos, você pode pegar sete anos de prisão, eu acho. Se for parado com um rifle na sua picape, mesmo na temporada de caça, pode ganhar uma multa de dez mil dólares e dois anos de serviço comunitário. — Ele pegou o resto do sanduíche, deu uma olhada nele e o largou de novo. — Você pode ter uma arma em casa se não for um criminoso, mas... uma licença de porte? Pode até conseguir a assinatura do padre O'Malley, do Boys' Club, como naquele filme *O bom pastor*, mas talvez nem assim.

— A falta de armas pode ter salvado algumas vidas, quando as pessoas estavam saindo da cidade.

— Concordo plenamente com você — Tom respondeu. — Aqueles dois caras brigando pelo barril de cerveja. Graças a *Deus* que nenhum dos dois tinha um calibre .38.

Clay assentiu.

Tom recostou na cadeira, cruzou os braços sobre o peito estreito e olhou ao redor. Seus óculos cintilaram. O círculo de luz que o lampião emitia era brilhante, mas pequeno.

— Só que agora, depois de ver o estrago que elas fazem, eu bem que gostaria de ter uma arma. E eu me considero um pacifista.

— Há quanto tempo você mora aqui, Tom?

— Quase doze anos. Tempo suficiente para ver Malden descer boa parte da ladeira até a Merdolândia. Ainda não chegou lá, mas está perto.

— Certo, então pense bem. Quais dos seus vizinhos podem ter armas em casa?

Tom respondeu de imediato.

— Arnie Nickerson, do outro lado da rua, três casas mais adiante. Adesivo da Associação Nacional de Rifles no para-choque do carro, junto com umas duas fitinhas amarelas de apoio às nossas tropas e um adesivo Bush-Cheney antigo...

— Não precisa falar mais nada...

— E na picape, que ele equipa com um bagageiro para acampar em novembro e vai caçar lá na sua terra, também tem dois adesivos da Associação Nacional de Rifles.

— E nós ficamos felizes em receber a renda da licença de caça obrigatória para os que moram fora do estado — disse Clay. — Vamos arrombar a casa dele amanhã e pegar as armas.

Tom McCourt olhou para Clay como se ele estivesse louco.

— Esse cara não é paranoico como aqueles sujeitos metidos a militares em Utah... quero dizer, ele *mora* em Massachusetts, o reino dos impostos... mas tem um daqueles alarmes contra roubo com sensores no gramado que diz basicamente TÁ SE SENTINDO SORTUDO, VAGABUNDO? E eu tenho certeza de que você sabe qual é o posicionamento da Associação Nacional de Rifles sobre entregar as armas deles.

— Acho que tem a ver com arrancá-las de seus dedos mortos...

— É isso mesmo.

Clay se inclinou para a frente e constatou o que para ele tinha ficado óbvio desde o instante em que desceram a rampa da Route One: Malden havia se tornado apenas mais uma cidade ferrada nos Estados Unicelulares da América, e que o país estava fora de área, desligado, sentimos muito, tente mais tarde. Salem Street estava deserta. Ele tinha sentido isso quando eles estavam chegando... não tinha?

Não. Mentira. Você sentiu que estava sendo observado.

É mesmo? E mesmo que aquilo fosse verdade, será que era o tipo de intuição em que se podia confiar, se basear para *agir*, depois de um dia como aquele? A ideia era ridícula.

— Ouça, Tom. Um de nós vai até a casa desse tal de Nackleson amanhã, assim que o dia estiver claro.

— É Nickerson, e não acho que seja uma ideia muito boa, o vidente McCourt consegue vê-lo ajoelhado atrás da janela da sala de estar com um rifle automático que estava guardando para o fim do mundo. Que parece ter chegado.

— Eu vou — disse Clay. — Mas *não vou* se escutarmos tiros da casa de Nickerson hoje à noite ou amanhã de manhã. *Certamente* não vou se houver corpos no gramado do sujeito, com ou sem ferimentos de bala. Eu também assisti a todos aquele episódios antigos de *Além da imaginação*, aqueles em que se descobre que a civilização não passa de uma fina camada de verniz.

— Se é isso — disse Tom de modo sombrio. — Idi Amin, Pol Pot, dou o caso por encerrado.

— Vou até lá com as mãos levantadas. Vou tocar a campainha. Se alguém atender, falarei que só quero conversar. O pior que pode acontecer é ele me mandar cair fora.

— Não, o pior que pode acontecer é ele te matar bem em cima da porra do capacho de Seja Bem-Vindo e me deixar sozinho com uma adolescente órfã — disse Tom com rispidez. — Pode fazer quantas piadinhas quiser sobre episódios antigos de *Além da imaginação*, mas não se esqueça daquelas pessoas que você viu hoje, brigando em frente à estação de metrô em Boston.

— Aquilo foi... não sei o que foi aquilo, mas aquelas pessoas estavam loucas. Não tenha dúvida, Tom.

— E quanto à Papa-Hóstias Maluca? E os dois homens brigando pelo barril? Eles estavam loucos?

Não, é claro que não. Mas, se houvesse uma arma naquela casa do outro lado da rua, Clay ainda a queria. E se tivesse mais de uma, queria que Tom e Alice ficassem com elas também.

— Estava pensando em ir uns cento e cinquenta quilômetros para norte — disse Clay. — Talvez a gente possa roubar um carro e dirigir um pedaço, mas acho que vamos ter de caminhar todo o caminho. Você quer ir protegido só com facas? Estou perguntando de um homem sensato para outro, porque algumas das pessoas que vamos encontrar *estarão* armadas. Você *sabe* disso.

— Sim — respondeu Tom. Ele passou a mão pelo cabelo bem aparado, despenteando-o de um jeito engraçado. — E sei que Arnie e Beth provavelmente também estão fora de casa. Eles são tão doidos por tecnologia quanto por armas. Arnie vivia tagarelando no celular quando passava naquela picape Dodge Ram grande e fálica dele.

— Está vendo? Prontinho.

Tom suspirou.

— Tudo bem. Vai depender de como as coisas vão estar pela manhã. O.k.?

— O.k. — Clay pegou o sanduíche de novo. Sentia um pouco mais de vontade de comer agora.

— Onde eles foram parar? — perguntou Tom. — Os que você chama de fonáticos. Onde eles foram parar?

— Não sei.

— Vou dizer o que eu acho — disse Tom. — Acho que eles entraram nas casas e edifícios depois do pôr do sol e morreram.

Clay olhou para ele com incredulidade.

— Pense com calma sobre a hipótese e você vai ver que eu tenho razão — falou Tom. — Isso foi quase certamente algum tipo de ato terrorista, concorda?

— Essa parece ser a explicação mais provável, embora eu não faça a menor ideia de como qualquer sinal, por mais subversivo que seja, possa ter sido programado para fazer o que esse fez.

— Você é cientista?

— Você sabe que não. Sou artista.

— Quando o governo diz que é capaz de guiar bombas inteligentes computadorizadas de porta-aviões que podem estar a mais de três mil quilômetros de distância até a porta de bunkers debaixo do deserto, tudo o que você pode fazer é olhar para as fotos e aceitar que a tecnologia existe.

— Tom Clancy não mentiria para mim — disse Clay, sem sorrir.

— E, se *esse* tipo de tecnologia existe, por que não aceitar essa outra, pelo menos provisoriamente?

— Certo, pode falar. Seja sucinto, por favor.

— Por volta das três da tarde, uma organização terrorista, talvez até um governo de meia-tigela, gerou um tipo de sinal ou pulso. Por ora, temos que supor que esse sinal foi transmitido por todas as operadoras de celular do mundo. Vamos torcer para que não seja o caso, mas, por ora, acho que *temos* que supor o pior.

— E a transmissão acabou?

— Não sei — Tom respondeu. — Quer pegar um celular para descobrir?

— Tuchim — falou Clay. — É assim que o meu filhinho fala touché. — *E, por favor, Deus, é assim que ele continua falando.*

— Mas, se esse grupo pode transmitir um sinal que enlouqueceria todos que o ouvissem — prosseguiu Tom —, não haveria a possibilidade de que o sinal também tivesse uma diretriz que mandasse todos os que enlouqueceram se matarem cinco horas depois? Ou talvez simplesmente irem dormir e pararem de respirar?

— Eu diria que isso é impossível.

— Eu teria dito que um louco vir para cima de mim do Four Seasons Hotel com uma faca é impossível — Tom argumentou. — E que Boston ser consumida pelo fogo enquanto toda a população… quero dizer, a parcela da população que tem a sorte de não ter celulares… foge pelas pontes Mystic e Zakim é impossível.

Ele se inclinou para a frente, olhando para Clay com atenção. *Ele quer acreditar nisso,* Clay pensou. *Não perca tempo tentando dissuadi-lo, porque ele quer muito acreditar, muito mesmo.*

— De certa forma, isso não é diferente do bioterrorismo que o governo tanto temia depois do Onze de Setembro — ele disse. — Através dos celulares, que se tornaram a forma cotidiana e predominante de comunicação, é possível transformar a população em um exército particular. Um exército que literalmente não tem medo de nada, porque é louco, ao mesmo tempo que destrói a própria infraestrutura. Onde está a Guarda Nacional hoje à noite?

— No Iraque? — arriscou Clay. — Na Louisiana?

Não foi uma piada muito boa e Tom não sorriu.

— Em lugar nenhum. Como se usa uma força interna que hoje em dia depende quase totalmente da rede de celulares até para se *mobilizar?* Quanto aos aviões, o último que vi voando foi aquele pequeno que caiu na esquina da Charles com a Beacon. — Ele fez uma pausa e então prosseguiu, olhando através da mesa direto para os olhos de Clay. — Tudo isso que eles fizeram… quem quer que sejam eles. Eles olharam para nós, sabe-se lá onde vivem e adoram seus deuses… e o que viram?

Clay balançou a cabeça, fascinado pelos olhos de Tom, que brilhavam por trás dos óculos. Eram quase os olhos de um visionário.

— Eles viram que tínhamos reconstruído a Torre de Babel… e sustentada apenas por teias eletrônicas. Em questão de segundos, eles varreram essas teias, e nossa Torre caiu. Eles fizeram tudo isso, e nós três somos como insetos que calharam, por pura sorte, de evitar o pisão de um gigante. Eles fizeram tudo isso, e você acha que não poderiam ter codificado um sinal que mandasse os afetados simplesmente irem dormir e pararem de respirar? Qual é o mistério, se comparado com o primeiro? Não muito grande, eu diria.

Clay respondeu:
— Acho que está na hora de irmos dormir.

Por um instante, Tom ficou como estava, um pouco curvado sobre a mesa, olhando para Clay como se não tivesse compreendido o que ele tinha dito. Então riu.

— É — ele disse. — É, você está certo. Eu me empolguei. Desculpe.

— Sem problema — Clay falou. — Espero que tenha razão quanto aos fonáticos estarem mortos. — Fez uma pausa e então falou: — Quero dizer... a não ser que meu filho... Johnny-Gee... — Não conseguiu terminar. Em parte, ou principalmente, porque ele não tinha certeza se o filho ainda estaria vivo se tivesse tentado usar o celular naquela tarde e tivesse recebido a mesma ligação que a Cabelinho Claro e a Mulher do Terninho Executivo.

Tom estendeu o braço até o outro lado da mesa e Clay envolveu com as duas mãos a mão delicada e de dedos longos do seu novo amigo. Ele viu isso acontecer como se estivesse fora do corpo e, quando falou, não parecia ser ele mesmo falando, embora sentisse a boca se mexendo e as lágrimas que haviam começado a cair dos seus olhos.

— Estou com tanto medo por ele. — Sua boca dizia. — Estou com medo pelos dois, mas principalmente pelo meu filho.

— Vai ficar tudo bem — disse Tom, e Clay sabia que a intenção dele era boa, mas as palavras encheram seu coração de terror da mesma forma, pois era apenas uma daquelas coisas que você fala quando não resta mais nada a dizer. Como *você vai superar*, ou *ele está em um lugar melhor*.

11

Os gritos de Alice acordaram Clay de um sonho confuso mas agradável em que ele estava em uma tenda de bingo na Feira Estadual de Akron. No sonho, estava mais ou menos com seis anos — com certeza não mais que isso, mas talvez fosse até mais novo —, agachado debaixo da mesa em que a mãe estava, olhando para uma floresta de pernas femininas e sentindo o cheiro de serragem enquanto o locutor entoava: "B-12, jogadores, B-12! É a vitamina da *luz solar!*".

Por um instante o seu subconsciente tentou integrar os gritos da menina ao sonho, insistindo que se tratava de uma sirene, mas apenas por um instante. Clay se permitira dormir na varanda de Tom depois de uma hora de vigília, pois estava convencido de que nada iria acontecer lá fora, pelo menos não naquela noite. Ele também parecia estar convencido de que Alice não dormiria a noite toda, pois não se sentiu confuso quando sua mente identificou os gritos pelo que eram. Tampouco precisou se esforçar para saber onde ela estava ou o que estava acontecendo. Em um momento, ele era um garotinho agachado debaixo de uma mesa de bingo em Ohio; no outro, estava saindo do sofá confortavelmente longo na varanda coberta de Tom McCourt com o cobertor ainda enroscado nas pernas. E, em algum lugar da casa, Alice Maxwell, berrando em um registro quase agudo o bastante para quebrar um cristal, articulava todo o horror do dia que acabara de passar. Ela insistia, com um grito depois do outro, que tais coisas não deveriam ter acontecido de forma alguma e precisavam ser negadas.

Clay tentou, sem sucesso, desembaraçar as pernas do cobertor. Ele se viu pulando na direção da porta e agitando a maçaneta em uma espécie de pânico, enquanto olhava para a Salem Street, convicto de que as luzes começariam a acender por todo o quarteirão, mesmo sabendo que não havia energia, convicto de que alguém — talvez aquele sujeito que tinha armas e adorava tecnologias, o sr. Nickerson, que morava mais adiante — sairia para o gramado e gritaria para alguém pelo amor de Deus calar a boca daquela menina. *Não me obrigue a ir até aí!*, berraria Arnie Nickerson. *Não me obrigue a ir até aí dar um tiro nela!*

Ou os gritos atrairiam os fonáticos como mariposas para uma luz. Tom poderia achar que eles estavam mortos, mas Clay acreditava nisso tanto quanto na fábrica do Papai Noel no Polo Norte.

Porém, a Salem Street — pelo menos o quarteirão em que estavam, logo a oeste do centro e depois da parte de Malden que Tom chamava de Granada Highlands — permaneceu escura, silenciosa e sem movimento. Até o brilho do fogo em Revere parecia ter diminuído.

Clay finalmente se livrou do cobertor, entrou e ficou ao pé da escada, olhando para a escuridão acima. Agora conseguia escutar a voz de Tom — não as palavras, mas a entonação, baixa, calma e tranquilizadora. Os gritos arrepiantes da garota começaram a ser cortados por arquejos, e então por soluços e exclamações inarticuladas que se tornaram palavras. Clay entendeu uma delas: *pesadelo*. Tom continuou falando sem parar, contando mentiras em uma ladainha reconfortante: estava tudo bem, ela iria ver só, as coisas pareceriam melhores pela manhã. Clay os visualizava sentados lado a lado na cama do quarto de hóspedes, os dois vestindo pijamas com monogramas com as iniciais TM nos bolsos da frente. Poderia tê-los desenhado daquela forma. A ideia o fez sorrir.

Quando teve certeza de que ela não recomeçaria a gritar, Clay voltou para a varanda. Estava um pouco fria, mas ficou confortável assim que se enrolou no aconchego do cobertor. Sentou-se no sofá, inspecionando o que conseguia ver da rua. À esquerda, a leste da casa de Tom, havia um centro comercial. Ele achou que podia ver o semáforo que marcava a entrada da praça central. Do outro lado — que era o caminho pelo qual tinham vindo —, mais casas. Todas ainda naquela escuridão profunda.

— Onde estão vocês? — ele murmurou. — Sei que alguns foram para norte ou para oeste ainda com a cabeça no lugar. Mas para onde foram os outros?

Nenhuma resposta veio da rua. Talvez Tom tivesse razão: os celulares mandaram uma mensagem para as pessoas enlouquecerem às três e caírem mortas às oito. Parecia bom demais para ser verdade, mas ele se lembrava que tinha pensado o mesmo sobre CDs graváveis.

Silêncio vindo da rua à frente dele; silêncio vindo da casa às suas costas. Um instante depois, Clay recostou no sofá e deixou os olhos se fecharem. Pensou que talvez pudesse cochilar, mas não achava que conseguiria pegar no sono novamente. Porém, acabou conseguindo, e desta vez sem sonhos. Logo antes do dia raiar, um vira-lata subiu pela entrada de Tom McCourt, olhou para ele roncando no seu casulo de cobertor e voltou a seguir adiante. Não estava com pressa; não faltavam restos de comida nas ruas de Malden naquela manhã e continuaria sendo assim por muito tempo.

12

— Clay. Acorde.

A mão de alguém o sacudiu. Clay abriu os olhos e viu Tom, usando jeans e uma camisa de botão cinza, inclinando-se sobre ele. A varanda estava iluminada por uma luz pálida e forte. Clay olhou para seu relógio de pulso à medida que tirava o pé de cima do sofá: eram 6h20.

— Você tem que ver isto — disse Tom. Ele estava pálido, ansioso e com os dois lados do bigode grisalhos. Um dos lados da ponta da camisa estava para fora do cinto, e a parte de trás do cabelo ainda estava de pé.

Clay olhou para a Salem Street, viu um cachorro com algo na boca passando aos trotes por alguns carros abandonados a meia quadra na direção oeste; era a única coisa que se mexia. Sentia um cheiro fraco de fumaça no ar e imaginou que fosse de Boston ou Revere. Talvez de ambos, mas pelo menos o vento parara. Virou-se para Tom.

— Aqui não. — Tom manteve a voz baixa. — No quintal dos fundos. Vi quando fui para a cozinha fazer café, antes de lembrar que não dá pra ligar a cafeteira, pelo menos por enquanto. Talvez não seja nada, mas... cara, não estou gostando disso.

— Alice ainda está dormindo? — Clay estava tateando sob o cobertor, atrás das meias.

— Sim, está. Isso é bom. Esqueça as meias e os sapatos, não vamos jantar no Ritz. Venha.

Ele seguiu Tom, que usava um par de chinelos que pareciam confortáveis, pelo corredor até a cozinha. Havia um copo meio vazio de chá gelado no aparador.

Tom falou:

— Não consigo começar o dia sem um pouco de cafeína de manhã, sabe? Então me servi de um copo disso aqui, aliás, pode pegar, ainda está bom e gelado. Abri a cortina em cima da pia para dar uma olhada no jardim. Sem motivo, só queria ter contato com o mundo exterior. E vi... olhe você mesmo.

Clay olhou para fora pela janela da pia. Nos fundos, havia um bem cuidado pátio de ladrilhos com uma churrasqueira a gás. Depois do pátio, ficava o quintal de Tom, metade gramado, metade jardim. Mais além, havia uma cerca alta e larga com um portão. O portão estava aberto. Pelo visto, estivera fechado a ferrolho, pois agora ele estava caído de lado, parecendo a Clay um pulso quebrado. Ocorreu-lhe que Tom poderia ter feito o café na churrasqueira, não fosse pelo homem sentado no jardim, ao lado do que só podia ser um carrinho de mão ornamental, comendo a polpa de uma abóbora partida e cuspindo as sementes. Usava um macacão de mecânico e um boné seboso com um B apagado nele. Escrito em letras vermelhas apagadas no bolso esquerdo do macacão estava o nome GEORGE. Clay ouvia os sons baixos de sucção que a boca do homem fazia toda vez que mordia a abóbora.

— Merda — disse Clay baixinho. — É um deles.

— É. E se tem um, pode haver vários.

— Ele arrombou o portão para entrar?

— Claro que sim — Tom confirmou. — Não o vi arrombando, mas garanto que estava trancado quando saí ontem. Não tenho o melhor relacionamento do mundo com Scottoni, o cara que mora do outro lado. Ele não precisa de "sujeitinhos como eu", como já me disse várias vezes. — Ele fez uma pausa, então prosseguiu com a voz mais baixa. Já estava falando baixo antes, mas agora Clay tinha que chegar perto dele para ouvir. — Sabe o que é mais esquisito? Eu *conheço* aquele cara. Ele trabalha no posto Texaco, lá no Centro Comercial. É o único posto de gasolina da cidade que ainda faz consertos. Ou fazia. Ele trocou uma mangueira de radiador pra mim uma vez. Me contou que foi com o irmão para o estádio dos Yankees no ano passado e viu Curt Schilling acabar com o Big Unit, aquele jogador dos Yankees. Parecia um sujeito legal. Agora olhe só para ele! Sentado no meu jardim comendo uma abóbora crua!

— O que está acontecendo, gente? — perguntou Alice atrás deles.

Tom se virou, aparentando desânimo.

— Você não vai querer ver isso — ele respondeu.

— Não, senhor — disse Clay. — Ela tem que ver.

Ele sorriu para Alice, o que não era tão difícil assim. Não havia monograma no bolso do pijama que Tom lhe emprestara, mas ele era azul, como Clay tinha imaginado, e ela ficava incrivelmente bonita nele. Estava descalça, com a bainha da calça levantada até as canelas e o cabelo desgrenhado pelo sono. Apesar dos pesadelos, Alice parecia mais descansada do que Tom. Clay poderia apostar que ela parecia mais descansada do que ele também.

— Não é um acidente de carro nem nada — ele comentou. — É só um cara comendo uma abóbora no quintal do Tom.

Ela se enfiou entre os dois, colocando as mãos na beirada da pia, e ficou na ponta dos pés para olhar pela janela. O braço dela roçou o de Clay e ele sentiu o calor do sono que ainda irradiava da sua pele. Alice ficou olhando por um bom tempo e então se virou para Tom.

— Mas você disse que todos eles tinham se matado — ela falou, e Clay não soube dizer se estava acusando Tom ou dando uma bronca de mentirinha. *Provavelmente nem ela mesma sabe,* ele pensou.

— Eu não falei com certeza — respondeu Tom, soando pouco convincente.

— Você me pareceu ter bastante certeza. — Ela voltou a olhar para fora. Pelo menos, pensou Clay, ela não está surtando. Na verdade, Alice parecia extraordinariamente tranquila, até mesmo cômica, naquele pijama um pouco grande demais. — Urgh... gente?

— O quê? — eles falaram juntos.

— Olhem o carrinho de mão do lado dele. Vejam só a roda.

Clay já tinha reparado o que ela tinha acabado de ver: eram restos de casca, polpa e sementes de abóbora.

— Ele bateu com a abóbora na roda para abri-la e comer — Alice comentou. — Acho que é um deles...

— Ah, ele é um deles com certeza — disse Clay. George, o mecânico, estava sentado no jardim com as pernas abertas, revelando a Clay que desde a tarde anterior esquecera tudo que sua mãe havia ensinado sobre baixar as calças antes de fazer xixi.

— ... mas ele usou aquela roda como *ferramenta*. Não acho que um doido faria uma coisa dessas.

— Um deles estava usando uma faca ontem — Tom argumentou. — E tinha outro cara brandindo duas antenas de carro.

— Eu sei, mas... parece diferente.

— Mais pacífico, você quer dizer? — Tom olhou de volta para o intruso no jardim. — Não estou a fim de ir lá fora para descobrir.

— Não, não é isso. Não quis dizer pacífico. Não sei bem como explicar.

Clay achou que entendia o que ela estava falando. A agressão que eles haviam testemunhado no dia anterior fora uma atitude cega, impulsiva.

Uma coisa do tipo o-que-cair-na-minha-mão-eu-tô-usando. Sim, teve o homem de negócios com a faca e o rapaz musculoso brandindo as antenas enquanto corria, mas também teve o homem no parque que arrancou a orelha do cachorro com os dentes. A Cabelinho Claro também usara os dentes. Aquilo parecia muito diferente, e não só porque ele estava comendo em vez de matando. Mas, assim como Alice, Clay não conseguia entender *como* era diferente.

— Ai, meu Deus, mais dois — disse Alice.

Pelo portão aberto dos fundos entrou uma mulher de cerca de quarenta anos com um terninho cinza sujo e um idoso vestindo um short esportivo e uma camiseta com GRAY POWER escrito na frente. A mulher de terninho usava uma blusa verde em frangalhos, revelando as taças de um sutiã verde-claro. O idoso estava mancando bastante, jogando os ombros para a frente enquanto fazia uma espécie de sapateado a cada passo para manter o equilíbrio. Sua esquelética perna esquerda estava coberta de sangue seco, e o pé estava sem o tênis de corrida. Os restos de uma meia atlética, encardida de sujeira e sangue, pendiam do tornozelo esquerdo. O cabelo branco um tanto longo do velho lhe caía sobre o rosto inexpressivo como um capuz. A mulher de terninho emitia um barulho repetitivo que soava como "*Goom! Goom!*" enquanto examinava o quintal e o jardim. Olhou para George, o Comedor de Abóbora, como se ele nem existisse, e então passou por ele em direção aos pepinos restantes da horta. Ajoelhou-se diante deles, arrancou um e começou a comê-lo. O velho com a camiseta GRAY POWER marchou até o final do jardim e então ficou parado um instante, como um robô cujo óleo finalmente acabara. Usava óculos dourados minúsculos — óculos de leitura, pensou Clay — que cintilavam na luz da manhã. Para Clay ele parecia como alguém que um dia fora muito inteligente e agora era muito idiota.

Os três na cozinha se espremeram, olhando pela janela, mal respirando.

O olhar do velho parou em George, que jogou para longe um pedaço de casca de abóbora, examinou o resto e então enfiou o rosto de volta nele, retomando o café da manhã. Em vez de se portar agressivamente em relação aos recém-chegados, nem mesmo pareceu notá-los.

O velho mancou para a frente, se agachou e começou a puxar uma abóbora do tamanho de uma bola de futebol. Estava a menos de um metro de George. Clay, recordando a batalha campal em frente à estação do metrô, prendeu a respiração e esperou.

Ele sentiu Alice agarrar seu braço. Toda a quentura do sono desaparecera da mão dela.

— O que ele vai fazer? — ela perguntou baixinho.

Clay apenas balançou a cabeça.

O velho tentou morder a abóbora e só conseguiu bater com o nariz. Era para ser engraçado, mas não foi. Seus óculos ficaram tortos e ele os ajeitou de volta no lugar. Foi um gesto tão normal que por um breve momento Clay teve certeza de que era *ele prório* que estava louco.

— *Goom!* — gritou a mulher de blusa rasgada e atirou longe o pepino meio comido. Ela enxergara alguns tomates temporões e rastejou na direção deles com o cabelo caído sobre o rosto. A parte de trás da sua calça estava toda suja.

O velho encontrou o carrinho de mão ornamental. Levou a abóbora até ele, então pareceu notar George, que estava sentado ao lado. Olhou para o homem, com a cabeça torta. George gesticulou com a mão pintada de laranja para o carrinho, um gesto que Clay já tinha visto milhares de vezes.

— Fiquem à vontade — murmurou Tom. — Minha nossa.

O velho se ajoelhou no jardim, um movimento que claramente lhe causou muita dor. Fez uma careta, ergueu o rosto vincado para o céu resplandecente e proferiu um grunhido de aborrecimento. Então segurou o fruto sobre a roda. Estudou o ângulo de descida por vários segundos, os bíceps velhos tremendo, e lançou a abóbora para baixo, partindo-a. Ela se abriu em duas metades polpudas. O que aconteceu em seguida foi rápido. George largou no colo sua própria abóbora quase completamente devorada, se inclinou para a frente, segurou a cabeça do velho com as mãos grandes e manchadas de laranja e a torceu. O barulho do pescoço do velho quebrando atravessou o vidro da janela e chegou aos ouvidos dos três. Os cabelos brancos e longos balançaram. Os pequenos óculos desapareceram no meio do que Clay achava que eram beterrabas. O corpo sofreu um espasmo, e então ficou flácido. George o largou. Alice começou a gritar e Tom cobriu a boca da menina. Ela ficou observando sobre a mão dele com os olhos arregalados. Lá fora, no jardim, George pegou um pedaço fresco de abóbora e começou a comer com tranquilidade.

A mulher de blusa rasgada olhou ao redor por um instante, casualmente, e então arrancou outro tomate e o mordeu. O suco vermelho desceu pelo seu queixo e escorreu pelo vinco sujo do pescoço. Ela e George ficaram sentados no jardim dos fundos de Tom McCourt comendo legumes e, por algum motivo, o nome de um dos quadros favoritos de Clay veio-lhe à mente: *O reino pacífico*.

Clay não percebera que havia falado alto até Tom olhar para ele com frieza e dizer:

— Não mais.

13

Cinco minutos depois, os três ainda estavam em pé diante da janela da cozinha quando um alarme começou a soar a alguma distância dali. Parecia fraco e rouco, como se estivesse prestes a cessar.

— Alguma ideia do que pode ser? — perguntou Clay. No jardim, George tinha abandonado as abóboras e desenterrado uma batata grande. Isso o levou mais para perto da mulher, mas ela não despertou seu interesse. Pelo menos não por ora.

— Meu palpite seria que o gerador do Safeway no Centro Comercial acabou de parar — disse Tom. — Eles provavelmente têm um alarme a bateria caso falte luz, por conta de todos os alimentos perecíveis. Mas é só um palpite. Até onde eu sei, pode ser o First Malden Bank e...

— Olhem! — Alice exclamou.

A mulher parou de arrancar um outro tomate, se levantou e saiu andando em direção ao lado direito da casa de Tom. George se ergueu quando ela passou, e Clay teve certeza de que ele pretendia matá-la como matou o velho. A expectativa fez Clay se encolher e ele viu Tom se preparando para desviar Alice da cena. Mas George apenas seguiu a mulher, dando a volta na casa atrás dela e sumindo de vista.

Alice se virou e saiu correndo para a porta da cozinha.

— Não deixe que eles vejam você! — exclamou Tom em uma voz baixa e urgente, enquanto a seguia.

— Não se preocupe — ela respondeu.

Clay os acompanhou, preocupando-se com todos.

Eles alcançaram a sala de jantar a tempo de ver a mulher com seu terninho sujo e George com seu macacão mais sujo ainda passarem pela janela, os corpos segmentados pelas venezianas que estavam baixadas, mas não fechadas. Nenhum dos dois olhou para dentro da casa, e George estava tão perto da mulher que poderia morder sua nuca. Alice percorreu o corredor até o pequeno escritório, seguida por Tom e Clay. Lá, as venezianas estavam fechadas, mas Clay viu as sombras dos dois passarem rapidamente por elas. Alice continuou seguindo pelo corredor, em direção à porta aberta que dava para a varanda. O cobertor estava metade em cima e metade fora do sofá, como Clay o havia deixado. A luz brilhante da manhã inundava a varanda. Parecia queimar o assoalho.

— Alice, tenha cuidado! — disse Clay. — Tenha...

Mas ela parara. Estava apenas olhando. E então Tom ficou ao lado dela, quase da mesma altura que a menina. Vistos daquela maneira, poderiam ser irmãos. Nenhum dos dois se preocupou em tentar se esconder.

— Puta merda — Tom falou. Parecia ter levado um balde de água fria. Ao lado dele, Alice começou a chorar. Era o tipo de choro sem fôlego que uma criança cansada choraria. Uma criança que está se acostumando a ser castigada.

Clay os alcançou. A mulher de terninho estava cruzando o gramado de Tom. George ainda estava atrás dela, seguindo-a passo a passo. Estavam quase marchando em fileira. O ritmo quebrou um pouco no meio-fio, quando George se posicionou à esquerda da mulher, deixando de ser uma sombra para ladeá-la.

A Salem Street estava cheia de loucos.

À primeira vista, Clay achou que poderia haver centenas deles, ou mais. Então seu lado observador assumiu o controle — o olho frio do artista —, e ele percebeu que aquilo era um exagero, causado pela surpresa de se deparar com alguém quando esperava ver uma rua vazia e também pelo choque de perceber que todos eram fonáticos. Era impossível não reconhecer os rostos inexpressivos, os olhos que pareciam ver através de tudo, as roupas sujas, manchadas de sangue, desalinhadas (em muitos casos não havia roupa alguma), os ocasionais grasnidos ou gestos convulsivos. Havia o homem vestindo apenas uma cueca apertadinha e uma camisa polo e que parecia estar acenando sem parar; a mulher gorda cujo lábio inferior estava partido, formando dois bifes que pendiam e revelavam todos os dentes de baixo; o adolescente alto de bermuda jeans que andava até o meio da Salem Street carregando o que parecia ser uma chave de roda ensanguentada em uma das mãos; um senhor indiano ou paquistanês que passou pela casa de Tom mexendo a mandíbula de um lado para o outro e ao mesmo tempo trincando os dentes; um menino — meu Deus, um menino da idade de Johnny — que caminhava sem o mínimo sinal de dor, embora um dos seus braços estivesse balançando da articulação deslocada do ombro; uma bela jovem de minissaia e top sem mangas que parecia estar comendo o estômago vermelho de um corvo. Alguns gemiam, outros emitiam sons que talvez um dia tenham sido palavras, e todos seguiam para leste. Clay não fazia ideia se eles estavam sendo atraídos pelo alarme ou pelo cheiro de comida, mas estavam todos indo na direção do Centro Comercial de Malden.

— Meu Deus, é o paraíso dos zumbis — disse Tom.

Clay não se deu o trabalho de responder. As pessoas lá fora não eram exatamente zumbis, mas Tom quase acertou. *Se qualquer um deles olhar para cá, nos enxergar e decidir vir atrás da gente, estamos ferrados. Não vamos ter a mínima chance. Nem se nos entrincheirarmos no porão. E quanto àquelas armas do outro lado da rua? Pode esquecer.*

Clay ficou apavorado com a ideia de que a esposa e o filho poderiam estar — e muito possivelmente *estavam* — tendo que lidar com aquele tipo de criatura. Mas aquilo não era uma história em quadrinhos e ele não era um herói: não podia fazer nada. Os três talvez estivessem seguros na casa, e no que dizia respeito a um futuro próximo, ele, Tom e Alice não iriam para lugar nenhum.

14

— Eles são como pássaros — disse Alice. Ela limpou as lágrimas do rosto com as mãos. — Um bando de pássaros.

Clay entendeu o que ela queria dizer e a abraçou impulsivamente. Ela identificara algo que ele tinha percebido quando observou George, o mecânico, seguir a mulher em vez de matá-la, como havia feito com o velho. Os dois eram obviamente cabeças-ocas, mas pareciam ter ido lá para a frente mediante algum tipo de acordo tácito.

— Não estou entendendo — disse Tom.

— Você não deve ter visto *A marcha dos pinguins* — Alice comentou.

— Realmente, não vi mesmo — respondeu Tom. — Se quiser ver alguém andar engraçado de smoking, vou a um restaurante francês.

— Mas você já notou como os pássaros se comportam, especialmente na primavera e no outono? — perguntou Clay. — Já deve ter visto. Eles ficam todos pousados na mesma árvore, ou no mesmo fio de um poste...

— Às vezes são tantos que o fio chega a envergar — disse Alice. — E então todos saem voando na mesma hora. Meu pai diz que eles devem ter um líder, mas o sr. Sullivan, meu professor de ciências, quer dizer, quando eu estava no ginásio, disse que é uma espécie de consciência coletiva, tipo quando as formigas saem todas juntas de um formigueiro, ou quando as abelhas saem da colmeia.

— O bando faz curva para a direita ou para a esquerda, todos ao mesmo tempo, e os pássaros nunca batem um no outro — falou Clay. — Às vezes eles são tantos que deixam o céu preto, e o barulho é de enlouquecer. — Ele fez uma pausa. — Pelo menos onde eu moro, no interior. — Outra pausa. — Tom, você... você reconhece alguma dessas pessoas?

— Algumas. Aquele lá é o sr. Potowami, da padaria — ele disse, apontando o indiano que balançava a mandíbula e batia os dentes. — Aquela moça bonita... acho que ela trabalha no banco. E lembra que eu falei sobre o Scottoni, o meu vizinho de quadra?

Clay assentiu.

Tom, que ficara muito pálido, apontou para uma mulher visivelmente grávida que usava apenas um jaleco sujo de comida que ia até a parte de cima das coxas. Cabelos loiros caíam sobre suas bochechas cheias de espinhas, e um piercing brilhava no nariz.

— Aquela é a nora dele — ele falou. — Judy. Ela já fez questão de ser gentil comigo.

Ele acrescentou em um tom casual:

— Me dá um aperto no coração.

Da direção do centro da cidade, veio um som alto de tiro. Alice gritou, mas desta vez Tom não precisou cobrir-lhe a boca; ela mesma o fez.

De qualquer forma, nenhuma das pessoas da rua olhou para lá. Nem o estrondo — Clay achava que tinha sido um tiro — pareceu incomodá-los. Eles simplesmente continuaram andando, nem mais rápido, nem mais devagar. Clay esperou outro tiro. Em vez disso, ouviu um grito, muito breve; durou só um instante, como se tivesse sido interrompido.

Clay, Tom e Alice ficaram observando nas sombras logo atrás da varanda, sem conversar. Todos os que passavam estavam indo para leste, e, embora não andassem exatamente em formação, havia sem dúvida uma espécie de ordem. Para Clay, o que deixava isso claro não era a visão dos próprios fonáticos, que quase sempre mancavam e às vezes se arrastavam, que balbuciavam e faziam gestos esquisitos, e sim a passagem silenciosa e ordeira das suas sombras no asfalto. Elas faziam Clay se lembrar daqueles cinejornais sobre a Segunda Guerra Mundial que tinha visto, nos quais uma série de bombardeiros cruzava o céu. Ele contou duzentas e cinquenta pessoas antes de desistir. Homens, mulheres, adolescentes. Um bom número de crianças da idade de Johnny. Mais crianças do que velhos, embora tenha visto algumas com menos de dez anos. Não gostava de pensar sobre o que deveria ter acontecido com os garotinhos e garotinhas que não tinham ninguém para cuidar deles quando o Pulso aconteceu.

Ou com os garotinhos e garotinhas que estavam aos cuidados de pessoas com celulares.

Quanto às crianças com o olhar inexpressivo que passavam por ali, Clay imaginou quantas delas tinham infernizado os pais pedindo celulares com toques especiais no ano anterior, como fizera Johnny.

— Uma só mente — Tom falou após um instante. — Você acredita mesmo nisso?

— *Eu* meio que acredito — respondeu Alice. — Porque... tipo... que mente própria eles têm?

— Ela tem razão — disse Clay.

A migração (ao ver aquela cena, era difícil imaginar que fosse outra coisa) diminuiu, mas não parou, mesmo depois de meia hora. Três homens passaram ombro a ombro — um vestindo uma camisa de jogador de boliche, um com os restos de um terno e outro com o pouco que sobrou da parte de baixo do rosto, transformado em uma massa de sangue seco — e, em seguida, dois homens e uma mulher andando em fila, como se dançassem uma conga desajeitada; depois uma mulher de meia-idade que parecia uma bibliotecária (quer dizer, se você ignorasse o seio nu que balançava ao vento) enfileirada com uma adolescente desengonçada que poderia ser sua assistente na biblioteca. Houve um intervalo e então apareceu mais uma dúzia deles, parecendo formar uma espécie de quadrado, como uma unidade militar das Guerras Napoleônicas. E, ao longe, Clay começou a ouvir sons de guerra — o barulho de tiros de pistola ou rifle. Perto deles, talvez do bairro vizinho de Medford ou de Malden mesmo, escutou uma vez o rugido longo e rascante de uma arma automática de alto calibre. E também mais gritos. A maioria vinha de longe, mas Clay tinha certeza de que eram gritos.

Ainda havia outras pessoas sãs por ali, muitas delas, e algumas tinham conseguido pegar em armas. Era muito provável que estivessem atirando nos loucos. Outros, porém, não tiveram a sorte de estarem abrigados quando o sol nasceu e os malucos apareceram. Ele pensou em George, o mecânico, pegando a cabeça do velho em suas mãos laranja; a torção, o estalo, os pequeninos óculos de leitura voando para cima das beterrabas, onde ficariam. E ficariam. E ficariam.

— Acho que vou para a sala me sentar — falou Alice. — Não quero mais olhar pra eles. Nem ouvir. Está me fazendo mal.

— Claro — disse Tom. — Pode ir. Eu vou ficar aqui observando mais um pouco. Acho que um de nós tem que ficar observando, não acha?

Clay assentiu. Ele achava que sim.

— Então daqui a uma hora mais ou menos a gente reveza. Podemos fazer um rodízio.

— O.k. Combinado.

Enquanto eles voltavam pelo corredor, Clay com os braços em volta dos ombros de Alice, Tom acrescentou:

— Mais uma coisa.

Eles olharam para trás.

— Acho melhor descansarmos o máximo que pudermos hoje. Quero dizer, se ainda quisermos ir para norte.

Clay olhou para ele com atenção, para se certificar de que Tom ainda estava com a cabeça no lugar. Parecia que sim, mas...

— Você viu o que está acontecendo lá fora? — ele perguntou. — Ouviu os tiros? Os... — Clay não queria dizer os gritos na frente de Alice, embora obviamente fosse um pouco tarde para tentar proteger a sensibilidade que ainda restava nela — ... os berros?

— Claro que sim — respondeu Tom. — Mas os loucos se abrigaram na noite passada, não foi?

Por um instante, nem Clay nem Alice se mexeram. Então Alice começou a bater as mãos em um aplauso baixinho, quase inaudível. E Clay começou a sorrir. O sorriso pareceu duro e estranho em seu rosto, e a esperança que ele trazia era quase dolorosa.

— Tom, você é um gênio — ele falou.

Tom não retribuiu o sorriso.

— Não aposte nisso — ele disse. — Não me dei muito bem no vestibular.

15

Sentindo-se claramente melhor — e aquilo só podia ser positivo, calculou Clay —, Alice foi até o andar de cima procurar algo para vestir entre as roupas de Tom. Clay se sentou no sofá, pensando em Sharon e Johnny, tentando decidir o que eles teriam feito e para onde teriam ido, sempre supondo que tiveram a sorte de se encontrar. Ele cochilou e os viu com clareza na Escola de Kent Pond, o colégio em que Sharon dava aula. Estavam entrincheirados no ginásio, com mais duas ou três dúzias de pessoas, comendo sanduíches do refeitório e bebendo aquelas caixinhas de leite. Eles...

Alice o acordou, chamando do segundo andar. Ele olhou para o relógio de pulso e viu que dormira no sofá por quase vinte minutos. Seu queixo estava babado.

— Alice? — Ele foi até o pé da escada. — Está tudo bem? — Notou que Tom também estava olhando.

— Sim, mas você pode subir um instante?

— Claro.

Ele olhou para Tom, deu de ombros e subiu as escadas.

Alice estava em um quarto de hóspedes que não parecia ter sido muito usado, embora os dois travesseiros sugerissem que Tom passara a maior parte da noite com ela. As roupas de cama reviradas sugeriam, além disso, um sono muito agitado. Encontrara uma calça cáqui quase do tamanho certo e uma blusa com CANOBIE LAKE PARK escrito na frente, sob o desenho de uma montanha-russa. No chão, havia o tipo de aparelho de som portátil grande que um dia Clay e seus amigos desejaram ardentemente, do mesmo jeito que Johnny-Gee desejara aquele celular vermelho. Clay e seus amigos chamavam aqueles rádios de estoura-tímpanos.

— Estava no armário e parece que as pilhas estão novas — ela disse. — Pensei em ligá-lo e procurar por uma estação de rádio, mas fiquei com medo.

Ele olhou para o estoura-tímpanos no belo chão de madeira de lei do quarto de hóspedes e também teve medo. Preferia que fosse uma arma carregada. Mas sentiu um ímpeto de esticar a mão e passar o botão de CD para FM. Imaginou que Alice tivesse sentido o mesmo e que o chamara por isso. O ímpeto de pegar uma arma carregada não teria sido nem um pouco diferente.

— Minha irmã me deu de aniversário, há dois anos — disse Tom da porta, e os dois deram um pulo. — Coloquei pilhas nele julho passado e o levei para a praia. Quando éramos crianças, costumávamos ir todos à praia e ficar ouvindo rádio, mas eu nunca havia tido um desse tamanho.

— Nem eu — disse Clay. — Mas bem que eu queria.

— Eu fui para Hampton Beach em New Hampshire e levei um monte de CDs do Van Halen e da Madonna pra ouvir nele, mas não foi a mesma coisa. Nem de longe. Está parado aí desde então. Imagino que todas as rádios estejam fora do ar, vocês não acham?

— Aposto que algumas ainda estão no ar — falou Alice. Ela mordia o lábio inferior. Clay pensou que se ela não parasse logo com aquilo o lábio começaria a sangrar. — Meus amigos chamam de estações robôs. Elas têm nomes bonitinhos, tipo BOB e FRANK, mas todas vêm de um computador gigante em Colorado e são transmitidas via satélite. Pelo menos é o que os meus amigos dizem. E... — Ela passou a língua no lugar em que estava mordendo. O sangue brilhava abaixo da pele. — E é assim que os sinais de celular são enviados, não é? Via satélite?

— Não sei — disse Tom. — Acho que os de longa distância sim... E os que fazem chamadas transatlânticas com certeza... E imagino que um gênio poderia enviar o sinal de satélite errado para todas aquelas torres de transmissão que existem por aí... aquelas que espalham os sinais...

Clay sabia de que torres eles estavam falando, esqueletos de aço cobertos de pratos que mais parecem ventosas cinza. Elas pipocaram em todo canto nos últimos dez anos.

Tom continuou:

— Se conseguirmos sintonizar uma rádio local, talvez possamos conseguir informação. Alguma ideia sobre o que fazer, para onde ir...

— Sim, mas e se a rádio também estiver transmitindo aquilo? —perguntou Alice. — É disso que eu estou falando. E se a gente sintonizar na frequência que a minha... — Ela passou a língua nos lábios mais uma vez, e então voltou a mordiscar. — ... a minha mãe ouviu? E meu pai? Ele também, ah, sim, ele tinha um celular novinho em folha, com tudo a que tinha direito, câmera, discagem automática, internet. Ele adorava aquela coisinha! — Ela deu uma risada que era ao mesmo tempo histérica e triste, uma combinação desconcertante. — E se vocês sintonizarem no que eles escutaram? Meus pais e aquelas pessoas lá fora? Vocês querem arriscar?

A princípio, Tom ficou calado. Então falou, cuidadosamente, como se estivesse testando a ideia:

— Um de nós poderia arriscar. O outro sairia e esperaria até...

— Não — interrompeu Clay.

— *Por favor*, não — pediu Alice. Ela estava quase chorando de novo. — Eu quero vocês *dois*. Preciso de vocês dois.

Eles ficaram diante do rádio, olhando para ele. Clay se viu pensando nos romances de ficção científica que lera quando adolescente (às vezes na praia, ouvindo Nirvana em vez de Van Halen no rádio). Em boa parte deles, o mundo acabava. E então os heróis o reconstruíam. Não sem lutas e contratempos, mas sim, eles usavam os aparelhos e as tecnologias disponíveis e o reconstruíam. Não se lembrava de nenhum em que os heróis ficavam plantados em um quarto olhando para um rádio. Mais cedo ou mais tarde alguém vai usar um aparelho ou ligar um rádio, ele pensou, porque alguém vai ter que fazer isso.

Sim. Mas não naquela manhã.

Sentindo-se um traidor de algo maior do que podia entender, Clay pegou o estoura-tímpanos de Tom, o guardou de volta no armário e fechou a porta.

16

Mais ou menos uma hora depois, a ordenada migração para leste começou a se desmantelar. Clay estava de vigia; Alice, na cozinha, comendo um dos sanduíches que eles haviam trazido de Boston — ela disse que eles tinham que acabar de comê-los antes de partirem para os enlatados na despensa de Tom, pois não sabiam quando encontrariam carne fresca de novo. Tom dormia na sala de estar, no sofá. Clay podia ouvi-lo roncar alegremente.

Ele notou algumas pessoas andando contra o fluxo e então percebeu que a ordem diminuíra um pouco na Salem Street. Era uma mudança tão sutil que seu cérebro registrou o que os olhos achavam ser uma intuição. A princípio, ele pensou que era uma falsa impressão causada pelos poucos errantes — mais desorientados ainda do que os outros — que seguiam na direção oeste, em vez de leste, mas então olhou para as sombras. O padrão que tinha observado antes começara a enfraquecer. E logo já não havia padrão algum.

Mais pessoas começaram a seguir na direção oeste, e algumas mastigavam a comida roubada de algum mercado, provavelmente o Safeway que Tom mencionara. A nora do sr. Scottoni, Judy, carregava um pote gigante de sorvete de chocolate derretido, que cobria a frente do seu jaleco, lambuzando-se dos joelhos ao piercing no nariz; todo aquele chocolate no rosto a deixava parecida com aqueles atores brancos que pintavam o rosto de preto nos shows de antigamente. E, àquela altura, qualquer crença vegetariana que o sr. Potowami possa ter tido um dia desaparecera, pois ele andava se refestelando em um grande punhado de carne de hambúrguer crua. Um gordo de terno sujo carregava o que parecia ser uma perna de carneiro parcialmente degelada e, quando Judy tentou pegá-la, o gordo a usou para dar uma bela porrada no meio da testa da menina. Ela caiu tão silenciosa quanto um bezerro abatido, batendo primeiro com a barriga grávida, em cima do pote de sorvete Breyers praticamente destruído.

Havia bastante pancadaria àquela altura, e bastante violência para acompanhar. Mas nada lembrava a selvageria da tarde anterior. Pelo menos não ali. No Centro Comercial de Malden, o alarme, que começara fraco, já tinha parado de soar há muito. Ao longe, tiros continuavam a pipocar esporadicamente, mas ele não ouvira nada próximo desde aquele disparo isolado vindo do centro da cidade. Clay ficou atento para ver se algum dos fonáticos tentaria invadir uma das casas, mas, embora às vezes andassem pelos gramados, nenhum deu sinal de que iria evoluir de invasão de propriedade para invasão de domicílio. Na maior parte do tempo, limitavam-

-se a vagar, às vezes tentavam roubar a comida um do outro e, de vez em quando, brigavam e se mordiam. Três ou quatro — a nora de Scottoni entre eles — estavam caídos na rua, mortos ou inconscientes. Clay imaginava que, graças a Deus, a maioria dos que tinham passado pela casa de Tom mais cedo ainda estava na praça central, fazendo um baile ou talvez o Primeiro Festival Anual de Carne Crua de Malden. Porém, a maneira como aquele ar cheio de propósito — aquele ar de *horda* — parecia ter afrouxado e desaparecido era estranha.

Depois do meio-dia, quando Clay começou a se sentir muito sonolento, ele foi até a cozinha e encontrou Alice cochilando na mesa com a cabeça entre os braços. Ela segurava com os dedos frouxos o pequeno tênis, aquele que chamara de Nike de bebê. Quando ele a acordou, ela olhou grogue para o sapatinho e o trouxe para junto do peito, agarrando-o como se temesse que Clay tentasse levá-lo embora.

Ele perguntou se Alice poderia ficar no fim do corredor e vigiar um pouco sem pegar no sono de novo ou ser vista. Ela disse que sim. Clay confiou na palavra da garota e levou uma cadeira para ela. Alice parou por um instante na porta da sala de estar.

— Olhe só — ela disse.

Clay olhou para dentro da sala por sobre o ombro dela e viu que Rafe, o gato, estava dormindo na barriga de Tom. Clay deu uma risada, achando divertido.

Alice se sentou onde ele colocara a cadeira, longe o bastante da porta para que quem olhasse para a casa da rua não conseguisse vê-la. Depois de olhar para fora só uma vez, ela falou:

— Eles não estão mais em bando. O que aconteceu?

— Não sei.

— Que horas são?

Ele olhou para o relógio.

— Meio-dia e vinte.

— Que horas você percebeu que eles estavam em bando?

— Não sei, Alice. — Estava tentando ser paciente com ela, mas mal conseguia manter os olhos abertos. — Seis e meia? Sete? Não sei. Qual é a importância?

— Seria interessante se pudéssemos calcular o padrão deles, não acha?

Ele respondeu que pensaria naquilo depois de dormir um pouco.

— Só algumas horas, então me acorde ou ao Tom — ele pediu. — Mais cedo, se acontecer alguma coisa de errado.

— Não pode dar muito mais errado do que isso — ela falou baixinho. — Vá lá pra cima. Você está um trapo.

Ele subiu até o quarto de hóspedes, tirou os sapatos e se deitou. Pensou por um instante no que ela falara. *Se pudéssemos calcular o padrão deles.* Talvez fosse uma boa ideia. Pouco provável, mas talvez…

Era um quarto agradável, muito agradável, bem ensolarado. Deitado em um quarto como aquele, era fácil esquecer que havia um rádio no armário que ninguém tinha coragem de ligar. Já não era tão fácil, porém, esquecer que a sua mulher, que você ainda amava apesar da separação, poderia estar morta, e seu filho — que você não só amava, mas adorava — poderia estar louco. Ainda assim, o corpo tem seus imperativos, não é mesmo? E aquele era o quarto ideal para uma soneca à tarde. O rato surrado se contorceu, mas não fincou os dentes, e Clay dormiu quase imediatamente após fechar os olhos.

17

Daquela vez foi Alice quem o acordou. Enquanto ela o sacudia, o pequeno tênis roxo balançava para a frente e para trás. Ela o amarrara em volta do pulso esquerdo, fazendo dele um talismã muito sinistro. A luz no quarto havia mudado. Fora para o outro lado e diminuíra. Ele tinha virado na cama e precisava urinar, um sinal confiável de que dormira por um bom tempo. Sentou-se depressa e ficou surpreso — quase pasmo — ao ver que eram 18h15. Tinha dormido mais de cinco horas. Porém, a noite anterior não havia sido a primeira de pouco sono; também dormira mal na noite retrasada. Nervosismo, por conta da reunião com o pessoal da Dark Horse Comics.

— Está tudo bem? — perguntou ele, pegando-a pelo pulso. — Por que me deixou dormir tanto?

— Porque você precisava — respondeu ela. — Tom dormiu até as duas e eu dormi até as quatro. Ficamos vigiando juntos até agora. Desça e venha ver. É bem impressionante.

— Eles estão em bando de novo?

Ela assentiu:

— Mas agora estão indo para o outro lado. E não é só isso. Venha ver.

Ele esvaziou a bexiga e desceu correndo as escadas. Tom e Alice estavam parados na porta da varanda com os braços em volta um do outro. Já não havia necessidade de se esconder; o céu se encobrira, e a varanda de Tom estava imersa em sombras. De qualquer maneira, havia poucas pessoas na Salem Street. Todas estavam indo para oeste, sem correr, mas num ritmo constante. Quatro passaram pelo meio da rua, marchando sobre vários corpos esparramados e um monte de sobras de comida, que incluíam a perna de carneiro, agora roída até o osso; um mar de sacolas de celofane rasgadas e caixas de papelão, além de frutas e vegetais jogados fora. Atrás deles, veio um grupo de seis, andando pelas calçadas. Não olhavam uns para os outros, mas estavam tão perfeitamente juntos que, quando passaram pela casa de Tom, pareceram por um instante ser um homem só, e Clay notou que até seus braços balançavam em harmonia. Depois deles, um adolescente de uns catorze anos, mancando, soltando mugidos inarticulados tentava alcançá-los.

— Eles deixaram para trás os mortos e os que estavam inconscientes — disse Tom —, mas ajudaram alguns que estavam se mexendo.

Clay procurou a grávida e não a viu.

— E a nora do sr. Scottoni?

— Foi uma das que eles ajudaram — disse Tom.

— Então eles voltaram a agir feito gente?

— Não se engane — respondeu Alice. — Um dos homens que eles tentaram ajudar não conseguia andar e, depois de cair algumas vezes, um dos caras que o estava ajudando cansou de fazer papel de escoteiro e simplesmente...

— Matou o sujeito — completou Tom. — E não foi com as mãos, como o cara no jardim. Foi com os dentes. Rasgou a garganta dele.

— Eu vi o que estava para acontecer e desviei o olhar — disse Alice —, mas ouvi. Ele... *guinchou*.

— Calma — disse Clay. Ele apertou o braço dela com delicadeza. — Acalme-se.

As ruas tinham ficado quase vazias. Mais dois homens apareceram e, embora estivessem andando quase lado a lado, mancavam tanto que não tinha como achar que andavam em sincronia.

— Para onde eles estão indo? — perguntou Clay.

— Alice acha que estão procurando abrigo — respondeu Tom, parecendo empolgado. — Antes de anoitecer. Talvez ela tenha razão.

— Onde? *Onde* fica o abrigo deles? Vocês viram algum entrar nas casas deste quarteirão?

— Não — falaram os dois juntos.

— Nem todos voltaram — falou Alice. — Com certeza nem todo mundo que desceu a Salem Street hoje de manhã voltou. Então um monte ainda deve estar no Centro Comercial de Malden, ou mais pra frente. Talvez tenham sido atraídos para locais públicos, como quadras esportivas escolares.

Quadras esportivas escolares. Clay não gostou daquilo.

— Você viu aquele filme, *Despertar dos mortos*? — ela perguntou.

— Vi — respondeu Clay. — Não vai me dizer que deixaram você ver. Ela olhou para Clay como se ele fosse maluco. Ou velho.

— Um dos meus amigos tem o DVD. A gente assistiu quando estava na oitava série. — *Na época em que o transporte ainda era a cavalo e as planícies eram cheias de búfalos*, o tom de voz dela sugeria. — Nesse filme, todos os mortos... bem, nem todos, mas um monte deles... voltam para o shopping depois que acordam.

Por um instante, Tom McCourt arqueou as sobrancelhas, então disparou a rir. E não era uma risadinha, e sim uma série de gargalhadas, um riso tão forte que ele teve que se apoiar na parede, e Clay achou que seria melhor fechar a porta entre o corredor e a varanda. Não dava para saber se aquelas criaturas que subiam a rua escutavam bem ou não; tudo em que conseguia pensar naquele momento era na audição extremamente aguçada do narrador louco no conto "O coração delator", de Poe.

— Era o que eles *faziam* — resumiu Alice, com as mãos no quadril. O tênis de bebê balançou. — Iam direto para o shopping.

Tom riu mais forte ainda. Os joelhos dele dobraram e ele escorregou lentamente até o chão do corredor, gargalhando e batendo com as mãos na camisa.

— Eles morreram... — falou arquejando — ... e voltaram... para ir ao shopping. Jesus Cristo, será que aquele televangelista famoso, Jerry F-Falwell... — Teve outro acesso de riso. Lágrimas desciam aos borbotões pelo seu rosto. Ele conseguiu se controlar o bastante para terminar a piada: — Será que Jerry Falwell sabe que o paraíso fica no shopping Newcastle?

Clay também começou a rir. Alice riu também, embora Clay tivesse percebido que ela estava um pouco irritada por sua referência não ter sido recebida com interesse ou ao menos com risos comedidos, mas com gargalhadas. Porém, quando as pessoas começam a rir, é difícil não se juntar a elas, mesmo quando se está irritado.

Quando estavam quase parando, Clay disse, sem motivo aparente:

— *If heaven ain't a lot like Dixie, I don't want to go.**

E os três explodiram em outra gargalhada. Alice ainda estava rindo quando falou:

— Se eles estão formando hordas e indo passar a noite em quadras esportivas, igrejas e shoppings, é possível metralhar centenas deles de uma vez.

Clay foi o primeiro a parar de rir. Depois Tom parou e olhou para ela, limpando com a mão o bigodinho bem aparado.

Alice assentiu. As risadas tinham corado suas faces e ela ainda estava sorrindo. Havia passado de bonitinha para uma verdadeira beldade.

— Talvez milhares, se estiverem todos indo para o mesmo lugar.

— Meu Deus — disse Tom. Ele tirou os óculos e começou a limpá-los também. — Você não brinca em serviço.

— É uma questão de sobrevivência —respondeu Alice casualmente. Ela baixou os olhos para o tênis amarrado no pulso e então olhou para os homens. Mais uma vez balançou a cabeça, em um gesto afirmativo. — Temos que calcular o padrão deles. Descobrir se eles *estão* em horda e, se sim, *quando* estão. Se *estão* buscando abrigo e *onde* estão se abrigando. Porque se pudermos calcular o padrão...

18

Clay os levara para fora de Boston, mas, quando os três saíram da casa na Salem Street, cerca de vinte e quatro horas mais tarde, não havia dúvida de

---

* "Se o paraíso não se parece com Dixie, eu não quero ir." Música do cantor de country norte-americano Hank Williams Jr. "Dixie", apelido que data da Guerra Civil, refere-se ao sul dos Estados Unidos. (N. T.)

que era Alice Maxwell, de quinze anos de idade, quem estava no comando. Quanto mais Clay pensava naquilo, menos surpreso ficava.

Não faltava a Tom o que os seus primos britânicos chamavam de colhões, mas ele não era nem nunca seria um líder nato. Clay tinha algumas qualidades de liderança, mas naquela tardinha Alice tinha uma vantagem a mais, além da inteligência e do desejo de sobreviver: sofrera perdas e começava a superá-las. Ao deixar a casa na Salem Street, os dois homens estavam lidando com novas privações. Clay começara a sentir uma tristeza muito assustadora que, a princípio, foi creditada simplesmente à decisão — inevitável, é verdade — de deixar o portfólio para trás. No entanto, à medida que a noite avançava, ele percebeu que era um medo profundo do que poderia encontrar quando chegasse — ou se chegasse — a Kent Pond.

Para Tom, era mais simples. Ele odiava a ideia de abandonar Rafe.

— Deixe a porta aberta pra ele — falou Alice, a nova e mais durona Alice, que a cada minuto que passava parecia mais decidida. — É muito provável que ele fique bem, Tom. Tem mantimentos de sobra por aí. Vai demorar muito até os gatos morrerem de fome ou os fonáticos precisarem recorrer à carne de gato.

— Ele vai ficar feroz — disse Tom. Estava sentado no sofá da sala de estar, elegante e triste com seu chapéu de feltro e sua capa de chuva com cinto. Rafe estava no colo dele, ronronando e parecendo entediado.

— É, é isso o que eles fazem — disse Clay. — Pense em todos os cachorros, os pequenininhos e os grandes demais, que vão simplesmente morrer.

— Ele está comigo há muito tempo. Desde que era filhote, na verdade. — Tom ergueu os olhos, e Clay viu que o homem estava à beira das lágrimas. — E além disso, acho que penso nele como um amuleto da sorte. Meu talismã. Ele salvou minha vida, lembra?

— Agora nós somos o seu talismã — afirmou Clay. Não quis comentar que ele mesmo também já salvara a vida de Tom, mas era verdade. — Certo, Alice?

— Sim, senhor — ela respondeu. Alice estava usando um poncho que Tom havia lhe dado e nas costas carregava uma mochila. Embora não tivesse nada dentro além de pilhas para as lanternas, Clay tinha quase certeza de que aquele sapatinho sinistro também estava lá, pois não estava mais amarrado no pulso dela. Clay também estava carregando uma mochila com pilhas e um lampião. Alice sugeriu que não levassem mais nada. Disse que não havia motivo para carregar o que poderiam pegar no caminho. — Nós somos os Três Mosqueteiros, Tom; um por todos e todos por um. Agora vamos até a casa dos Nickleby ver se conseguimos arranjar uns mosquetes.

— Nickerson. — Tom ainda estava acariciando o gato.

Ela era inteligente o suficiente, e talvez sensível o bastante também, para não dizer algo como "tanto faz". Mas Clay notou que a paciência dela estava chegando ao limite. Ele disse:

— Tom. Temos que ir.

— É, acho que sim. — Ele começou a afastar o gato, então o pegou de volta para lhe dar um beijo forte entre as orelhas. Rafe suportou aquilo apertando os olhos levemente. Tom o deixou no sofá e ficou parado. — Dose dupla de ração na cozinha, ao lado do fogão, amigo — ele falou. — E mais uma tigela grande de leite, e de quebra deixei o creme também. A porta dos fundos está aberta. Tente se lembrar onde fica a sua casa, e talvez... ei, talvez a gente volte a se ver.

O gato pulou para o chão e foi em direção à cozinha com o rabo levantado. E, fiel à sua natureza, não olhou para trás.

O portfólio de Clay, envergado e com um vinco horizontal no meio — onde a faca tinha cortado —, estava recostado na parede da sala. Clay olhou para ele no caminho e resistiu à vontade de tocá-lo. Pensou por um instante nas pessoas lá dentro que viviam com ele há tanto tempo, tanto em seu pequeno estúdio quanto no território muito mais amplo (modéstia à parte) da sua imaginação: Flak, o Mago; Gene Dorminhoco; Jumping Jack Flash; Sally Venenosa. E Dark Wanderer, é claro. Dois dias atrás, ele achou que aqueles personagens seriam estrelas. Agora eles tinham um buraco no meio e a companhia de Rafe.

Ele pensou em Gene Dorminhoco montado em Robbie, o Cavalo-Robô, saindo da cidade e dizendo: Até lo-logo ami-migos! Ta-ta-talvez eu vo-volte um di-dia!

— Até logo, amigos — ele falou em voz alta. Estava um pouco constrangido, mas não muito. Afinal de contas, era o fim do mundo. Não era uma grande despedida, mas não tinha outra alternativa... E Gene Dorminhoco também teria dito: *Dó-dói ma-mais que u-um fe-fer-ferro em bra-brasa be-bem no o-olho.*

Clay saiu para a varanda atrás de Alice e Tom, adentrando o som da chuva fraca de outono.

19

O poncho de Alice tinha capuz, e Tom, que estava usando um chapéu de feltro, havia encontrado para Clay um boné dos Red Sox que manteria sua cabeça seca pelo menos por um tempo, se a chuva não ficasse mais forte. E se ficasse... bem, havia mantimentos de sobra, como Alice observara. Isso incluía acessórios para tempo ruim. Do alto da varanda, eles conseguiam ver quase duas quadras inteiras da Salem Street. Ao escurecer era impossível afirmar com certeza, mas a rua parecia completamente deserta, exceto por alguns corpos e restos de comida que os fonáticos tinham deixado para trás.

Cada um dos três carregava uma faca na bainha que Clay tinha feito. Se Tom estivesse certo em relação aos Nickerson, logo estariam mais bem equipados. Clay esperava que sim. Talvez conseguisse usar de novo o cutelo da Soul Kitchen, mas ainda não tinha certeza se conseguiria fazê-lo a sangue-frio.

Alice trazia uma lanterna na mão esquerda. Ela olhou para se certificar de que Tom também estava com uma e balançou a cabeça, em aprovação.

— O.k. — ela disse. — Vamos até a casa dos Nickerson, certo?

— Certo — respondeu Tom.

— E, se surgir alguma pessoa no caminho, paramos imediatamente e jogamos a luz em cima dela. — Ela olhou um pouco nervosa para Tom e depois para Clay. Já tinham passado por aquilo. Clay imaginou que ela agia daquele mesmo jeito obsessivo antes de situações difíceis... e sem dúvida aquela era uma delas.

— Certo — confirmou Tom. — Nós diremos: "Nossos nomes são Tom, Clay e Alice. Somos normais. Como vocês se chamam?".

Clay falou:

— Se eles tiverem lanternas iguais às nossas, podemos praticamente supor...

— Nós não podemos *supor* nada — interrompeu ela, agitada, quase se exaltando. — Meu pai diz que *supor* é coisa de gente idiota.

— Tudo bem — disse Clay.

Alice esfregou os olhos, e Clay não soube dizer se foi para limpar a água da chuva ou lágrimas. Ele imaginou, por um doloroso instante, se Johnny estaria em algum lugar chorando por ele naquele momento. Clay esperava que sim. Esperava que o filho ainda fosse capaz de chorar. E de se lembrar das coisas.

— Se eles responderem e falarem os nomes, significa que estão bem e que provavelmente podemos confiar neles — Alice falou. — Certo?

— Certo — respondeu Clay.

— É — concordou Tom, um pouco distante. Estava olhando para a rua, onde não havia ninguém e nenhuma luz de lanterna, perto ou longe de onde estavam.

Em algum lugar mais afastado, tiros pipocaram. Pareciam fogos de artifício. O ar fedia a fuligem e a coisas carbonizadas, e tinha sido assim o dia todo. Clay achou que o cheiro estava mais forte por conta da chuva. Ele se perguntava quanto tempo levaria para o bolor de carne em decomposição que pairava sobre a Grande Boston se transformar em uma fedentina. Calculava que iria depender do calor que fizesse nos próximos dias.

— Se encontrarmos pessoas normais e elas perguntarem quem somos, o que estamos fazendo ou para onde estamos indo, lembrem-se do que combinamos — ela falou.

— Estamos procurando sobreviventes — respondeu Tom.

— Isso mesmo. Porque eles são nossos amigos e vizinhos. Qualquer pessoa que encontrarmos vai estar só de passagem e vai querer seguir adiante. Mais tarde, talvez seja melhor nos juntarmos a outras pessoas normais, porque quanto mais gente, mais segurança, mas por enquanto...

— Por enquanto nós vamos pegar aquelas armas — disse Clay. — Se elas estiverem lá. Vamos logo, Alice.

Ela olhou com preocupação para ele.

— O que houve? Eu fiz algo de errado? Pode me falar, eu sei que sou só uma menina.

Calmamente, com toda a paciência que nervos que pareciam cordas de guitarra excessivamente esticadas podiam permitir, Clay falou:

— Não tem nada de errado, querida. Eu só quero resolver isso logo. De qualquer maneira, não acho que vamos encontrar alguém. Acho que está cedo demais pra isso.

— Espero que você tenha razão — disse ela. — Meu cabelo está horrível e eu quebrei uma unha.

Os dois olharam para Alice em silêncio por um instante e então riram. Depois daquilo as coisas melhoraram entre eles e continuaram boas até o fim.

20

— Não — falou Alice. Ela golfou. — Não. Não vou conseguir. — Uma golfada mais forte. — E então: — Vou vomitar, desculpe.

Ela se afastou rápido da luz do lampião e adentrou a escuridão da sala de estar dos Nickerson, que era separada da cozinha por um grande arco. Clay ouviu o som abafado dos joelhos de Alice batendo no carpete, seguido por mais golfadas. Uma pausa, um arquejo e ela começou a vomitar. Ele se sentiu quase aliviado.

— Ah, Cristo! — exclamou Tom. Ele inspirou longamente, com muito esforço, e então falou em um jorro de ar vacilante que saiu quase como um uivo. — Ah, Criiiiisto.

— Tom — disse Clay. Ele viu que o homenzinho estava cambaleando e prestes a desmaiar. Por que não desmaiaria? Aqueles restos sanguinolentos tinham sido seus vizinhos.

— Tom! — Ele pisou entre Tom e os dois corpos no chão da cozinha; entre Tom e a maior parte do sangue derramado, que sob a luz branca e inclemente do lampião parecia tão preto quanto nanquim. Deu tapinhas no rosto de Tom com a outra mão. — *Não desmaie!* — E, quando viu que Tom estava com os pés firmes, baixou um pouco a voz. — Vá até a sala e cuide de Alice. Deixe a cozinha comigo.

— Por que você quer entrar lá? — perguntou Tom. — Aquela é Beth Nickerson com os miolos... com os mi-miolos espalhados... — Ele engoliu saliva. A garganta dele fez um clique alto. — O rosto dela está quase todo destruído, mas dá pra reconhecer o avental azul com flocos de neve. E aquela caída na ilha do meio é a Heidi. A filha deles. Posso reconhecê-la, mesmo com... — Ele balançou a cabeça, como se quisesse clareá-la, e então repetiu: — Por que você *quer* entrar lá?

— Tenho quase certeza de que estou vendo o que a gente veio pegar — disse Clay. Ele estava pasmo com a calma que parecia transmitir.

— Na *cozinha*?

Tom tentou olhar mais adiante, e Clay saiu da frente.

— Confie em mim. Vá cuidar de Alice. Se ela tiver condições, vocês dois podem começar a procurar por mais armas. Gritem se acharem alguma coisa. E tenham cuidado, o sr. Nickerson também pode estar por aqui. Quero dizer, poderíamos supor que ele estava no trabalho quando tudo isso aconteceu, mas como diz o pai da Alice...

— Supor é coisa de gente idiota — completou Tom. Ele conseguiu sorrir debilmente. — Beleza. — Começou a ir para o outro lado, e então voltou. — Não quero saber para onde vamos, Clay, mas não quero ficar aqui mais do que o necessário. Eu não morria de amores por Arnie e Beth Nickerson, mas eles eram meus vizinhos. E me tratavam muito melhor do que aquele babaca do Scottoni.

— Combinado.

Tom ligou sua lanterna e seguiu para a sala de estar dos Nickerson. Clay pôde ouvi-lo murmurando para Alice, tranquilizando-a.

Criando coragem, Clay foi em direção à cozinha com o lampião erguido, desviando das poças de sangue no piso de madeira. Elas já tinham secado, mas mesmo assim Clay queria pisar no mínimo possível.

A garota deitada de costas na ilha do meio era alta, mas tanto as marias-chiquinhas quanto as feições sugeriam que se tratava de uma criança, dois ou três anos mais nova do que Alice. A cabeça dela estava em um ângulo forçado, quase parecendo um sinal de interrogação, e seus olhos mortos estavam arregalados. O cabelo era de um louro encardido, mas as mechas do lado esquerdo da cabeça — o lado que havia levado a pancada que a matara — tinham ficado todas da mesma cor marrom-escura das poças no chão.

A mãe dela estava recostada debaixo do balcão à direita do fogão, onde os simpáticos armários de cerejeira se juntavam, formando um ângulo. As mãos estavam fantasmagoricamente brancas de farinha; as pernas, abertas de maneira indecorosa, estavam ensanguentadas e mordidas. Certa vez, ao começar a trabalhar em uma revista de tiragem limitada chamada *Inferno da Guerra*, Clay consultou uma série de fotos de mortes por armas de fogo na internet, achando que poderia encontrar algo de útil. Não encontrou nada.

As lesões por armas de fogo possuíam uma terrível linguagem própria, e ali acontecia a mesma coisa. Do olho esquerdo para cima, Beth Nickerson era basicamente uma mistura de líquidos e cartilagem. O olho direito rolara até a parte de cima da órbita, como se a mulher tivesse morrido tentando olhar dentro da própria cabeça. O cabelo da nuca e uma boa quantidade de massa encefálica estavam espalhados no armário de cerejeira onde ela recostara em seus breves instantes de agonia. Algumas moscas voavam ao seu redor.

Clay começou a golfar. Virou a cabeça e cobriu a boca. Disse a si mesmo para manter o controle. Na sala, Alice tinha parado de vomitar — na verdade, ele conseguia ouvi-la conversando com Tom enquanto os dois exploravam a casa — e Clay não queria que ela voltasse a passar mal por causa dele.

Pense neles como manequins, bonecos em um filme, ele repetia, mas sabia que era impossível.

Quando se virou de volta, procurou observar os objetos que estavam no chão. Aquilo ajudou. Já tinha visto a arma. A cozinha era espaçosa, e a arma estava na outra extremidade, entre a geladeira e um dos armários, com o tambor para fora. O primeiro impulso que teve ao ver a mulher e a menina mortas foi desviar o olhar; assim, por acidente, ele parou no tambor da arma.

Mas talvez eu já soubesse que tinha que ter uma arma ali.

Ele até viu onde ela ficava antes: em um suporte na parede, entre a TV embutida e o abridor de latas automático. *Eles são tão doidos por tecnologia quanto por armas,* Tom havia contado, e uma arma pendurada em um suporte na cozinha, pronta para pular na sua mão... ora, se aquilo não era o melhor de dois mundos, o que era?

— Clay? — Era Alice. Chamando de longe.

— O quê?

Em seguida escutou o som de pés subindo depressa um lance de escadas, e depois Alice chamando da sala de estar.

— Tom falou que você tinha pedido pra gente te avisar se encontrasse alguma coisa. Acabamos de achar. Deve ter uma dúzia de armas no andar de baixo. Tanto rifles quanto pistolas. Estão em um armário com um adesivo de uma empresa de alarmes, então a gente pode acabar sendo preso... O.k., foi uma piada. Você está vindo?

— Já vou, querida. Não venha para cá.

— Não se preocupe. Você é que tem que sair daí para não passar mal.

Mas ele já havia ultrapassado as fronteiras do que poderia ser considerado passar mal.

Havia dois objetos caídos no ensanguentado chão de madeira da cozinha dos Nickerson. Um era um rolo de massa, o que fazia sentido. Na ilha do meio, havia uma fôrma de torta, uma tigela e uma lata amarela onda estava escrito FARINHA. O outro objeto no chão, que estava mais ou menos perto de uma das mãos de Heidi Nickerson, era um celular de que somente uma adolescente poderia gostar; azul e cheio de adesivos de margaridas laranja.

Clay conseguia *entender o* que tinha acontecido, por menos que quisesse. Beth Nickerson está fazendo uma torta. Será que ela sabe que algo terrível começou a acontecer na Grande Boston, nos Estados Unidos, talvez no mundo? Está passando na TV? Se estiver, a TV não enviou uma mensagem para ela enlouquecer. Clay estava certo disso.

Porém, a filha recebeu uma daquelas mensagens. Ah, recebeu. E atacou a mãe. Será que Beth Nickerson tentou discutir com Heidi antes de dar nela uma pancada com o rolo de massa? Ou simplesmente bateu? Não por ódio, mas por conta da dor e do medo. Em todo caso, não foi suficiente. E Beth não estava de calças. Usando um vestido, e suas pernas estavam nuas.

Clay baixou a saia da morta. Com cuidado, cobrindo a calcinha simples, de ficar em casa, que ela sujara no fim.

Heidi, que certamente não tinha mais de catorze anos, talvez doze, devia estar rosnando naquela língua selvagem e sem sentido que eles pareciam aprender imediatamente depois de receber a dose completa de Sai-Pra-Lá-Juízo dos celulares, dizendo coisas como *rast!* e *eilá!* e *kazahí*-VAI! O primeiro golpe do rolo de massa derrubou a menina, mas não a fez perder os sentidos, e ela começou a morder as pernas da mãe. E não foram mordidinhas, mas dentadas fundas, dilacerantes; algumas chegaram até o osso. Clay não via apenas marcas de dentes, mas também tatuagens apagadas, que deviam ter sido feitas pelo aparelho ortodôntico de Heidi. E então — provavelmente gritando, sem dúvida em agonia, e quase certamente sem se dar conta do que fazia — Beth Nickerson dera outro golpe, muito mais forte. Clay quase podia ouvir o som abafado do pescoço da menina quebrando. A filha adorada, morta no chão da moderna cozinha, com aparelho nos dentes e o celular de última geração na mão estendida.

E será que a mãe refletiu antes de tirar a arma do suporte entre a TV e o abridor de latas, onde estivera esperando há sabe-se lá quanto tempo um ladrão ou um estuprador aparecer naquela cozinha limpa e bem iluminada? Clay achava que não. Clay achava que ela não hesitou, que tirou a vida da filha antes que pudesse explicar o que estava fazendo.

Ele foi até a arma e a pegou. Como Arnie Nickerson era um fissurado em tecnologia, Clay esperava uma automática — talvez até com mira a laser —, mas aquele era um bom e velho revólver Colt calibre .45. Clay pensou que fazia sentido. A mulher dele talvez se sentisse mais à vontade com aquele tipo de arma; não era necessário se certificar de que estava carregada caso precisasse dela (ou perder tempo resgatando um pente de trás das colheres ou dos temperos), e depois ainda puxar o ferrolho para garantir que havia uma bala pronta na câmara. Não, com aquela belezinha bastava girar o tambor para fora, o que Clay fez sem problemas. Ele desenhara milhares de variações daquela mesma arma para o Dark Wanderer. Como tinha imaginado, apenas uma das seis câmaras estava vazia. Ele balançou o tambor para tirar uma das balas, sabendo exatamente o que iria encontrar: o calibre .45 de Beth Nickerson carregado com balas mortíferas altamente ilegais. Projéteis de ponta oca. Não era de se admirar que o topo da cabeça de Heidi tivesse explodido. O impressionante era a cabeça ainda estar lá. Ele baixou os olhos para os restos da mulher recostada no canto e começou a chorar.

— Clay? — Era Tom, subindo as escadas do porão. — Cara, Arnie tinha *de tudo*! Tem uma automática que aposto que garantiria a ele umas férias na cadeia... Clay? Você está bem?

— Já estou indo — disse Clay, limpando os olhos. Travou o revólver e o enfiou no cinto. Então tirou a faca e a deixou no balcão de Beth Nickerson, ainda na sua bainha improvisada. Parecia que estavam fazendo uma troca. — Me dê mais dois minutos.

— Yo.

Clay ouviu os passos de Tom descendo de volta para o depósito de armas de Nickerson e sorriu, apesar das lágrimas que desciam pelo seu rosto. Aquilo sim era algo digno de nota: mostre a um gay bonzinho de Malden um porão cheio de armas para brincar, e ele começará a falar *yo* igual ao Sylvester Stallone.

Clay começou a vasculhar as gavetas. Na terceira que abriu, encontrou uma caixinha vermelha e pesada com os dizeres AMERICAN DEFENDER CALIBRE .45 AMERICAN DEFENDER 50 TIROS. Estava embaixo dos panos de prato. Ele pôs a caixa no bolso e foi se juntar a Tom e Alice. Queria sair de lá naquele instante, e o mais rápido possível. O difícil seria tirá-los de lá sem que tentassem levar toda a coleção de armas de Nickerson.

Quando chegou à metade do caminho, no arco que separava a cozinha da sala, ele parou e olhou para trás, segurando alto o lampião e fitando os corpos. Baixar a saia do avental da mulher não ajudou muito. Eles ainda eram apenas cadáveres, as feridas tão nuas quanto Noé quando seu filho o pegou de porre. Clay podia encontrar alguma coisa para cobri-los, mas, se começasse a cobrir corpos, quando aquilo iria acabar? Quando? Quando chegasse a vez de Sharon? Do seu filho?

— Deus me livre — sussurrou Clay, duvidando que Deus o livraria só porque ele pediu. Baixou a lanterna e seguiu os fachos de luz de Tom e Alice, que dançavam no andar de baixo.

21

Tanto Tom quanto Alice usavam cintos com pistolas de alto calibre nos coldres, e *aquelas* eram automáticas. Tom também jogara uma cartucheira sobre o ombro. Clay não sabia se ria ou se começava a chorar de novo. Parte dele tinha vontade de fazer os dois ao mesmo tempo. É claro que se fizesse aquilo eles achariam que ele estava tendo um ataque histérico. E é claro que estariam certos.

A TV de plasma na parede do porão era grande — muito grande —, semelhante à que estava na cozinha. Outra TV, um pouco menor, tinha uma entrada para vários tipos de video game que, em um passado distante, Clay adoraria ter examinado. Babado em cima, talvez.

Para equilibrar, perto da mesa de pingue-pongue havia um jukebox Seeberg no canto, com todas as suas cores fabulosas apagadas e mortas. E, obviamente, havia também os dois armários com as armas, ainda trancados, mas com os vidros da frente quebrados.

— Eles tinham barras de proteção, mas Nickerson guardava uma caixa de ferramentas na garagem — disse Tom. — Alice usou um pé de cabra para quebrá-las.

— Foi moleza — falou Alice com modéstia. — Isso aqui estava na garagem atrás da caixa de ferramentas, enrolado em um pedaço de cobertor. É o que eu tô pensando? — Ela pegou o objeto na mesa de pingue-pongue, segurando com cuidado pelo cano, e o entregou para Clay.

— Puta merda! — exclamou Clay. — Isso é... — Ele apertou os olhos para ler as letras em alto-relevo sobre o guarda-mato. — Acho que é russo.

— Tenho certeza que sim — Tom concordou. — Você acha que é uma Kalashnikov?

— Sei lá. Vocês encontraram as balas dela? Digo, caixas com a mesma coisa que está escrita na arma?

— Meia dúzia. Caixas *pesadas*. É uma metralhadora, não é?

— Pode-se dizer que sim. — Clay moveu uma alavanca. — Tenho quase certeza de que uma dessas posições é para um tiro e a outra é para rajada.

— Quantos tiros ela dá por minuto? — perguntou Alice.

— Não sei — disse Clay —, mas acho que o certo é tiros por *segundo*.

— *Uau*. — Ela arregalou os olhos. — Será que você consegue aprender a usá-la?

— Alice, tenho certeza de que moleques de dezesseis anos de idade aprendem a usá-las. Sim, consigo aprender. Posso gastar uma caixa de munição, mas consigo. — *Por favor, Deus, não deixe que ela exploda nas minhas mãos*, ele pensou.

— Um negócio desses é legal em Massachusetts? — ela perguntou.

— Agora é, Alice — respondeu Tom, sem sorrir. — Vamos?

— Sim — disse ela, e então, talvez não se sentindo ainda totalmente confortável em ser a pessoa encarregada das decisões, olhou para Clay.

— Sim — confirmou ele. — Para norte.

— Por mim, tudo bem — falou Alice.

— Isso — disse Tom. — Norte. Vamos nessa.

ACADEMIA GAITEN

1

Quando o dia seguinte amanheceu chuvoso, Clay, Alice e Tom estavam acampados no celeiro anexo a um haras abandonado, em North Reading. Da porta, eles observavam os primeiros grupos de loucos aparecerem, formando hordas na rota 62 em direção a Wilmington. As roupas deles estavam uniformemente encharcadas e surradas. Alguns estavam descalços. Ao meio-dia, tinham sumido. Por volta das quatro, à medida que o sol surgiu por entre as nuvens em raios longos e entrecortados, eles começaram a se juntar novamente, voltando pelo caminho que tinham ido. Muitos estavam mastigando. Alguns ajudavam os que tinham dificuldade de andar sozinhos. Se houve assassinatos naquele dia, Clay, Tom e Alice não viram.

Cerca de meia dúzia de lunáticos carregava objetos grandes que Clay achava familiares; Alice encontrara um deles no armário do quarto de hóspedes de Tom. Os três haviam ficado parados diante dele, com medo de ligá-lo.

— Clay? Por que alguns deles estão carregando rádios? — perguntou Alice.

— Não sei — respondeu ele.

— Não gosto disso — disse Tom. — Não gosto do fato de eles se juntarem em hordas, de estarem ajudando uns aos outros, e muito menos de vê-los com esses mini-systems.

— Só alguns estão com... — Clay começou a falar.

— Olhe só aquela lá — Tom interrompeu, apontando para uma mulher de meia-idade que mancava pela rodovia 62 abraçando um rádio do tamanho de um pufe. Ela o segurava contra os seios como se fosse um bebê adormecido. O fio saía da parte de trás do aparelho e se arrastava na rua às suas costas. — Você não está vendo nenhum deles carregando lustres ou torradeiras, ou está? E se eles tiverem sido programados para montar rádios a pilha, ligá-los e começarem a transmitir aquele tom, pulso, mensagem subliminar ou o que quer que seja? E se quiserem pegar os que se safaram da primeira vez?

Eles. O sempre popular e paranoico *eles.* Alice tirara o seu sapatinho de algum lugar e o apertava com a mão, mas quando falou a voz saiu calma o bastante.

— Não acho que seja o caso — disse ela.

— Por que não? — perguntou Tom.

Ela balançou a cabeça.

— Não sei dizer. Mas não me parece que seja isso.

— Intuição feminina? — Ele estava sorrindo, mas sem achar graça.

— Talvez — disse ela —, mas acho que uma coisa é óbvia.

— O quê, Alice? — Clay perguntou. Ele imaginava qual seria a resposta dela e estava certo.

— Eles estão ficando mais espertos. Não individualmente, mas porque estão pensando juntos. Isso pode parecer loucura, mas acho mais provável do que eles estarem juntando um monte de mini-systems a pilha para deixar todo mundo biruta.

— Pensamento coletivo por telepatia — disse Tom. Alice o observou enquanto ele considerava a hipótese dela. Clay, que já havia decidido que ela tinha razão, observou o fim do dia pela porta do celeiro. Estava pensando que precisavam parar em algum lugar para pegar um mapa rodoviário.

Tom concordou.

— Ei, por que não? Afinal, é provavelmente isso que significa se movimentar em hordas: pensamento coletivo por telepatia.

— Você acha mesmo ou está só falando para me...

— Acho mesmo — ele respondeu. Esticou o braço para tocar a mão dela, que passara a apertar o sapatinho depressa. — Acho mesmo, de verdade. Dê um descanso para essa coisa, pode ser?

Ela deu um sorriso ligeiro e distraído. Clay o viu e pensou mais uma vez em como ela era bonita, bonita de verdade. E como estava perto de um colapso.

— Aquele monte de feno parece macio e eu estou cansada. Acho que vou tirar um bom cochilo.

— Vai fundo — disse Clay.

2

Clay sonhou que estava fazendo um piquenique com Sharon e Johnny-Gee nos fundos da casinha deles, em Kent Pond. Sharon estendera seu cobertor navajo na grama. Os três comiam sanduíches e bebiam chá gelado. De repente, o dia ficou escuro. Sharon apontou para trás de Clay e disse: "Cuidado! Telepatas!". Mas, quando ele se virou, viu apenas um bando de corvos, um deles tão grande que tapou o sol. Então uma melodia começou a soar: parecia o caminhão do Mister Softee tocando o tema de *Vila Sésamo*, e Clay ficou apavorado no sonho. Virou-se e Johnny-Gee tinha sumido. Quando perguntou a Sharon onde ele estava — já com medo, sabendo qual seria a resposta —, ela respondeu que Johnny se enfiara embaixo do cobertor para atender o celular. Havia uma protuberância no cobertor. Clay entrou debaixo dele, sentindo o cheiro esmagador de feno. Gritou para Johnny não atender e esticou o braço para pegá-lo, mas encontrou apenas a circunferência fria de uma bola de vidro: era o peso de papel que comprara na Pequenos Tesouros, o que tinha uma penugem de dente-de-leão enfiada bem no meio, flutuando como uma névoa de bolso.

Então sentiu Tom sacudi-lo, dizendo que já passava das nove no relógio dele, que a lua estava no céu e que, se quisessem andar mais um pouco, era melhor começarem logo. Clay nunca se sentira tão feliz em acordar. No geral, preferia os sonhos com a tenda de bingo.

Alice estava olhando esquisito para ele.

— O que foi? — perguntou Clay, conferindo se as armas automáticas deles estavam travadas; aquilo já se tornara um hábito.

— Você falou enquanto dormia. Ficou dizendo: "Não atenda, não atenda".

— *Ninguém* devia ter atendido — disse Clay. — Estaríamos todos muito melhor.

— Ah, mas quem resiste a um telefone tocando? — perguntou Tom. — E aí pronto, acabou a festa.

— Assim falou a porra do Zaratustra — disse Clay. Alice riu até chorar.

3

Com a lua entrando e saindo de trás das nuvens — Clay achou que parecia a ilustração de um livro infantil sobre piratas e tesouros escondidos —, eles deixaram o haras para trás e retomaram a caminhada para norte. Naquela noite, voltaram a encontrar outras pessoas iguais a eles.

Porque essa é a nossa hora, pensou Clay, trocando o rifle automático de mãos. Totalmente carregado, era pesado pra cacete. *A parte do dia é dos fonáticos, mas, quando as estrelas aparecem, é a nossa vez. Somos como vampiros. Fomos banidos para a noite. De perto, nos reconhecemos porque ainda conseguimos falar; a poucos passos, nos identificamos com precisão por conta das mochilas e das armas que cada vez mais de nós carregamos; porém, à distância, a única garantia é a luz oscilante de uma lanterna. Três dias atrás, dominávamos a Terra e sentíamos a culpa por sobrevivermos a todas as espécies que nós mesmos ajudamos a exterminar, em nossa escalada rumo ao nirvana que são os canais de notícia vinte e quatro horas e a pipoca de micro-ondas. Agora somos o Povo das Lanternas.*

Ele olhou para Tom.

— Para onde eles vão? — ele perguntou. — Para onde vão os fonáticos depois que o sol se põe?

Tom olhou feio para ele.

— Para o polo Norte. Todos os gnomos morreram da doença da rena louca, e esses caras estão dando uma força até a nova leva chegar.

— Meu Deus — disse Clay. — Alguém levantou com o pé esquerdo hoje.

Porém, Tom continuou sem sorrir.

— Estou pensando no meu gato — ele respondeu. — Imaginando se ele está bem. Tenho certeza de que você deve achar isso uma idiotice.

— Não — disse Clay, embora na verdade achasse um pouco idiota, já que tinha um filho e uma mulher para se preocupar.

4

Conseguiram um mapa rodoviário em uma papelaria de Ballardvale, uma cidade que tinha apenas dois semáforos. Estavam seguindo na direção norte e bastante satisfeitos por terem decidido ficar na interseção mais ou menos bucólica entre as rodovias interestaduais 93 e 95. Os outros viajantes que encontraram — a maior parte deles indo para oeste, para longe da I-95 — falavam de engarrafamentos e acidentes terríveis. Um dos poucos peregrinos que estava indo para leste contou que um carro-tanque tinha batido perto da saída da I-93 para Wakefield e o fogo causara uma série de explosões que incineraram mais de um quilômetro e meio de carros que seguiam para norte. O cheiro, ele disse, era como "o de um churrasco no inferno".

À medida que caminhavam pelos arredores de Andover, iam encontrando mais membros do Povo das Lanternas. Lá, ouviram um boato tão recorrente que já era repetido com a certeza de um fato: a fronteira para New Hampshire estava fechada. A polícia estadual e os agentes especiais de New Hampshire estavam atirando primeiro e fazendo perguntas depois. Sem se importarem se você estava maluco ou são.

— É só uma nova versão da porra daquele lema que eles adoram ostentar naquelas merdas de placas de carro* — disse um idoso de expressão amarga que caminhou junto com eles por um tempo. Ele carregava uma pequena mochila por cima de um sobretudo caro e tinha uma lanterna de cilindro longo. A coronha de uma pistola saía do bolso do seu sobretudo. — Se você *estiver em* New Hampshire, tem o direito de viver livremente. Se quiser *ir para* New Hampshire, tem o direito é de morrer.

— Isso é... difícil de acreditar — Alice comentou.

— Acredite se quiser, senhorita — falou o companheiro temporário deles. — Eu encontrei algumas pessoas que, assim como vocês, tentaram ir para norte, e eles voltaram correndo para sul quando viram algumas pessoas sendo alvejadas indiscriminadamente enquanto tentavam entrar em New Hampshire pelo norte de Dunstable.

— Quando? — perguntou Clay.

— Na noite passada.

Clay pensou em fazer várias outras perguntas, mas, em vez disso, se conteve. Em Andover, o homem de expressão amarga e a maioria das pessoas que havia dividido com eles a mesma rota repleta de veículos (mas

---

* O lema em questão é "Live Free or Die" (em tradução livre, "Liberdade ou Morte"). Nos Estados Unidos, cada estado tem um lema escrito nas placas dos carros. (N. T.)

possível de atravessar) viraram para a rodovia 133, em direção a Lowell e outras cidades a oeste. Clay, Tom e Alice permaneceram na rua principal de Andover — deserta à exceção de alguns transeuntes com lanternas — com uma decisão a tomar.

— Você acredita nisso? — Clay perguntou a Alice.

— Não — respondeu ela e olhou para Tom.

Tom balançou a cabeça.

— Nem eu. Pra mim, a história dele é tipo aquela lenda urbana do crocodilo no esgoto.

Alice assentia.

— As notícias já não se espalham tão rápido. Não sem telefones.

— É — disse Tom. — Essa é definitivamente a lenda urbana da próxima geração. Ainda assim, *estamos* falando sobre o estado que um amigo meu chama de New Hamster. Isso me faz pensar que devíamos cruzar a fronteira pelo local mais escondido que conseguirmos achar.

— Boa ideia — Alice respondeu.

Depois daquela conversa, eles voltaram a andar, usando a calçada enquanto ainda estavam na cidade e enquanto ainda havia uma calçada para usar.

5

Nos arredores de Andover, um homem com um par de lanternas amarradas na cabeça por uma espécie de arreio (uma em cada têmpora) saiu pela vitrine quebrada do supermercado IGA. Após acenar de maneira amistosa, veio em direção a eles, atravessando um congestionamento de carrinhos de compra enquanto enfiava enlatados dentro do que parecia uma bolsa de carteiro. Parou ao lado de uma picape virada de lado, se apresentou como sr. Roscoe Handt, de Methuen, e perguntou para onde estavam indo. Quando Clay disse Maine, Handt balançou a cabeça negativamente.

— A fronteira de New Hampshire está fechada. Encontrei duas pessoas há menos de meia hora que foram obrigadas a voltar. Disseram que eles estão tentando diferenciar os loucos das pessoas como a gente, mas sem muito esforço.

— Essas duas pessoas viram com os próprios olhos isso acontecer? — perguntou Tom.

Roscoe Handt olhou para Tom como se *ele* fosse louco.

— A gente tem que acreditar na palavra dos outros, cara — ele respondeu. — Quero dizer, não dá pra ligar para ninguém e verificar, né? — Fez uma pausa. — Esses caras me contaram que estão queimando corpos em Salem e Nashua. E está fedendo feito um churrasco. Eles me falaram isso também. Estou levando um grupo de cinco pessoas para oeste, e queremos rodar alguns quilômetros antes de o sol nascer. O caminho para oeste está livre.

— É o que estão dizendo por aí? — perguntou Clay.

Handt olhou para ele com um leve desprezo.

— É o que estão dizendo por aí, sim. E uma palavra basta para o sábio, minha mãe costumava dizer. Se quiserem mesmo ir para norte, é melhor chegarem à fronteira no meio da noite. Os lunáticos não saem depois do anoitecer.

— Nós sabemos — disse Tom.

O homem com as lanternas presas nos lados da cabeça ignorou Tom e continuou falando com Clay, como se ele fosse o líder do trio.

— Os fonáticos não carregam lanternas. Balancem as suas. Falem. *Gritem*. Eles também não fazem essas coisas. Duvido que os agentes na fronteira deixem vocês passarem, mas, se tiverem sorte, também não vão ser fuzilados.

— Eles estão ficando mais espertos — Alice comentou. — O senhor sabe disso, não sabe, sr. Handt?

Handt riu com desdém.

— Eles estão se deslocando em grupo e não estão mais matando uns aos outros. Não sei se isso os torna mais espertos ou não. Mas eles ainda estão matando *a gente*. Disso eu sei.

Handt deve ter notado a dúvida no rosto de Clay, porque sorriu. A luz das lanternas transformou o sorriso em algo desagradável.

— Eu os vi pegarem uma mulher hoje de manhã — falou ele. — Com meus próprios olhos, o.k.?

— O.k. — Clay aceitou.

— Acho que sei por que ela estava na rua. Foi em Topsfield, a uns quinze quilômetros daqui. Eu e o meu grupo estávamos em um desses hotéis de beira de estrada da rede Motel 6. A mulher estava indo para lá. Mas não estava andando normal. Estava apertando o passo, quase correndo. Olhando para trás. Eu a vi porque não conseguia dormir. — Ele balançou a cabeça. — Se acostumar a dormir de dia é foda.

Clay pensou em dizer para Handt que todos eles iriam se acostumar, mas ficou quieto. Ele viu que Alice estava mais uma vez apertando seu talismã. Não queria que ela ouvisse aquilo, mas sabia que era inevitável. Em parte porque a informação era útil para a sobrevivência deles (e, ao contrário dos boatos sobre a fronteira de New Hampshire, ele tinha quase certeza de que aquela história era verdadeira); em parte porque o mundo estaria cheio de histórias como aquelas por um bom tempo. Se ouvissem um bom número delas, talvez fosse possível cruzar algumas informações e gerar padrões.

— Provavelmente estava apenas procurando um lugar melhor para ficar. Nada mais que isso. Viu o Motel 6 e pensou: "Um quarto com cama. Bem ali, perto do posto Exxon. A uma quadra de distância". Mas, antes de chegar à metade do caminho, vários deles apareceram na esquina. Estavam andando... Sabe como eles estão andando agora?

Roscoe Handt caminhou na direção deles com o corpo duro, como um soldado de chumbo, com a sacola de jornaleiro balançando. Não era daquele jeito que os malucos andavam no começo, mas eles sabiam o que ele queria mostrar e assentiram.

— E ela... — Ele se recostou na picape virada e esfregou brevemente o rosto com as mãos. — É isso que eu quero que vocês entendam, o.k.? É por isso que vocês não podem se deixar enganar, não podem achar que eles estão voltando a ficar normais, porque de vez em quando um deles dá a sorte de apertar os botões certos de um mini-system e bota um CD para tocar...

— Você viu isso acontecer? — perguntou Tom. — *Ouviu* isso acontecer?

— Sim, duas vezes. O segundo cara que eu vi estava andando com um aparelho de som, balançando o treco de um lado para o outro com tanta força que o CD estava pulando pra cacete, mas estava tocando. Então eles gostam de música, e, claro, talvez estejam recuperando alguns de seus parafusos, mas é por isso mesmo que vocês precisam ter cuidado, entendem?

— O que aconteceu com a mulher? — perguntou Alice. — A que se deixou enganar.

— Ela tentou fingir que era um deles — disse Handt. — E eu pensei, parado em frente à janela do quarto onde eu estava: "É isso aí, garota, talvez você tenha uma chance se continuar fingindo que é um deles para depois fugir, entrar em algum lugar". Porque eles não gostam de entrar nos lugares, já perceberam isso?

Clay, Tom e Alice assentiram. O homem fez o mesmo.

— Eles *entram,* já vi acontecer, mas não gostam.

— Como identificaram a mulher? — Alice voltou a perguntar.

— Não sei direito. Sentiram o cheiro dela, sei lá.

— Talvez tenham conseguido ouvir os pensamentos dela — Tom sugeriu.

— Ou *não* tenham conseguido — Alice argumentou.

— Disso eu não sei — falou Handt —, mas sei que eles a despedaçaram na rua. Quero dizer, fizeram picadinho dela, literalmente.

— E quando isso aconteceu? — perguntou Clay. Ele viu que Alice estava ficando tonta e colocou um braço em volta dela.

— Às nove da manhã de hoje. Em Topsfield. Então, se vocês encontrarem uma horda subindo a estrada de Tijolos Amarelos com um mini-system tocando "Why Can't We Be Friends"... — Ele os examinou com a cara fechada sob a luz das lanternas presas na cabeça. — Eu não sairia chamando atenção, é só o que tenho a dizer. — Ele fez uma pausa. — E também não iria para norte. Mesmo se eles não atirarem em você na fronteira, será uma perda de tempo.

Porém, após fazer uma pequena reunião na entrada do estacionamento do IGA, eles decidiram ir para norte assim mesmo.

6

Eles pararam perto de North Andover, na passarela sobre a rota 495. As nuvens estavam voltando a ficar mais espessas, mas a luz do luar as atravessava o suficiente para revelar seis pistas de tráfego silencioso. Perto de onde eles estavam, nas pistas a sul, um caminhão capotado jazia como um elefante morto. Estava cercado por cones laranja, o que mostrava que alguém ao menos tomara uma atitude simbólica, e havia duas viaturas policiais depois deles, uma de cada lado. O caminhão estava carbonizado da metade para trás. Não havia sinal de corpos, não sob a momentânea luz da lua. Algumas pessoas seguiam para oeste pelo acostamento, mas mesmo ali o movimento era devagar.

— Isso meio que deixa as coisas mais reais, não é? — disse Tom.

— Não — Alice respondeu. Ela soava indiferente. — Pra mim parece o efeito especial de algum filme blockbuster. Compre um balde de pipoca e uma coca e veja o mundo acabar em... como eles chamam mesmo? Imagem gerada por computador? CGI? Fundo verde? Uma porra dessas. — Ela ergueu o sapatinho por um dos cadarços. — Isso é tudo o que preciso para deixar as coisas mais reais. Uma coisa pequena o bastante para carregar na mão. Vamos.

7

Havia um monte de veículos abandonados na rodovia 28, mas comparada à 495 ela estava vazia. Às quatro da manhã, eles se aproximavam de Methuen, a cidade do sr. Roscoe Handt, o homem das lanternas na cabeça. Os três acreditavam na história de Handt o suficiente para quererem encontrar abrigo bem antes de o sol nascer. Escolheram um hotel de beira de estrada, na esquina da 28 com a 110. Cerca de uma dúzia de carros estava parada em frente aos vários apartamentos, mas Clay imaginava que eles estivessem abandonados. E por que não estariam? Dava para passar pelas duas estradas, mas somente a pé. Clay e Tom pararam no portão do estacionamento, balançando as lanternas no ar.

— Estamos bem! — gritou Tom. — Pessoas normais! Estamos entrando!

Eles aguardaram. No entanto, nenhuma resposta veio do local identificado como o Sweet Valley Inn, com banheira aquecida, HBO e pacotes especiais.

— Vamos — disse Alice. — Meus pés estão doendo. E o dia está para nascer, não está?

— Olhem só isso — falou Clay. Ele pegou um CD que estava na entrada para carros do hotel e o iluminou com a lanterna. Era *Love Songs*, de Michael Bolton.

— E você ainda diz que eles estão ficando mais espertos — Tom comentou.

— Não se precipite — Clay respondeu ao começarem a andar em direção aos apartamentos. — Seja lá quem fosse o dono, ele jogou fora, não jogou?

— É mais provável que tenha perdido — disse Tom. Alice jogou a luz da lanterna dela sobre o CD.

— Quem *é* esse cara?

— Minha querida — Tom respondeu —, nem queira saber.

Ele pegou o CD e jogou por sobre o ombro.

Eles arrombaram as portas de três apartamentos contíguos — com o maior cuidado possível, para que pudessem no mínimo correr o ferrolho depois que entrassem. Nas camas que encontraram, dormiram o dia quase inteiro. Não foram incomodados, embora Alice tenha contado que pensara ter escutado uma música vindo de longe naquela tarde. Porém, ela admitiu, poderia ter sido um sonho.

8

Os mapas eram mais detalhados do que o mapa que estava à venda no saguão do Sweet Valley Inn. Estavam dentro de um armário com porta de vidro, que havia sido quebrado. Clay pegou um de Massachusetts e outro de New Hampshire, enfiando a mão com cuidado para não se cortar. Enquanto retirava os mapas, viu um rapaz deitado do outro lado do balcão da recepção. Os olhos dele fitavam sem ver. Por um instante, Clay achou que alguém havia enfiado um buquê de cor estranha na boca do cadáver. Então viu pontas esverdeadas perfurando as bochechas do rapaz morto e percebeu que elas eram da mesma cor dos estilhaços de vidro no armário onde estavam os mapas. O cadáver usava um crachá que dizia MEU NOME É HANK, PERGUNTE-ME SOBRE OS PACOTES ESPECIAIS. Clay pensou brevemente no sr. Ricardi enquanto olhava para Hank.

Tom e Alice esperavam por ele logo em frente à porta do saguão. Eram 21h15 e estava um breu lá fora.

— O que você achou? — perguntou Alice.

— Esses aqui devem ajudar — disse ele. Entregou os mapas a Alice e ergueu o lampião para que ela e Tom pudessem analisá-los, compará-los com o mapa rodoviário e planejar a viagem da noite. Clay tentava cultivar um senso de fatalidade em relação a Johnny e Sharon, se esforçando para focar a mente na verdade nua e crua da situação atual de sua família: o que aconteceu em Kent Pond aconteceu. O filho e a esposa poderiam estar bem, ou não. Ou ele os encontraria, ou não. Nem sempre esse tipo de pensamento dava resultado.

Quando começava a falhar, ele dizia a si mesmo que tinha sorte de estar vivo, e isso sem dúvida era verdade. O que se apresentava contra a sua sorte era o fato de que ele estava em Boston, a mais de cento e cinquenta quilômetros de Kent Pond pela via mais rápida (e definitivamente *não* era o caminho que eles estavam pegando) quando o Pulso aconteceu. Mas, ainda assim, encontrara pessoas boas. Isso não podia negar. Pessoas que ele podia considerar amigas. Várias outras — o Cara do Barril de Cerveja, a Senhora Gorducha da Bíblia e o sr. Roscoe Handt de Methuen — não tiveram a mesma sorte.

Se ele encontrou você, Share, se Johnny encontrou você, você tem que estar cuidando bem dele. Tem que estar cuidando.

Mas e se ele estivesse com o telefone? E se tivesse levado o celular vermelho para a escola? Ele não poderia estar usando o aparelho com mais frequência ultimamente, já que quase todos os seus coleguinhas levam os deles?

Deus.

— Clay? Você está bem? — perguntou Tom.

— Claro. Por quê?

— Não sei. Você parece um pouco... soturno.

— Tinha um cara morto atrás do balcão. Não era nada bonito.

— Olhem só — Alice os chamou, seguindo uma linha no mapa. Ela ziguezagueava pela fronteira do estado e então parecia se juntar à rota 38 de New Hampshire um pouco a leste de Pelham. — Acho que é uma boa. Se pegarmos essa rodovia aqui na direção oeste por uns doze ou catorze quilômetros — ela apontou para a 110, onde a garoa fazia os carros e o asfalto emitirem um brilho enevoado —, a gente chega lá. O que vocês acham?

— Acho uma boa ideia — disse Tom.

Ela olhou de Tom para Clay. Tinha guardado o sapatinho — provavelmente na mochila —, mas Clay percebia que ela queria apertá-lo. Ele pensou que ainda bem que Alice não era fumante, pois, se fosse, estaria à base de quatro maços por dia.

— Se a fronteira estiver vigiada... — ela começou a falar.

— Vamos nos preocupar com isso se houver necessidade — disse Clay, mas ele não estava preocupado. Iria para o Maine de qualquer maneira. Se isso significasse se arrastar no mato como um trabalhador ilegal cruzando a fronteira com o Canadá para colher maçãs em outubro, ele faria. Se Tom e Alice decidissem ficar para trás, azar. Ele ficaria triste em deixá-los... mas seguiria adiante. Porque tinha que saber.

A sinuosa linha vermelha que Alice encontrara nos mapas do Sweet Valley tinha um nome — Dostie Stream Road — e estava quase toda livre. Era uma caminhada de pouco mais de seis quilômetros até a fronteira, e eles encontraram apenas um acidente, além de cinco ou seis veículos abandonados. Também passaram por duas casas em que havia luzes acesas e o barulho de geradores. Pensaram em parar nelas, mas logo desistiram.

— Acabaríamos trocando tiros com algum sujeito a fim de defender a família e o lar — disse Clay. — Isso supondo que tenha alguém lá dentro. Aqueles geradores provavelmente estavam programados para funcionar quando a energia do município caísse e vão continuar ligados até o gás acabar.

— Mesmo que tivesse pessoas sãs lá dentro e elas nos deixassem entrar, o que não seria nada sensato, o que a gente iria fazer? — perguntou Tom. — Pedir para usar o telefone?

Eles discutiram a possibilidade de parar em algum lugar e pilhar um carro (*pilhar* foi a palavra que Tom usou), mas acabaram desistindo dessa ideia também. Se a fronteira estivesse sendo protegida por policiais ou vigilantes, chegar a ela em um Chevy Tahoe talvez não fosse a melhor solução.

Então eles foram caminhando e, obviamente, não havia nada na fronteira além de um outdoor (pequeno, adequado a uma estrada de asfalto de duas pistas que cruzava o interior) com os dizeres VOCÊ ESTÁ ENTRANDO EM NEW HAMPSHIRE e BIENVENUE! Os únicos sons que ouviam eram o gotejar do orvalho nos bosques nos arredores e o ocasional suspiro do vento. Talvez o ruído de algum animal se movendo. Eles pararam por um instante para ler a placa e seguiram em frente, deixando Massachusetts para trás.

9

Qualquer sensação de estarem sozinhos acabou na Dostie Stream Road, em uma placa que informava ROTA 38 NH e MANCHESTER 30KM. Ainda havia poucos viajantes na 38, mas, meia hora depois, quando eles foram para a 128 — uma estrada larga, repleta de destroços, que levava a norte —, aquele fio d'água se transformou em um fluxo constante de refugiados. Em sua maioria, eles seguiam em pequenos grupos de três e quatro, com o que, para Clay, pareceu um desinteresse mesquinho por qualquer outra pessoa que não eles mesmos.

No caminho, encontraram uma mulher de cerca de quarenta anos e um homem talvez vinte anos mais velho empurrando carrinhos de supermercado, cada um com uma criança dentro. A que estava no carrinho levado pelo homem era um menino com aproximadamente sete anos de idade, grande demais para o transporte, embora tivesse achado um jeito de se encolher dentro dele e dormir. Enquanto Clay e seu grupo passavam por aquela família improvisada, uma roda se soltou do carrinho do homem, fazendo o pequeno veículo tombar de lado, jogando o menino para fora. Tom o agarrou pelo ombro e evitou o pior da queda, mas o garoto ralou um dos joelhos. Obviamente estava assustado. Tom o levantou do chão, mas o menino não o conhecia e tentou fugir, chorando mais forte ainda.

— Está tudo bem, obrigado. Nós o pegamos — disse o homem. Ele apanhou a criança e sentou no meio-fio com ela, onde o menino fez um escândalo sobre o que chamava de dodói, um termo que Clay achava que não ouvia desde que *ele próprio* tinha sete anos. O homem disse:

— Gregory vai dar um beijo e o dodói vai sarar.

Ele beijou o machucado da criança e o menino deitou a cabeça no ombro do homem. Já iria voltar a dormir. Gregory sorriu em agradecimento para Tom e Clay. Ele parecia quase morto de cansaço; um homem, que na semana passada talvez fosse um sessentão em boa forma, estava com a aparência de um judeu de setenta anos de idade, tentando dar o fora da Polônia enquanto ainda dava tempo.

— Nós vamos ficar bem — disse Gregory. — Podem ir, agora.

Clay abriu a boca para dizer: *Por que não vamos todos juntos? Por que não nos unimos? O que você acha, Greg?* Era o tipo de coisa que os heróis dos livros de ficção científica que ele lera quando adolescente sempre diziam: *Por que não nos unimos?*

— É, vão embora, o que vocês estão esperando? — perguntou a mulher antes que ele pudesse dizer o que pensara ou qualquer outra coisa.

No carrinho de compras dela, uma garota de uns cinco anos ainda dormia. A mulher ficou do lado do carrinho com um ar protetor, como se tivesse comprado um produto fabuloso em uma loja e temesse que Clay ou um de seus amigos tentassem roubá-lo das suas mãos. — Estão achando que a gente tem alguma coisa que vocês querem?

— Pare, Natalie — Gregory pediu com uma paciência cansada.

Mas Natalie não parou, e Clay percebeu o que era tão deprimente naquela pequena cena. Não era o fato de estar levando um esporro, na calada da noite, de uma mulher em um estado de esgotamento e terror que a levaram à paranoia; isso era compreensível e perdoável. O que acabou com o ânimo dele foi a maneira como as pessoas simplesmente continuavam andando, balançando as lanternas e conversando baixo entre si em seus grupinhos, trocando as malas de uma mão para outra. Algum playboy em uma minimoto elétrica subiu a rua desviando dos destroços e passando por cima dos entulhos. As pessoas abriam caminho para ele, resmungando de raiva. Clay pensou que, se o garotinho tivesse caído do carrinho e quebrado o pescoço em vez de apenas ralado o joelho, não faria diferença. Pensou que tampouco importaria se aquele gordo lá na frente, que caminhava ofegante pelo acostamento com uma mochila sobrecarregada nas costas, desabasse por conta de uma trombose coronária. Ninguém nem se deu ao trabalho de gritar: *É isso aí, moça!* ou *Ei, cara, por que você não manda essa mulher calar a boca?* Simplesmente continuaram andando.

— ... porque essas *crianças* são tudo o que nós temos, uma responsabilidade que não pedimos quando mal conseguimos tomar conta de *nós mesmos*. Ele tem um marca-passo, você pode me dizer o que a gente vai fazer quando a *bateria* acabar? E agora essas crianças! Você quer uma criança? — Ela olhou ao redor freneticamente. — *Ei! Alguém quer uma criança?*

A garotinha começou a se mexer.

— Natalie, você está perturbando a Portia — disse Gregory. A mulher chamada Natalie começou a rir.

— Bem, azar o dela! O mundo é perturbador pra cacete!

Em volta deles, as pessoas continuaram com a Marcha dos Refugiados. Ninguém prestava atenção, e Clay pensou: *Então é assim que nós agimos. É isso que acontece quando a coisa fica feia. Quando não tem nenhuma câmera filmando, nenhum prédio em chamas, nenhum Anderson Cooper dizendo: "Agora voltamos aos estúdios da CNN em Atlanta". Então é assim quando o Departamento de Segurança Nacional é fechado por falta de sanidade.*

— Me deem o menino — disse Clay. — Posso carregá-lo até vocês acharem algo melhor para ele ficar. Esse carrinho já era. — Ele olhou para Tom. Tom deu de ombros.

— Fique longe de nós! — Natalie gritou e, de repente, ela estava com uma arma na mão. Não era grande, provavelmente uma calibre .22, mas até uma arma pequena como aquela poderia dar conta do recado se a bala entrasse no lugar certo.

Clay ouviu o som de armas sendo sacadas dos dois lados dele e compreendeu que Tom e Alice estavam apontando as pistolas que pegaram da casa de Nickerson para a mulher chamada Natalie. Pelo jeito, era assim que as coisas iam ser.

— Guarde a arma, Natalie — ele pediu. — Nós estamos indo embora agora.

— Pode apostar que sim — ela afirmou, afastando um cacho de cabelo rebelde dos olhos com a mão livre. Parecia não ter se dado conta de que o rapaz e a moça que acompanhavam Clay estavam apontando armas para ela. Naquele momento, as pessoas que passavam *olharam*, mas a única reação que tiveram foi se afastar um pouco mais depressa do local do confronto e potencial derramamento de sangue.

— Vamos, Clay — Alice falou baixinho. Ela segurou o pulso dele com sua mão livre. — Antes que alguém se machuque.

Eles começaram a andar novamente. Alice caminhava com a mão no pulso de Clay, quase como se fossem namorados. *Um simples passeio à meia-noite,* pensou Clay, embora não fizesse ideia de que horas eram e tampouco se importasse com isso. O coração dele batia forte. Tom os acompanhava, mas, até dobrarem a curva seguinte, ele seguiu andando de costas, com a arma ainda apontada. Clay imaginou que Tom queria estar preparado para atirar de volta caso Natalie decidisse usar sua pequena arma. Porque era mesmo o caso de atirar de volta, uma vez que o serviço de telefonia havia sido interrompido até segunda ordem.

10

Nas horas que precederam o amanhecer, enquanto caminhavam pela rota 102 a leste de Manchester, eles começaram a ouvir uma música, tocando muito baixinho.

— Meu Deus! — Tom exclamou, parando de andar. — É a "Baby Elephant Walk".

— *É o quê?* — perguntou Alice. Ela parecia ter achado aquilo divertido.

— Um jazz instrumental da época em que a gasolina custava vinte e cinco centavos. Les Brown & His Band of Renown, se não me engano. Minha mãe tinha o disco.

Dois homens os alcançaram e pararam para recuperar o fôlego. Ambos já tinham certa idade, mas pareciam estar em boa forma. *Como uma dupla de carteiros recém-aposentados caminhando pelas Cotswolds*, pensou Clay. *Onde quer que* elas *estejam*. Um deles carregava uma mochila — e não era uma mochilinha qualquer, e sim de acampamento, com uma trava na cintura — e o outro estava com uma bolsa pendurada no ombro direito. No lado esquerdo, via-se o que parecia ser uma calibre .30.

O Mochileiro limpou o suor da testa enrugada com o antebraço e disse:

— A sua mãe podia ter uma versão de Les Brown, filho, mas é mais provável que fosse a de Don Costa ou Henry Mancini. Essas eram mais populares. A que está tocando — ele inclinou a cabeça em direção à melodia fantasmagórica — é a de Lawrence Welk, tenho certeza absoluta.

— Lawrence Welk — Tom repetiu dando um suspiro, em um tom quase reverente.

— *Quem?* — perguntou Alice.

— Ouça aquele elefantinho andar — disse Clay, rindo. Estava cansado e se sentindo espirituoso. Ocorreu a ele que Johnny *adoraria* aquela música.

O Mochileiro lançou um olhar de desprezo momentâneo para Clay e então voltou a olhar para Tom.

— É o Lawrence Welk mesmo — ele confirmou. — Meus olhos já não prestam pra nada, mas meu ouvido está ótimo. Minha mulher e eu costumávamos assistir ao programa dele todo santo sábado.

— Dodge também se divertia à beça — disse o Cara da Bolsa. Foi a única coisa que ele acrescentou à conversa, e Clay não fazia ideia do que aquilo significava.

— Lawrence Welk e a Champagne Band — disse Tom. — Vejam só.

— Lawrence Welk e os Champagne *Music Makers* — o Mochileiro corrigiu. — Jesus *Cristo*.

— Não se esqueça das Lennon Sisters e da adorável Alice Lon — Tom falou.

Ao longe, a música fantasmagórica mudou.

— Essa é "Calcutta" — disse o Mochileiro. Ele suspirou. — Bem, nós vamos indo. Foi um prazer passar esse pedaço do dia com vocês.

— Da noite — Clay retificou.

— Não — o Mochileiro respondeu. — Estes são os nossos dias agora. Você não notou? Tenham um bom dia, rapazes. Você também, senhorita.

— Obrigada — a senhorita entre Clay e Tom falou com a voz fraca.

O Mochileiro voltou a caminhar. O Cara da Bolsa o seguiu com passos firmes. Ao redor deles, um desfile constante de fachos de lanterna oscilantes conduzia as pessoas mais para dentro de New Hampshire. Então o Mochileiro parou e se virou para dizer uma última coisa.

— É melhor não ficarem na rua por muito mais tempo. Encontrem uma casa ou um hotel na beira da estrada e entrem. Vocês sabem dos sapatos, né?

— O que têm os sapatos? — perguntou Tom.

O Mochileiro olhou com paciência para ele, da maneira que provavelmente olharia para qualquer pessoa que não fazia ideia do que se passava ao seu redor. Bem ao longe na estrada, "Calcutta" — se é que era essa música mesmo — dera lugar a uma polca, que soava surreal naquela noite enevoada e chuvosa. E, para completar, aquele velho com uma mochila enorme nas costas falava sobre sapatos.

— Quando entrarem em algum lugar, deixem os sapatos em frente, na porta — o Mochileiro começou a explicar. — Não se preocupem, os malucos não vão pegá-los. Isso serve para mostrar às outras pessoas que o lugar está ocupado e elas devem procurar outro. Evita... — Ele baixou os olhos para a arma automática pesada que Clay estava carregando.

— Evita acidentes.

— Houve acidentes? — perguntou Tom.

— Ah, sim — o Mochileiro respondeu com uma indiferença gélida. — Do jeito que as pessoas são, sempre acontecem acidentes. Mas tem lugares de sobra. Então não há necessidade de *vocês* sofrerem um acidente. Apenas deixem os sapatos do lado de fora.

— Como o senhor sabe disso? — perguntou Alice.

O Mochileiro abriu um sorriso que iluminou seu rosto. Mas era difícil não sorrir para Alice; ela era jovem e até mesmo às três da manhã ainda era bonita.

— As pessoas falam; eu escuto. Eu falo e *às vezes* as outras pessoas escutam. Você escutou?

— Sim — Alice respondeu. — Escutar é um dos meus maiores talentos.

— Então espalhe a notícia. Já basta termos que lutar contra *eles*. — O Mochileiro não precisava ser mais específico. — Não precisamos de acidentes entre nós, ainda por cima.

Clay pensou em Natalie apontando a arma. Ele falou:

— O senhor tem razão. Obrigado.

Tom disse:

— Essa que está tocando é "The Beer Barrel Polka", não é?

— Isso mesmo, filho — respondeu o Mochileiro. — Myron Floren no acordeão. Deus o tenha. Talvez seja melhor vocês pararem em Gaiten. É um vilarejo simpático a uns três ou quatro quilômetros mais adiante.

— É para lá que os senhores estão indo? — perguntou Alice.

— Ah, eu e Rolfe devemos ir um tiquinho mais longe — ele respondeu.

— Por quê?

— Porque nós podemos, senhorita, só por isso. Tenha um bom dia.

Daquela vez eles não argumentaram e, embora os dois homens já devessem estar perto dos setenta, logo sumiram de vista, seguidos pelo facho da única lanterna, carregada pelo Cara da Bolsa — Rolfe.

— Lawrence Welk e os Champagne Music Makers — admirou-se Tom.

— "Baby Elephant Walk" — disse Clay, rindo.

— Por que Dodge também se divertia à beça? — quis saber Alice.

— Acho que é porque ele podia — Tom respondeu e disparou a rir da perplexidade no rosto dela.

11

A música vinha de Gaiten, o vilarejo simpático no qual o Mochileiro tinha recomendado que eles parassem. O volume não era nem de perto tão alto quanto o do show do AC/DC a que Clay assistira em Boston na adolescência — e que havia deixado seus ouvidos zumbindo por dias. Mas estava alto o bastante para fazê-lo se lembrar dos concertos de verão da banda municipal a que assistira com os pais em South Berwick. Na verdade, Clay estava achando que a música vinha da praça municipal de Gaiten. Provavelmente algum velho, não transformado em fonático, mas apenas abalado pelo desastre, enfiara na cabeça que usaria um monte de alto-falantes a pilha para presentear aquele êxodo com uma serenata de músicas antigas.

Havia de fato uma praça em Gaiten, mas estava deserta, a não ser por algumas pessoas jantando tarde — ou tomando café da manhã cedo — à luz de lanternas e lampiões. A música vinha de algum lugar mais a norte. Àquela altura, Lawrence Welk fora substituído por um trompete tão suave que chegava a dar sono.

— É Wynton Marsalis, não é? — perguntou Clay. Estava pronto para fechar o expediente e achou que Alice parecia quase morta de cansaço.

— Ou ele ou Kenny G — disse Tom. — Sabe o que o Kenny G falou quando saiu do elevador?

— Não — disse Clay —, mas tenho certeza de que você vai me contar.

— "Cara, que puta som!"

Clay falou:

— Isso foi tão engraçado que acho que o meu senso de humor acabou de implodir.

— Não entendi — Alice comentou.

— Nem vale a pena explicar — Tom respondeu. — Pessoal, temos que parar por hoje. Estou pregado.

— Eu também — Alice falou. — Achei que o futebol tinha me deixado em forma, mas estou exausta.

— É — concordou Clay. — Eu também.

Já tinham passado pelo centro comercial de Gaiten e, de acordo com as placas, a rua principal, que também era a rota 120, tinha se tornado a Academy Avenue. Clay não se surpreendeu, pois as placas nos arredores da cidade proclamavam Gaiten lar da histórica Academia Gaiten, uma instituição sobre a qual ele ouvira vagamente falar. Ele imaginava que fosse uma daquelas escolas preparatórias da Nova Inglaterra para jovens que não conseguem entrar para Exeter ou Milton. Supunha que em breve os três estariam de volta à terra dos Burger Kings, oficinas de automóveis e redes de motéis, mas aquela parte da rota 102 de New Hampshire era ladeada por casinhas muito bonitas. O problema era que havia sapatos — às vezes chegando até a quatro pares — em frente à maioria das portas.

O número de transeuntes diminuía consideravelmente à medida que outros refugiados iam encontrando abrigo para o dia que ia nascer. Porém, quando os três passaram pelo posto de gasolina Citgo da Academy Grove e se aproximaram dos pilares de pedra que flanqueavam a entrada da Academia Gaiten, começaram a alcançar outro trio que estava logo adiante: dois homens e uma mulher, todos bem avançados na meia-idade. Enquanto andavam lentamente calçada acima, aqueles três inspecionavam cada casa, buscando uma sem sapatos na frente. A mulher mancava muito, e um dos homens estava com o braço em volta da cintura dela.

A Academia Gaiten ficava à esquerda, e Clay percebeu que era de lá que a música saía (naquele momento, uma versão monótona, repleta de cordas, de "Fly me to the moon"). Ele notou mais duas coisas. Uma era que havia muito mais lixo naquela parte — sacolas rasgadas, vegetais comidos pela metade, ossos roídos —, e a maior parte do lixo seguia pela entrada de cascalho da academia. A outra coisa era que havia duas pessoas paradas lá: um velho curvado sobre uma bengala e um menino com uma lanterna a pilha posicionada entre os sapatos. O menino não parecia ter mais de doze anos e cochilava recostado em um dos pilares. Usava o que parecia ser um uniforme escolar: calças e suéter cinza, e um paletó marrom com um brasão.

Assim que o trio à frente se aproximou da entrada da Academia, o velho — que vestia um paletó de tweed com cotoveleiras — dirigiu-lhes a palavra em uma voz forte, como um professor que fala "vão me ouvir até a última fileira da sala de aula".

— Olá, olá, meus caros! Por que vocês não entram aqui? Podemos oferecer abrigo, porém, o mais importante é que temos que...

— Não "temos que" nada, senhor — a mulher o interrompeu. — Estou com quatro bolhas, duas em cada pé, e mal consigo andar.

— Mas temos espaço de sobra — começou a falar o velho.

O homem que ajudava a mulher a caminhar lançou um olhar para ele que deve ter sido feio, pois o velho se calou. O trio passou pela entrada, pelos pilares e pela placa em um suporte de ferro antiquado, com ganchos em forma de S que dizia: ACADEMIA GAITEN, FUNDADA EM 1846 — *"Uma mente jovem é uma luz na escuridão."*

O velho voltou a se curvar sobre a bengala, então avistou Clay, Tom e Alice chegando e se empertigou mais uma vez. Esteve a ponto de saudá-los, mas parece ter percebido que a sua abordagem de palestrante não estava dando resultado. Em vez disso, cutucou seu companheiro nas costelas com a ponta da bengala. O menino se endireitou com uma expressão desnorteada, enquanto atrás dos dois, onde prédios de tijolos se erguiam na escuridão da encosta de uma pequena colina, "Fly me to the Moon" dava lugar a uma versão igualmente lenta de uma música que um dia talvez tenha sido "I Get a Kick out of You".

— Jordan! — o senhor exclamou. — Sua vez! Convide!

O menino chamado Jordan deu um pulo, piscou para o velho e então olhou com uma desconfiança melancólica para o novo trio de estranhos que se aproximava. Clay pensou na Lebre de Março e no Rato do Campo em *Alice no País das Maravilhas*. Talvez a comparação não fizesse sentido — provavelmente não fazia mesmo —, mas ele estava muito cansado.

— Ah, com *eles* não vai ser diferente, senhor — disse o menino. — Eles não vão entrar. Vamos tentar de novo na noite que vem. Estou *com sono*.

E Clay soube que, apesar do cansaço, eles precisavam descobrir o que o velho queria — isto é, a não ser que Tom e Alice se recusassem terminantemente. Em parte porque o companheiro do homem lembrava Johnny, sem dúvida, mas principalmente porque o menino enfiara na cabeça que ninguém iria ajudar naquele nada admirável mundo novo — ele e o homem que chamava de *senhor* estavam sozinhos porque era assim que as coisas eram. Só que, se aquilo fosse verdade, logo não haveria mais nada que valesse a pena salvar.

— Fale — o idoso o incentivou. Ele cutucou Jordan com a ponta da bengala mais uma vez, porém sem força. Sem machucar. — Diga a eles que podemos oferecer abrigo, que temos bastante espaço, mas que eles precisam ver antes. Alguém tem que ver isso. Se eles se recusarem, nós desistimos por hoje.

— Certo, senhor.

O velho sorriu, expondo uma boca cheia de dentes enormes como os de um cavalo.

— Obrigado, Jordan.

O menino veio na direção deles completamente sem ânimo, arrastando os sapatos sujos, com a ponta da camisa aparecendo debaixo da bainha do suéter. Ele segurou a lanterna em uma das mãos e sua luz oscilou. Jordan estava com olheiras escuras sob os olhos e precisava lavar o cabelo com urgência.

— Tom? — perguntou Clay.

— Vamos ver o que ele quer — Tom declarou —, porque estou vendo o que *você* quer, mas...

— Senhores? Com licença, senhores.

— Só um segundo — Tom pediu ao menino, e então se virou para Clay. O rosto dele estava sério. — O dia vai nascer dentro de uma hora. Talvez menos. Então é melhor esse cara estar falando sério sobre ter lugar para a gente.

— Ah, temos sim, senhor — disse Jordan. Ele parecia não querer demonstrar esperança, mas não conseguia evitar. — Muitos lugares. Centenas de dormitórios, isso sem contar com a Casa Cheatham. Tobias Wolff veio aqui no ano passado e ficou lá. Veio dar uma palestra sobre o livro dele, *Meus dias de escritor.*

— Eu li esse livro — Alice comentou, soando desconcertada.

— Os meninos que não tinham celulares fugiram todos. Os que tinham...

— Nós sabemos o que aconteceu com eles — Alice informou.

— Eu sou bolsista. Morava em Holloway. Não tinha celular. Tinha que usar o telefone do dormitório sempre que precisava ligar para casa, e os outros meninos ficavam me zoando.

— Acho que você riu por último, Jordan — falou Tom.

— Sim, senhor — ele afirmou respeitosamente, mas à luz da lanterna que hesitava Clay não viu alegria, apenas desgosto e cansaço. — Os senhores não querem entrar para conhecer o diretor?

E, embora também estivesse bastante cansado, Tom respondeu com perfeita educação, como se estivessem em uma varanda ensolarada — talvez em um Chá para os Pais — em vez de na beira cheia de lixo da Academy Avenue às 4h15 da manhã.

— O prazer será todo nosso, Jordan.

12

— Eu costumava chamá-los de interfone do diabo — disse Charles Ardai. Ele era presidente do Departamento de Inglês da Academia Gaiten há vinte e cinco anos e diretor interino de toda a academia no momento do Pulso. Agora mancava com surpreendente rapidez colina acima, mantendo-se na calçada e desviando do rio de lixo que cobria o acesso à escola. Jordan andava atento ao lado dele, os outros três o seguiam. O menino estava com medo de que o velho perdesse o equilíbrio. Já Clay que o homem tivesse um infarto ao tentar conversar ao mesmo tempo que subia uma colina, por menos íngreme que ela fosse.

— Eu não falava sério, é claro. Era uma piada, uma brincadeira, um exagero cômico, mas, para dizer a verdade, nunca gostei daquelas coisas, especialmente em um ambiente acadêmico. Eu poderia ter tentado proibir o uso deles na escola, mas com certeza sairia derrotado. Seria mais fácil tentar legislar contra uma tempestade, não é mesmo? — Ele ofegava rapidamente. — Meu irmão me deu um de aniversário de sessenta e cinco anos. A bateria acabou. — Mais arfadas e arquejos. — E nunca mais recarreguei. Sabiam que eles emitem radiação? É verdade que a quantidade é minúscula, mas ainda assim... uma fonte de radiação tão perto da cabeça de uma pessoa... do cérebro...

— Senhor, talvez seja melhor esperar até chegarmos ao Tonney — Jordan falou. O menino amparou Ardai quando a bengala do diretor derrapou em um pedaço de fruta podre e ele pendeu momentaneamente (mas em um ângulo preocupante) para o lado esquerdo.

— Provavelmente é uma boa ideia — Clay assentiu.

— Sim — concordou o diretor. — Só que... eu nunca confiei neles, é aí que quero chegar. Com o meu computador foi diferente. Me acostumei a ele como um pato à água.

No topo da colina, o caminho principal do campus se dividia em um Y. A bifurcação esquerda serpeava até prédios que quase certamente serviam de dormitórios. A da direita seguia em direção a salas de aula, um conjunto de prédios administrativos e um arco cuja brancura brilhava no escuro. O rio de lixo e embalagens descartadas passava por baixo dele. O diretor Ardai os conduziu por aquele caminho, contornando os entulhos da melhor forma possível, com Jordan o segurando pelo cotovelo. A música — agora era Bette Midler cantando "Wind Beneath My Wings" — vinha do outro lado do arco, e Clay viu dezenas de CDs no chão entre ossos e sacos de batata frita vazios. Ele estava começando a ter um mau pressentimento em relação àquilo.

— Ahn, senhor? Diretor? Talvez seja melhor a gente...

— Vamos ficar bem — o diretor respondeu. — Você brincou de dança das cadeiras quando era criança? Certamente brincou. Bem, enquanto a música estiver tocando, não temos com que nos preocupar. Vamos dar uma olhadinha rápida e então seguimos para a Casa Cheatham. É a residência do diretor. Fica a menos de duzentos metros do estádio Tonney. Podem confiar em mim.

Clay olhou para Tom, que deu de ombros. Alice assentiu.

Jordan olhou para trás, bastante ansioso, e viu aquela interação.

— Vocês precisam ver. O diretor tem razão. Enquanto não virem, não têm como saber — ele garantiu.

— Ver o quê, Jordan? — perguntou Alice.

Mas Jordan apenas olhou para ela, os olhos grandes e jovens na escuridão.

— Espere — respondeu.

13

— Puta merda! — exclamou Clay. Na mente dele, aquelas palavras soavam como um brado a plenos pulmões de surpresa e horror, talvez com uma pitada de ultraje. No entanto, elas saíram mais como um débil gemido. Parte disso talvez se devesse ao fato de que, àquela distância, a música *estivesse* quase tão alta quanto o show do AC/DC de anos atrás (embora Debby Boone cantando "You Light Up My Life" como uma colegial fosse bem diferente de "Hell's Bells", mesmo no volume máximo), mas o maior motivo mesmo era o estado de puro choque no qual ele se encontrava. Clay tinha pensado que, depois do Pulso e da subsequente fuga de Boston, estava preparado para tudo, mas se enganara.

Clay não imaginava que escolas preparatórias como aquela permitissem algo tão plebeu (e tão vulgar) quanto futebol americano, mas, pelo jeito, lá eles davam bastante importância ao esporte. As arquibancadas que se estendiam por ambos os lados do estádio Tonney pareciam capazes de comportar umas mil pessoas, e estavam enfeitadas com bandeiras que só agora começavam a ficar com um aspecto sujo, por conta do tempo chuvoso dos últimos dias. Havia um belo placar na extremidade do campo, com letras grandes enfileiradas em cima. Por conta da escuridão, Clay não conseguia ler o que estava escrito, e provavelmente também não teria conseguido à luz do dia. Mas havia luz o bastante para enxergar o campo propriamente dito, e era isso o que importava.

Cada centímetro de grama estava coberto por fonáticos. Eles estavam deitados de costas como sardinhas enlatadas, perna a perna, cintura a cintura e ombro a ombro. Os rostos deles fitavam o céu escuro que antecede a alvorada.

— Meu Senhor Jesus Cristo — disse Tom. A voz saiu abafada, pois ele apertava a mão contra a boca.

— Segurem a garota! — gritou o diretor. — Ela vai desmaiar!

— Não... eu estou bem — Alice declarou, mas, quando Clay a enlaçou com um braço, ela se apoiou nele, respirando rápido. Estava com olhos abertos, porém fixos, como se estivesse drogada.

— Tem mais deles debaixo das arquibancadas também — Jordan informou. Ele falou com uma calma estudada, quase exibida, na qual Clay não acreditou nem por um minuto. Era a voz de um menino que garantia aos amigos que não estava com nojo dos vermes que pululavam dos olhos de um gato morto, mas em seguida dobrava os joelhos e botava o almoço para fora. — A gente acha que é ali que eles deixam os feridos que não vão melhorar.

— Nós achamos, Jordan.

— Desculpe, senhor.

Debby Boone alcançou a catarse poética e se calou. Houve uma pausa, e então os Champagne Music Makers de Lawrence Welk voltaram a tocar "Baby Elephant Walk". *Dodge também se divertia à beça,* pensou Clay.

— Quantos desses mini-systems eles conseguiram ligar juntos? — ele perguntou ao diretor Ardai. — E como fizeram isso? Pelo amor de Deus, eles *não têm cérebro*; são zumbis! — Sua mente foi tomada por uma ideia terrível, ao mesmo tempo ilógica e persuasiva. — Foi o *senhor*? Para mantê-los quietos, ou... sei lá...?

— Não foi ele — Alice afirmou. Ela falou baixinho, de dentro da proteção que o braço de Clay oferecia.

— Não, e as duas premissas estão erradas — falou o diretor.

— As duas? Não estou...

— Eles devem adorar música mesmo — Tom considerou —, pois não gostam de entrar em locais fechados. Mas é dentro dos lugares que estão os CDs, não é?

— Isso sem falar nos mini-systems — Clay acrescentou.

— Não temos tempo para explicações agora. O céu já está começando a clarear e... diga a eles, Jordan.

Jordan falou com obediência, com o ar de quem recita uma lição que não compreende:

— Todo bom vampiro deve entrar antes de o galo cantar, senhor.

— Isso mesmo, antes de o galo cantar. Por enquanto, apenas olhem. É tudo o que precisam fazer. Vocês não sabiam da existência de lugares como esse, sabiam?

— Alice sabia — Clay respondeu.

Eles olharam. E, como começara a amanhecer, Clay percebeu que os olhos em todos aqueles rostos estavam abertos. Ele tinha quase certeza de que não viam nada; estavam apenas... abertos.

Algo ruim está acontecendo aqui, ele pensou. *E os fonáticos são apenas o começo.*

Observar os corpos espremidos e os rostos inexpressivos (quase todos eram brancos, afinal, eles estavam na Nova Inglaterra) era horrível, mas os olhos vazios fitando o céu noturno o encheram de um horror irracional. Em algum lugar, não muito distante, o primeiro pássaro da manhã começou a cantar. Não era um corvo, mas o diretor se assustou e perdeu o equilíbrio. Daquela vez foi Tom quem o segurou.

— Vamos — falou o diretor. — A Casa Cheatham fica perto daqui, mas é melhor irmos andando. A umidade deixa minhas juntas mais duras do que nunca. Segure meu braço, Jordan.

Alice soltou Clay e foi para o outro lado do velho. Ele abriu um sorriso um tanto intimidador e balançou a cabeça.

— Jordan consegue tomar conta de mim sozinho. Nós cuidamos um do outro agora. Certo, Jordan?

— Sim, senhor.

— Jordan? — Tom chamou. Eles se aproximavam de uma residência enorme (e um tanto ostensiva), estilo Tudor, que Clay imaginava ser a Casa Cheatham.

— Senhor?

— A mensagem em cima do placar, não consegui lê-la. O que dizia?

— BEM-VINDOS AO FIM DE SEMANA DOS ALUMNI. — Jordan quase sorriu, mas então se lembrou de que não haveria Fim de Semana dos Alumni naquele ano, as bandeiras nas arquibancadas já tinham começado a esfarrapar, e o brilho sumiu de seu rosto. Se não estivesse tão cansado, talvez tivesse conseguido manter a compostura, mas era muito tarde, quase de manhã, e enquanto eles subiam a passarela que levava à casa do diretor, o último aluno da Academia Gaiten, ainda vestido de marrom e cinza, desatou a chorar.

14

— Estava uma delícia, senhor — disse Clay. Ele assumira muito naturalmente o modo de falar de Jordan. Tom e Alice também. — Obrigado.

— É mesmo — Alice concordou. — Obrigada. Nunca tinha comido dois hambúrgueres de uma vez na vida… pelo menos não tão grandes assim.

Eram três da tarde do dia seguinte. Eles estavam na varanda dos fundos da Casa Cheatham. Charles Ardai — o diretor, como Jordan o chamava — havia preparado os hambúrgueres em uma pequena churrasqueira a gás. Ele os assegurou que podiam comer a carne sem medo, porque o gerador que alimentava o freezer do refeitório funcionara até o meio-dia do dia anterior (e, de fato, os hambúrgueres que ele tirara do refrigerador, trazidos da despensa por Tom e Jordan, ainda estavam brancos de gelo e duros como discos de hóquei). Ardai afirmara que não haveria problema em grelhar a carne até as cinco da tarde, embora a prudência os obrigasse a comer cedo.

— Eles sentiriam o cheiro da comida? — perguntou Clay.

— Digamos que não estamos interessados em descobrir — respondeu o diretor. — Estamos, Jordan?

— Não, senhor — Jordan confirmou e deu uma mordida em seu segundo hambúrguer. Estava comendo mais devagar, mas Clay achou que o menino conseguiria dar conta do recado. — A gente quer estar dentro de casa quando eles acordam e dentro de casa quando eles voltam da cidade. É pra lá que eles vão, para a cidade. Estão limpando tudo, como pássaros em um milharal. É o que o diretor diz.

— Quando estávamos em Malden, eles estavam voltando em grupos mais cedo — disse Alice. — Mas não sabemos onde eles se abrigavam antes. — Ela estava olhando para uma bandeja com forminhas de pudim. — Posso comer um desses?

— É claro. — O diretor empurrou a bandeja na direção dela. — E outro hambúrguer também, se quiser. O que não comermos logo vai estragar.

Alice gemeu e balançou a cabeça, mas pegou um pudim. Tom fez o mesmo.

— Eles parecem sair no mesmo horário todas as manhãs, mas têm mesmo voltado para casa mais cedo — Ardai falou, pensativo. — Por que será?

— Menos comida? — perguntou Alice.

— Talvez... — Ele deu uma última mordida no hambúrguer e então cuidadosamente cobriu o resto com um guardanapo. — Existem muitas hordas. Talvez uma dúzia em um raio de oitenta quilômetros. Pessoas que estavam indo para o sul nos informaram que há hordas em Sandown, Fremont e Candia. Durante o dia, eles saem procurando quase a esmo, talvez não só por comida, mas também por música, e então voltam para o lugar onde se abrigam.

— Isso o senhor sabe com certeza — falou Tom. Ele terminou um pudim e começou a comer outro.

Ardai balançou a cabeça.

— Não podemos ter certeza de nada, sr. McCourt. — O cabelo dele, um emaranhado de fios longos e brancos (sem dúvida o cabelo de um professor de inglês, pensou Clay), balançou um pouco na brisa suave da tarde. As nuvens tinham sumido. A varanda dos fundos tinha uma boa vista para o campus, que até então estava deserto. Em intervalos regulares, Jordan dava a volta na casa para inspecionar a colina que descia até a Academy Avenue e voltava para declarar que tudo estava tranquilo daquele lado também. — Vocês não viram nenhum dos outros locais de aglomeração?

— Não — Tom respondeu.

— É que estávamos viajando à noite — Clay recordou a ele —, e agora o escuro é escuro *de verdade*.

— Sim — concordou o diretor. Ele falava quase como se devaneasse. — Como *le Moyen Age*. Traduza, Jordan.

— A Idade Média, senhor.

— Muito bem. — Ele deu um tapinha no ombro do menino.

— Mesmo as hordas mais numerosas passariam despercebidas — disse Clay. — Nem precisariam estar escondidas.

— Não, eles não estão se escondendo — o diretor Ardai concordou, cruzando as mãos. — Ainda não, pelo menos. Eles se agrupam... procuram comida... e a consciência coletiva talvez se desfaça um pouco *enquanto* estão procurando... mas talvez em menor escala. Talvez em menor escala a cada dia.

— Manchester queimou inteira — Jordan falou de repente. — Dava pra ver o fogo daqui, não dava, senhor?

— Dava — confirmou o diretor. — Foi muito triste e assustador.

— É verdade que as pessoas que estão tentando entrar em Massachusetts estão levando tiros na fronteira? — perguntou Jordan. — Estão comentando por aí. As pessoas estão dizendo que o melhor é ir para Vermont, que só por lá é seguro.

— Isso é bobagem — Clay respondeu. — Ouvimos a mesma coisa sobre a fronteira de New Hampshire.

Jordan o encarou com os olhos arregalados por um instante, então disparou a rir. O som soava límpido e belo no ar silencioso. Então, ao longe, uma arma disparou. E, mais próximo de lá, alguém gritou de raiva ou horror.

Jordan parou de rir.

— Conte sobre aquele estado esquisito em que eles estavam na noite passada — Alice pediu baixinho. — E sobre a música. Todas as outras hordas escutam música à noite?

O diretor olhou para Jordan.

— Sim — o menino respondeu. — Eles só escutam músicas lentas, nada de rock, country...

— Imagino que nada de música clássica, também — acrescentou o diretor. — Não as mais desafiadoras, pelo menos.

— São as canções de ninar deles — disse Jordan. — É o que a gente acha, não é, senhor?

— *Nós* achamos, Jordan.

— Isso, nós achamos, senhor.

— Mas é isso mesmo que achamos — reforçou o diretor. — Embora eu suspeite que exista algo mais além disso. Sim, muito mais.

Clay estava bestificado. Mal sabia como continuar. Olhou para os amigos e viu no rosto deles o mesmo que estava sentindo: não só perplexidade, mas uma terrível relutância em aceitar aquela informação.

Inclinando-se para a frente, o diretor Ardai falou:

— Posso ser honesto? Preciso ser honesto. É um hábito que me acompanhou a vida toda. Quero que vocês nos ajudem a fazer uma coisa terrível aqui. Acredito que temos pouco tempo para fazer isso, e embora uma ação solitária como essa possa não dar em nada, nunca se sabe, não é mesmo? Nunca se sabe que tipo de comunicação pode surgir entre essas... hordas. Seja como for, não vou ficar parado enquanto essas... *coisas*... roubam de mim não só a escola, mas a própria luz do dia. Já teria tentado antes, mas sou velho, e Jordan é muito jovem. Jovem demais. O que quer que sejam agora, eles eram seres humanos há pouco. Não vou deixar que o menino se envolva nisto.

— Mas eu posso fazer a minha parte, senhor! — disse Jordan. Ele falou com a convicção, pensou Clay, de qualquer adolescente terrorista que já vestiu um colete suicida cheio de explosivos.

— Sua coragem é impressionante, Jordan — o diretor falou —, mas acho melhor não. — Ele olhou para o menino com afeto, mas quando se virou para os demais, seus olhos tinham endurecido consideravelmente. — Vocês têm armas, boas armas, e eu tenho apenas um rifle calibre .22 de um tiro só, e que talvez nem funcione mais, embora eu tenha verificado que o cano está desobstruído. Mesmo que funcione, os cartuchos que tenho talvez não disparem. Mas tenho uma bomba de gasolina na garagem da nossa pequena frota de veículos, e gasolina talvez sirva para matá-los.

Ele deve ter visto o horror no rosto dos seus companheiros, porque assentiu. Para Clay, Ardai não parecia mais o adorável mr. Chips; estava mais para um velho puritano em uma pintura a óleo. Do tipo que, sem pestanejar, condenaria um homem ao tronco. Ou mandaria uma mulher para a fogueira para ser queimada como bruxa.

Ele assentiu para Clay, em especial. Clay tinha certeza disso.

— Tenho consciência do que estou falando. Sei como soa aos ouvidos de vocês. Mas não seria assassinato. Não exatamente; seria extermínio. E não tenho poder para forçá-los a fazer nada. Mas, de qualquer forma... quer vocês queiram me ajudar a queimá-los, quer não, precisam passar uma mensagem adiante.

— Para quem? — perguntou Alice com a voz fraca.

— Para todas as pessoas que vocês encontrarem, srta. Maxwell. — Ele se inclinou sobre os restos da refeição, aqueles olhos inquisidores penetrantes, pequenos e inflamados. — Precisam dizer o que está acontecendo com *eles*; com os que receberam a mensagem infernal do interfone do diabo. Precisam passar a informação adiante. Todos os que foram privados da luz do dia precisam ouvir, antes que seja tarde demais. — Ele passou uma das mãos sobre a parte de baixo do rosto, e Clay notou que seus dedos tremiam um pouco. Seria fácil considerar aquilo um sinal da idade do homem, mas ele não tinha visto Ardai tremer antes. — E tememos que logo seja tarde demais. Não é, Jordan?

— Sim, senhor. — Jordan sem dúvida parecia saber de algo; ele parecia aterrorizado.

— O quê? O que está acontecendo com eles? — perguntou Clay. — Tem alguma coisa a ver com a música e com aqueles mini-systems ligados juntos, não tem?

O velho se curvou, aparentando um cansaço repentino.

— Eles *não* estão ligados juntos — falou. — Lembra-se de quando eu disse que as duas premissas estavam erradas?

— Sim, mas não entendo o que o senhor quer...

— Tem um aparelho de som com um CD dentro, sim. Quanto a isso você tem razão. Uma coletânea, segundo Jordan, e por isso as mesmas músicas se repetem.

— Sorte a nossa — murmurou Tom, mas Clay mal o escutou. Ele estava tentando compreender o que Ardai acabara de falar: *eles não estão ligados juntos*. Como aquilo era possível? Não havia como.

— Os aparelhos de som, ou mini-systems, como quiser, estão todos em volta do campo — prosseguiu o diretor —, e estão todos ligados. À noite, dá para ver as pequenas luzes vermelhas...

— É verdade — Alice confirmou. — Eu vi algumas luzes vermelhas, mas não tinha me dado conta.

— ...só que eles estão vazios... sem nenhum CD ou fita cassete... e nenhum fio que os conecte. São como escravos que recebem o áudio do CD mestre e retransmitem.

— Se eles estiverem de boca aberta, a música sai de dentro deles também — Jordan complementou. — Sai baixinho... mais fraco que um sussurro... mas dá pra ouvir.

— Não — Clay duvidou. — É imaginação sua, garoto. Só pode ser.

— Eu não escutei isso — disse Ardai —, mas é claro que minha audição não é a mesma de quando eu era fã do Gene Vincent e os Blue Caps. "Já era", como diriam Jordan e seus amigos.

— O senhor é *muito* velha guarda — Jordan comentou. Ele falou com uma solenidade gentil e com um afeto inconfundível.

— É, Jordan, sou mesmo — concordou o diretor. Ele deu um tapinha no ombro do garoto e voltou a atenção aos demais. — Se Jordan diz que ouviu, eu acredito nele.

— Não é possível — Clay insistiu. — Não sem um transmissor.

— *Eles* estão transmitindo — respondeu o diretor. — É uma habilidade que parecem ter adquirido desde o Pulso.

— Espere — disse Tom. Ele ergueu a mão como um guarda de trânsito, a abaixou, fez menção de que ia dizer algo e a ergueu mais uma vez. Do seu lugar vagamente seguro, ao lado do diretor Ardai, Jordan o observou com atenção. Por fim, Tom disse:

— Estamos falando de telepatia?

— Imagino que essa não seja exatamente *le mot juste* para este fenômeno em particular — respondeu o diretor. — Mas por que nos prendermos aos detalhes técnicos? Eu apostaria todos os hambúrgueres que restam no freezer que vocês já tinham usado a palavra entre si antes.

— O senhor ganharia o dobro de hambúrgueres — Clay respondeu.

— Bem, é verdade, mas essa coisa de se juntar em hordas é diferente — falou Tom.

— E por quê? — O diretor ergueu as sobrancelhas desgrenhadas.

— Bem, porque... — Tom não conseguia terminar, e Clay sabia o porquê. Não era diferente. Se juntar em hordas não era um comportamento humano, e eles sabiam disso desde o instante em que observaram o mecânico George seguir a mulher de calças sujas pelo jardim da frente de Tom na Salem Street. Ele andara tão perto da mulher que poderia ter mordido o pescoço dela... mas não mordeu. E por quê? Porque, para os fonáticos, a hora de morder já tinha passado; era hora de formar hordas.

Pelo menos, a hora de morder os seus iguais. A não ser que...

— Professor Ardai, no começo eles matavam qualquer um...

— Sim — concordou o diretor. — Tivemos muita sorte de escapar, não tivemos, Jordan?

Jordan estremeceu e assentiu.

— Os meninos saíram correndo para todo lado. Até alguns professores. Matando... mordendo... falando coisas sem sentido... Eu me escondi em umas das estufas por um tempo.

— E do sótão desta casa aqui — acrescentou o diretor —, eu observei da pequena janela lá em cima o campus, o campus que eu amo, ir literalmente para o inferno.

Jordan falou:

— A maioria dos que não morreram fugiu em direção ao centro. Agora um monte deles está de volta. Lá do outro lado. — Ele meneou a cabeça na direção do campo de futebol.

— E o que podemos concluir disso tudo? — perguntou Clay.

— Acho que sabe a resposta, sr. Riddell.

— Clay.

— Clay, certo. Acho que o que está acontecendo é mais do que uma anarquia temporária. Acho que é começo de uma guerra. Vai ser curta, mas extremamente violenta.

— O senhor não acha que está exagerando...?

— Não. Embora eu só possa me basear nas minhas próprias observações, e nas de Jordan, tivemos a oportunidade de estudar um grupo bem numeroso, e os vimos ir e vir. E também... digamos, *descansar*. Eles pararam de matar uns aos outros, mas continuam matando pessoas que classificaríamos como normais. Eu chamo isso de comportamento militar.

— O senhor os viu matando pessoas normais com os próprios olhos? — perguntou Tom. Atrás dele, Alice abriu a mochila, tirou o Nike de bebê e o segurou na mão.

O diretor olhou para ele com gravidade.

— Vi. Sinto dizer que Jordan também.

— Não tiveram como escapar — Jordan comentou. Lágrimas saíam dos olhos dele. — Eles eram muitos. Foi um homem e uma mulher. Não sei o que eles estavam fazendo no campus tão perto do anoitecer, mas com certeza não sabiam sobre o estádio Tonney. Ela estava machucada. Ele estava ajudando a moça a andar. Então encontraram com uns vinte deles voltando da cidade. O homem tentou carregar a moça. — A voz de Jordan começou a falhar. — Se estivesse sozinho, talvez tivesse conseguido escapar, mas com ela... só conseguiu chegar até o Horton Hall. É um dos dormitórios. Lá ele caiu e eles os pegaram. *Eles...*

Jordan enterrou repentinamente a cabeça no casaco do velho — ele vestia uma peça cinza-escura naquela tarde. A mão grande do diretor acariciou a nuca macia de Jordan.

— Eles parecem saber quem são seus inimigos — refletiu o diretor. — Talvez faça parte da mensagem original que receberam, vocês não acham?

— Talvez — Clay respondeu. Fazia uma espécie de sentido perverso.

— Quanto ao que eles estão fazendo à noite deitados, tão quietos e com os olhos abertos, ouvindo aquela música... — O diretor suspirou, tirou um lenço de um dos bolsos do casaco e secou os olhos do menino. Clay viu que ele estava ao mesmo tempo muito assustado e convencido de qualquer conclusão à qual chegasse. — Acho que eles estão reiniciando — disse.

15

— Vocês estão vendo as luzes vermelhas, não estão? — o diretor perguntou com sua voz arrebatadora, como se dissesse "vão me ouvir até a última fileira do auditório". — Contei no mínimo sessenta e tr...

— *Fale baixo!* — sibilou Tom. Só faltou tapar a boca do velho com a mão.

O diretor olhou para ele com calma.

— Você se esqueceu do que eu falei na noite passada sobre a dança das cadeiras?

Tom, Clay e Ardai tinham acabado de passar das roletas, com o arco do estádio Tonney às suas costas. Alice concordara em ficar na Casa Cheatham com Jordan. A música que saía do campo de futebol da escola preparatória era uma versão instrumental em ritmo de jazz de "Garota de Ipanema". Clay achava que, se você fosse um fonático, aquilo seria a coisa mais vanguarda do mundo.

— Não — Tom respondeu. — Enquanto a música estiver tocando, não temos com que nos preocupar. Só não quero acabar com a garganta rasgada por uma exceção insone a essa regra.

— Isso não vai acontecer.

— Como pode ter tanta certeza, senhor? — perguntou Tom.

— Porque eles não estão dormindo de verdade. Venha.

Ele começou a descer a rampa de concreto que os jogadores usavam para chegar ao campo, viu que Tom e Clay tinham ficado para trás e olhou para eles com paciência.

— Não se ganha muito conhecimento sem correr riscos — ele afirmou —, e a essa altura, eu diria que conhecimento é essencial, concordam? Venham.

Os três desceram a rampa, seguindo as batidas da bengala do velho em direção ao campo, Clay um pouco na frente de Tom. Sim, eles estavam vendo as luzes vermelhas dos mini-systems circundando o gramado. Devia haver sessenta ou setenta delas. Viam-se aparelhos de som bem grandes a cada três ou quatro metros de distância, cada um cercado de corpos. À luz das estrelas, eles eram uma visão estarrecedora. Não estavam empilhados — cada um tinha seu próprio espaço —, mas não sobrava nem um centímetro. Até os braços estavam entrelaçados, de modo que davam a impressão de cobrir o campo como bonecas de papel enfileiradas, enquanto a música — *Que parece aquelas que a gente ouve em supermercados*, pensou Clay — subia na escuridão. Uma outra coisa também subia no ar: um cheiro insalubre de terra e vegetais podres, com um odor mais forte de dejetos humanos e putrefação.

O diretor desviou do gol, que tinha sido tirado do lugar, virado e cuja rede fora estraçalhada. Lá, onde o lago de corpos começava, estava deitado um rapaz de aproximadamente trinta anos com mordidas subindo pelo braço até a manga da sua camisa da NASCAR. As mordidas pareciam estar infeccionadas. Em uma das mãos ele segurava um boné vermelho, o que fez Clay se lembrar do tênis de estimação de Alice. O rapaz olhava estupidamente para as estrelas enquanto Bette Midler cantava mais uma vez sobre o vento sob suas asas.

— Olá — exclamou o diretor com sua voz esganiçada e penetrante. Ele cutucou o rapaz animadamente com a ponta da bengala, empurrando a barriga até ele peidar. — Olá, meu caro!

— Pare com isso! — Tom quase gemeu.

O diretor olhou para Tom com desdém e então enfiou a ponta da bengala no boné que o rapaz estava segurando, jogando-o longe. O boné voou uns três metros e foi parar na cara de uma mulher de meia-idade. Clay observou, fascinado, o boné escorregar um pouco para o lado, revelando um olho extasiado e impassível.

O rapaz ergueu o braço com uma lentidão sonolenta e fechou a mão que segurara o boné em um punho. Então a deixou cair.

— Ele acha que está segurando o boné de novo — sussurrou Clay, fascinado.

— Talvez — respondeu o diretor, sem muito interesse. Ele cutucou as mordidas infeccionadas do rapaz com a bengala. Deveria doer pra cacete, mas o rapaz não reagiu, apenas continuou olhando para o céu à medida que Bette Midler dava lugar a Dean Martin. — Eu poderia enfiar minha bengala na goela dele e ele não tentaria me impedir. E nenhum dos que estão em volta se levantaria para defendê-lo, embora à luz do dia não tenho dúvidas de que me esquartejariam.

Tom estava agachado diante de um mini-system.

— Este aqui está com pilhas — afirmou. — Dá pra saber pelo peso.

— Sim. Todos estão. Eles parecem mesmo precisar de pilhas. — O diretor refletiu e então acrescentou algo que Clay preferiria não ter ouvido. — Pelo menos por enquanto.

— Poderíamos atacar, não é? — Clay perguntou. — Poderíamos acabar com eles do jeito que os caçadores exterminaram pombos nos anos 1880.

O diretor assentiu.

— Eles espalharam os miolos daqueles pombos pelo chão, não foi? Boa analogia. Mas eu demoraria muito com a minha bengala. Temo que até com a sua automática seria demorado.

— De qualquer forma, não tenho balas o suficiente. Deve haver... — Clay correu os olhos por sobre os corpos deitados mais uma vez. Olhar para eles dava dor de cabeça. — Deve haver uns seiscentos ou setecentos. Isso sem contar os que estão debaixo das arquibancadas.

— Senhor? Sr. Ardai? — Era Tom. — Quando o senhor... como o senhor descobriu?...

— Quer saber como determinei a profundidade deste estado de transe? É isso?

Tom balançou a cabeça.

— Eu vim observar na primeira noite. A horda era muito menor, é claro. Fui atraído por eles por uma simples, porém esmagadora, curiosidade. Jordan não estava comigo. Passar para a existência noturna tem sido muito difícil para ele. Estou preocupado.

— O senhor sabe que arriscou a vida — disse Clay.

— Não tive muita escolha — respondeu Ardai. — Era como se eu estivesse hipnotizado. Entendi logo que eles estavam inconscientes, embora os olhos estivessem abertos, e algumas poucas experiências com a ponta da minha bengala confirmaram a profundidade do transe.

Clay pensou em como o diretor mancava e considerou perguntar se o velho havia pensado no que teria acontecido se estivesse enganado e os fonáticos corressem atrás dele, mas se conteve. Sem dúvida o diretor reforçaria a ideia de que não se obtém conhecimento sem riscos. Jordan estava certo: aquele era um cara muito velha guarda. Clay certamente não gostaria de ter catorze anos e estar diante da palmatória daquele homem. Enquanto isso, Ardai balançava a cabeça para ele.

— Seiscentos ou setecentos é uma estimativa muito modesta, Clay. Este é um campo de futebol oficial. São quinhentos metros quadrados.

— Quantos, então?

— Do jeito que eles estão, muito grudados? Eu diria no mínimo mil.

— E eles não estão aqui de verdade, estão? O senhor tem certeza disso?

— Tenho. E voltam um pouco mais a cada dia. Jordan concorda comigo, pois ele é um ótimo observador, pode acreditar em mim. Quando voltam, não são mais o que eram antes. Quero dizer, não são mais humanos.

— Podemos ir para a Casa agora? — perguntou Tom. Ele parecia não estar se sentindo bem.

174

— Claro — concordou o diretor.

— Só um segundo — pediu Clay. Ele se ajoelhou ao lado do rapaz com a camisa da NASCAR. Não queria fazer aquilo, não podia deixar de imaginar que a mão que agarrara o boné tentaria *agarrá-lo*, mas se obrigou. Ao nível do chão, o fedor era pior. Clay pensara que estava se acostumando, mas tinha se enganado.

Tom começou a falar:

— Clay, o que você está...

— Silêncio. — Clay se inclinou sobre a boca do rapaz, que estava semiaberta. Depois de hesitar, forçou-se a chegar mais perto, até conseguir ver o brilho fraco da saliva no lábio inferior do homem. A princípio, ele pensou que era só imaginação, mas, ao se aproximar mais cinco centímetros, quase próximo o bastante para beijar a criatura em transe com RICKY CRAVEN estampado no peito, viu que estava errado.

Sai baixinho..., dissera Jordan, *mais fraco que um sussurro... mas dá pra ouvir.*

Clay ouviu; era a voz, uma ou duas sílabas à frente do som que saía dos mini-systems interligados: Dean Martin cantando "Everybody Loves Somebody Sometime".

Ele se levantou, quase gritando com o som de disparo que seus próprios joelhos fizeram ao estalar. Tom ergueu a lanterna e o encarou com os olhos arregalados.

— O quê? O *quê?* Você não vai me dizer que Jordan estava...

Clay assentiu.

— Venha. Vamos voltar.

Na metade da subida da rampa, ele colocou a mão com força sobre o ombro do velho. Ardai se virou para encará-lo, sem parecer incomodado em ser agarrado daquela forma.

— O senhor está certo. Precisamos nos livrar deles. O máximo que conseguirmos e o mais rápido possível. Essa talvez seja a nossa única chance. Ou o senhor acha que estou errado?

— Não — respondeu o diretor. — Infelizmente, não acho. Como disse, estamos em uma guerra, pelo menos acredito que sim, e o que se faz na guerra é matar os inimigos. Por que não voltamos e discutimos isso? Podemos tomar um chocolate quente. Eu sou um bárbaro e gosto de um pouco de bourbon no meu.

No topo da rampa, Clay se virou para trás e deu uma última olhada. O estádio Tonney estava escuro, mas a luz forte das estrelas do norte lhe permitia ver o tapete de corpos espalhados de cima a baixo e de uma ponta a outra. Ele pensou que talvez não fosse possível entender o que era aquilo logo de cara, mas depois que você entendia... depois que você entendia...

Os olhos dele lhe pregaram uma peça e, por um instante, Clay pensou tê-los visto respirar — todos os oitocentos ou mil deles — como um só organismo. Aquilo o assustou de tal forma que ele se virou para alcançar Tom e o diretor Ardai, quase correndo.

16

O diretor preparou chocolate quente na cozinha, e todos o beberam na sala de visitas, à luz de dois lampiões a gás. Clay achou que o velho sugeriria que fossem até a Academy Avenue mais tarde, convocar mais voluntários para o Exército de Ardai, mas ele parecia satisfeito com o que tinha.

Ardai contou para eles que a bomba de gasolina na garagem da frota de veículos era alimentada por um tanque suspenso de 1500 litros; bastava puxar um plugue. E também havia pulverizadores de 110 litros na estufa. Pelo menos uma dúzia. Eles poderiam carregar uma picape com eles, talvez, e descer de ré uma das rampas...

— Espere — Clay interrompeu. — Antes de começarmos a montar estratégias, se o senhor tem alguma teoria sobre o que está acontecendo, eu gostaria de ouvi-la.

— Nada muito formal — disse o velho. — Mas Jordan e eu observamos, temos nossa intuição e, juntos, temos bastante experiência com...

— Eu sou um nerd de computador — Jordan afirmou, em frente à caneca de chocolate quente. Clay achou a confiança emburrada do garoto estranhamente charmosa. — Um completo nerd. Sempre fui, a vida inteira. Tenho certeza de que aquelas coisas estão reiniciando. Eles poderiam ter INSTALANDO SOFTWARE, POR FAVOR AGUARDE piscando na testa.

— Não estou entendendo — Tom comentou.

— Eu estou — Alice declarou. — Jordan, você acha que o Pulso foi mesmo um Pulso, não acha? E ele... apagou o disco rígido de todo mundo que o escutou.

— *É claro* — respondeu Jordan. Ele era educado demais para dizer "*Dã*".

Tom olhou perplexo para Alice. Mas Clay sabia que Tom não era burro e não achava que ele fosse tão lento assim.

— Você tinha um computador — disse Alice. — Eu vi no seu escritório.

— Tinha...

— E instalava softwares neles, certo?

— Claro, mas... — Tom parou, olhando fixamente para Alice. Ela devolveu o olhar. — Os *cérebros* deles? Você quer dizer os *cérebros*?

— O que você acha que é um cérebro? — Jordan questionou. — Um disco rígido gigante. Um conjunto de circuitos orgânicos. Ninguém sabe quantos bytes. Talvez um giga elevado à enésima potência. Uma infinidade de bytes. — Ele apontou para as orelhas, que eram pequenas e delicadas. — Bem aqui no meio.

— Não acredito — Tom falou com uma voz fraca que dava a impressão de estar enjoado. Clay achou que ele acreditava, *sim*. Pensando na loucura que tinha estourado em Boston, ele precisava admitir que a ideia era tentadora. E também terrível: milhões, talvez bilhões, de cérebros apagados ao mesmo tempo, do mesmo jeito que se pode apagar um disquete antigo com um ímã poderoso.

Clay se viu recordando da Cabelinho Escuro, a amiga da garota com o celular cor de hortelã. *Quem é você? O que está acontecendo?* Gritara Cabelinho Escuro. *Quem é você? Quem sou eu?* Então ela bateu várias vezes na própria testa com a palma da mão e enfiou a cara em um poste, duas vezes, destruindo seu caro tratamento dentário.

Quem é você? Quem sou eu?

Não tinha sido o telefone *dela*. Cabelinho Escuro estava ouvindo por tabela e por isso não recebeu uma dose completa.

Clay, que na maior parte do tempo pensava em imagens em vez de palavras, tinha em mente a imagem muito clara de uma tela de computador repleta das seguintes frases: QUEM É VOCÊ QUEM SOU EU QUEM É VOCÊ QUEM

SOU EU QUEM É VOCÊ QUEM SOU EU QUEM É VOCÊ QUEM SOU EU e, para terminar, no fundo, tão frio e indiscutível quanto o destino da Cabelinho Escuro:

FALHA NO SISTEMA.

Cabelinho Escuro seria um disco rígido parcialmente apagado? Era horrível, mas parecia a verdade nua e crua.

— Sou formado em inglês, mas, quando era jovem, lia bastante sobre psicologia — o diretor contou. — Comecei com Freud, é claro, todo mundo começa por Freud... depois Jung... Adler... A partir deles, fui passando por toda a área. Por trás de todas as teorias de como a mente funciona, existe uma teoria maior: a de Darwin. No vocabulário freudiano, a ideia da sobrevivência como diretriz primária é expressa pelo conceito do id. Em Jung, pela ideia um tanto mais grandiosa da consciência do sangue. Creio que ninguém discordaria da hipótese de que, se *todo* o pensamento consciente, *toda* a memória, *toda* a habilidade de raciocínio fossem apagados da mente humana em um determinado momento, o que sobrasse seria puro e terrível.

Ele fez uma pausa, olhando em volta à espera de comentários. Ninguém falou nada. O diretor assentiu como se estivesse satisfeito e concluiu.

— Embora nem os freudianos nem os jungianos afirmem isso com todas as letras, eles sugerem vigorosamente que talvez tenhamos um núcleo, uma frequência básica em comum. Ou, usando a linguagem com a qual Jordan está mais habituado, uma linha de código que não pode ser apagada.

— A DP — Jordan resumiu. — A diretriz primária.

— Sim — concordou o diretor. — No fundo, não somos nem um pouco *Homo sapiens*. Nossa diretriz primária é matar. O que Darwin foi educado demais para dizer, meus amigos, é que dominamos a Terra não porque somos os mais inteligentes, ou mesmo os mais cruéis, mas porque sempre fomos os mais loucos, os mais desgraçados homicidas da floresta. E foi isso que o Pulso demonstrou há cinco dias.

17

— Eu me recuso a crer que éramos lunáticos e assassinos antes de qualquer coisa — disse Tom. — Meu Deus, cara, e o Partenon? E o *Davi* de Michelangelo? E aquela placa na lua que diz: "Viemos em paz para toda a humanidade"?

— Aquela placa também tem o nome de Richard Nixon escrito nela — Ardai respondeu com aspereza. — Um quacre, mas não exatamente um homem de paz. Sr. McCourt, Tom, minha intenção não é acusar a humanidade. Se fosse, diria que para cada Michelangelo existe um Marquês de Sade, para cada Ghandi, um Eichmann, para cada Martin Luther King, um Osama Bin Laden. Vamos nos limitar ao seguinte: o homem dominou o planeta graças a dois traços essenciais. Um é a inteligência. O outro é a completa disposição para matar tudo e todos que possam se colocar no seu caminho.

Ele se inclinou para a frente, analisando-os com aqueles olhos brilhantes.

— A inteligência humana finalmente conseguiu superar o instinto assassino, e a razão dominou os impulsos mais insanos. Isso também foi uma questão de sobrevivência. Acredito que a batalha final entre os dois se deu em outubro de 1962, por conta de um punhado de mísseis em Cuba. Mas isso é conversa para outra ocasião. O fato é: a maioria das pessoas dominou o que há de pior nelas, até o Pulso chegar e apagar tudo, exceto aquele núcleo vermelho.

— Alguém tirou o diabo-da-tasmânia de dentro da jaula — murmurou Alice. — Quem?

— Isso também não importa para nós — respondeu o diretor. — Imagino que eles não tinham ideia do que estavam fazendo… ou da *magnitude* do que estavam fazendo. Tomando como base as experiências que devem ter sido feitas às pressas nos últimos anos, ou talvez nos últimos meses, é possível que tenham pensado que iriam desencadear uma onda destrutiva de terrorismo. Em vez disso, desencadearam um tsunami de violência indescritível, que está em processo de mutação. Por mais horríveis que os dias de hoje pareçam, é provável que mais tarde os consideremos uma calmaria entre duas tempestades. Talvez eles sejam a nossa única chance de fazer algo importante.

— O que o senhor quer dizer com processo de mutação? — perguntou Clay.

Ardai, entretanto, não respondeu. Em vez disso, dirigiu-se ao menino de doze anos. — Quando quiser, meu jovem.

— Certo. Bem. — Jordan parou para pensar. — A mente consciente usa apenas uma pequena percentagem da nossa capacidade cerebral. Vocês sabem disso, certo?

— Sim — Tom confirmou, com certa complacência. — Já li sobre isso. Jordan assentiu.

— Mesmo se acrescentarmos todas as funções automáticas que ele controla, além das coisas inconscientes, como sonhos, pensamentos involuntários, o impulso sexual, todas essas coisas, nosso cérebro trabalha muito pouco.

— Holmes, você me impressiona — disse Tom.

— Não banque o espertinho, Tom — falou Alice, e Jordan olhou para ela com os olhos decididamente brilhando.

— Não estou bancando o espertinho — Tom respondeu. — O garoto é bom.

— Ele é mesmo — o diretor falou secamente. — Jordan pode não ser tão bom na língua culta, mas não ganhou uma bolsa só por ser bom em video game. — Ele notou o desconforto do menino e despenteou carinhosamente o cabelo de Jordan com os dedos magros. — Prossiga, por favor.

— Bem… — Clay viu que o garoto se esforçou para conseguir retomar o raciocínio. — Se o nosso cérebro for mesmo um disco rígido, estaria quase vazio. — Jordan percebeu que somente Alice havia entendido. — Em outras palavras: a barra de informações diria algo como 2% em uso, ou seja, 98% de espaço livre. Ninguém sabe ao certo para que servem os 98%, mas o potencial deles é grande. Por exemplo, vítimas de derrame… às vezes elas acessam áreas do cérebro que estavam dormentes para voltarem a andar e falar. É como se o cérebro delas se conectasse *em volta* da área danificada. Áreas semelhantes do cérebro são ativadas, mas do outro lado.

— Você estuda essas coisas? — perguntou Clay.

— É uma consequência natural do meu interesse por computadores e cibernética — disse Jordan, dando de ombros. — E eu também leio bastante ficção científica cyberpunk. William Gibson, Bruce Sterling, John Shirley…

— Neal Stephenson? — perguntou Alice. Jordan abriu um sorriso radiante.

— Neal Stephenson é um *deus*.

— Voltando ao assunto... — ralhou o diretor, mas com ternura.

Jordan suspirou.

— Se você formatar o disco rígido de um computador, ele não pode se regenerar espontaneamente... exceto talvez em um romance de Greg Bear. — Ele sorriu de novo, mas desta vez apenas por um instante e, pensou Clay, com nervosismo. A culpa era em parte de Alice, que obviamente deixava o menino gamado. — Com pessoas é diferente.

— Mas existe uma grande diferença entre voltar a andar depois de um derrame e ser capaz de ligar um monte de mini-systems por telepatia — Tom retrucou. — Uma diferença monstruosa. — Ele olhou em volta constrangido quando a palavra *telepatia* saiu da sua boca, como se esperasse que rissem dele. Mas ninguém riu.

— É verdade, mas uma vítima de derrame, mesmo se for grave, é muito diferente do que o que aconteceu com as pessoas que estavam usando o celular durante o Pulso — Jordan argumentou. — A gente acha, quer dizer, *nós* achamos, que, além de resetar o cérebro das pessoas, até aquela linha de código impossível de apagar, o Pulso também ativou alguma outra coisa. Algo que provavelmente estava lá dentro há milhões de anos, enterrado naqueles 98% de disco rígido inativo.

A mão de Clay se moveu furtivamente para a coronha do revólver que ele pegara no chão da cozinha dos Nickerson.

— Um gatilho — disse ele.

Jordan abriu um sorriso.

— Isso, exatamente! Um gatilho de *mutação*. Não poderia acontecer sem essa... tipo, limpeza total em grande escala. Porque o que está emergindo, o que está surgindo naquelas pessoas lá fora... só que elas não são mais pessoas, o que está surgindo é...

— Um organismo único — Ardai completou. — Essa é a nossa teoria.

— Sim, mas é mais do que uma simples *horda* — Jordan continuou. — Porque o que eles conseguem fazer com os aparelhos de som pode ser apenas o começo, como uma criancinha aprendendo a amarrar os sapatos. Imaginem o que eles podem conseguir fazer em uma semana. Ou em um mês. Ou em um ano.

— Você pode estar errado — afirmou Tom, mas a voz dele saiu tão seca quanto palha.

— Ele também pode ter razão — falou Alice.

— Ah, eu tenho certeza de que ele tem razão — insistiu o diretor. Ele bebericou seu chocolate quente batizado. — É claro que eu sou um velho e meu tempo está se esgotando de qualquer maneira. Acatarei qualquer decisão que vocês tomarem. — Ele fez uma pequena pausa. Seus olhos passaram de Clay para Alice e então para Tom. — Desde que seja a decisão correta, naturalmente.

Jordan falou:

— Os grupos vão tentar se unir. Se eles já não conseguem ouvir uns aos outros, vão conseguir logo, logo.

— Besteira — Tom cortou, apreensivo. — Histórias de fantasmas.

— Talvez — Clay considerou —, mas vamos pensar no seguinte: agora, as noites são nossas. E se eles decidirem que precisam de menos horas de sono? Ou que não têm tanto medo assim do escuro?

Todos ficaram calados por vários instantes. O vento estava ficando mais forte lá fora. Clay bebericou o chocolate quente, que nunca tinha estado mais do que morno e já estava quase frio. Quando voltou a erguer os olhos, Alice tinha deixado de lado sua caneca e estava com o talismã da Nike nas mãos.

— Eu quero exterminá-los — disse ela. — Os que estão no campo de futebol, quero exterminá-los. Não digo matá-los porque acho que Jordan tem razão, e não quero fazer isso pela raça humana. Quero fazer pela minha mãe e pelo meu pai, porque ele está morto também. Sei que está, posso sentir. Quero fazer pelas minhas amigas Vicky e Tess. Elas eram boas amigas, mas tinham celulares, não saíam para lugar nenhum sem eles, e tenho certeza de que estão como eles agora, e que estão dormindo: em algum lugar igual àquela porra de campo de futebol. — Ela olhou para Ardai, corando. — Desculpe, senhor.

O diretor descartou a desculpa dela com um gesto.

— Podemos fazer isso? — ela perguntou ao velho. — Podemos exterminá-los?

Charles Ardai, que estava encerrando sua carreira como diretor interino da Academia Gaiten quando o mundo acabou, revelou seus dentes carcomidos em um sorriso que Clay desejou ter capturado em um desenho; não havia uma gota de piedade nele.

— Srta. Maxwell, nós podemos tentar — respondeu.

18

Às quatro da manhã do dia seguinte, Tom McCourt estava sentado em uma mesa de piquenique entre as duas estufas da Academia Gaiten, que haviam sido bastante danificadas desde o Pulso. Os pés dele, usando os Reeboks que calçara ainda em Malden, estavam em cima de um dos bancos; a cabeça estava apoiada nos braços, que por sua vez estavam apoiados sobre o joelho. O vento jogava seu cabelo primeiro para um lado, depois para o outro. Alice estava sentada na frente dele, com o queixo apoiado nas mãos. Fachos de várias lanternas desenhavam ângulos e sombras no seu rosto. A luz dura a deixava bonita, apesar do cansaço evidente; na idade dela, qualquer luz ainda era favorável. O diretor, sentado ao lado de Alice, parecia apenas exausto. Na estufa mais próxima, dois lampiões a gás flutuavam como espíritos inquietos.

Os lampiões saíram juntos da estufa. Clay e Jordan passaram pela porta, embora enormes buracos tivessem sido abertos nas paredes de vidro em ambos os lados. Pouco depois, Clay se sentou perto de Tom, e Jordan retornou ao seu posto habitual ao lado do diretor. O menino tinha cheiro de gasolina e fertilizante, mas exalava ainda mais a desânimo. Clay largou vários molhos de chave na mesa em meio às lanternas. Para ele, as chaves poderiam ficar ali até algum arqueólogo descobri-las, quatro milênios mais tarde.

— Desculpem — disse baixinho o diretor Ardai. — Parecia tão simples.

— Pois é — respondeu Clay.

Parecia simples: bastava encher os pulverizadores da estufa com gasolina, colocá-los na traseira de uma picape, dar a volta no estádio Tonney, encharcando os dois lados, e depois acender um fósforo. Ele pensou em falar para Ardai que a aventura de George W. Bush no Iraque também devia ter parecido simples — carregar os pulverizadores, acender um fósforo — e não era. Seria uma crueldade sem sentido.

— Tom? — perguntou Clay. — Você está bem? — Ele já tinha percebido que Tom não tinha grandes reservas de energia.

— Tudo bem, só estou cansado. — Ele ergueu a cabeça e sorriu para Clay. — Não estou acostumado com o turno da noite. O que a gente deve fazer agora?

— Vamos dormir, eu acho — respondeu Clay. — Vai amanhecer daqui a uns quarenta minutos. — O céu já começava a clarear a leste.

— Não é justo — Alice lamentou. Ela esfregou as bochechas, com raiva. — Não é justo, a gente se esforçou *tanto*.

Eles *tinham* se esforçado muito, mas nada era fácil. Cada pequena (e, no fim das contas, inútil) vitória havia sido o tipo de luta obstinada que a mãe de Clay chamava de preocupação bolchevique. Parte de Clay queria muito culpar o diretor... e também a si mesmo, por não ter ouvido a ideia do pulverizador de Ardai com um pouco mais de cinismo. Agora, parte dele achava que acatar a ideia de um professor de inglês de incendiar um campo de futebol era meio como levar uma faca para um tiroteio. Ainda assim... bem, tinha parecido uma boa ideia.

Isto é, até descobrirem que o tanque de gasolina da garagem da frota de veículos estava dentro de um galpão trancado. Eles passaram quase meia hora no escritório revirando, à luz de lanternas, um monte de chaves sem etiquetas em um mural atrás da mesa do supervisor. Foi Jordan quem finalmente encontrou a chave certa do galpão.

Então eles descobriram que "basta puxar um plugue" não era exatamente o caso. Havia uma tampa, e não um plugue. E, assim como o galpão onde estava o tanque, a tampa também estava fechada à chave. Voltaram ao escritório, remexeram mais à luz de velas e finalmente encontraram uma chave que parecia servir. Alice observou que, uma vez que a tampa estava no fundo do tanque, para garantir que a força da gravidade empurrasse a gasolina caso faltasse energia, eles iriam entornar tudo se não usassem uma mangueira ou um sifão. Passaram então uma hora procurando uma mangueira que servisse e não acharam nada que fosse remotamente parecido. Tom encontrou um pequeno funil, o que deixou todos levemente histéricos.

E, como nenhuma das chaves das picapes estava etiquetada (pelo menos não de maneira que outras pessoas além dos funcionários da frota de veículos pudessem entender), localizar o molho certo se tornou outro processo de tentativa e erro. Ao menos esse processo foi mais rápido, pois havia apenas oito picapes estacionadas atrás da garagem.

Por fim, as estufas. Lá eles encontraram apenas oito pulverizadores, e não uma dúzia. E a capacidade deles não era de 110 litros, mas de 35. Talvez até conseguissem enchê-los com a gasolina do tanque, mas o processo os deixaria encharcados, e o resultado seria menos de trezentos litros de gasolina útil. Foi a ideia de exterminar mil fonáticos com menos de trezentos litros de gasolina comum que levara Tom, Alice e Ardai à mesa de piquenique. Clay e Jordan ainda rodaram mais um pouco, procurando por pulverizadores maiores, mas não encontraram nada.

— Mas encontramos alguns pulverizadores de jardim — disse Clay. — Sabem, aqueles que as pessoas costumavam chamar de bombas de Flit.

— E, além disso — Jordan complementou —, os pulverizadores grandes lá de dentro estão todos cheios de fertilizante, adubo ou algo do gênero. Primeiro teríamos que jogar tudo fora, e ainda precisaríamos de máscaras para não nos intoxicar, ou sei lá o quê.

— Que dureza — Alice comentou, emburrada. Ela olhou para o tênis de bebê por um instante e então o enfiou no bolso.

Jordan pegou as chaves que eles haviam descoberto ser de uma das picapes.

— Podemos ir até o centro — sugeriu. — Tem uma loja de ferragens lá. Eles devem ter pulverizadores.

Tom balançou a cabeça.

— Fica a quase dois quilômetros daqui e a pista principal está cheia de carros acidentados e veículos abandonados. Talvez a gente consiga desviar de alguns, mas não de todos. E dirigir pelos gramados está fora de questão. As casas são muito grudadas. As pessoas estão viajando a pé por isso. — Eles haviam visto algumas pessoas de bicicleta, mas não muitas. Mesmo as que tinham farol eram perigosas a certa velocidade.

— Será que um caminhão pequeno conseguiria passar pelas ruas laterais? — perguntou Ardai.

Clay respondeu:

— Imagino que a gente possa explorar essa possibilidade na noite de amanhã. Poderíamos antes inspecionar um caminho a pé e voltar para pegar o caminhão. — Ele refletiu. — Provavelmente uma loja de ferragens também vai ter mangueiras de todos os tipos.

— Você não me parece muito animado — Alice comentou.

Clay suspirou.

— Qualquer coisa pode bloquear uma rua pequena. Acabaríamos fazendo muito trabalho de burro de carga, mesmo se tivermos mais sorte do que hoje à noite. Talvez a ideia pareça melhor depois que eu descansar um pouco.

— É claro que vai parecer — concordou o diretor, mas não soou convincente. — Para todos nós.

— E o posto de gasolina em frente à escola? — perguntou Jordan, sem muita esperança.

— Que posto de gasolina? — perguntou Alice.

— Ele está falando do Citgo — respondeu Ardai. — O mesmo problema, Jordan: muita gasolina nos tanques embaixo das bombas, mas nenhuma energia. E duvido que os contêineres deles possam encher mais do que algumas latas de gasolina de oito ou vinte litros. O que eu acho mesmo é… — Mas o velho não disse o que achava. Ele parou de falar. — O que foi, Clay?

Clay estava se lembrando do trio à frente deles, que passara mancando por aquele posto de gasolina; um dos homens com o braço em volta da cintura da mulher.

— Citgo da Academia Grove — disse ele. — É este o nome, não é? — Acho que eles não vendem apenas gasolina. — Ele não só achava, tinha certeza, por conta dos dois caminhões parados em frente do posto. Ele os tinha visto e não achara nada demais. Não naquela hora. Não tinha motivo.

— Não sei o que você… — o diretor começou a falar e então se interrompeu. Os olhos dele encontraram os de Clay. Seus dentes carcomidos apareceram mais uma vez naquele sorriso excepcionalmente impiedoso. — Ah — ele continuou. — Ah. Minha nossa. Minha nossa, é *claro*.

Tom olhava de um para outro com uma perplexidade cada vez maior. Alice também. Jordan apenas aguardava.

— Vocês se importariam de dividir com a gente o que estão pensando? — perguntou Tom.

Clay estava prestes a falar — ele já via claramente como iria funcionar, e era bom demais para não compartilhar com todos — quando a música no estádio Tonney cessou. Ela não parou com um clique, como geralmente acontecia quando eles acordavam pela manhã; o som despencou, como se alguém tivesse puxado a tomada.

— Eles acordaram cedo — disse Jordan em voz baixa. Tom agarrou o antebraço de Clay.

— Está diferente — ele comentou. — E um daqueles malditos mini-system ainda está tocando… Dá para ouvir, bem baixinho.

O vento estava forte, e Clay conseguia saber que ele vinha da direção do campo de futebol por conta dos cheiros pungentes que trazia: comida em decomposição, carne em decomposição, centenas de corpos sem banho. Trazia também o som fantasmagórico de Lawrence Welk e os Champagne Music Makers tocando "Baby Elephant Walk".

Então, de algum lugar a noroeste — talvez a quinze ou cinquenta quilômetros de distância, era difícil saber desde onde o vento conseguia carregá-lo —, ouviram um gemido espectral, de alguma forma parecido com o som de mariposas. Depois, silêncio… silêncio… Em seguida, as criaturas não despertas e não adormecidas no campo de futebol Tonney responderam da mesma forma. O gemido delas era muito mais alto, um grunhido espectral, surdo e retumbante que subia em direção ao céu escuro e estrelado.

Alice cobriu a boca. O tênis de bebê saltou das suas mãos e ela arregalou os olhos para ele. Jordan passou os braços em volta da cintura do diretor e enterrou o rosto nas costelas do velho.

— Olhe, Clay! — Tom exclamou. Ele se levantou e cambaleou até o gramado entre as duas estufas destruídas. — Está vendo? Meu Deus, está vendo?

Um brilho laranja-avermelhado tingira o horizonte a noroeste, de onde o grunhido distante tinha surgido. Ficou mais forte à medida que ele observava; o vento trouxe aquele som terrível novamente… e mais uma vez foi respondido com um grunhido semelhante, porém muito mais alto, vindo do estádio Tonney.

Alice se juntou a eles, seguida pelo diretor, que andava com os braços em volta dos ombros de Jordan.

— O que fica naquele lado? — perguntou Clay, apontado em direção ao brilho. Ele já tinha começado a enfraquecer novamente.

— Pode ser Glen's Falls — respondeu Ardai. — Ou talvez Littleton.

— Seja lá o que for, está rolando um churrasco — Tom observou. — Eles estão queimando. E o grupo daqui sabe disso. Eles ouviram.

— Ou *sentiram* — Alice comentou. Ela estremeceu, se empertigou e arreganhou os dentes. — Espero que sim!

Como se para responder à afirmação de Alice, outro gemido veio do estádio Tonney: várias vozes se ergueram em uníssono em um grito de solidariedade e, talvez, agonia compartilhada. O único mini-system que restara — era o mestre, imaginava Clay, o que estava com um CD dentro — continuou tocando.

Dez minutos depois, os outros aparelhos voltaram a se unir a ele. A música — daquela vez, "Close to You", dos Carpenters — voltou da mesma forma que tinha despencado antes. Àquela altura, o diretor Ardai, visivelmente mancando com sua bengala, já os havia levado de volta para a Casa Cheatham. Logo em seguida, a música parou de novo... mas daquela vez com um clique, como na manhã anterior. Ao longe, trazido pelo vento sabe-se lá quantos quilômetros, ouviu-se o som fraco de um tiro. Então um silêncio sinistro e absoluto caiu sobre o mundo, enquanto a noite aguardava para dar lugar ao dia.

19

À medida que os primeiros raios vermelhos do sol começavam a trespassar as árvores no horizonte a leste, eles observaram os fonáticos deixarem mais uma vez o campo de futebol em formação de ordem-unida e seguirem para o centro de Gaiten e para os bairros mais próximos. No caminho, mudaram de direção, descendo rumo à Academy Avenue como se nada de errado tivesse acontecido perto do fim da noite. Mas Clay não levou muita fé naquilo. Ele pensou que, se quisessem fazer o que precisava ser feito no posto Citgo, era melhor que fosse depressa, naquele dia mesmo. Sair à luz do sol poderia significar ter que atirar em alguns *deles*, mas enquanto estivessem se movendo em grupo apenas no começo e no fim do dia, Clay estava disposto a correr o risco.

Da sala de jantar, eles observaram o que Alice chamou de "madrugada dos mortos". Mais tarde, Tom e Ardai foram para a cozinha. Clay os encontrou sentados à mesa em uma nesga de sol, bebendo café morno. Antes de Clay começar a explicar o que ele queria fazer mais tarde, Jordan tocou o pulso dele.

— Alguns dos lunáticos ainda estão aqui — informou. — Eu estudei com alguns deles.

Tom falou:

— Achei que a essa altura eles estivessem fazendo compras no Kmart, procurando pelas ofertas especiais.

— É melhor dar uma conferida — Alice falou, da porta. — Não sei bem se é outro... como é que vocês chamam...? Outro passo evolutivo, parece. Provavelmente.

— Com certeza é — Jordan respondeu em um tom sombrio.

Os fonáticos que tinham ficado para trás — Clay achava que era um pelotão de cerca de cem deles — estavam retirando os mortos de debaixo das arquibancadas. A princípio, eles simplesmente os carregaram até o estacionamento a sul do campo e para trás de um prédio de tijolos longo e baixo. E voltavam de mãos vazias.

— Aquele prédio é a pista de atletismo coberta — o diretor contou a eles. — É também onde guardamos o material esportivo. Tem um galpão atrás dele, imagino que estejam jogando os corpos pela beirada.

— Pode apostar que sim — Jordan concordou, parecendo enojado. — Tem um pântano lá embaixo. Eles vão apodrecer.

— Eles já estavam apodrecendo de qualquer jeito, Jordan — Tom respondeu delicadamente.

— Eu sei — falou ele, parecendo mais enojado do que nunca —, mas vão apodrecer mais rápido ainda no sol. — Uma pausa. — Senhor?

— O que foi, Jordan?

— Eu vi Noah Chutsky. Do seu Clube de Leitura.

O diretor deu tapinhas no ombro do menino. Estava muito pálido.

— Esqueça.

— Com prazer — sussurrou Jordan. — Ele tirou uma foto minha uma vez. Com o... com o senhor-sabe-o-que dele.

Então, um novo desdobramento. Duas dúzias de abelhas operárias se destacaram do grupo principal e foram em direção às estufas destruídas. Moviam-se em formação de V, o que fazia os observadores se lembrarem de gansos em migração. O rapaz que Jordan identificou como Noah Chutsky estava entre eles. O resto do pelotão de remoção de corpos os observou por um instante e então voltou a descer as rampas, em grupos de três, ombro a ombro, e continuaram resgatando os corpos sob as arquibancadas.

Vinte minutos depois, o grupo da estufa retornou, andando em fila única. Alguns ainda estavam com as mãos vazias, mas a maioria adquirira carrinhos de mão, do tipo usado para transportar sacas de cal ou fertilizante. Logo, os fonáticos estavam usando os carrinhos para se livrarem dos corpos, e o trabalho andou mais rápido.

— É um passo evolutivo, com certeza — disse Tom.

— Mais do que um passo — acrescentou o diretor. — Limpar a casa; usar ferramentas para fazer o serviço.

Clay falou:

— Não estou gostando disso.

Jordan ergueu os olhos para ele, o rosto pálido, cansado e muito mais velho do que devia.

— Bem-vindo ao clube — disse.

20

Eles dormiram até uma da tarde. Depois de confirmarem que o pelotão dos corpos havia terminado o serviço e ido ao encontro dos demais catadores, desceram até os pilares de pedra que marcavam a entrada da Academia Gaiten. Alice zombara de Clay, que queria que ele e Tom fizessem aquilo sozinhos.

— Podem ir tirando essa ideia de Batman e Robin da cabeça — disse ela.

— Que pena, sempre quis ser o Menino Prodígio — Tom respondeu, pronunciando lentamente cada palavra, mas quando ela o encarou com um olhar sisudo, agarrando o tênis (que já estava ficando meio surrado) com uma das mãos, ele ficou sério. — Desculpe.

— Vocês até podem ir ao posto de gasolina sozinhos — ela continuou. — Até aí, tudo bem. Mas o restante de nós vai ficar vigiando do outro lado da rua.

Ardai sugeriu que Jordan ficasse na Casa. Antes de o menino poder responder — e ele parecia prestes a fazê-lo com fervor —, Alice perguntou:

— Como é a sua vista, Jordan?

O menino abriu um sorriso para ela, mais uma vez acompanhado daquele olhar um tanto brilhante.

— Boa. Ótima.

— E você joga muito video game? Daqueles de tiro?

— Claro, de montão.

Ela entregou sua pistola para o menino. Clay notou que, quando seus dedos tocaram a arma, ele estremeceu.

— Se eu pedir para você apontar e atirar, ou se o diretor pedir, você atiraria?

— Claro.

Alice olhou para Ardai com uma mistura de rebeldia e pedido de desculpas.

— Precisamos da ajuda de todos.

O diretor aceitara a justificativa, e lá estavam eles no Citgo da Academia Grove, do outro lado da rua e só um pouquinho mais perto do centro. De onde estavam, era possível ler uma placa menor: GÁS LP DA ACADEMIA. O único carro parado em frente às bombas, com a porta do motorista aberta, já tinha uma aparência empoeirada, de algo há muito abandonado. A janela panorâmica de vidro do posto estava quebrada. Mais adiante, à direita, dois caminhões no formato de botijões de gás gigantes estavam estacionados sob a sombra do que provavelmente seria um dos últimos olmos que restaram depois da praga no norte da Nova Inglaterra. As seguintes palavras estavam escritas na lateral de ambos: GÁS LP DA ACADEMIA e SERVINDO O SUL DE NEW HAMPSHIRE DESDE 1982.

Não havia sinal de fonáticos naquela parte da Academy Avenue e, embora a maioria das casas que Clay conseguia ver estivesse com sapatos na frente, muitas estavam sem. O fluxo de refugiados parecia estar diminuindo. *Cedo demais para ter certeza,* ele advertiu a si mesmo.

— Senhor? Clay? O que é aquilo? — perguntou Jordan. Ele apontava para o meio da avenida. Obviamente ainda se tratava da rota 102, mas aquilo era fácil de esquecer naquela tarde ensolarada e silenciosa, em que os sons mais próximos eram os de pássaros e do farfalhar do vento nas folhas. Havia algo escrito em giz de cera rosa-choque no asfalto, mas, de onde estavam, Clay não conseguia ler. Ele balançou a cabeça.

— Você está pronto? — ele perguntou a Tom.

— Claro — respondeu. Tom estava tentando soar tranquilo, mas dava para ver sua pulsação batendo rápido do lado do seu pescoço não barbeado. — Você Batman, eu Menino Prodígio.

Eles atravessaram a rua a passos rápidos, com os revólveres em punho. Clay deixara a arma automática russa com Alice, mais ou menos convencido de que ela a faria rodar como um peão se a garota tivesse que usá-la.

A mensagem rabiscada em giz rosa no asfalto era

KASHWAK=SEM-FO

— Isso significa alguma coisa para você? — perguntou Tom.

Clay balançou a cabeça. Não significava nada e, naquele momento, ele não dava a mínima. Tudo o que queria era sair do meio da Academy Avenue, onde se sentia tão exposto quanto uma formiga em uma vasilha de arroz. Ocorreu-lhe, subitamente e não pela primeira vez, que ele venderia a alma só para saber que o filho estava bem, que Johnny estaria em um lugar onde as pessoas não davam armas para crianças que jogavam bem video game. Era estranho. Clay imaginara que tinha definido suas prioridades, que estava lidando com seu baralho pessoal carta a carta, mas então surgiam esses pensamentos, cada um tão fresco e doloroso quanto uma dor não superada.

Saia daqui, Johnny. Não é aqui que você deve estar. Esse não é o seu lugar nem a sua hora.

Os caminhões de gás estavam vazios e trancados, mas isso não foi problema; naquele dia, a sorte estava do lado deles. As chaves estavam penduradas em um mural no escritório do posto, sob uma placa com os dizeres: PROIBIDO REBOQUE ENTRE MEIA-NOITE E 6 DA MANHÃ. SEM EXCEÇÕES. Um botijão de gás em miniatura pendia de cada chave. No meio do caminho de volta para a porta, Tom tocou o ombro de Clay.

Dois fonáticos subiam pelo meio da rua, lado a lado, mas de maneira nenhuma em marcha. Um estava comendo uma caixa de bolinhos; o rosto dele estava coberto de creme, farelos e glacê. O outro, uma mulher, segurava um livro de capa dura. Para Clay, ela parecia uma corista segurando um hinário gigante. A capa do livro parecia ter a foto de um collie saltando por dentro de um balanço de pneu. O fato de a mulher estar segurando o livro de cabeça para baixo aliviou um pouco Clay. As expressões vazias e perplexas nos rostos do fonáticos — e o fato de estarem andando sozinhos, significando que meio-dia ainda era uma hora em que eles não se agrupavam — o aliviaram mais ainda.

Porém, ele não estava gostando daquele livro.

Não, não estava gostando nem um pouco daquele livro.

Eles passaram pelos pilares de pedra e Clay podia ver Alice, Jordan e Ardai à espreita, com os olhos arregalados. Os dois lunáticos andaram por cima da mensagem em código escrita a giz na rua — KASHWAK=SEM-FO —, e a mulher tentou pegar os bolinhos do seu companheiro. O homem afastou a caixa dela. A mulher atirou o livro longe (ele aterrissou com o lado direito para cima, e Clay viu que o título era: *Os 100 cães mais amados do mundo*) e tentou de novo pegar os bolinhos. O homem a esbofeteou com tanta força que o cabelo sujo dela voou, o som muito alto no silêncio do dia. Eles não pararam de andar um instante. A mulher produziu um som:

— Aw!

O homem respondeu (Clay achava que era uma resposta):

— Eeeen!

A mulher mais uma vez tentou pegar a caixa de bolinhos. Àquela altura, eles passavam pelo Citgo. O homem bateu no pescoço dela, fazendo um arco com a mão espalmada, e então enfiou a mão na caixa para pegar outro bolinho. A mulher parou e olhou para ele. E, logo em seguida, o homem parou também. Afastara-se um pouco, de modo que estava praticamente de costas para ela.

Clay sentiu algo no silêncio aquecido pelo sol do escritório do posto de gasolina. Não, ele pensou, *não no escritório, em mim. Falta de ar, como quando você sobe um lance de escadas muito depressa.*

Só que talvez também fosse no escritório, porque... Tom ficou na ponta dos pés e sussurrou no ouvido dele:

— Você sentiu isso?

Clay assentiu e apontou para a mesa. O ar estava parado, eles não sentiam vento nenhum. Mas os papéis em cima da mesa estavam tremulando. E, no cinzeiro, as cinzas tinham começado a rodopiar lentamente, como a água descendo pelo ralo de uma banheira. Havia duas guimbas nele — não, três —, e as cinzas em movimento pareciam empurrá-las para o centro.

O homem se virou para a mulher. Olhou para ela. Ela devolveu o olhar. Eles ficaram se olhando. Clay não conseguiu detectar nenhuma expressão no rosto deles, mas sentia os cabelos do braço se eriçarem e ouviu algo tilintar baixinho. Eram as chaves no mural debaixo do cartaz que dizia PROIBIDO REBOQUE. Elas também estavam vibrando; batendo discretamente umas contra as outras.

— Aw! — disse a mulher. Ela estendeu a mão.

— Eeen! — o homem respondeu. Ele vestia os restos desbotados de um terno. Calçava sapatos pretos sem brilho. Seis dias atrás, talvez fosse um gerente, um vendedor ou um corretor. Agora, a única propriedade com que se importava era a sua caixa de bolinhos. Ele a apertava contra o peito, mastigando com a boca melada.

— Aw! — insistiu a mulher. Ela estendeu as duas mãos em vez de apenas uma, naquele gesto universal que significa *me dá*, e as chaves tilintaram mais alto. Acima da cabeça de Tom e Clay, ouviu-se um *bzzzz*, e uma lâmpada fluorescente piscou e voltou a apagar, mesmo sem eletricidade. A mangueira caiu da bomba de gás do meio e bateu na ilha de concreto com um barulho de metal morto.

— Aw! — o homem gritou. Os ombros dele se curvaram e toda a tensão o abandonou. A tensão abandonou o ar. As chaves no mural silenciaram. As cinzas deram uma última volta em seu relicário de metal talhado e pararam. Era como se nada tivesse acontecido, pensou Clay, exceto pela mangueira caída lá fora e o pequeno bolo de guimbas de cigarro no cinzeiro em cima da mesa.

— Aw — a mulher falou. Ainda estava com as mãos estendidas. O homem andou de volta até o raio de alcance delas. Ela pegou um bolinho em cada mão e começou a comê-los, com embalagem e tudo. Clay ficou mais uma vez aliviado, mas não muito. Eles voltaram a se arrastar lentamente em direção à cidade, a mulher parando para cuspir um pedaço de celofane lambuzado de recheio. Não demonstrou mais interesse no livro *Os 100 cães mais amados do mundo*.

— O que foi *aquilo*? — perguntou Tom em uma voz baixa e tremida quando os dois estavam quase fora de vista.

— Não sei, mas não estou gostando — Clay respondeu. Ele estava com as chaves dos caminhões de gás. Entregou um molho para Tom. — Você sabe dirigir um carro com câmbio manual?

— Eu *aprendi* a dirigir em um. Você sabe?

Clay sorriu.

— Eu sou hétero, Tom. Dirigir carros com câmbio manual faz parte do pacote de ser hétero. É uma coisa instintiva.

— Hilário. — Tom não estava prestando muita atenção. Procurava a dupla que tinha ido embora. A pulsação do lado do pescoço dele batia mais rápido do que nunca. — Fim do mundo, temporada de caça às bichas, por que não?

— Isso mesmo. Vai ser temporada de caça aos héteros também, se eles conseguirem controlar *aquela* merda. Vamos resolver isso logo.

Ele começou a sair pela porta, mas Tom o segurou por um instante e disse:

— Ouça. Talvez os outros tenham sentido aquele negócio do lado de lá, talvez não. Se não sentiram, talvez a gente não deva falar nada por enquanto. O que você acha?

Clay pensou em como Jordan não deixava o diretor sair de vista e como Alice sempre mantinha aquele pequeno tênis sinistro ao alcance da mão. Pensou nas olheiras deles e então pensou no que eles planejavam fazer naquela noite. Armagedom talvez fosse uma palavra forte demais, mas nem tanto. O que quer que fossem agora, os fonáticos já tinham sido seres humanos, e queimar mil deles vivos já era um belo fardo. Até pensar naquilo feria sua imaginação.

— Por mim, tudo bem — ele respondeu. — Suba aquela colina em marcha lenta, certo?

— Na mais lenta que eu encontrar — disse Tom. Estavam seguindo em direção aos enormes caminhões em forma de botijão. — Quantas marchas você acha que um caminhão desses tem?

— A primeira já deve dar conta do recado — Clay afirmou.

— Pelo jeito que estão estacionados, acho que vamos ter que começar dando uma ré.

— Que se foda — disse Clay. — Pra que serve o fim do mundo se você não pode passar por cima de uma porra de uma cerca?

E foi isso que eles fizeram.

21

O Declive da Academia era como o diretor Ardai e seu último aluno chamavam a longa e sinuosa colina que descia do campus até a estrada principal. A grama ainda era de um verde brilhante e estava apenas começando a ser coberta pelas folhas que caíam. Quando a tarde deu lugar ao anoitecer e o Declive da Academia ainda estava vazio — nenhum sinal de fonáticos voltando —, Alice começou a andar pelo corredor principal da Casa Cheatham, parando a cada volta para olhar pela janela da sala de estar. Ela oferecia uma boa vista do declive, dos dois principais auditórios e do estádio Tonney. Estava novamente com o tênis amarrado ao pulso.

Os demais estavam na cozinha, bebendo coca-cola.

— Eles não vão voltar — Alice falou para eles ao terminar uma de suas voltas. — Descobriram o nosso plano, leram nossas mentes ou algo assim, e não vão voltar.

Deu mais duas voltas no longo corredor, ambas com uma pausa para olhar pela janela grande da sala de estar, e então voltou a olhar para dentro da cozinha.

— Ou talvez seja uma migração generalizada, vocês já pensaram nisso? Talvez eles sigam para sul no inverno como aqueles malditos tordos.

Ela foi embora sem esperar resposta. Subindo e descendo o corredor. Subindo e descendo o corredor.

— Ela parece o capitão Ahab atrás de Moby — observou Ardai.

— O Eminem pode ser um idiota, mas ele tinha razão quanto a esse cara — disse Tom, emburrado.

— Desculpe, não entendi — disse o diretor.

Tom gesticulou, encerrando o assunto.

Jordan olhou para o relógio.

— A essa hora, ontem à noite, ainda faltava quase meia hora para eles voltarem — disse ele. — Se vocês quiserem, posso ir ali e falar isso para ela.

— Não acho que vá adiantar muito — Clay argumentou. — É uma coisa que ela precisa fazer, só isso.

— Ela está bem apavorada, não é, senhor?

— E você não está, Jordan?

— Estou — Jordan respondeu baixinho. — Estou superapavorado.

Na próxima vez que Alice apareceu na cozinha, ela disse:

— Talvez seja melhor eles não voltarem. Não sei se estão reiniciando o cérebro de algum outro jeito, mas certamente tem alguma coisa sinistra rolando. Senti isso com aqueles dois hoje à tarde. A mulher com o livro e o homem com os bolinhos. — Ela balançou a cabeça. — Coisa sinistra.

Ela, com o tênis balançando no pulso, voltou correndo para a patrulha do corredor antes que alguém pudesse responder.

O diretor olhou para Jordan.

— Você sentiu alguma coisa, filho?

Jordan hesitou e então disse:

— Eu senti alguma coisa. O cabelo da minha nuca se arrepiou.

Ardai desviou o olhar para os homens do outro lado da mesa.

— E quanto a vocês dois? Vocês estavam muito mais perto.

Alice os salvou da obrigação de responder. Ela entrou correndo na cozinha, as faces coradas, os olhos esbugalhados, as solas do sapato cantando nos ladrilhos.

— Eles estão vindo — ela informou.

22

Da janela da sacada, os quatro observaram os fonáticos subirem o Declive da Academia em fileiras convergentes, as sombras longas formando um cata-vento gigante na grama verde. Ao se aproximarem do que Jordan e o diretor chamavam de Arco Tonney, as fileiras se juntaram e o cata-vento pareceu rodar sob a luz dourada do fim do dia, ao passo que se contraía e se solidificava.

Alice não conseguia mais deixar de segurar o tênis. Ela o arrancara do pulso e o apertava compulsivamente.

— Eles vão ver o que fizemos e dar a volta — ela falou baixo e depressa. — Eles ficaram espertos o bastante para *isso*; se voltaram a pegar livros, devem ter ficado.

— Veremos — Clay respondeu. Ele tinha quase certeza de que os fonáticos *entrariam* no estádio Tonney, mesmo se o que vissem perturbasse sua estranha mente coletiva; logo iria escurecer e eles não teriam nenhum outro lugar para ir. Um pedaço de uma canção de ninar que a mãe de Clay costumava cantar para ele passou-lhe pela cabeça: *Homenzinho, você teve um dia cheio.*

— Espero que eles entrem e que fiquem lá dentro — ela disse, mais baixo do que nunca. — Parece que eu vou explodir. — Ela deu uma risadinha desvairada. — Só que são *eles* que têm que explodir, não é? Eles. — Tom se virou para olhar para Alice e ela falou: — Estou bem. Estou bem, vou ficar quieta.

— Eu só ia dizer que o que tiver que ser, será — ele afirmou.

— Lenga-lenga New Age. Parece até o meu pai.

Uma lágrima desceu por uma de suas bochechas e ela a limpou impacientemente com a base da mão.

— Acalme-se, Alice. Fique olhando.

— Vou tentar, certo? Vou tentar.

— E largue esse tênis — Jordan pediu em um tom que, para ele, era de irritação. — Esse *nhec, nhec* está me tirando do sério.

Ela baixou os olhos para o tênis, como se estivesse surpresa, e então o amarrou em volta do pulso novamente. Eles observaram os fonáticos convergirem no Arco Tonney e passarem por baixo dele, evitando empurra-empurra e tumulto de um jeito que nenhuma plateia na partida de futebol do Fim de Semana dos Alumni conseguiria imitar — Clay estava certo disso. Observaram os lunáticos voltarem a se espalhar mais adiante, atravessando o pátio e descendo as rampas em fila. Aguardaram aquela marcha diminuir de ritmo e parar, mas isso não aconteceu. Os retardatários — a maioria ferida e se ajudando mutuamente, mas ainda assim andando em grupos fechados — entraram bem antes de o sol avermelhado passar pelos dormitórios, a oeste do campus da Academia Gaiten. Eles haviam retornado mais uma vez, como pombos-correios para seus ninhos ou como andorinhas para Capistrano. Menos de cinco minutos depois de a estrela vespertina surgir no céu que escurecia, Dean Martin começou a cantar "Everybody Loves Somebody Sometime".

— Eu me preocupei à toa, não foi? — Alice perguntou. — Às vezes eu sou uma idiota. É o que o meu pai diz.

— Não — o diretor respondeu. — Todos os idiotas tinham celulares, querida. É por isso que eles estão lá fora e você está aqui, conosco.

Tom falou:

— Fico imaginando se Rafe ainda está bem.

— E eu fico imaginando se Johnny está — Clay completou. — Johnny e Sharon.

23

Às dez horas daquela noite de ventania de outono, sob uma lua que entrava em seu último quarto, Clay e Tom estavam parados no nicho reservado para a banda, ao lado do time da casa do campo de futebol Tonney. Logo à frente deles, havia uma barreira de concreto que ia até a cintura e tinha sido bastante acolchoada no lado do campo. Na lateral, havia alguns suportes de partitura enferrujados e um mar de lixo que chegava aos calcanhares; o vento jogara sacos rasgados e pedaços de papel para lá, e lá eles permaneceram. Atrás e acima deles, na altura das roletas, Alice e Jordan ladeavam o diretor, um vulto alto apoiado na haste fina da bengala.

A voz de Debbie Boone rolava pelo campo em ondas amplificadas de uma imponência cômica. Normalmente, depois dela viria Lee Ann Womack cantando "I Hope You Dance", voltando em seguida a Lawrence Welk e os Champagne Music Makers, mas talvez isso não fosse acontecer naquela noite.

O vento era refrescante, mas ao mesmo tempo trazia o cheiro dos corpos em decomposição no pântano atrás do prédio e o aroma de sujeira e suor das criaturas vivas empilhadas no campo. *Se é que se pode chamá-las de vivas,* pensou Clay, abrindo um pequeno e amargo sorriso interno. A racionalização é um grande esporte humano, talvez o maior deles, mas ele não queria se enganar naquela noite: é claro que eles chamavam aquilo de vida. Independentemente do que fossem ou estivessem se tornando, chamavam aquilo de vida do mesmo jeito que ele chamava a sua.

— O que você está esperando? — murmurou Tom.

— Nada — Clay murmurou de volta. — É só que… nada.

Do coldre que Alice encontrara no porão dos Nickerson, Clay sacou o antiquado Colt calibre .45 de Beth, que estava mais uma vez totalmente carregado. Alice oferecera a ele o rifle automático, que até então não haviam nem mesmo testado, mas Clay recusara, alegando que, se o revólver não desse conta do recado, provavelmente nada daria.

— Não sei se a automática não seria melhor, já que ela dispara trinta ou quarenta balas por segundo — disse ela. — Você poderia transformar aqueles caminhões em raladores de queijo.

Ele concordara que era possível, mas lembrou a Alice que o objetivo naquela noite não era destruição *per se*, e sim combustão. Então explicou a natureza altamente ilegal da munição que Arnie Nickerson tinha dado para a esposa. Balas de ponta oca calibre .45, que no passado eram chamadas de balas dundum.

— O.k., mas se não funcionar, você pode tentar o sr. Ligeirinho — ela refutou. — A não ser que os caras lá fora decidam, você sabe... — Ela não chegou a usar a palavra *atacar*, mas imitou duas perninhas andando com os dedos da mão que não estava segurando o tênis. — Nesse caso, sebo nas canelas.

O ventou arrancou uma bandeirola esfarrapada do Fim de Semana dos Alumni do placar e a fez dançar sobre os dormentes amontoados. Em volta do campo, parecendo flutuar no escuro, os olhos vermelhos dos mini-systems tocavam sem precisar de CDs, exceto um. A bandeira ficou agarrada no para-choque de um dos caminhões de gás, balançou ao vento por alguns segundos e então se soltou, voando noite adentro. Os caminhões estavam estacionados lado a lado no meio do campo, erguendo-se da massa de formas comprimidas como estranhas plataformas de metal. Os fonáticos dormiam debaixo deles e tão próximos dos veículos que alguns estavam grudados nas rodas. Clay pensou novamente nos pombos selvagens e em como os caçadores do século XIX espalharam os miolos deles pelo chão. Pelo começo do século XX, toda a espécie já estava extinta... mas é claro que eram apenas aves, com pequenos cérebros de pássaros, incapazes de reiniciar.

— Clay? — perguntou Tom baixinho. — Tem certeza de que quer fazer isso?

— Não — respondeu Clay. Agora que estava diante daquela situação, havia muitas perguntas sem respostas. Uma delas era o que fariam se aquilo falhasse. Porque os pombos foram incapazes de se vingar. Aquelas coisas lá fora, por outro lado... — Mas vou fazer.

— Então faça — Tom falou. — Porque, além do mais, "You Light Up My Life" é chata pra cacete.

Clay ergueu a calibre .45 e segurou firme o pulso direito com a mão esquerda. Mirou para o tanque do caminhão à esquerda. Atiraria duas vezes naquele e duas vezes no outro. Assim, sobraria mais uma bala para cada, se necessário. Se aquilo não desse certo, ele poderia experimentar a arma automática que Alice passara a chamar de sr. Ligeirinho.

— Abaixe-se caso o fogo venha pra cima da gente — ele avisou.

— Não se preocupe — Tom respondeu. Fazia uma careta, antecipando o estrondo da arma e o que quer que viesse em seguida.

Debby Boone estava chegando a um *grand finale*. E de repente passou a ser muito importante para Clay chegar primeiro. *Se você errar a essa distância, você é um imbecil,* ele pensou, e apertou o gatilho.

Não houve chance para um segundo tiro e tampouco necessidade. Uma flor vermelho-viva se abriu no meio do tanque, e a luz dela revelou a Clay uma rachadura profunda na superfície antes lisa de metal. O inferno parecia estar lá dentro, crescendo. Então a flor se transformou em um rio, o vermelho virando laranja-branco.

— *Abaixe!* — gritou, puxando Tom pelo ombro. Caiu em cima do pequeno homem no instante em que a noite se transformou em um deserto ao meio-dia. Um rugido sibilante e enorme foi seguido por um BANG dilacerador, que Clay sentiu em cada osso do corpo. Estilhaços voaram por sobre a cabeça deles. Ele achou que tinha ouvido Tom gritar, mas não tinha certeza, pois houve outro daqueles rugidos sibilantes e de repente o ar estava ficando cada vez mais quente.

Ele agarrou Tom meio pelo cangote e meio pelo colarinho da camisa e começou a puxá-lo para trás até a rampa de concreto que dava nas roletas. Seus olhos estavam praticamente fechados contra o brilho descomunal que jorrava do centro do campo de futebol. Algo enorme caiu nas arquibancadas extras à direita. Ele achou que talvez fosse um bloco de motor. Tinha quase certeza de que os pedacinhos retorcidos de metal sob os seus pés eram o que restava dos suportes de partitura da Academia Gaiten.

Tom gritava e seus óculos estavam tortos, mas ele estava de pé e parecia ileso. Os dois subiram correndo a rampa como fugitivos de Gomorra. Clay podia ver as sombras deles próprios, longas e finas como patas de aranha, e notou que objetos caíam por todo lado: braços, pernas, um pedaço de para--choque, a cabeça de uma mulher com o cabelo em chamas. De trás deles, veio um segundo BANG estrondoso — ou talvez um terceiro —, e daquela vez foi *ele* quem gritou. Clay tropeçou nos próprios pés e saiu aos trambolhões. O mundo inteiro estava rapidamente gerando calor e uma luz incrível: era como se ele estivesse num estúdio de gravação particular de Deus.

Não sabíamos o que estávamos fazendo, pensou ele, olhando para uma barra de chiclete, uma caixa de Junior Mints amassada e um boné azul da Pepsi. *Não tínhamos ideia do que estávamos fazendo e agora vamos pagar com a vida.*

— Levante-se! — Era Tom. Clay achou que ele estava gritando, mas a voz parecia vir de quilômetros de distância. Sentiu as mãos delicadas e de dedos longos de Tom puxando-o pelo braço. E então Alice estava lá também. Ela puxava o outro braço e *brilhava* sob a luz. Clay conseguia ver o tênis amarrado no pulso dela dançando, indo pra lá e pra cá. Ela estava coberta de sangue, retalhos de tecido e pedacinhos de carne fumegante.

Clay se levantou com esforço, voltou a se apoiar em um joelho e Alice o ergueu novamente à força. Atrás deles, o gás rugia como um dragão. E então Jordan chegou, com Ardai cambaleando no seu encalço, o rosto corado e suor pingando sobre cada ruga.

— Não, Jordan, não, só tire o diretor do caminho! — berrou Tom, e Jordan puxou o velho de lado, agarrando-o com força pela cintura quando ele vacilou. Um tórax em chamas com um piercing no umbigo aterrissou aos pés de Alice e ela o chutou para fora da rampa. *Cinco anos de futebol,* Clay se lembrou dela falando. O pedaço incandescente de uma camisa caiu na nuca de Alice e Clay o jogou longe antes que pudesse queimar o cabelo da menina.

No topo da rampa, um pneu de caminhão em chamas, ainda preso à metade de um eixo partido, estava apoiado na última fileira de cadeiras especiais. Se tivesse caído no meio do caminho, talvez eles tivessem virado churrasco — no caso de Ardai, era quase certo que sim. Do jeito que estava, conseguiram passar por ele, prendendo a respiração contra as ondas de fumaça de borracha. Logo depois, eles estavam passando por baixo da roleta, Jordan, Ardai e Clay de um lado, os dois quase carregando o velho. Clay levou duas pancadas da bengala do velho na cabeça, mas trinta segundos depois de passarem pelo pneu já estavam parados debaixo do Arco Tonney, olhando com expressões idênticas de incredulidade em direção à imensa coluna de fogo que se erguia sobre as arquibancadas e a tribuna de imprensa no centro.

Um retalho em chamas de uma bandeirola flutuou até o chão perto da bilheteria principal, deixando um pequeno rastro de faíscas antes de se apagar.

— Você sabia que isso ia acontecer? — perguntou Tom. O rosto dele estava branco em volta dos olhos, e vermelho na testa e nas bochechas. Metade do bigode parecia ter sido arrancada pelo fogo. Clay conseguia ouvir a voz dele, mas soava distante. Tudo soava distante. Era como se suas orelhas estivessem cheias de bolas de algodão, ou com os tampões de ouvido que

Arnie, o marido de Beth Nickerson, sem dúvida a obrigara a usar quando a levava ao tiro ao alvo favorito do casal. Onde provavelmente atiravam com os celulares presos em um lado da cintura e os bipes no outro.

— *Você sabia?* — Tom tentou chacoalhá-lo, mas não conseguiu nada além de um pedaço da camisa de Clay, que ficou toda rasgada.

— Claro que não, porra, tá maluco? — A voz de Clay estava mais do que rouca, mais do que seca; parecia *assada*. — Você acha que se eu soubesse eu teria ido pra lá com um revólver? Se não fosse por aquela barreira de concreto, teríamos sido cortados ao meio. Ou vaporizados.

Incrivelmente, Tom começou a sorrir.

— Rasguei sua camisa, Batman.

Clay teve vontade de arrancar a cabeça dele. Também teve vontade de abraçá-lo e beijá-lo por ele ainda estar vivo.

— Quero voltar para a Casa — disse Jordan. O medo na voz dele era inconfundível.

— Vamos por favor nos deslocar para uma distância segura — concordou Ardai. Ele tremia muito e seus olhos estavam fixos no inferno que se erguia acima dos arcos e das arquibancadas. — Graças a Deus está ventando na direção do Declive da Academia.

— O senhor consegue andar? — perguntou Tom.

— Sim, obrigado. Se Jordan me ajudar, tenho certeza de que consigo andar até a Casa.

— Acabamos com eles — disse Alice. Ela estava limpando respingos de tripas do rosto quase distraidamente, deixando manchas de sangue. Seus olhos não pareciam com nada que Clay tivesse visto na vida, exceto em algumas fotografias e na arte de algumas revistas em quadrinhos inspiradas das décadas de 1950 e 1960. Ele se lembrou da vez em que foi a uma convenção de quadrinhos quando ainda era criança e ouviu Wallace Wood falar sobre suas tentativas de desenhar algo que chamou de "olhar do pânico". Agora Clay via aquele olhar no rosto de uma colegial suburbana de quinze anos.

— Vamos, Alice. Vamos voltar para a Casa e juntar nossas coisas. Temos que dar o fora daqui.

Logo depois que as palavras saíram da sua boca, Clay teve que dizê-las novamente e ver se elas soavam verdadeiras. Da segunda vez, soaram mais do que verdadeiras: soaram apavoradas.

Talvez Alice não as tenha escutado. Ela parecia exultante. Inflada de triunfo. Cheia dele, como uma criança que no Dia das Bruxas comeu doces demais ao voltar para casa. As pupilas dos seus olhos cintilavam fogo.

— Nada poderia sobreviver a isso.

Tom agarrou o braço de Clay. Doeu do jeito que uma queimadura de sol doeria.

— Qual é o problema?

— Acho que cometemos um erro — Clay afirmou.

— Igual no posto de gasolina? — perguntou Tom. Atrás dos óculos tortos, o olhar dele era penetrante. — Quando os dois fanáticos estavam brigando por conta daqueles malditos bolinhos...

— Não, só estou achando que cometemos um erro — Clay respondeu. Na verdade, era mais do que isso. Ele *sabia* que tinham cometido um erro. — Vamos, temos que partir hoje à noite.

— Se você diz, tudo bem — Tom concordou. — Vamos, Alice.

Ela desceu junto com eles pelo caminho em direção à Casa, onde haviam deixado dois lampiões a gás acesos na grande janela da sacada, e então se virou para olhar mais uma vez. Àquela altura, a tribuna de imprensa estava em chamas, e as arquibancadas também. As estrelas sobre o campo de futebol tinham desaparecido; até mesmo a lua não passava de um fantasma dançando freneticamente na fumaça quente que encimava aquele jato de gás feroz.

— Eles estão mortos, estão *aniquilados,* viraram churrasco — ela falou. — Queimem, baby, quei...

Foi então que ouviram o grito. No entanto, não vinha de Glen's Falls ou Littleton, a muitos quilômetros dali. Também não tinha nada de espectral ou fantasmagórico. Era um grito de agonia, o grito de algo — uma única entidade, e *consciente,* Clay tinha certeza — que acordara de um sono profundo e descobriu que estava sendo queimado vivo.

Alice soltou um berro e cobriu os ouvidos, seus olhos se arregalando à luz do fogo.

— Vamos voltar atrás! — Jordan gritou, agarrando o pulso do diretor. — Senhor, temos que voltar atrás!

— Tarde demais, Jordan — respondeu Ardai.

24

Uma hora mais tarde, as mochilas recostadas na porta da frente da Casa Cheatham estavam um pouco mais gordas. Havia algumas camisas em cada, sacos de granola, caixinhas de suco e pacotes de Slim Jims, além de pilhas e lanternas extras. Clay azucrinou Tom e Alice para que juntassem as coisas o mais rápido possível, e agora era ele quem corria para espiar pela janela grande da sala.

A labareda no estádio finalmente começava a queimar com menos intensidade, mas as arquibancadas ainda estavam em chamas, assim como a tribuna de imprensa. O fogo havia chegado até o próprio arco, que brilhava na noite como uma ferradura em uma forja. Nada que estivesse naquele campo poderia estar vivo ainda — Alice tinha razão quanto a isso, sem dúvida —, mas, no caminho de volta para a Casa (o diretor trôpego como um velho bêbado, apesar dos esforços dos demais em ampará-lo), eles escutaram duas vezes o vento trazer aqueles gemidos fantasmagóricos de outras hordas. Clay disse a si mesmo que não ouvia raiva nesses gemidos, que era só imaginação — sua imaginação cheia de culpa, sua imaginação de assassino, sua imaginação de assassino em *massa* —, mas não conseguiu se convencer.

Foi um erro, mas o que mais poderiam ter feito? Ele e Tom tinham sentido os fonáticos acumularem energia naquela mesma tarde. Eles tinham visto, e foram apenas dois deles. Como poderiam ter deixado aquilo continuar? Deixado aquilo crescer?

— Se correr o bicho pega, se ficar o bicho come — ele falou baixinho e deu as costas para a janela. Não saberia dizer quanto tempo ficou olhando para o estádio em chamas e resistiu à tentação de consultar o relógio. Seria fácil deixar o rato surtado tomar conta dele, faltava pouco para isso. E, se deixasse, o rato atacaria os outros num piscar de olhos. A começar por Alice. Ela conseguira recuperar algum controle, mas a linha era tênue. *Da finura de uma página de jornal*, sua mãe jogadora de bingo diria. Embora também fosse uma criança, Alice foi capaz de se manter otimista, mais por conta do outro menino, para que ele não entregasse os pontos por completo.

O outro menino. Jordan.

Clay voltou correndo para a entrada, notou que ainda não havia uma quarta mochila recostada na porta e viu Tom descendo as escadas. Sozinho.

— Onde está o garoto? — perguntou Clay. A audição dele tinha começado a melhorar, mas sua própria voz ainda soava muito distante e como a de um desconhecido. Imaginava que continuaria daquele jeito por algum tempo. — Você deveria estar ajudando Jordan a juntar algumas coisas pra levar... Ardai falou que ele trouxe uma mochila daquele dormitório...

— Ele não quer ir. — Tom esfregou um lado do rosto. Parecia cansado, triste, distraído. Sem a metade do bigode, parecia também ridículo.

— O *quê*?

— Fale mais baixo, Clay. Eu não faço as notícias, só transmito.

— Então me diga o que isso quer dizer, pelo amor de Deus.

— Jordan não quer ir sem Ardai. Ele falou: "Você não pode me obrigar". E, se você estiver falando sério sobre irmos embora hoje à noite, acho que ele tem razão.

Alice irrompeu da cozinha. Tinha tomado um banho, prendido o cabelo e vestido uma camisa limpa — que ia quase até os joelhos —, mas a pele dela irradiava a mesma queimação que Clay sentia na dele. Imaginou que deveriam se considerar sortudos por não estarem cheios de bolhas.

— Alice — ele começou a falar. — Preciso que você exerça seus poderes femininos sobre Jordan. Ele está...

Ela passou batido, como se ele não tivesse falado nada, ajoelhou-se, pegou sua mochila e a abriu. Clay observou, perplexo, que Alice começara a tirar coisas de dentro da bagagem. Ele olhou para Tom e viu uma expressão de compreensão e solidariedade surgir no rosto do outro.

— O que foi? — perguntou Clay. — O *que* foi, pelo amor de Deus? — Ele sentira aquela mesma irritação incômoda em relação a Sharon no decorrer do último ano em que viveram juntos, com muita frequência, e se odiou por aquilo ter vindo à tona logo naquela hora. Mas *cacete*, outra complicação era a última coisa de que precisavam. Ele passou as mãos pelo cabelo. — *O que foi?*

— Olhe para o punho dela — disse Tom.

Clay olhou. O pedaço sujo de cadarço ainda estava lá, mas o tênis havia sumido. Ele achou aquilo absurdo. Ou talvez não fosse tão absurdo assim. Se era importante para Alice, então ele imaginava que era *mesmo* importante. E daí que fosse apenas um tênis?

A blusa extra e a camiseta que ela havia guardado (GAITEN BOOSTERS' CLUB estampado na frente) saíram voando. As pilhas rolaram pelo chão. A lanterna sobressalente bateu no assoalho, e a tampa da lente rachou. Aquilo foi suficiente para convencer Clay. Não era igual a um dos ataques de Sharon Riddell porque o café com avelã ou o sorvete Chunky Monkey tinham acabado; aquilo era puro terror.

Ele foi até Alice, ajoelhou ao lado dela e segurou seus punhos. Conseguia sentir os segundos voando, tornando-se minutos que eles deveriam estar usando para abandonar aquela cidade, mas também conseguia sentir a velocidade alucinante da pulsação de Alice sob seus dedos. E conseguia ver os olhos dela. Já não havia pânico neles, e sim agonia, e ele compreendeu que a menina depositara tudo naquele tênis: a mãe e o pai, os amigos, Beth Nickerson e a filha, o inferno do estádio Tonney, tudo.

— Não está aqui! — gritou ela. — Achei que tinha guardado, mas não guardei. *Não estou achando em lugar nenhum!*

— Não está, querida, eu sei. — Clay ainda segurava os punhos dela. Então ergueu o que estava com o cadarço em volta. — Está vendo? — Ele esperou até ter certeza de que os olhos de Alice tinham focado e balançou as pontas embaixo do nó, onde antes havia um segundo nó.

— Está muito comprido agora — disse ela. — Não estava tão comprido antes.

Clay tentou se lembrar da última vez em que vira o tênis. Disse a si mesmo que era impossível se lembrar de uma coisa daquelas, levando em conta todas as coisas que estavam acontecendo, mas então percebeu que se lembrava. E com muita clareza. Foi quando ela ajudara Tom a levantá-lo depois que o segundo caminhão explodira. Naquela hora, ele estava pendurado no cadarço, balançando. Ela estava coberta com sangue, retalhos de tecido e pedacinhos de carne, mas o tênis ainda estava no pulso. Ele tentou se lembrar se ainda estava lá quando ela chutou o tórax em chamas da rampa. Achava que não. Talvez estivesse enganado, mas achava que não.

— Ele se soltou, querida — ele afirmou. — Se soltou e caiu.

— Eu *perdi* ele? — Os olhos dela, incrédulos. As primeiras lágrimas. — Tem certeza?

— Tenho certeza, sim.

— Era o meu talismã — sussurrou ela, as lágrimas transbordando.

— Não — disse Tom, colocando um braço em volta dela. — Nós somos o seu talismã.

Alice olhou para ele e perguntou:

— Como você sabe?

— Porque você nos encontrou primeiro — Tom respondeu. — E nós ainda estamos aqui.

Ela abraçou os dois e eles ficaram daquele jeito por um tempo, os três, nos braços uns dos outros na entrada da Casa, com os poucos pertences de Alice espalhados pelo chão em volta.

25

O incêndio se espalhou até um auditório que o diretor identificou como Hackery Hall. Então, por volta das quatro da manhã, o vento diminuiu e o fogo não foi mais além. Quando o sol nasceu, o campus Gaiten fedia a combustível, madeira queimada e inúmeros corpos carbonizados. O céu claro de uma perfeita manhã de outubro da Nova Inglaterra foi coberto por uma coluna de fumaça cinza-escura. E a Casa Cheatham ainda estava ocupada. No fim das contas, foi um efeito dominó: Ardai só poderia viajar de carro, o que era impossível, e Jordan não iria sem o diretor, que não foi capaz de persuadi-lo. Alice, embora resignada com a perda do seu talismã, se recusou a ir sem Jordan. Tom não iria sem Alice. E Clay relutava em partir sem os dois, embora ficasse horrorizado com a ideia de que aqueles recém-conhecidos parecessem, pelo menos temporariamente, mais importantes do que seu próprio filho. Além disso, também estava convencido de que pagariam um preço alto pelo que fizeram no estádio Tonney se ficassem naquela cidade, sobretudo na cena do crime.

Ele achou que talvez fosse se sentir melhor a respeito disso ao raiar do dia, mas não se sentiu.

Os cinco observaram e esperaram diante da janela da sala de estar, mas, obviamente, nada saiu das ruínas fumegantes. O único som era o estalar baixo do fogo que devorava as entranhas dos escritórios e vestiários do Departamento de Atletismo, ao mesmo tempo que terminava de consumir as arquibancadas superiores. Os cerca de mil fonáticos que tinham se agrupado ali tinham virado, como dissera Alice, *churrasco*. O cheiro deles era forte e horrível, do tipo que não sai da garganta. Clay vomitara uma vez e sabia que os demais também o fizeram — até Ardai.

Cometemos um erro, ele voltou a pensar.

— Vocês deveriam ter ido embora — disse Jordan. — Nós ficaríamos bem... ficamos antes, não foi, senhor?

O diretor Ardai ignorou a pergunta. Estava observando Clay.

— O que aconteceu ontem quando você e Tom estavam no posto de gasolina? Acredito que alguma coisa tenha acontecido lá para deixar você como está agora.

— Ah, é? E como eu estou, senhor?

— Como um animal que fareja uma armadilha. Aqueles dois na rua viram vocês?

— Não foi bem isso — Clay respondeu. Não gostava de ser chamado de animal, mas não podia negar que era isso mesmo: entram oxigênio e comida, saem dióxido de carbono e merda, e bingo.

O diretor começara a esfregar com impaciência o lado esquerdo do diafragma com uma de suas mãos grandes. Clay achou que, como muitos dos gestos do velho, aquele possuía uma estranha teatralidade; não era exatamente forçado, mas feito para ser visto da última fileira do auditório.

— Então o que exatamente *aconteceu*?

E, uma vez que proteger os demais já não parecia mais uma questão de escolha, Clay contou a Ardai o que tinham visto no escritório do posto Citgo — uma luta por uma caixa de doces velhos que de repente virou outra coisa. Ele contou sobre os papéis tremulantes, as cinzas que começaram a girar no cinzeiro como água descendo pelo ralo de uma banheira, as chaves tilintando no mural, a mangueira que caiu da bomba de gasolina.

— Isso eu vi — disse Jordan, e Alice assentiu.

Tom mencionou a sensação de falta de ar, e Clay confirmou. Os dois tentaram explicar a impressão de que algo poderoso se acumulava na atmosfera. Clay disse que era a mesma sensação de antes de uma tempestade. Tom disse que o ar parecia de alguma forma *carregado*. Pesado demais.

— Então ele deixou a mulher pegar um pouco daquela merda e tudo isso parou — Tom finalizou. — As cinzas pararam de girar, as chaves pararam de tilintar e o ar já não parecia estar mais carregado. — Ele olhou para Clay em busca de confirmação. Clay assentiu.

Alice falou:

— Por que vocês não contaram isso pra gente antes?

— Porque não teria mudado nada — Clay respondeu. — Nós tentaríamos queimar o ninho de qualquer maneira.

— É verdade — Tom concordou. Jordan falou de repente:

— Você acha que os fonáticos estão virando psiônicos, não acha?

Tom disse:

— Não sei o que essa palavra significa, Jordan.

— Pessoas que conseguem mover objetos só com o pensamento, por exemplo. Ou por acidente, quando as emoções delas fogem do controle. Habilidades psiônicas como telecinese e levitação...

— *Levitação?* — Alice quase gritou. Jordan não deu atenção.

— ... são apenas ramificações. O tronco da árvore psiônica é a telepatia, e é disso que você está com medo, não é? Da telepatia.

Tom levou os dedos até o local em cima da sua boca em que metade do bigode sumira e tocou a pele avermelhada.

— Bem, essa ideia passou pela minha cabeça. — Ele fez uma pausa, inclinando a cabeça. — Essa frase foi engraçada, não foi?

Jordan ignorou aquilo também.

— Digamos que eles sejam. Quero dizer, que eles sejam telepatas de verdade, e não apenas zumbis com um instinto coletivo. E daí? A horda da Academia Gaiten está morta, e eles morreram sem fazer ideia de quem os queimou, porque morreram durante o que chamam de sono. Então, se você estiver preocupado com o fato de eles terem enviado um fax telepático com nossos nomes e descrições para os colegas nos estados vizinhos da Nova Inglaterra, pode ficar tranquilo.

— Jordan... — Ardai começou a falar. Ainda estava esfregando o diafragma.

— Sim? O senhor está bem?

— Estou. Pegue o meu Zantac do banheiro do andar debaixo, sim? E uma garrafa de água mineral. Bom menino.

Jordan saiu correndo para cumprir a ordem.

— Não é uma úlcera, é? — perguntou Tom.

— Não — respondeu o diretor. — É estresse. Um velho... eu não chamaria de amigo... um velho conhecido.

— O seu coração funciona bem?

— Imagino que sim — afirmou o diretor, arreganhando os dentes num sorriso de uma jovialidade desconcertante. — Se o Zantac não funcionar, podemos pensar em outra coisa... mas, até agora, esse remédio tem funcionado, e não preciso me preocupar em arranjar problemas com tantos à disposição. Ah, Jordan, obrigado.

— Disponha, senhor. — O menino entregou o comprimido e o copo para ele com o sorriso de sempre.

— Acho que você deveria ir com eles — disse Ardai para o menino depois de engolir o Zantac.

— Senhor, com todo o respeito, eles *não têm* como saber, *de jeito nenhum.*

O diretor lançou um olhar inquiridor para Tom e Clay. Tom ergueu as mãos. Clay apenas deu de ombros; poderia dizer em voz alta o que achava, poderia articular o que todos ali certamente sabiam que ele estava pensando — *cometemos um erro, e ficarmos aqui significa pactuar com ele* —, mas não via motivo. Uma camada de determinação e inflexibilidade escondia o pavor no rosto de Jordan. Eles não conseguiriam persuadi-lo. E, além do mais, já havia amanhecido novamente. O dia era a hora *deles*.

Ele despenteou o cabelo do menino.

— Se você diz, Jordan. Vou tirar uma soneca.

Jordan demonstrou um alívio quase sublime.

— Boa ideia. Acho que eu também.

— Vou tomar uma caneca do mundialmente famoso chocolate morno da Casa Cheatham antes de subir — disse Tom. — E acho que vou raspar o resto deste bigode. Os choros e lamentos que vocês vão ouvir serão meus.

— Posso ver? — perguntou Alice. — Sempre quis ver um homem feito chorar e se lamentar.

26

Clay e Tom dividiam um pequeno quarto no terceiro andar; Alice tinha ficado com o único que sobrara. Enquanto Clay tirava os sapatos, uma batida rápida na porta foi seguida imediatamente por Ardai. Duas manchas coradas ardiam nas suas faces. Fora isso, o rosto dele estava pálido como a morte.

— O senhor está bem? — perguntou Clay, levantando-se. — Então é mesmo o coração?

— Fico feliz que tenha feito essa pergunta — respondeu o diretor. — Não estava convencido de que tinha plantado a semente, mas parece que sim. — Ele olhou por sobre os ombros para o corredor, então fechou a porta com a ponta da bengala. — Ouça com atenção, sr. Riddell... Clay... e não pergunte nada, a não ser que ache absolutamente necessário. Vocês irão me encontrar morto na minha cama no fim desta tarde ou no começo da noite, e você dirá que então era mesmo o meu coração, e que o que fizemos na noite passada deve ter sido o estopim. Entendido?

Clay assentiu. Ele entendeu e refreou o protesto automático. Protestar talvez fizesse sentido no mundo de antes, mas não fazia nenhum naquele lugar. Ele sabia por que Ardai estava propondo aquilo.

— Se Jordan ao menos suspeitar que tirei minha própria vida para livrá-lo do que ele, de forma admirável e pueril, considera uma obrigação sagrada, talvez ele faça o mesmo. No mínimo, mergulharia no que os anciãos da minha infância chamariam de fuga sombria. Ele irá sofrer profundamente de qualquer maneira, mas isso é aceitável. Já a ideia de que cometi suicídio para tirá-lo de Gaiten, não. Você compreende?

— Sim — Clay respondeu. E então: — Senhor, espere mais um dia. O que o senhor tem em mente... pode não ser necessário. Pode ser que consigamos sair dessa. — Ele não acreditava naquilo e, de qualquer maneira, Ardai já estava convencido do que iria fazer; toda a verdade de que Clay precisava estava no rosto abatido daquele homem, nos lábios cerrados e nos olhos brilhantes. Ainda assim, ele tentou mais uma vez. — Espere mais um dia. Talvez nenhum deles venha.

— Você ouviu aqueles gritos — respondeu o diretor. — Aquilo era raiva. Eles virão.

— Talvez, mas...

Ardai ergueu a bengala para impedi-lo.

— E, se vierem, e se puderem ler nossas mentes da mesma forma que leem as deles próprios, o que lerão na sua, se a sua ainda estiver aqui para ser lida?

Clay não respondeu, apenas fitou o rosto do diretor.

— Mesmo que não possam ler mentes — prosseguiu —, o que você sugere? Ficarmos aqui, dia após dia, semana após semana? Até a neve cair?

Até que eu morra de velhice? O meu pai viveu até os noventa e sete anos. Por outro lado, você tem mulher e filho.

— Minha mulher e meu filho ou estão bem, ou não estão. Já estou conformado em relação a isso.

Aquilo era mentira, e talvez Ardai tenha notado no rosto de Clay, pois deu aquele sorriso perturbador.

— E você acredita que seu filho está conformado em não saber se o pai está vivo, morto ou louco? Depois de apenas uma semana?

— Isso foi um golpe baixo — disse Clay. Sua voz já não estava tão firme.

— É mesmo? Não sabia que estávamos brigando. Seja como for, não existe juiz. Só a gente pra contar a história, como dizem. — O diretor olhou para a porta fechada, então voltou a olhar para Clay. — A equação é bem simples. Você não pode ficar e eu não posso ir. É melhor Jordan ir com você.

— Mas abater o senhor como um cavalo com a perna quebrada...

— Não é nada disso — interrompeu o diretor. — Cavalos não fazem eutanásia, pessoas sim. — A porta se abriu, Tom entrou e, quase sem hesitar, Ardai prosseguiu: — E você já considerou fazer arte publicitária, Clay? Quero dizer, para livros?

— Meu estilo é muito espalhafatoso para a maioria das editoras — Clay respondeu. — Eu fiz capas para algumas editoras pequenas de fantasia, como Grant e Eulalia. Alguns livros de Marte de Edgar Rice Burroughs.

— A série Barsoom! — exclamou o diretor, brandindo a bengala vigorosamente no ar. Então esfregou o plexo solar e fez uma careta. — Maldita azia! Com licença, Tom, só vim bater um papinho antes de me deitar.

— Claro — disse Tom e o observou ir embora. Quando o som da bengala do diretor ficou bem distante no corredor, ele se virou para Clay e perguntou: — Ele está bem? Estava muito pálido.

— Acho que sim. — Ele apontou para o rosto de Tom. — Pensei que você fosse raspar a outra metade do bigode.

— Desisti com Alice por perto — respondeu Tom. — Gosto dela, mas ela pode ser cruel de vez em quando.

— É paranoia sua.

— Obrigado, Clay, estava precisando disso. Faz só uma semana e já estou sentindo falta do meu analista.

— Combinada com mania de perseguição e delírios de grandeza. — Clay passou os pés para cima de uma das camas estreitas do quarto, pôs as mãos atrás da cabeça e olhou para o teto.

— Você queria que estivéssemos fora daqui, não é? — perguntou Tom.

— Pode apostar. — Ele falou em um tom monocórdio.

— Vai ficar tudo bem, Clay. De verdade.

— É o que você diz, mas você tem mania de perseguição e delírios de grandeza.

— É — Tom considerou —, mas isso é compensado por uma péssima autoimagem e menstruação de ego em intervalos de seis semanas. E, de qualquer forma...

— ... tarde demais, pelo menos por hoje — concluiu Clay.

— Isso mesmo.

Havia até uma certa concórdia em relação àquilo. Tom disse algo mais, mas Clay só ouviu "Jordan acha..." e então adormeceu.

27

Ele acordou gritando, pelo menos foi o que pensou a princípio. Somente depois de olhar alucinadamente para a outra cama, onde Tom ainda dormia tranquilo com algo dobrado sobre os olhos — uma toalha de rosto, talvez —, Clay se convenceu de que o berro tinha sido apenas em seu sonho. Talvez algum tipo de grito tenha escapado da sua boca, mas, se fosse o caso, não havia sido alto o suficiente para acordar o colega de quarto.

O quarto não estava nem um pouco escuro — estavam no meio da tarde —, mas Tom baixara a cortina antes de cair no sono, e havia pelo menos uma penumbra. Clay permaneceu do jeito que estava por um instante, deitado de barriga para cima, com a boca seca como serragem, os batimentos cardíacos rápidos no peito e entre os ouvidos, onde pareciam passos em disparada numa superfície de veludo. Fora isso, a casa continuava silenciosa. Talvez ainda não tivessem trocado completamente a noite pelo dia, mas a noite anterior fora extraordinariamente estafante e, naquele momento, não se ouvia um ruído sequer na Casa. Lá fora, um pássaro cantou e, em algum lugar bem afastado — fora de Gaiten, ele pensou —, um alarme teimoso soava sem parar.

Será que já tivera um sonho pior? Talvez um. Cerca de um mês depois de Johnny nascer, Clay sonhou que pegava o bebê do berço para trocar as fraldas e o corpinho gorducho de Johnny simplesmente se despedaçava em suas mãos como um boneco mal montado. Aquele sonho era fácil de interpretar: medo da paternidade, medo de estragar tudo. Um medo com o qual ele ainda convivia, como notara Ardai. Mas como deveria interpretar o sonho de agora?

O que quer que significasse, ele não queria esquecê-lo e sabia por experiência própria que, para que isso não acontecesse, teria que agir rápido.

Havia uma mesa no quarto e uma caneta esferográfica enfiada em um dos bolsos do jeans que Clay deixara embolado ao pé da cama. Ele pegou a caneta, foi descalço até a mesa, sentou-se e abriu a gaveta que ficava acima dos joelhos. Encontrou o que queria, um pequeno maço de papéis de carta com o cabeçalho ACADEMIA GAITEN e *"Uma mente jovem é uma luz na escuridão"* em cada folha. Pegou uma delas e a colocou sobre a mesa. A luz estava fraca, mas iria servir. Fez a ponta da esferográfica saltar para fora com um clique e hesitou apenas por um instante, relembrando o sonho com o máximo de clareza possível.

Ele, Tom, Alice e Jordan estavam enfileirados no centro de um campo. Não um campo de futebol, como o estádio Tonney — um campo de futebol americano, talvez? Havia uma espécie de construção ao fundo com uma luz vermelha piscando nela. Não fazia ideia do que era, mas sabia que o campo estava cheio de pessoas olhando para eles, pessoas com rostos retalhados e roupas rasgadas que ele reconhecia bem até demais. Clay e os amigos estavam... enjaulados? Não, estavam em plataformas. Elas *eram* jaulas, mas não tinham barras. Não sabia como aquilo era possível, mas era. Já estava se esquecendo dos detalhes do sonho.

Tom era o último da fila. Um homem foi até ele, um homem especial, e pôs a mão na sua cabeça. Clay não se lembrava como o homem conseguiu fazer aquilo, já que Tom — assim como Alice, Jordan e o próprio Clay — estava em uma plataforma, mas ele fez. E disse: *"Ecce homo... insanus"*. E a multidão — milhares deles — rugiu em uníssono: *"NÃO TOQUE!"*. O homem se aproximou de Clay e repetiu aquilo. Com a mão em cima da cabeça de Alice, falou: *"Ecce femina... insana"*. E em cima da cabeça de Jordan: *"Ecce puer... insanus"*. Todas as vezes, a resposta foi a mesma: *"NÃO TOQUE!"*.

Nem o homem — o anfitrião? O mestre de cerimônias? — nem as pessoas na multidão abriram a boca durante o ritual. O diálogo tinha sido inteiramente telepático.

Então, como se tivesse deixado sua mão direita pensar sozinha (a mão e a parte do cérebro que a comandava), Clay começou a desenhar uma imagem no papel. O sonho inteiro fora horrível — toda aquela acusação, aquela sensação de *acuamento* —, mas nada tinha sido pior do que o homem que se aproximou de cada um deles, pondo a mão aberta sobre suas cabeças como um leiloeiro se preparando para vender gado em uma feira. Clay pensava que, se conseguisse passar a imagem daquele homem para o papel, transmitiria também o terror.

Era um negro com um rosto nobre e ascético, numa cabeça sustentada por um corpo magricela, quase esquálido. O cabelo lembrava um gorro justo de caracóis pretos, com um horrível buraco triangular de um lado. Os ombros eram estreitos; a cintura, quase inexistente. Sob o gorro de caracóis, Clay esboçou a testa larga e bela; a testa de um erudito. Então a modificou com outro traço e sombreou o pedaço de pele solto que cobria uma sobrancelha. A bochecha esquerda do homem havia sido rasgada, possivelmente por uma mordida, e o lábio inferior também estava aberto daquele lado, pendendo em um cansado sorriso de escárnio. Os olhos deram trabalho. Clay não conseguia desenhá-los com precisão. No sonho, eles eram ao mesmo tempo cheios de energia e de alguma forma mortos. Após duas tentativas, desistiu e desceu até o moletom, antes que se esquecesse dele: era vermelho (ele escreveu a cor, fazendo uma seta), com um capuz atrás e letras de forma brancas na frente. Era grande demais para o corpo magro do homem. Um pedaço de tecido tampava a metade superior das letras, mas Clay tinha quase certeza de que elas diziam HARVARD. Estava começando a escrever aquilo quando escutou um choro, baixinho e abafado, de algum lugar abaixo de onde estava.

28

Era Jordan: Clay soube de imediato. Ele deu uma olhada por sobre o ombro para Tom enquanto vestia os jeans, mas Tom não se mexera. *Fora de combate*, pensou Clay. Abriu a porta, deslizou para fora e a fechou.

Alice, vestindo uma blusa da Academia Gaiten como camisola, estava sentada no patamar do segundo piso com o menino aninhado nos braços. Jordan pressionava o rosto contra o ombro dela. Ela ergueu os olhos ao ouvir o som dos pés descalços de Clay na escada e falou antes de ele dizer algo de que talvez pudesse se arrepender mais tarde: *É o diretor?*

— Ele teve um pesadelo — disse ela.

Clay falou a primeira coisa que lhe veio à cabeça. Naquela hora, parecia de vital importância.

— Você também teve?

Ela franziu o cenho. Com as pernas nuas, o cabelo amarrado em um rabo de cavalo e o rosto queimado de sol como se tivesse passado um dia na praia, Alice parecia a irmã de onze anos de Jordan.

— O quê? Não. Eu ouvi ele chorando no corredor. Acho que já estava acordando e...

— Só um minuto — Clay interrompeu. — Não saia daí.

Ele voltou para o seu quarto no terceiro andar e pegou o esboço em cima da mesa. Daquela vez, os olhos de Tom se abriram. Ele olhou em volta com uma mistura de pavor e desorientação, então se deteve em Clay e relaxou.

— De volta à realidade — disse ele. Então, esfregando o rosto com uma das mãos e apoiando-se em um cotovelo: — Graças a Deus. Cruzes. Que horas são?

— Tom, você sonhou? Teve um pesadelo?

Tom meneou a cabeça.

— Acho que tive, sim. Ouvi alguém chorando. Era Jordan?

— Sim. Como era o sonho? Você se lembra?

— Alguém estava nos chamando de loucos — Tom respondeu, e Clay sentiu o estômago despencar. — O que é provavelmente verdade. Não me lembro do resto. Por quê? Você...?

Clay não esperou para ouvir mais. Saiu correndo pela porta e desceu as escadas novamente. Jordan olhou em volta com uma espécie de timidez atordoada quando Clay se sentou. Já não havia mais sinal do gênio da informática; se Alice parecia ter onze anos com o rabo de cavalo e bronzeada daquele jeito, Jordan regrediria aos nove.

— Jordan — Clay começou. — O seu sonho... o seu pesadelo. Você se lembra dele?

— Já estou esquecendo — respondeu Jordan. — Eles prendiam a gente em jaulas. Estavam olhando pra gente como se fôssemos... sei lá, animais selvagens... só que disseram...

— Que estávamos loucos.

Jordan arregalou os olhos.

— Isso!

Clay ouviu o som de passos crescer às suas costas à medida que Tom descia as escadas. Não olhou em volta. Mostrou o esboço a Jordan.

— Este homem estava no comando?

Jordan não respondeu. Não precisava. Afastou-se duas vezes do desenho, tateando em busca de Alice e enfiando o rosto contra o peito dela mais uma vez.

— O que é isso? — perguntou Alice, perplexa. Ela estendeu a mão para pegar o desenho, mas Tom o alcançou antes.

— Cristo! — ele exclamou e o devolveu. — Já quase me esqueci do sonho, mas me lembro dessa bochecha rasgada.

— E do lábio — Jordan completou, as palavras abafadas contra o peito de Alice. — O jeito como o lábio dele fica pendurado. Era esse homem quem mostrava a gente pra eles. Pra eles. — Ele estremeceu. Alice acariciou as costas do menino e então cruzou os braços sobre ele para abraçá-lo com mais força.

Clay pôs o desenho na frente de Alice.

— Faz você lembrar algo? Algum homem nos seus sonhos?

Ela balançou a cabeça e ia começar a dizer que não. Mas antes que pudesse fazê-lo, eles ouviram um barulho alto e demorado e uma série de baques vindos da frente da porta de entrada da Casa Cheatham. Alice gritou. Jordan a agarrou com mais força, como se quisesse se esconder dentro dela, e soltou um berro. Tom apertou o ombro de Clay.

— Ah, cacete, que porra é...

O barulho veio mais uma vez de trás da porta, alto e demorado. Alice gritou mais uma vez.

— Armas! — berrou Clay. — Armas!

Por um instante, os três ficaram paralisados no patamar ensolarado. Então, ouviu-se outro daqueles barulhos longos e altos, um som como o de ossos rolando. Tom subiu correndo para o terceiro andar e Clay o seguiu, derrapando por causa das meias e agarrando o corrimão para recuperar o equilíbrio. Alice empurrou Jordan para longe e correu para o seu quarto, a bainha da blusa esvoaçando entre as pernas. Jordan permaneceu abraçado ao pilar da escada, olhando para o hall de entrada com os olhos arregalados e úmidos.

29

— Calma — disse Clay. — Vamos manter a calma, certo?

Menos de dois minutos depois do primeiro barulho longo e irregular vindo de trás da porta de entrada, os três já estavam ao pé da escada. Tom segurava o não testado rifle russo que eles passaram a chamar de sr. Ligeirinho; Alice estava com uma automática de nove milímetros em cada mão, e Clay com o calibre .45 de Beth Nickerson, que de alguma forma conseguira não largar na noite anterior (embora não se lembrasse de ter guardado a arma de volta no cinto, onde a encontrou mais tarde). Jordan ainda estava encolhido no patamar. De lá de cima, ele não conseguia ver as janelas do andar de baixo, e Clay achava que fosse melhor assim.

Estava mais escuro dentro da Casa, pois em cada uma das janelas havia fonáticos, amontoados contra os vidros e olhando para eles: dezenas, talvez centenas daqueles rostos estranhos e vazios, a maioria marcada pelas batalhas que tinham lutado e pelas feridas que haviam sofrido durante aquela anárquica semana. Clay viu olhos e dentes faltando, orelhas rasgadas, machucados, queimaduras, peles chamuscadas e talhos de carne escurecida. Estavam em silêncio. Havia uma espécie de sofreguidão agourenta neles, e aquela sensação voltara a preencher o ar, aquela atmosfera sufocante de alguma energia enorme e rotativa, contida por um triz. A todo momento, Clay esperava que as armas saíssem voando de suas mãos e começassem a atirar sozinhas.

Na gente, ele pensou.

— Agora sei como as lagostas se sentem no tanque do Harbor Seafood no "pague uma leve duas" da terça-feira — Tom comentou em uma voz fraca e tensa.

— Calma — repetiu Clay. — Vamos deixar que eles deem o primeiro passo.

Mas não *houve* primeiro passo. Ouviu-se outro daqueles barulhos demorados — que pareciam a Clay o som de algo sendo descarregado na varanda da frente —, e então as criaturas nas janelas se afastaram, como se fossem comandadas por um sinal que apenas elas conseguiam ouvir. Fizeram isso em filas ordenadas. Aquela não era a hora do dia em que normalmente se juntavam, mas as coisas tinham mudado. Era óbvio.

Clay andou até a janela da sacada na sala de estar, segurando o revólver do lado do corpo. Tom e Alice o seguiram. Eles observaram os fonáticos (que para Clay já não pareciam nem um pouco lunáticos, pelo menos não na interpretação dele) baterem em retirada. Eles iam andando de costas, com uma calma sinistra e ágil, jamais perdendo o pequeno espaço que havia entre cada um. Pararam entre a Casa Cheatham e as ruínas fumegantes do estádio de futebol Tonney, como um batalhão militar maltrapilho em uma praça de armas coberta de folhas. Cada olhar nem-tão-vazio-assim pairava sobre a residência do diretor.

— Por que as mãos e os pés deles estão tão sujos? — perguntou uma voz insegura. Eles olharam para trás. Era Jordan. Clay não havia notado a fuligem e as manchas pretas nas mãos das centenas de criaturas silenciosas lá fora. Mas antes que conseguisse falar, Jordan respondeu à própria pergunta. — Eles foram ver, não foram? Foram ver o que fizemos com os amigos deles. E estão furiosos. Dá pra sentir. Estão sentindo?

Clay não queria dizer que sim, mas é claro que sentia. Aquela atmosfera pesada, carregada, aquela sensação de uma descarga contida por um triz em uma rede de eletricidade: aquilo era raiva. Ele pensou na Cabelinho Claro avançando no pescoço da Mulher do Terninho Executivo e na senhora idosa que vencera a Batalha da Estação de Metrô da Boylston Street, a que tinha entrado no Boston Common com sangue pingando do cabelo cinza-escuro curto. No rapaz, nu com exceção dos tênis, brandindo as antenas de carro para a frente e para trás enquanto corria. Toda aquela raiva — se ele achava que ela havia simplesmente desaparecido depois que eles começaram a se juntar em hordas, estava muito enganado.

— Estou sentindo — Tom respondeu. — Jordan, se eles têm poderes psíquicos, por que não fazem a gente se matar, ou matar uns aos outros?

— Ou fazem nossas cabeças explodirem — disse Alice. A voz dela tremia. — Vi isso em um filme antigo, uma vez.

— Não sei — disse Jordan. Ele ergueu os olhos para Clay. — Onde está o Esfarrapado?

— É assim que você chama ele? — Clay olhou para o esboço, que ainda estava em suas mãos: a carne despedaçada, a manga rasgada do agasalho, o jeans largo. Não achava Esfarrapado um nome ruim para o cara com o moletom de Harvard.

— Eu chamo ele de encrenca, isso sim — Jordan respondeu com um fiapo de voz. Ele olhou novamente para os recém-chegados, trezentos no mínimo, talvez quatrocentos, vindos sabe-se lá de quais cidades vizinhas, e então de volta para Clay. — Você o viu?

— Sem ser em pesadelo, não.

Tom balançou a cabeça.

— Pra mim, ele é só um desenho em um pedaço de papel — disse Alice. — Não sonhei com ele e não estou vendo ninguém de moletom lá fora. O que eles estavam fazendo no campo de futebol? Você acha que eles tentaram identificar os mortos? — Ela parecia ter dúvidas quanto a isso. — E ainda não está quente lá? Deve estar.

— O que eles estão esperando? — perguntou Tom. — Se não vão nos atacar, nem fazer a gente enfiar facas de cozinha uns nos outros, o que estão esperando?

De repente, Clay descobriu o que estava acontecendo, e também onde estava o Esfarrapado de Jordan. Aquele momento era o que o sr. Devani, seu professor de álgebra do ginásio, chamaria de "eureca!". Ele se virou e foi na direção do hall de entrada.

— Aonde você está indo? — perguntou Tom.

— Ver o que eles deixaram para nós — Clay respondeu.

Eles o seguiram correndo. Tom o alcançou antes, enquanto a mão de Clay ainda estava na maçaneta.

— Não sei se isso é uma boa ideia — Tom o advertiu.

— Talvez não, mas é o que eles estão esperando — disse Clay. — E sabe de uma coisa? Acho que, se quisessem nos matar, já estaríamos mortos.

— Acho que ele tem razão — Jordan concordou com uma voz baixa e fraca.

Clay abriu a porta. A longa varanda de entrada da Casa Cheatham, com sua confortável mobília de vime e vista para o Declive da Academia, que descia até a Academy Avenue, havia sido construída para tardes ensolaradas de outono como aquela. Naquele momento, porém, a ambientação era a menor das preocupações de Clay. Parado ao pé da escada, havia um grupo de fonáticos, em formação de ponta de lança, como um V: um na frente, dois atrás do primeiro, três atrás deste, e então quatro, cinco e seis. Ao todo eram vinte e um. O que estava na frente era o Esfarrapado do sonho de Clay. Seu desenho materializado. As letras na frente do moletom vermelho em farrapos diziam mesmo HARVARD. O rasgo na bochecha esquerda fora puxado para cima e preso ao lado do nariz por dois pontos malfeitos de linha branca, que, antes de se firmarem, tinham aberto cortes em forma de lágrimas na pele negra e indiferente à sutura. Havia talhos onde um terceiro e um quarto pontos tinham se soltado. Clay achou que talvez tivessem sido dados com linha de pescar. O lábio caído revelava dentes que pareciam ter sido tratados por um bom dentista há pouco tempo, quando o mundo era um lugar mais gentil.

Na porta da frente, uma pilha de objetos escuros e disformes soterrava o capacho e se espalhava pelos dois lados. Poderia ser a obra de algum artista meio doido. Clay precisou apenas de um instante para perceber que olhava para os restos derretidos dos mini-systems que estavam no estádio Tonney.

Então Alice gritou. Alguns dos mini-systems derretidos tinham caído da pilha quando Clay abriu a porta. Algo que muito provavelmente estivera bem equilibrado no topo caíra junto com eles, parando entre o chão e a pilha. Alice deu um passo à frente antes que Clay pudesse impedi-la, derrubando uma das pistolas automáticas e agarrando o objeto que vira cair. Era o tênis. Ela o aninhou entre os seios.

Clay olhou para Tom, que estava atrás dela. Tom devolveu o olhar. Eles não eram telepatas, mas naquele instante bem que poderiam ser. *E agora?*, perguntavam os olhos de Tom.

Clay voltou a atenção para o Esfarrapado. Imaginava se seria possível sentir que alguém estava lendo sua mente, se isso estivesse acontecendo naquele instante. Estendeu as mãos na direção do homem. Ainda estava com a arma em uma delas, mas nem o Esfarrapado nem os integrantes do pelotão pareciam intimidados por ela. Clay colocou as palmas para cima:

— *O que vocês querem?*

O Esfarrapado sorriu. Não havia humor no sorriso. Clay achou que havia raiva naqueles olhos castanho-escuros, mas parecia ser uma coisa superficial. Para além da superfície, não havia brilho algum, pelo menos não que Clay pudesse notar. Era quase como ver um boneco sorrir.

O Esfarrapado entortou a cabeça e ergueu um dedo que significava: *Espere*. E, abaixo deles, na Academy Avenue, como se esperassem a deixa, vieram muitos gritos. Gritos de pessoas numa agonia mortal. Alguns sons guturais e predatórios se seguiram a eles. Não muitos.

— O que você está fazendo? — perguntou Alice. Ela deu um passo à frente, apertando convulsivamente o pequeno tênis. Os nervos do antebraço saltavam a ponto de fazer sombras na sua pele como riscos a lápis longos e retos. — *O que você está fazendo com as pessoas lá embaixo?*

Como se pudesse haver alguma dúvida, pensou Clay.

Ela ergueu a mão que ainda carregava uma arma. Tom a agarrou, tirando a arma dela antes que Alice pudesse apertar o gatilho. Ela o atacou, arranhando-o com a mão livre.

— *Devolve a arma pra mim! Não está ouvindo isso? Não está ouvindo?*

Clay a empurrou para longe de Tom. Durante todo esse tempo, Jordan observava da entrada com olhos arregalados e aterrorizados. E o Esfarrapado ficava parado na frente dos demais, sorrindo com um rosto cujo humor escondia a raiva, e cuja raiva escondia... nada, até onde Clay podia ver. Absolutamente nada.

— De qualquer maneira, estava travada — Tom informou depois de checar rapidamente. — Graças a Deus. — E para Alice: — Você quer nos matar?

— Você acha que eles vão deixar a gente *ir embora*? — Ela chorava tão intensamente que era difícil entender o que dizia. De suas narinas escorriam dois filetes claros. Lá debaixo, da avenida ladeada por árvores que seguia para além da Academia Gaiten, vieram mais gritos. Uma mulher berrou: *Não, por favor, não, por favor, não*, e então as palavras se perderam em um terrível urro de dor.

— Não sei o que eles vão fazer com a gente — Tom respondeu com uma voz que lutava para se manter calma —, mas, se quisessem nos matar, não estariam fazendo isso. Olhe pra ele, Alice: o que está acontecendo lá embaixo é para o nosso bem.

Alguns tiros eram ouvidos na medida em que as pessoas lá embaixo tentavam se defender, mas não muitos. Em sua maioria, eram apenas gritos de dor e de terrível surpresa, todos vindo da área próxima à Academia Gaiten, onde a horda fora queimada. Tudo aquilo certamente não durou mais do que dez minutos, mas às vezes, pensou Clay, o tempo era *mesmo* relativo.

Pareceram horas.

30

Quando os gritos finalmente cessaram, Alice estava parada em silêncio entre Clay e Tom, com a cabeça baixa. Ela deixara as duas automáticas em uma mesa de chapelaria, no hall de entrada. Jordan segurava a mão dela, olhando para o Esfarrapado e seus colegas de pé na beira da calçada. Até então, o menino não notara a ausência do diretor. Clay sabia que ele notaria logo, o que daria início à próxima cena daquele dia terrível.

O Esfarrapado deu um passo adiante e fez uma pequena mesura com as mãos, como se dissesse: *Às ordens.* Então ergueu os olhos e estendeu uma das mãos em direção ao Declive da Academia e à avenida mais além. Ao fazer isso, olhou para a pequena horda, amontoada atrás da escultura de mini-systems derretidos. Para Clay, o significado era claro: *A estrada é de vocês. Podem pegá-la.*

— Talvez — Clay respondeu. — Enquanto isso, vamos deixar uma coisa bem clara. Tenho certeza de que vocês podem acabar com a gente se quiserem, obviamente estão com a vantagem em relação à quantidade. Mas alguma outra pessoa vai assumir o comando amanhã, a não ser que você decida ficar no quartel-general. Porque vou garantir pessoalmente que você seja o primeiro a cair.

O Esfarrapado levou as mãos às bochechas e arregalou os olhos: *Ai, que medo!* Os outros atrás dele estavam tão inexpressivos quanto robôs. Clay ficou olhando por mais um instante, então fechou a porta lentamente.

— Desculpe — Alice falou com desânimo. — Não estava aguentando ouvir aqueles gritos.

— Tudo bem — Tom a acalmou. — Não tem problema. E, olha só, eles trouxeram de volta o sr. Sapatinho.

Alice olhou para ele.

— Será que foi assim que descobriram que foi a gente? Eles sentiram o cheiro, do mesmo jeito que um cão de caça fareja uma pista?

— Não — Jordan respondeu. Ele estava sentado em uma cadeira de espaldar alto, ao lado do vaso para guarda-chuvas, parecendo pequeno, abatido e exausto. — Essa é a maneira de eles dizerem que conhecem você. Pelo menos, é o que eu acho.

— Também acho — concordou Clay. — Aposto que eles sabiam que fomos nós, antes mesmo de chegarem aqui. Pescaram isso nos nossos sonhos do mesmo jeito que vimos o rosto dele.

— Mas eu não... — começou a falar Alice.

— Porque você estava acordando — disse Tom. — Imagino que uma hora ele vá se comunicar com você. — Ele fez uma pausa. — Quer dizer, se ainda tiver algo a dizer. Não estou entendendo, Clay. Fomos nós. Nós que fizemos, e eles sabem disso, tenho certeza.

— Sim — disse Clay.

— Então por que estão matando um monte de viajantes inocentes quando poderiam sem o menor esforço, bem, com algum esforço, invadir a casa e matar a gente? Quero dizer, entendo o conceito de retaliação, mas não vejo sentido nisso...

Nesse momento, Jordan saiu da cadeira e, olhando em volta com uma expressão de súbita preocupação, perguntou:

— Cadê o diretor?

31

Clay alcançou Jordan, mas não antes de o menino ter chegado até o patamar do segundo piso.

— Espere, Jordan!

— Não — respondeu o garoto. O rosto dele estava mais pálido e chocado do que nunca. Seu cabelo estava revolto, e Clay imaginou que ele estava precisando de um corte, mas era como se estivesse tentando ficar em pé. — Com tudo isso que está acontecendo ele devia estar com a gente! E *estaria* com a gente, se estivesse bem. — Os lábios dele começaram a tremer. — Lembra de como ele estava com a mão na barriga ontem? E se não fosse só aquele negócio de refluxo gástrico?

— Jordan...

Jordan não deu atenção, e Clay podia apostar que ele se esquecera completamente do Esfarrapado e seus companheiros, ao menos por ora. Ele se desvencilhou da mão de Clay e saiu corredor adentro, gritando: "Senhor! Senhor!", enquanto os diretores que remontavam ao século XIX fixavam seus olhares graves para ele das paredes.

Clay olhou escada abaixo. Alice não tinha condições de ajudar — estava sentada ao pé da escada com a cabeça torta, olhando para aquela porra de tênis como se fosse a caveira de Yorick de Hamlet —, mas Tom, com relutância, começou a subir para o segundo andar.

— Qual vai ser o tamanho do estrago? — ele perguntou para Clay.

— Bem... Jordan acha que Ardai teria se juntado a nós se estivesse bem, e eu tendo a pensar que ele...

Jordan começou a berrar. Era um som agudo penetrante que varou a cabeça de Clay como uma lança. Tom se mexeu primeiro. Clay ficou enraizado nos primeiros degraus da escada por pelo menos três segundos, talvez até sete, imobilizado por um único pensamento: *Não é assim que uma pessoa grita quando descobre algo parecido com infarto. O velho deve ter feito alguma besteira. Talvez tenha usado o tipo errado de comprimidos.* Estava na metade do corredor quando Tom gritou, chocado, quase como se fosse uma só palavra:

— Ai, meu Deus, Jordan, não olhe!

— Espere! — Alice gritou, mas Clay não esperou.

A porta para a pequena suíte do diretor estava aberta: o escritório com os livros e o agora inútil fogareiro. A porta mais adiante estava escancarada, deixando a luz entrar. Tom, de frente para a mesa, segurava a cabeça de Jordan contra a barriga. Ardai estava sentado atrás da mesa. O peso dele jogara a cadeira giratória para trás, e o velho parecia estar olhando para o teto com o olho que restava. Seu cabelo branco revolto pendia do espaldar. Para Clay, ele parecia um pianista que acabara de tocar o acorde final de uma composição difícil.

Ele ouviu Alice dar um grito estrangulado de horror, mas quase não prestou atenção. Sentindo-se como um passageiro dentro do próprio corpo, Clay andou até a mesa e viu a folha de papel que jazia sobre o mata-borrão. Embora estivesse manchada de sangue, ele conseguia decifrar as palavras; o diretor as escrevera com uma letra bonita e clara. Velha-guarda até o fim, Jordan teria dito.

aliene   geisteskrank
insano
elnebajos   vansinnig   fou
atamagaokashii   gek   dolzinnig
hullu
gila
meschuge   nebun
dement

Clay só sabia falar inglês e um pouco de francês que aprendera na escola, mas sabia muito bem o que era e o que significava aquilo. O Esfarrapado queria que eles fossem embora e de alguma forma sabia que o diretor Ardai estava velho e debilitado demais para acompanhá-los. Então, o obrigou a sentar-se à mesa e escrever a palavra "insano" em catorze línguas diferentes. E, quando ele terminou, o fez enfiar a ponta da caneta-tinteiro que usara no olho direito até atingir o cérebro velho e inteligente que ficava atrás dele.

— Eles fizeram o diretor se matar, não foi? — perguntou Alice, com a voz falhando. — Por que ele e não a gente? *Por que ele e não a gente? O que eles querem?*

Clay pensou no gesto que o Esfarrapado fizera em direção à Academy Avenue, que também era a rota 102 de New Hampshire. Os fonáticos, que não eram mais exatamente lunáticos — ou ainda eram, porém de um jeito bem diferente —, queriam que eles voltassem para a estrada. Clay não conseguia entender nada além disso, e talvez fosse melhor assim. Talvez fosse para o bem. Talvez aquilo fosse misericórdia.

AS ROSAS MURCHARAM, O JARDIM MORREU

1

Havia meia dúzia de toalhas de mesa de linho fino em um armário no fim do corredor, e uma delas serviu para envolver o corpo do diretor Ardai. Alice se dispôs a costurá-la, mas caiu no choro quando nem seu talento como costureira nem seus nervos se mostraram à altura da missão. Tom assumiu a tarefa: esticou a toalha, fez um ponto duplo e finalizou com golpes rápidos e quase profissionais. Clay achou que ele parecia um boxeador batendo num saco invisível com a mão direita.

— Não faça piadas — disse Tom sem erguer os olhos. — Agradeço pelo que você fez lá em cima. Eu jamais conseguiria ter feito aquilo, mas não vou aguentar uma piada que seja agora. Nem aquelas mais inofensivas, do tipo *Will and Grace*. Mal consigo manter a cabeça no lugar.

— Tudo bem — Clay respondeu. Fazer piadas era a última coisa em que ele estava pensando. Quanto ao que havia feito lá em cima... Bem, alguém precisava tirar a caneta do olho do diretor. Não poderiam deixar aquilo lá, de maneira alguma. Por isso Clay resolveu o problema, desviando o olhar para o canto do quarto enquanto a arrancava, tentando não pensar no que estava fazendo ou por que aquela merda estava tão presa. Na maior parte do tempo, conseguiu não pensar, mas a caneta raspou o osso da órbita do velho quando finalmente se soltou, e Clay ouviu um som mole, como um pedaço de carne fazendo *plop*! Logo algo caiu do bico de aço torto da caneta em cima do mata-borrão. Ele achou que se lembraria daqueles sons para sempre, mas o que importava era que ele havia conseguido retirar a maldita caneta.

Lá fora, quase mil fonáticos permaneciam no gramado entre as ruínas fumegantes do estádio de futebol e a Casa Cheatham. Eles tinham ficado lá a maior parte da tarde. Então, por volta das cinco horas, seguiram silenciosamente em direção ao centro de Gaiten. Clay e Tom desceram o corpo coberto do diretor pela escada dos fundos e o colocaram na varanda de trás. Os quatro sobreviventes se reuniram na cozinha e fizeram a refeição que haviam se acostumado a chamar de café da manhã enquanto as sombras começavam a se alongar lá fora.

Para a surpresa de todos, Jordan comeu muito bem. Estava corado e falava com animação. A conversa resumia-se a memórias da sua vida na Academia Gaiten e à influência que o diretor Ardai tivera no coração e na mente de um viciado em computadores, sem amigos e introvertido de Madison, Wisconsin. A magnífica lucidez das recordações do menino deixava Clay cada vez mais incomodado e, quando ele olhou nos olhos primeiro de Alice e depois de Tom, percebeu que os dois também sentiam o mesmo. Jordan estava emocionalmente fragilizado, mas era difícil saber como lidar com aquilo; mandar o menino para um psiquiatra estava fora de cogitação.

Em um determinado momento, depois do anoitecer, Tom sugeriu que Jordan fosse descansar. O menino respondeu que iria, mas não antes de enterrarem o diretor. Poderiam sepultá-lo no jardim atrás da Casa, disse ele. E falou que o diretor costumava chamar a pequena horta de "jardim da vitória", embora jamais tenha explicado por quê.

— É o melhor lugar — Jordan comentou, sorrindo. As faces dele estavam ruborizadas. Seus olhos, cravados nas olheiras escuras e profundas, brilhavam com o que poderia ser entusiasmo, bom humor, loucura ou os três juntos. — Não apenas o solo é macio, como era o lugar preferido dele... quero dizer, lá fora. Então, o que vocês acham? Eles foram embora, ainda não saem à noite, isso não mudou, e podemos usar os lampiões quando formos cavar. O que vocês acham?

Depois de refletir, Tom perguntou:

— Temos pás?

— Pode apostar que sim, no galpão de jardinagem. Nem precisamos ir até as estufas. — E, por incrível que pareça, Jordan sorriu.

— Então, pronto — Alice concluiu. — Vamos enterrá-lo e acabar logo com isso.

— E depois você vai descansar — Clay pediu, olhando para o garoto.

— Claro, claro! — exclamou Jordan com impaciência. Ele se levantou da cadeira e começou a andar pela sala. — Vamos, pessoal! — Como se estivessem brincando de pique.

Assim, eles abriram a cova no jardim atrás da Casa e enterraram Ardai entre os feijões e os tomates. Tom e Clay baixaram o vulto amortalhado no buraco, que tinha cerca de um metro de profundidade. O exercício os manteve aquecidos, e eles só perceberam que a noite ficara muito fria depois que terminaram. As estrelas brilhavam no céu, mas uma névoa baixa e espessa rolava ladeira abaixo. A Academy Avenue já havia sido engolida por aquela maré branca, e apenas os telhados pontiagudos das grandes casas antigas lá embaixo vinham à tona.

— Bem que alguém poderia saber alguma boa poesia — Jordan sugeriu. As faces dele estavam mais vermelhas do que nunca, mas os olhos se afundaram nas cavidades circulares e ele tremia, apesar de estar com dois suéteres. Sua respiração saía em pequenas baforadas. — O diretor adorava poesia, achava a coisa mais foda do mundo. Ele era... — A voz de Jordan, que soara estranhamente alegre a noite toda, finalmente cedeu. — Ele era *totalmente* velha guarda.

Alice o envolveu com os braços. Jordan resistiu, mas depois deixou.

— Vamos fazer o seguinte — Tom propôs. — Vamos cobri-lo direitinho, para protegê-lo do frio, e então declamamos um pouco de poesia. Está bom assim?

— Você conhece mesmo alguma?

— Conheço, sim — respondeu Tom.

— Você é tão inteligente, Tom. Obrigado. — E Jordan sorriu para ele com uma gratidão esgotada e assustadora.

Cobrir a cova foi rápido, embora ao final eles tivessem precisado pegar um pouco de terra de outras partes do jardim para nivelar o chão. Quando terminaram, Clay já estava suando de novo e sentia o próprio fedor. Fazia tempo que não tomava banho.

Alice tentou evitar que Jordan ajudasse, mas o menino não obedeceu a ela e se pôs a trabalhar, atirando terra no buraco com as próprias mãos. Quando Clay acabou de socar a terra com a parte de trás da pá, Jordan tinha os olhos vidrados de cansaço e cambaleava feito um bêbado.

Mesmo assim, olhou para Tom e cobrou:

— Vamos. Você prometeu.

Clay quase esperou que ele acrescentasse: *E capriche, señor, senão eu meto uma bala em você*, como um assassino em um faroeste de Sam Peckinpah.

Tom foi até uma das pontas da cova — Clay achou que era a da cabeça, mas estava tão cansado que não conseguia lembrar. Nem conseguia recordar com certeza se o nome do diretor era Charles ou Robert. Tiras de névoa se enroscavam nos pés e tornozelos de Tom, enrolando-se também nos caules de feijão mortos. Ele retirou o boné de beisebol e Alice tirou o dela. Clay levou as mãos à cabeça e lembrou que não estava usando nada.

— Isso mesmo! — exclamou Jordan. Estava sorrindo, extasiado com a comoção de todos. — Tirem os chapéus! Tirem os chapéus para o diretor! — Ele próprio estava com a cabeça descoberta, mas fingiu tirar um chapéu assim mesmo e o agitou no ar. Clay mais uma vez temeu pela sanidade do garoto. — Agora o poema! Vamos, Tom!

— Certo — disse Tom —, mas você tem que ficar quieto. Demonstre respeito.

Jordan colocou um dedo entre os lábios para mostrar que entendeu, e Clay viu, nos olhos cheios de mágoa sobre o dedo erguido, que o menino ainda não tinha perdido a cabeça. Perdera o amigo, mas não a cabeça.

Clay esperou, curioso para ver como Tom prosseguiria. Esperava algum verso de Frost, talvez um fragmento de Shakespeare (certamente Ardai aprovaria Shakespeare, mesmo que fosse apenas *"Quando nós três nos reencontraremos"*), talvez até algum improviso de autoria de Tom McCourt. Mas não esperava os versos que saíram da boca de Tom em uma voz baixa e precisa.

— Não nos prives da tua misericórdia, Senhor; que teu amor e tua verdade sempre nos protejam. Pois males sem fim nos cercam; fomos rodeados pelos nossos pecados e não podemos ver. Eles são mais numerosos do que os cabelos das nossas cabeças, e nossos corações desfalecem. Digna-te a salvar-nos Senhor; Senhor, apressa-te em nosso auxílio.

Alice segurava o tênis e chorava diante da cova, olhando para o chão. Seus soluços eram rápidos e baixos.

Tom continuou, com uma das mãos sobre o túmulo recente, a palma para a frente, os dedos enrolados.

— Que todos aqueles que queiram tomar nossas vidas como esta vida foi tomada caiam em vergonha e agonia; que todos aqueles que desejem nossa ruína sejam expulsos e caiam em desgraça. Que aqueles que nos escarnecem sejam confundidos pela própria vergonha. Aqui jaz o morto, pó da terra...

— Sinto muito, diretor! — gritou Jordan em uma voz tremida e aguda. — Sinto muito, não está certo, senhor, sinto muito que o senhor esteja morto... — Seus olhos rolaram para cima e ele caiu sobre a cova fresca. A névoa o encobriu com seus dedos brancos e vorazes.

Clay o pegou e mediu a pulsação no pescoço do menino; estava forte e regular.

— Foi só um desmaio. O que era aquilo que você estava falando, Tom?

Tom parecia encabulado.

— Uma adaptação bem livre do Salmo 40. Vamos entrar.

— Não. Se não for muito longo, termine — pediu Clay

— Sim, por favor — Alice reforçou. — Termine. É lindo. Como bálsamo em uma ferida.

Tom se virou e ficou de frente para a cova novamente. Deu a impressão de estar se recompondo, mas talvez estivesse apenas voltando à posição em que estava.

— Aqui jaz o morto, pó da terra, e aqui estamos nós, os vivos, pobres e necessitados. Senhor, cuida de nós. Tu és nosso arrimo e nosso provedor. Senhor, não tardes a vir. Amém.

— Amém — Clay e Alice disseram juntos.

— Vamos levar o garoto para dentro — disse Tom. — Está um gelo aqui fora.

— Você aprendeu isso com as carolas da Primeira Igreja de Cristo Redentor da Nova Inglaterra? — perguntou Clay.

— Ah, sim — Tom respondeu. — Quanto mais salmos decorados, mais sobremesas ganhávamos. Também aprendi a mendigar nas esquinas e encher um estacionamento da Sears inteiro com panfletos do tipo "Um milhão de anos no inferno sem um copo d'água". Vamos levar esse menino pra cama. Aposto que ele vai dormir direto até as quatro da tarde de amanhã e acordar se sentindo muito melhor.

— E se o homem da bochecha rasgada voltar e descobrir que ainda estamos aqui depois de ele ter nos mandado ir embora? — perguntou Alice.

Clay pensou que aquela era uma boa pergunta, mas não achava que valesse a pena refletir por muito tempo. Ou o Esfarrapado daria mais um dia para eles, ou não. Enquanto levava Jordan para a cama no andar de cima, Clay descobriu que estava cansado demais para se importar com qualquer uma das hipóteses.

2

Por volta das quatro da manhã, Alice deu um boa-noite sonolento para Clay e Tom e se arrastou para a cama. Os dois homens ficaram sentados na cozinha, bebendo chá gelado, quase sem conversar. Não parecia haver muito a dizer. Então, logo antes da aurora, outro daqueles grunhidos altos, proferidos ao longe de modo fantasmagórico, veio de noroeste trazido pelo ar nebuloso. Oscilava como o som de um teremim em um filme de terror antigo. Quando estava começando a sumir, um grito de resposta muito mais alto veio de Gaiten, para onde o Esfarrapado havia levado sua nova e mais numerosa horda.

Clay e Tom saíram pela porta da frente, empurrando de lado a barreira de mini-systems derretidos para descer os degraus da varanda. Não conseguiam enxergar nada; o mundo inteiro estava branco. Ficaram lá por um tempo e voltaram para dentro de casa.

Nem o grito da morte nem a resposta de Gaiten acordaram Alice e Jordan; eles podiam se sentir sortudos por isso. O mapa rodoviário, já dobrado e com as pontas amassadas, estava na bancada da cozinha. Tom o folheou e disse:

— Aquilo pode ter vindo de Hooksett ou Suncook. Ambas são cidades de um tamanho razoável, a noroeste daqui... quero dizer, de um tamanho razoável para New Hampshire. Imagino quantos eles pegaram. E como fizeram.

Clay balançou a cabeça.

— Espero que tenham sido muitos — Tom falou com um sorriso fraco e insosso. — Espero que tenham sido pelo menos mil, e que tenham cozinhado bem devagar. Fico pensando numa rede de restaurantes qualquer que costumava anunciar "galinha assada". Nós vamos partir amanhã à noite?

— Acho que, se o Esfarrapado nos deixar viver o dia de hoje, não temos escolha. Você não acha?

— Não vejo outra saída — Tom respondeu —, mas vou lhe dizer uma coisa, Clay... estou me sentindo como uma vaca ao ser conduzida por um corredor de zinco até o abatedouro. Quase posso sentir o cheiro do sangue dos meus irmãos bovinos.

Clay partilhava desse sentimento, mas a mesma pergunta voltava à baila: se um massacre era o que eles tinham em sua mente coletiva, por que não logo ali? Poderiam tê-lo realizado na tarde do dia anterior, em vez de largarem mini-systems derretidos e o tênis de estimação de Alice na varanda. Tom bocejou.

— Vou pra cama. Você consegue ficar acordado mais algumas horas?

— Talvez — Clay respondeu. Na verdade, nunca sentira tão pouca vontade de dormir na vida. Seu corpo estava exausto, mas sua mente não parava quieta. Logo começaria a se acalmar, e ele se lembraria do som que a caneta fez ao sair da órbita de Ardai: o guincho de metal contra o osso. — Por quê?

— Porque, se eles decidirem matar a gente hoje, prefiro ir do meu jeito do que do jeito deles — respondeu Tom. — Já sabemos como é o deles. Concorda?

Clay pensou que, se a mente coletiva que o Esfarrapado representava tivesse realmente feito Ardai enfiar uma caneta-tinteiro no olho, os quatro inquilinos restantes da Casa Cheatham poderiam descartar suicídio como uma das opções. Porém, Tom não merecia ir dormir com aquele pensamento. De modo que Clay balançou a cabeça em concordância.

— Vou levar todas as armas lá pra cima. Você está com aquele bom e velho calibre .45, não está?

— O preferido de Beth Nickerson. Estou.

— Então, boa noite. E, se eles se aproximarem, se você *sentir* que eles estão se aproximando, grite. — Tom fez uma pausa. — Isto é, se tiver tempo. E se eles deixarem.

Clay observou Tom sair da cozinha, pensando em como o amigo sempre estava um passo à frente. Pensando em como gostava de Tom. Pensando que gostaria de conhecê-lo melhor. Pensando que isso não era muito provável. E Johnny e Sharon? Eles nunca pareceram tão distantes.

3

Às oito da manhã, Clay se sentou num banco em um canto do jardim da vitória de Ardai. Dizia a si mesmo que, se não estivesse tão cansado, levantaria o traseiro e construiria uma espécie de lápide para o velho. Não duraria muito, mas o cara merecia, mesmo que fosse só por ter tomado conta do seu último aluno. O problema era que ele nem tinha certeza se conseguiria se levantar, cambalear para dentro da casa e acordar Tom para que ele ficasse de vigia.

Logo eles teriam um belo e frio dia de outono — feito para colher maçãs, preparar sidra e jogar futebol americano no quintal dos fundos. Por ora, a névoa ainda estava espessa, mas o sol da manhã a atravessava vigorosamente, emprestando uma brancura deslumbrante ao pequeno mundo em que Clay estava sentado. Gotículas suspensas pendiam no ar, e centenas de pequenos arco-íris circulavam diante dos seus olhos pesados.

Algo vermelho se materializou, saindo daquele branco incandescente. Por um instante, o moletom do Esfarrapado parecia flutuar sozinho. E então, na medida em que atravessava o jardim em direção a Clay, o rosto negro e as mãos do seu ocupante foram se materializando em cima e embaixo dele. Naquela manhã, o capuz estava levantado, emoldurando a deformidade sorridente do rosto e aqueles olhos mortos-vivos.

A testa larga, de erudito, transfigurada por um rasgo.

Os jeans sujos e disformes, rasgados nos bolsos e sendo usados há mais de uma semana.

HARVARD escrito no peito estreito.

O calibre .45 de Beth Nickerson estava no cinto de Clay, guardado no coldre lateral. Ele nem chegou a tocá-lo. O Esfarrapado parou a cerca de três metros dele, em cima da cova de Ardai, e Clay não acreditava que fosse por acaso.

— O que você quer? — ele perguntou ao Esfarrapado, e imediatamente respondeu a si mesmo: — Quero. Te dizer.

Clay ficou olhando para o homem, mudo de surpresa. Esperara telepatia ou nada. O Esfarrapado sorriu, da melhor forma que podia com aquele terrível corte no lábio inferior, e espalmou as mãos como se dissesse: Ora, coisa fácil.

— Fale o que quer falar, então — disse Clay e tentou se preparar para ter a voz roubada pela segunda vez. Ele descobriu que não dava para se preparar. Era como se tivesse se transformado em um pedaço de madeira sorridente no colo de um ventríloquo.

— Vá. Hoje. À noite. — Clay se concentrou e disse: — Cale a boca, pare!

O Esfarrapado esperou, era a encarnação da paciência.

— Acho que consigo bloquear você se me esforçar. Não tenho certeza, mas acho que consigo.

O Esfarrapado esperou, o rosto dizendo: *Já terminou?*

— Prossiga — Clay pediu, e então falou: — Poderia ter trazido. Mais gente. Vim. Sozinho.

Clay refletiu sobre a força de vontade do Esfarrapado unida à de uma horda inteira e se deu por vencido.

— Vá. Hoje. À noite. Norte. — Clay esperou e, quando teve certeza de que o Esfarrapado havia terminado de usar a voz dele por ora, perguntou: — Para onde? Por quê?

Daquela vez não houve palavras, mas uma imagem surgiu de repente diante de Clay. Era tão clara que ele não sabia se estava em sua mente ou se o Esfarrapado a havia invocado de alguma forma na tela brilhante da névoa. Era o que eles tinham visto rabiscado em giz de cera rosa, no meio da Academy Avenue:

KASHWAK=SEM-FO

— Não entendo — disse ele.

Mas o Esfarrapado já estava indo embora. Pôde ver o moletom vermelho por um instante, parecendo mais uma vez flutuar sozinho contra a névoa reluzente; então ele sumiu também. Clay ficou apenas com a pífia consolação de saber que eles iriam para norte de qualquer maneira e que teriam mais um dia. O que significava que não havia necessidade de ficar vigiando. Decidiu ir para a cama e deixar os outros continuarem dormindo também.

4

Jordan acordou com a mente tranquila, e a lucidez nervosa desaparecera. Ele mordiscou metade de um bagel, que estava duro como uma pedra, e escutou com desânimo Clay contar o encontro com o Esfarrapado naquela manhã. Quando Clay terminou, Jordan pegou o mapa, consultou o índice no final e então abriu na página do oeste do Maine.

— Aqui — ele apontou uma cidade em cima de Fryeburg. — Esta é Kashwak, a leste, e Little Kashwak, a oeste, quase na divisa entre o Maine e New Hampshire. Sabia que eu tinha reconhecido o nome. Por causa do lago. — Jordan batendo com o dedo em cima do lago. — Quase tão grande quanto Sebago.

Alice aproximou o rosto para ler o nome do lago. — Kash... Kashwakamak, acho que é isso.

— É um território não incorporado chamado TR-90 — Jordan respondeu, batendo com o dedo sobre a área. — Sabendo disso, fica fácil adivinhar o que significa Kashwak igual a Sem-Fo, vocês não acham?

— É uma zona morta, certo? — Tom perguntou. — Sem torres de telefonia celular, sem torres de transmissão...

Jordan abriu um sorriso fraco para ele.

— Bem, imagino que tenha um monte de gente com antenas parabólicas, mas fora isso... bingo.

— Não estou entendendo. Por que eles nos mandariam para uma área sem cobertura de celular onde todo mundo deve estar mais ou menos bem? — perguntou Alice.

— Pra começo de conversa, é melhor perguntar por que eles nos deixaram vivos — disse Tom.

— Talvez eles queiram nos transformar em mísseis teleguiados vivos e nos usar para bombardear o pedaço — Jordan respondeu. — Se livrar da gente e deles. Dois coelhos com uma cajadada só.

Eles ficaram em silêncio por um instante, considerando a hipótese.

— Vamos descobrir — Alice quebrou o silêncio —, mas eu não vou bombardear *ninguém*.

Jordan a encarou com frieza.

— Você viu o que eles fizeram com o diretor. Se chegarem a esse ponto, você acha que vai ter alguma escolha?

5

Ainda havia sapatos na frente da maioria das casas próximas à entrada da Academia Gaiten, mas as portas daquelas simpáticas residências ou estavam abertas, ou tinham sido arrancadas das dobradiças. Alguns dos mortos que eles viram espalhados naqueles gramados ao retomarem a viagem para norte eram fonáticos, mas a maioria consistia em peregrinos inocentes, que calharam de estar no lugar errado e na hora errada. Eram os que estavam descalços, mas nem havia necessidade de olhar para os pés deles: muitas vítimas da retaliação tinham sido literalmente desmembradas.

Depois da escola, onde a Academy Avenue voltava a se tornar a rota 102, via-se uma carnificina em ambos os lados por quase um quilômetro. Alice andava com os olhos resolutamente fechados, deixando Tom guiá-la como se fosse cega. Clay se ofereceu para fazer o mesmo por Jordan, mas ele apenas balançou a cabeça e seguiu com teimosia pelo meio da rua; um garoto magricela com uma mochila nas costas e cabelo demais na cabeça. Depois de alguns olhares rápidos para a matança, ele baixou os olhos para os tênis.

— São centenas — falou Tom. Eram oito da noite e a escuridão era total, mas eles conseguiam ver muito mais do que queriam. Caído no chão, em cima de uma placa de PARE na esquina da Academy com a Spofford, havia o corpo de uma garota de calças vermelhas e blusa de marinheiro branca. Não parecia ter mais de nove anos, e estava descalça. A menos de vinte metros de distância, via-se a porta aberta da casa de onde ela provavelmente tinha sido arrastada, gritando por misericórdia. — *Centenas.*

— Talvez nem tanto — disse Clay. — Alguns da nossa gente estavam armados. Eles atiraram em uma boa quantidade desses desgraçados. Esfaquearam outros tantos. Cheguei até a ver um com uma flecha saindo da...

— Nós causamos isso — Tom interrompeu. — Você acha que existe *gente* como nós?

A resposta a essa pergunta veio quando eles pararam para comer o almoço frio em uma beira de estrada, quatro horas mais tarde. Àquela altura, já estavam na rota 156 e, de acordo com a placa, aquilo era um mirante, com vista para a histórica Flint Hill a oeste. Clay pensou que devia ser uma boa vista para quem estivesse almoçando lá ao meio-dia, em vez de à meia-noite, com lampiões em cada uma das quatro pontas da mesa de piquenique.

Já tinham começado a comer a sobremesa — biscoitos Oreo vencidos —, quando um grupo de seis pessoas chegou andando com dificuldade, todas mais velhas. Três empurravam carrinhos de compras cheios de suprimentos, e todas estavam armadas. Eram os primeiros viajantes que viam desde que haviam voltado para a estrada.

— Ei — chamou Tom, acenando para eles. — Tem outra mesa de piquenique aqui, se vocês quiserem sentar um pouquinho.

Eles olharam. A mais velha das duas mulheres do grupo, estilo vovó, com cabelos brancos e fofos que brilhavam à luz das estrelas, começou a acenar. Mas então parou.

— São eles — um dos homens avisou, e Clay não deixou de notar a repulsa e o medo na voz dele. — É o grupo de Gaiten.

Um dos homens disse:

— Vai pro inferno, cara.

Eles seguiram caminho, andando até um pouco mais rápido. A vovó estava mancando, e o homem ao lado dela precisou ajudá-la a passar por um Subaru cujo para-choque tinha enganchado no de um Saturn abandonado.

Alice se levantou em um pulo, quase derrubando um dos lampiões. Clay agarrou o braço dela.

— Deixe pra lá, menina.

Ela o ignorou.

— Pelo menos nós fizemos alguma coisa! — gritou ela na direção do grupo. — O que vocês fizeram? O que vocês fizeram, porra?

— Vou dizer o que nós não fizemos — respondeu um dos homens. O pequeno grupo já havia passado do mirante, e ele teve que virar para trás para falar com Alice. Podia fazer aquilo porque, por algumas centenas de metros dali em diante, a estrada estava livre de veículos abandonados. — Não matamos um monte de normies. Não sei se você notou, mas eles são mais numerosos do que nós…

— Conversa fiada, você não sabe se isso é verdade! — gritou Jordan. Clay percebeu que era a primeira vez que o menino falara desde que tinham saído de Gaiten.

— Talvez seja, talvez não seja — o homem retrucou —, mas eles fazem umas coisas muito estranhas e poderosas. Isso você não pode negar. Eles disseram que vão nos deixar em paz se nós deixarmos eles em paz... e se deixarmos *vocês* em paz. E a gente falou que tudo bem.

— Se você acredita no que eles dizem, ou enviam por pensamento, então é um idiota — Alice respondeu.

O homem virou o rosto para a frente, ergueu as mãos no ar, fez um gesto que era uma mistura de "vai à merda" e "até logo", e não disse mais nada.

Os quatro observaram as pessoas dos carrinhos de compras sumirem de vista, então trocaram olhares na mesa de piquenique com suas iniciais antigas entalhadas.

— Bem, agora já sabemos — Tom comentou. — Somos proscritos.

— Talvez não. Se o povo dos celulares quer que a gente vá até onde os... como foi que o cara falou?... o resto dos normies está indo — Clay considerou. — Talvez sejamos outra coisa.

— O quê? — perguntou Alice.

Clay tinha uma ideia, mas não gostaria de expô-la. Não à meia-noite.

— Agora estou mais interessado em Kent Pond — disse ele. — Quero... preciso ver se encontro minha mulher e meu filho.

— Não é muito provável que eles ainda estejam lá, é? — perguntou Tom com sua voz baixa e gentil. — Quero dizer, independentemente de como estejam, normais ou fonáticos, eles provavelmente seguiram caminho.

— Se estiverem bem, terão deixado algum recado — Clay respondeu.

— De qualquer forma, é um lugar para se ir.

E, enquanto não tivessem chegado e terminado aquela etapa, Clay não queria ficar criando hipóteses sobre o porquê de o Esfarrapado os mandar para um lugar seguro se as pessoas lá os odiavam e temiam. Ou como Kashwak Sem-Fo poderia ser seguro, uma vez que o povo dos celulares sabia da existência do local.

6

Eles estavam seguindo lentamente para leste, aproximando-se da rota 19. Essa estrada os levaria para além da fronteira do estado até o Maine, mas eles não chegaram lá naquela noite. Todas as estradas daquela parte de New Hampshire pareciam passar pela pequena cidade de Rochester, que tinha sido consumida pelo fogo. O núcleo do incêndio ainda estava vivo, irradiando um brilho quase radioativo. Alice assumiu o comando, liderando a peregrinação a oeste, fazendo um meio círculo e contornando a pior parte das ruínas flamejantes. Eles viram muitas vezes KASHWAK=SEM-FO rabiscado nas calçadas, e uma vez pichado na lateral de uma caixa de correio.

— A pena pra isso é uma fiança de um milhão de dólares e prisão perpétua na baía de Guantánamo — disse Tom com um sorriso fraco.

Aquele caminho acabou obrigando os três a atravessarem o enorme estacionamento do shopping Rochester. Muito antes de chegarem, era possível escutar o som amplificado de um trio de jazz New Age pouco inspirado, tocando o tipo de coisa que Clay considerava música para fazer compras. O estacionamento estava soterrado de lixo em decomposição; os carros restantes tinham entulho até a calota. Eles sentiam o cheiro podre e orgânico de cadáveres no ar.

— Tem fonáticos por aqui — afirmou Tom.

A horda estava no cemitério, próximo ao shopping. Eles passariam a sul e a oeste do bando, mas, quando saíram do estacionamento do shopping, estavam perto o bastante para verem os olhos vermelhos dos mini-systems através das árvores.

— Talvez devêssemos matá-los — sugeriu Alice de repente quando eles voltaram para a North Main Street. — Deve ter algum caminhão de gás enguiçado aqui por perto.

— Vamos! — Jordan respondeu. Ele ergueu os punhos até os lados da cabeça e os brandiu, parecendo animado pela primeira vez desde que saíram da Casa Cheatham. — Pelo diretor!

— Acho melhor não — disse Tom.

— Está com medo de testar a paciência deles? — perguntou Clay. Ele ficou surpreso de se ver mais ou menos a favor da ideia maluca de Alice. Não tinha dúvidas de que incendiar uma outra horda *seria* uma ideia maluca, mas...

Ele pensou: *Eu poderia fazer isso apenas porque esta é a pior versão de "Misty" que já ouvi na vida. Não precisa nem torcer meu braço pra me convencer.*

— Não é isso — Tom respondeu. Ele parecia estar pensando. — Está vendo aquela rua ali? — Ele apontava para uma avenida que seguia entre o shopping e o cemitério. Estava repleta de carros parados. Quase todos estavam virados na mão oposta ao shopping. Clay não teve nenhuma dificuldade para imaginar aqueles carros cheios de pessoas tentando ir para casa depois do Pulso. Pessoas que queriam saber o que estava acontecendo, se suas famílias estavam bem. Que pegariam os telefones dos carros, os celulares, sem pensar duas vezes.

— O que tem ela? — perguntou Clay.

— Vamos descer um pouquinho naquela direção — Tom sugeriu. — Com muito cuidado.

— O que você viu, Tom?

— Prefiro não dizer. Talvez nada. Vamos nos afastar da calçada e ficar debaixo das árvores. Aquele foi um belo dum engarrafamento. Deve ter corpos ali.

Havia dezenas de cadáveres apodrecendo para se tornarem novamente parte do grande ciclo infinito entre a Twombley Street e o cemitério West Side. "Misty" tinha dado lugar a uma versão melosa de "I Left My Heart in San Francisco" quando se aproximaram das árvores, e eles conseguiam ver novamente os olhos vermelhos dos mini-systems. Então Clay viu algo mais e parou.

— Meu Deus — ele sussurrou.

Tom assentiu.

— O quê? — murmurou Jordan. — O quê?

Alice não falou nada, mas Clay percebia pela direção em que ela olhava e pelo curvar derrotado dos seus ombros que ela estava vendo o mesmo que ele. Homens com rifles faziam uma barreira de segurança em volta do cemitério. Clay virou a cabeça de Jordan e viu os ombros do menino também se curvarem.

— Vamos embora — o garoto pediu em voz baixa. — Esse cheiro está me deixando enjoado.

7

Em Melrose Corner, a aproximadamente seis quilômetros a norte de Rochester (ainda era possível ver o brilho vermelho da cidade oscilar no horizonte a sul), eles encontraram outra área para piquenique, dessa vez com um espaço para fogueira além de mesas. Clay, Tom e Jordan buscaram lenha seca. Alice, que afirmava ter sido escoteira, provou suas habilidades fazendo uma bela fogueira e depois esquentando três latas do que chamava de "feijão de mendigo". Enquanto comiam, dois pequenos grupos de viajantes passaram por eles. Ambos olharam, mas ninguém em nenhum dos dois grupos acenou ou falou.

Depois que o lobo dentro de sua barriga se acalmou um pouco, Clay disse:

— Você viu aqueles caras, Tom? Lá do estacionamento do shopping? Estou pensando em mudar seu nome para Olho de Águia.

Tom balançou a cabeça, afirmativamente.

— Foi pura sorte. Isso e a luz que vinha de Rochester. Das brasas.

Clay concordou. Todos sabiam do que ele estava falando.

— Calhei de olhar para o cemitério na hora certa e do ângulo certo, e vi o brilho em alguns canos de rifle. Disse a mim mesmo que não podia ser o que parecia, que eram provavelmente as grades da cerca de ferro ou algo do gênero, mas... — Tom suspirou, olhou para o resto do feijão e o empurrou de lado. — É isso aí.

— Talvez fossem fonáticos — disse Jordan, mas Clay notava na voz do menino que ele não acreditava naquilo.

— Fonáticos não fazem o turno da noite — Alice argumentou.

— Talvez precisem de menos horas de sono agora — falou Jordan. — Talvez isso faça parte da nova programação deles.

Ouvir Jordan falar daquele jeito, como se o povo dos celulares fosse composto de computadores orgânicos em algum tipo de upload cíclico, sempre arrepiava Clay.

— Eles também não usam rifles, Jordan — Tom respondeu. — Não precisam deles.

— Então arranjaram alguns colaboradores para cuidar deles enquanto descansam a beleza — Alice afirmou. Havia um leve desprezo na voz dela, e lágrimas logo abaixo. — Espero que apodreçam no inferno.

Clay não disse nada, mas se viu pensando nas pessoas que eles encontraram mais cedo naquela noite, os que estavam com carrinhos de compras — no medo e repulsa na voz do homem que os chamou de grupo de Gaiten. *Poderiam bem ter nos chamado de gangue de Dillinger,* pensou. E então: *Já não penso mais neles como* fonáticos, *e sim como* um povo, *o povo dos celulares. Por que isso?* O pensamento que se seguiu foi ainda mais desagradável: *Quando um colaborador deixa de ser um colaborador?* Parecia-lhe que a resposta era quando os colaboradores se tornavam a maioria absoluta. Então, os que *não eram* colaboradores se tornavam...

Bem, se você for um romântico, chama essas pessoas de "a resistência". Se não for, os chama de fugitivos.

Ou talvez simplesmente de criminosos.

Eles caminharam até a cidade de Hayes Station e passaram a noite em um hotel caindo aos pedaços chamado Whispering Pines. De lá, dava para ver uma placa que dizia ROTA 19 — 11KM SANFORD BERWICKS KENT POND. Não deixaram os sapatos na entrada dos apartamentos que escolheram.

Já não parecia haver necessidade.

8

Ele estava novamente em uma plataforma no meio daquele maldito campo, de alguma forma imobilizado e sendo o alvo de todos os olhares. A construção com a luz vermelha piscando no topo erguia-se no horizonte. O lugar era maior do que o estádio de Foxboro. Seus amigos estavam com ele, em fila, mas daquela vez não estavam sozinhos. Plataformas semelhantes estendiam-se pelo campo aberto. À esquerda de Tom havia uma grávida usando uma camisa Harley-Davidson com as mangas cortadas. À direita de Clay, estava um senhor idoso — não do naipe de Ardai, mas quase — com cabelo grisalho preso em um rabo de cavalo e uma expressão assustada no rosto comprido e inteligente. Atrás dele, estava um homem mais jovem, com um boné surrado dos Miami Dolphins.

Clay não ficou surpreso em reconhecer algumas das centenas de pessoas ali — não é assim que as coisas são nos sonhos? Em um instante, você está espremido numa cabine de telefone com a sua professora da primeira série; no outro, está transando com as três cantoras do Destiny's Child no observatório do Empire State.

Desta vez o trio do Destiny's Child não estava no sonho, mas Clay viu o rapaz nu que havia brandido as antenas de carro (vestindo, no sonho, calças de sarja e uma camisa branca limpa), o Mochileiro que chamara Alice de senhorita e a mulher estilo vovó que mancava. Ela apontou para Clay e seus amigos, que estavam próximos à linha de cinquenta jardas, e então falou com a mulher ao seu lado... que era, Clay notou sem surpresa, a nora grávida do sr. Scottoni. *Aquele é o grupo de Gaiten*, disse a vovó, e a nora grávida do sr. Scottoni ergueu o carnudo lábio superior em um sorriso de escárnio.

Socorro!, gritou a mulher na plataforma ao lado de Tom. Ela estava gritando para a nora do sr. Scottoni. Eu *também quero ter o meu bebê! Me ajude!*

Você devia ter pensado nisso enquanto ainda havia tempo, respondeu a nora do sr. Scottoni. Clay percebeu, como percebera no outro sonho, que ninguém estava de fato falando. Usavam telepatia.

O Esfarrapado começou a subir a fila, encostando a mão sobre a cabeça de cada pessoa que alcançava. O gesto era o mesmo que Tom fizera sobre a cova de Ardai: palma estendida, dedos enrolados. Clay pôde ver uma espécie de bracelete de identificação brilhando no pulso do Esfarrapado, talvez uma daquelas pulseiras de identidade para emergências médicas, e percebeu que havia luz ali — os holofotes estavam acesos. Também viu outra coisa: o Esfarrapado conseguia alcançar o topo da cabeça deles, embora estivessem em plataformas, porque não estava no chão. Estava andando, mas em pleno ar, a um metro de altura do solo.

— *Ecce homo... insanus* — disse ele. — *Ecce femina... insana.* — E, todas as vezes, a multidão rugia a resposta em uníssono: "não toque"; tanto o povo dos celulares quanto os normies. Pois não havia mais diferença. No sonho de Clay, eles eram todos iguais.

9

Ele acordou no fim da tarde; estava em posição fetal e abraçando um travesseiro. Saiu e encontrou Alice e Jordan sentados no meio-fio que separava o estacionamento dos apartamentos. Alice estava com um braço em volta do menino. Jordan, com a cabeça no ombro dela, a enlaçava pela cintura. O cabelo dele estava arrepiado na nuca. Clay se sentou com os dois. Diante deles, a estrada que levava à rota 19 e ao Maine estava deserta, exceto por um caminhão da FedEx morto na faixa branca com as portas de trás abertas e uma motocicleta acidentada.

Clay se sentou com os dois.

— Vocês?...

— *Ecce puer... insanus* — Jordan o interrompeu, sem levantar a cabeça do ombro de Alice. — Sou eu.

— E eu sou a *femina* — Alice completou. — Clay, tem algum estádio de futebol americano enorme em Kashwak? Porque, se tiver, não quero chegar nem perto desse lugar.

Uma porta se fechou atrás deles. Passos se aproximaram.

— Nem eu — disse Tom, sentando-se. — Sou o primeiro a admitir que tenho muitos problemas, mas desejo de morte nunca foi um deles.

— Não tenho certeza, mas não acho que exista muita coisa além de uma escola primária lá — Clay afirmou. — As crianças com idade para o ensino médio provavelmente vão de ônibus para Tashmore.

— É um estádio *virtual* — Jordan falou.

— Hein? — Você quer dizer como em um jogo de computador? — perguntou Tom.

— Quero dizer como em um computador. — Jordan ergueu a cabeça, ainda olhando para a estrada vazia que levava até Sanford, Berwicks e Kent Pond. — Esquece, estou me lixando para isso. Se o povo dos celulares e as pessoas normais não vão tocar na gente, quem vai tocar? — Clay jamais havia visto uma dor tão adulta nos olhos de uma criança. — Quem vai manter contato com a gente?

Ninguém respondeu.

— O Esfarrapado vai tocar na gente? — insistiu Jordan, erguendo um pouco a voz. — O Esfarrapado vai tocar na gente? Talvez. Porque ele está observando, eu sinto que ele está.

— Jordan, você está se deixando levar — Clay falou, mas a ideia tinha uma certa e estranha lógica interior. Se eles receberam aquele sonho, o sonho das plataformas, então talvez ele estivesse mesmo observando. Não se manda uma carta sem ter o endereço.

— Não quero ir para Kashwak — disse Alice. — Pouco me importa se é uma área sem telefones ou não. Prefiro ir para... Idaho.

— Eu vou para Kent Pond antes de ir para Kashwak, Idaho ou qualquer outro lugar — Clay respondeu. — Consigo chegar lá a pé em duas noites. Gostaria que vocês me acompanhassem, mas se não quiserem, ou não puderem, vou entender.

— Você precisa saber o que aconteceu, então vamos te dar isso — considerou Tom. — Depois, podemos pensar no que fazer em seguida. A não ser que alguém tenha outra ideia.

Ninguém tinha.

10

As duas vias da rota 19 estavam completamente livres em alguns pequenos trechos, que às vezes chegavam a quase meio quilômetro, e isso incentivava os sprinters. Este foi o termo que Jordan cunhou para os carros semissuicidas que passavam zunindo em alta velocidade, geralmente no meio da rua, sempre com os faróis altos acesos.

Clay e os outros conseguiam ver as luzes se aproximando e saíam da rua depressa. Caso vissem carros acidentados ou simplesmente parados mais adiante, pulavam a mureta e entravam no mato. Jordan passou a chamar esses obstáculos de barreiras de sprinters. O sprinter passava voando, as pessoas dentro dele muitas vezes aos berros (e quase certamente embriagadas). Se tivesse apenas um carro parado, uma pequena barreira de sprinter, o motorista provavelmente escolheria contorná-la e seguir. Se a estrada estivesse bloqueada, ele talvez ainda tentasse fazer o contorno, mas o mais provável era que o motorista e os passageiros abandonassem o veículo e voltassem a seguir para leste a pé, até encontrarem alguma outra coisa que valesse a pena usar como sprinter; ou seja, algo rápido e temporariamente divertido. Clay pensou que viajar daquele jeito era uma babaquice... mas a maioria dos sprinters era mesmo babaca, mais um pé no saco naquele mundo que se tornara um pé no saco. Isso também valia para Gunner.

Gunner foi o quarto sprinter na primeira noite deles na rota 19. Sob o brilho dos faróis, viu os quatro parados no acostamento. Viu *Alice*. Ele colocou a cabeça para fora, cabelos negros jogados para trás pelo vento, e gritou:

— *Chupa o meu pau, putinha!* — Enquanto varava a estrada em um Cadillac Escalade preto.

Os passageiros fizeram algazarra e acenaram. Alguém gritou:

— Podicrê!

Para Clay, aquilo parecia o êxtase absoluto exprimido em um sotaque de South Boston.

— Que lindo. — Foi o único comentário de Alice.

— Algumas pessoas não têm... — começou a falar Tom, mas antes que pudesse contar o que algumas pessoas não tinham, escutaram som de pneus cantando vindo da escuridão logo à frente, seguido por um estampido alto e surdo e o tilintar de vidro.

— Puta merda — disse Clay e começou a correr. Antes de ele avançar vinte metros, Alice o ultrapassou.

— Calma, eles podem ser perigosos! — ela exclamou.

Tom alcançou Clay, já ofegante. Jordan, correndo ao lado deles, nem suava.

— O que... vamos... fazer... se eles estiverem... gravemente feridos? — perguntou Tom. — Chamar... uma ambulância?

— Não sei — Clay respondeu, mas ele estava pensando em como Alice tinha erguido uma das automáticas. Ele sabia.

11

Os três alcançaram Alice na curva da estrada, logo à frente. Ela estava parada atrás do Escalade. O carro estava virado de lado, com os airbags acionados. O acidente não era difícil de entender: o Escalade fizera a curva cega a toda a velocidade, talvez a mais de noventa quilômetros por hora, e dera de cara com um caminhão de leite abandonado. O motorista, babaca ou não, conseguiu evitar um desastre maior. Estava andando zonzo em volta do utilitário esportivo arruinado, tirando o cabelo de cima do rosto. Sangue jorrava do seu nariz e de um corte na testa. Clay andou até o Escalade, os tênis pisando nos pedacinhos de vidro de segurança, e olhou para dentro. Estava vazio. Passou a lanterna pelo interior e viu sangue apenas no volante. Os passageiros tinham sido espertos o bastante para fugir do acidente. Todos, exceto um, tinham abandonado a cena, provavelmente por puro reflexo. O que ficara com o motorista era um pós-adolescente nanico, dentuço, com cabelo ruivo longo e sujo e marcas feias de acne. A tagarelice dele fazia Clay lembrar um cachorrinho.

— Cê tá bem, Gunnah? — perguntou ele. Clay imaginava que era assim que se pronunciava *Gunner* em South Boston. — Puta merda, cê tá sangrando feito um desgraçado. Caralho, achei que cê tava morto. — Então, virando-se para Clay. — Tá olhando o quê?

— Cala a boca — disse Clay. Dadas as circunstâncias, falou até com alguma educação.

O ruivo apontou para Clay e virou para o amigo ensanguentado.

— Ele é um deles, Gunnah! É um do *grupo*!

— Cala a boca, Harold! — Gunner exclamou. Sem educação nenhuma. Então olhou para Clay, Tom, Alice e Jordan.

— Vamos dar um jeito na sua testa — Alice anunciou. Ela havia guardado a arma de volta no coldre e tirado a mochila. Então começou a revirá-la. — Tenho band-aids e uns pedaços de gaze. E também água oxigenada, que vai arder, mas é melhor uma ardidinha do que uma infecção, certo?

— Levando em conta o que esse rapaz falou para você no caminho, você é uma cristã melhor do que eu fui no meu auge — disse Tom. Ele sacara o sr. Ligeirinho e olhava para Gunner e Harold, segurando-o pela alça.

Gunner devia ter uns vinte e cinco anos. O cabelo longo e preto de vocalista de rock estava coberto de sangue. Ele olhou para o caminhão de leite, depois para o Escalade, depois para Alice, que estava com um pedaço de gaze em uma das mãos e o frasco de água oxigenada na outra.

— Tommy, Frito e aquele cara que estava sempre enfiando o dedo no nariz ralaram. — Ele inflou o pouco peito que tinha. — Mas eu fiquei! Puta merda, mermão, cê tá sangrando feito um porco.

Alice embebeu um pedaço de gaze com água oxigenada e deu um passo em direção a Gunner. Ele recuou imediatamente.

— Fica longe de mim. Você é veneno.

— São eles! — gritou o ruivo. — Dos sonhos! Não falei?

— Fica longe de mim! — Gunner exclamou. — Sua piranha. Todos vocês.

Clay sentiu uma súbita vontade de atirar nele, e não ficou surpreso. Gunner tinha a aparência de um cachorro acuado e agia como tal: seus dentes estavam arreganhados, preparados para morder. E não é isso que se faz com cães perigosos, quando não há outra alternativa? Você não atira neles? Porém, eles obviamente *tinham* uma alternativa e, se Alice podia bancar a boa samaritana com o vagabundo que a chamou de putinha, ele achava que conseguiria se privar de matá-lo. Mas queria descobrir uma coisa antes de deixar aqueles dois adoráveis rapazes seguirem o caminho deles.

— Estes sonhos — ele começou. — Você tem um... sei lá... um tipo de guia espiritual neles? Um cara de moletom vermelho, talvez?

Gunner deu de ombros. Rasgou um pedaço da camisa e o usou para limpar o sangue do rosto. Estava recuperando um pouco os sentidos e parecia um pouco mais consciente do que acontecera.

— Harvard, pode crer. Não é, Harold?

O ruivo assentiu.

— É. Harvard. O negro. Mas eles não são sonhos. Se você não sabe, não adianta porra nenhuma te contar. São transmissões. Transmissões nos nossos sonhos. Se vocês não recebem, é porque são veneno. Não são, Gunnah?

— Vocês fizeram uma merda bizarra — disse Gunner com uma voz absorta e limpou a testa. — Não toquem em mim.

— A gente vai ter nosso próprio lugar — Harold continuou. — Não vamos, Gunnah? Lá no Maine. Todo mundo que não recebeu o Pulso tá indo pra lá, e a gente não vai ficar pra trás. Caçar, pescar, viver da porra da terra. É o que Harvard diz.

— E você acredita nele? — Alice perguntou. Ela parecia fascinada. Gunner ergueu um dedo que tremia um pouco.

— Cala a boca, sua puta.

— Acho melhor você calar a sua — Jordan advertiu. — Nós estamos armados.

— É melhor nem *pensarem* em atirar na gente! — Harold respondeu com a voz esganiçada. — O que você pensa que Harvard faria se vocês atirassem na gente, seu tampinha de merda?

— Nada — disse Clay.

— Você não... — Gunner começou a falar, mas, antes que pudesse prosseguir, Clay deu um passo à frente e bateu no queixo dele com o .45 de Beth Nickerson. A ponta do cano abriu um novo rasgo no queixo de Gunner, mas Clay esperava que aquilo fosse um remédio mais eficiente do que a água oxigenada que o jovem recusara. Nisso ele se enganou.

Gunner caiu contra a lateral do caminhão de leite abandonado, olhando para Clay com uma expressão chocada. Harold deu um passo à frente por impulso. Tom apontou o sr. Ligeirinho para ele e balançou a cabeça uma única e proibitiva vez. Harold recuou e começou a roer as pontas dos dedos sujos. Acima deles, seus olhos estavam arregalados e úmidos.

— Nós estamos indo — disse Clay. — Eu os aconselho a ficar aqui pelo menos uma hora, porque não vão querer nos encontrar de novo. Estamos dando as vidas de vocês de presente. Se aparecerem na nossa frente mais uma vez, vamos tirá-las. — Ele andou para trás em direção a Tom e aos demais, ainda olhando para o rosto afogueado e incrivelmente cheio de sangue do rapaz. Sentiu-se um pouco como o velho domador de leões Frank Buck, tentando dar conta do recado por pura força de vontade. — Mais uma coisa. Não sei por que o povo dos celulares quer todos os normies em Kashwak, mas sei o que geralmente acontece quando o gado é arrebanhado. Pensem nisso quando receberem a próxima transmissão noturna.

— Vai se foder — Gunner respondeu, mas desviou o olhar de Clay e olhou para os próprios sapatos.

— Venha, Clay — disse Tom. — Vamos.

— Não deixe a gente encontrar vocês de novo, Gunner — Clay repetiu. Mas eles deixaram.

12

Gunner e Harold de alguma forma se adiantaram a eles, talvez se arriscando a viajar oito ou dezesseis quilômetros à luz do dia enquanto Clay, Tom, Alice e Jordan dormiam num hotel de beira de estrada chamado State Line, que ficava uns duzentos metros depois da divisa do Maine. A dupla deve ter parado na área de repouso de Salmon Falls, Gunner escondendo seu novo veículo entre a meia dúzia de carros que havia sido abandonada lá. Mas isso não tinha importância. O que importava era que os dois se adiantaram, esperaram os quatro passar e então atacaram.

Clay mal percebeu o som do motor se aproximando ou o comentário de Jordan: "Lá vem um sprinter". Aquela era a sua terra natal e, à medida que passavam por cada ponto de referência familiar — o Depósito de Lagostas Freneau, a três quilômetros do State Line; a sorveteria Shaky's Tastee Freeze, do outro lado da rua; a estátua do general Joshua Chamberlain na pequena praça municipal —, ele se sentia cada vez mais como se estivesse dentro de um sonho muito real. Suas esperanças eram muito baixas, e ele não havia se dado conta disso até ver o grande cone de sorvete que ficava sobre a Shaky's. Ele parecia ao mesmo tempo banal e exótico, como algo saído do pesadelo de um louco, com sua ponta espiralada se erguendo em direção às estrelas.

— A estrada está atravancada demais para um sprinter — comentou Alice.

Eles foram para o acostamento quando faróis se acenderam na ladeira às suas costas. Havia uma picape capotada na faixa branca. Clay achou bem provável que o veículo que se aproximava fosse bater nela, mas os faróis desviaram para a esquerda um segundo depois de passar pelo topo da ladeira. O sprinter desviou da picape com facilidade, raspando a mureta por alguns segundos antes de voltar à estrada. Clay pensou, mais tarde, que Gunner e Harold provavelmente tinham passado por aquele trecho antes, mapeando as barreiras de sprinters com atenção.

Eles ficaram olhando, Clay mais perto das luzes que se aproximavam. Alice do lado esquerdo dele. À esquerda dela estavam Tom e Jordan. Tom com os braços casualmente em volta dos ombros de Jordan.

— Nossa, ele está pisando fundo — disse Jordan. Sua voz não soava alarmada; era apenas uma observação. Clay também não estava preocupado. Não conseguiu prever o que estava por vir. Havia se esquecido completamente de Gunner e Harold.

Um carro esportivo, talvez um MG, estava parado com uma metade dentro e a outra fora da estrada, a uns quinze metros a oeste de onde estavam. Harold, que estava dirigindo o sprinter, conseguiu evitá-lo. Foi um desvio pequeno, mas talvez tenha atrapalhado a pontaria de Gunner. Ou talvez não. Talvez Clay nunca tenha sido o alvo. Talvez ele tivesse mirado em Alice o tempo todo.

Naquela noite, eles dirigiam um sedã Chevrolet comum. Gunner estava no banco de trás, com o corpo para fora da janela até a cintura, segurando um bloco de concreto lascado. Ele soltou um grito inarticulado, que poderia muito bem ter vindo de um balão de uma das revistas em quadrinhos que Clay desenhara como freelance — *Yahhhhhh!* —, e atirou o bloco. O pedaço de concreto descreveu sua rota curta e mortal pela escuridão e acertou Alice no lado da cabeça. Clay nunca se esqueceu do som que o impacto fez. A lanterna que ela segurava — que teria feito dela um alvo perfeito, embora todos estivessem com uma — caiu da sua mão inerte e desenhou um cone de luz sobre o asfalto, iluminando cascalhos e o pedaço de uma lâmpada traseira que reluziu como um rubi falso.

Clay caiu de joelhos ao lado de Alice, chamando o nome dela, mas não conseguia se ouvir em meio ao rugido súbito do sr. Ligeirinho, que finalmente estava sendo testado. Os flashes do cano da arma entrecortaram a escuridão, permitindo que ele visse o sangue jorrando do lado esquerdo do rosto — ai, Deus, *que* rosto — dela.

Então os tiros pararam. Tom estava gritando: "*O cano foi pra cima, não conseguia baixá-lo, acho que atirei a porra do cartucho inteiro para o céu*", e Jordan repetia: "*Ela está machucada? Ele acertou?*". Clay pensou em como ela se oferecera para colocar a água oxigenada na testa de Gunner para depois enfaixá-la. *Melhor uma ardidinha do que uma infecção, certo?*, dissera Alice. Ele precisava estancar o sangue. Precisava estancá-lo imediatamente. Clay tirou a jaqueta que estava vestindo e então tirou o suéter. Usaria o suéter para enrolar em volta da cabeça dela como a porra de um turbante.

A lanterna oscilante de Tom caiu sobre o bloco de concreto. Estava coberto de sangue e cabelos. Jordan começou a berrar quando viu. Clay, ofegante e suando desesperadamente, apesar do ar frio da noite, começou a enrolar o suéter em volta da cabeça de Alice, mas a peça ficou encharcada na mesma hora. Clay sentia como se estivesse usando luvas quentes e úmidas. Então, a lanterna de Tom encontrou Alice; a cabeça dela estava envolvida no suéter até o nariz, deixando-a parecida com um prisioneiro de extremistas islâmicos, a bochecha — o que *restava* da bochecha — e o pescoço imersos em sangue. Clay também começou a gritar.

Ajudem-me, ele queria dizer. *Parem com isso vocês dois e me ajudem aqui.* Mas a voz não saía, e tudo o que Clay podia fazer era pressionar o suéter ensopado contra o lado esponjoso da cabeça dela. Ele se lembrava que Alice também estava sangrando quando eles a conheceram, pensava que, se ela tinha ficado bem daquela vez, também ficaria nessa. As mãos dela estavam se contorcendo convulsivamente, os dedos respingando sangue na poeira do acostamento. *Alguém dê a ela aquele tênis*, pensou Clay, mas o tênis estava na mochila, e Alice estava deitada em cima dela. Deitada com o lado da cabeça esmagado por alguém que tinha uma pequena dívida para acertar. Ele viu que os pés dela também estavam se debatendo, e ainda conseguia sentir o sangue jorrar, atravessando o suéter e cobrindo suas mãos.

Aqui estamos nós, no fim do mundo, pensou Clay. Ele ergueu os olhos para o céu e viu a estrela vespertina.

13

Ela nunca chegou a desmaiar e tampouco recuperou completamente a consciência. Tom conseguiu se controlar e ajudou a carregá-la ladeira acima, para a calçada. Havia árvores ali, e Clay lembrava ser um pomar de macieiras. Ele achava que já tinha ido ali com Sharon uma vez para colher maçãs, quando Johnny era bem pequeno. Na época em que as coisas estavam bem entre eles e não havia discussões sobre dinheiro e ambições para o futuro.

— Não se devem mover as pessoas quando elas estão com ferimentos graves na cabeça — queixou-se Jordan, andando atrás deles e carregando a mochila de Alice.

— Não precisamos nos preocupar com isso — Clay respondeu. — Ela não vai sobreviver, Jordan. Não nesse estado. Acho que nem um hospital poderia fazer muito por ela. — Ele viu o rosto de Jordan começar a se contorcer. Havia luz o suficiente para enxergar. — Sinto muito.

Eles a deitaram na grama. Tom tentou fazê-la beber água mineral em uma garrafa com dosador, e ela até aceitou um pouco. Jordan deu-lhe o tênis, o Nike de bebê, e ela o aceitou também, apertando-o e manchando-o de sangue. Então esperaram Alice morrer. Esperaram aquela noite inteira.

14

Ela falou:

— Papai falou que eu posso ficar com o resto, então não coloque a culpa em mim.

Isso foi por volta das onze. Ela estava deitada com a cabeça na mochila de Tom, que ele havia enchido com um cobertor que pegara no Sweet Valley Inn. Estavam nos arredores de Methuen, no que parecia ter sido outra vida. Numa vida melhor, na verdade. A mochila já estava encharcada de sangue. Com o olho que restava, Alice olhou para as estrelas. Estava com a mão esquerda aberta na grama ao seu lado. Não se mexia há mais de uma hora. A mão direita apertava o tênis incansavelmente. Apertava... e soltava. Apertava... e soltava.

— Alice — disse Clay. — Você está com sede? Quer um pouco mais de água?

Ela não respondeu.

15

Mais tarde — 1h15, pelo relógio de Clay —, ela perguntou se podia ir nadar. Dez minutos depois, disse:

— Não quero esses absorventes, eles estão sujos. — E riu. O som da risada era natural, aterrorizante, e despertou Jordan, que estava cochilando. Ele viu o estado dela e se afastou para chorar sozinho. Quando Tom tentou se sentar ao lado dele para confortá-lo, Jordan gritou para que ele fosse embora.

Às 2h15, um grupo numeroso de normies passou pela estrada, logo abaixo de onde estavam, com várias lanternas balançando no escuro. Clay foi até a beirada da ladeira e gritou, sem grandes esperanças, na direção deles.

— Vocês teriam um médico no grupo?

As lanternas pararam. Um murmúrio de troca de ideias veio dos vultos lá embaixo. Então, uma voz de mulher gritou na direção de Clay, uma voz muito bonita:

— Deixe-nos em paz. Não podemos chegar perto de vocês.

Tom se juntou a Clay na beirada da ladeira.

— "E o levita também passou ao lado" — gritou Tom. — É como se diz "vai se foder" na língua da Bíblia, senhorita.

Atrás deles, Alice falou de repente com uma voz forte.

— Nós cuidaremos dos homens no carro. Não como um favor para vocês, mas como um aviso aos demais. Sei que entendem.

Tom agarrou o pulso de Clay com a mão gelada.

— Jesus Cristo, parece que ela está acordada.

Clay segurou a mão de Tom.

— Não é ela. É o cara do moletom vermelho, usando-a como um... como um alto-falante.

Na escuridão, os olhos de Tom estavam enormes.

— Como você sabe disso?

— Eu sei — Clay respondeu.

Lá embaixo, as lanternas se afastavam. Logo teriam sumido, e Clay preferia assim. Aquilo era problema deles, era particular.

16

Às 3h30, na calada da noite, Alice falou:

— Ah, mamãe, que pena. As rosas murcharam, o jardim morreu. — Então a voz dela ficou mais animada. — Vamos ter neve? Vamos fazer um forte, vamos fazer uma folha, vamos fazer um pássaro, vamos fazer uma mão, vamos fazer uma azul, vamos... — E perdeu o fio da meada, olhando para as estrelas que giravam no céu noturno como um relógio. A noite estava fria. Eles a haviam agasalhado, e cada respiração dela saía na forma de um vapor branco. O sangramento finalmente estancara. Jordan se sentou perto dela, afagando-lhe a mão esquerda, que já estava morta e esperava alcançar o resto do corpo.

— Toque aquela música gostosa que eu adoro — disse ela. — Aquela de Hall & Oates.

17

Às 4h40:

— É o vestido mais bonito do mundo.

Estavam todos reunidos em volta dela. Clay tinha dito que achava que ela estava morrendo.

— Qual é a cor dele, Alice? — perguntou Clay, sem esperar resposta; mas ela *respondeu*.

— Verde.

— E quando você vai usá-lo?

— As senhoras vêm até a mesa — ela respondeu. Ainda apertava o tênis na mão, porém, mais devagar. O sangue no lado do rosto tinha secado, ganhando uma aparência esmaltada. — As senhoras vêm até a mesa, as senhoras vêm até a mesa. O sr. Ricardi fica no posto dele e as senhoras vêm até a mesa.

— Tudo bem, querida — disse Tom baixinho. — O sr. Ricardi ficou no posto dele, não ficou?

— As senhoras vêm até a mesa. — Alice virou o olho que restava para Clay, e pela segunda vez ela falou naquela outra voz. Na voz que Clay havia escutado do próprio dono. Apenas quatro palavras daquela vez. — Estamos com seu filho.

— É mentira — sussurrou Clay. Estava com os punhos cerrados e teve que se conter para não atacar a garota agonizante. — Seu desgraçado, é mentira.

— As senhoras vêm até a mesa e nós tomamos chá — Alice repetiu.

18

O primeiro fio de luz começara a surgir a leste. Tom se sentou ao lado de Clay, colocou, hesitante, a mão no braço dele e falou:

— Se eles leem mentes, podem ter descoberto que você tem um filho e que está muito preocupado com ele. Devem fazer isso com a mesma facilidade que a gente procura alguma coisa no Google. Aquele cara pode estar usando Alice pra ferrar contigo.

— Eu sei disso — Clay respondeu. E sei também de outra coisa: o que ela falou com a voz de Harvard é muito plausível. — Sabe no que eu não consigo parar de pensar?

Tom balançou a cabeça.

— Quando ele era pequeno, com uns três ou quatro anos de idade, na época em que Sharon e eu ainda nos dávamos bem e o chamávamos de Johnny-Gee, ele vinha correndo toda vez que o telefone tocava. Ele gritava: "Pra-pra-mim-mim?". A gente se acabava de rir. E se fosse a vovó ou o vovô de Johnny, nós falávamos: "Pra-pra-vo-você", e passávamos a ligação. Ainda me lembro como aquele negócio parecia grande nas mãozinhas dele...

— Clay, pare.

— E agora... agora... — Ele não conseguia prosseguir. E não precisava.

— Venham aqui, vocês dois! — chamou Jordan. Havia angústia na sua voz. — Depressa!

Eles voltaram para onde Alice estava deitada. Ela se erguia em convulsão, a espinha traçando um arco rígido e trêmulo. O olho que restava estava esbugalhado, e os lábios se contorciam com os cantos para baixo. Então, de repente, ela ficou toda relaxada. Falou um nome que não significava nada para eles — Henry — e apertou o tênis uma última vez. Então os dedos se afrouxaram e ele se soltou. Um suspiro e uma última nuvem branca, muito tênue, saíram de seus lábios entreabertos.

Jordan olhou de Clay para Tom, e então de volta para Clay.

— Ela está...?

— Sim — respondeu Clay.

Jordan irrompeu em lágrimas. Clay permitiu que Alice olhasse mais alguns segundos para as estrelas que esmaeciam, e então fechou o olho dela com a palma da mão.

19

Havia uma casa de fazenda perto do pomar. Eles encontraram pás em um dos galpões e enterraram Alice sob uma macieira, com o pequeno tênis na mão. Os três concordaram que era o que ela gostaria que fizessem. A pedido de Jordan, Tom recitou mais uma vez o Salmo 40, embora daquela vez ele tenha tido dificuldade em terminá-lo. Todos compartilharam uma lembrança sobre Alice. Durante aquela parte do funeral improvisado, um grupo do povo dos celulares, pouco numeroso, passou a norte de onde estavam. Viram o que estava acontecendo, mas não deram importância. Aquilo não surpreendeu nem um pouco Clay. Eles eram loucos e não deveriam ser tocados... e Clay tinha certeza de que Gunner e Harold ficariam sabendo da tristeza deles.

Eles dormiram a maior parte do dia na casa de fazenda, então seguiram para Kent Pond. Clay já não esperava mais encontrar o filho lá, mas não perdera a esperança de ter notícias de Johnny, ou talvez de Sharon. Apenas saber que ela estava viva talvez diminuísse um pouco da tristeza que sentia, uma sensação tão pesada que parecia envergá-lo como um manto de chumbo.

KENT POND

1

A antiga casa de Clay — a casa em que Johnny e Sharon estavam morando no momento do Pulso — ficava na Livery Lane, duas quadras a norte do semáforo morto que marcava o centro de Kent Pond. Era o tipo de imóvel que alguns anúncios imobiliários chamavam de "para reformar", e outros de "residência provisória". A piada entre Clay e Sharon — antes da separação — era que aquela "residência provisória" provavelmente seria também a "casa de repouso" dos dois. E, quando ela ficou grávida, eles pensaram em chamar o bebê de Olivia, se ele fosse do que Sharon chamava de "gênero feminino". Assim, ela disse, eles teriam a única Livvie da Livery Lane. E se acabaram de rir.

Clay, Tom e Jordan — um Jordan pálido, um Jordan calado e pensativo, que precisava quase sempre ouvir uma pergunta duas ou três vezes antes de responder — chegaram ao cruzamento da avenida principal com a Livery Lane poucos minutos depois da meia-noite, numa noite de ventania na segunda semana de outubro. Clay olhava freneticamente para o sinal de trânsito na esquina de sua antiga rua, que frequentou como visitante pelos últimos quatro meses. As palavras ENERGIA NUCLEAR ainda estavam pichadas lá, como antes de sua viagem a Boston. PARE... ENERGIA NUCLEAR. PARE... ENERGIA NUCLEAR. Ele não conseguia mais ver sentido naquilo. Não era uma questão de *significado*, pois estava bem claro; tratava-se apenas de um protesto político sagaz (se procurasse, provavelmente encontraria a mesma pichação em cima de sinais de trânsito na cidade inteira, talvez em Springvale e Acton também), mas não compreendia como o sentido daquilo poderia ser o mesmo, quando o mundo inteiro havia mudado. De alguma maneira, Clay achava que, se olhasse para aquilo com intensidade suficiente, surgiria uma passagem, uma espécie de túnel do tempo de ficção científica, e ele mergulharia no passado, e tudo aquilo seria desfeito. Toda aquela escuridão.

— Clay — perguntou Tom. — Você está bem?

— Esta é a minha rua — Clay respondeu, como se aquilo explicasse tudo. E então, sem saber o que estava fazendo, começou a correr. Livery Lane era uma rua sem saída. Todas as ruas daquela parte da cidade terminavam na encosta de uma colina, que na verdade era uma montanha erodida. Carvalhos pendiam dela e a rua estava cheia de folhas mortas que estalavam sob os pés de Clay. Também havia um monte de carros parados, e dois com as grades enroscadas em um vigoroso beijo mecânico.

— Para onde ele está indo? — Jordan gritou atrás dele. Clay odiava o medo que ouvia na voz do menino, mas não podia parar.

— Ele está bem — disse Tom. — Deixa ele ir.

Clay desviou dos carros parados, o facho da sua lanterna dançando e penetrando a escuridão à sua frente. Um dos fachos de luz iluminou o rosto do sr. Kretsky. O sr. Kretsky sempre tinha um doce para Johnny nos dias em que o menino ia cortar o cabelo, quando Johnny era Johnny-Gee, quando era apenas uma criança que costumava gritar *pra-pra-mim-mim* quando o telefone tocava. O homem estava caído na calçada em frente à sua casa, meio enterrado pelas folhas de carvalho e aparentemente sem o nariz.

Não posso encontrá-los mortos. Esse pensamento ressoava na cabeça dele repetidamente. *Não depois de Alice. Não posso encontrá-los mortos.* E então, de forma abominável (porém, nos momentos de estresse, a mente quase sempre fala a verdade), pensou: *E se tiver que encontrar um deles morto... que seja ela.*

A casa deles era a última à esquerda (igual ao filme de terror, como ele sempre costumava lembrar Sharon, com uma risada macabra para combinar — muito depois de a piada perder a graça, na verdade), e a entrada para carros subia para a garagem reformada onde cabia apenas um veículo. Clay já estava sem fôlego, mas não diminuiu o ritmo. Subiu correndo a entrada, chutando as folhas à sua frente e sentindo uma fisgada começar a subir pelo lado direito do corpo, além de um gosto de cobre no fundo da boca, onde sua respiração parecia falhar. Ele ergueu a lanterna e iluminou o interior da garagem.

Vazia. E se perguntava: aquilo era bom ou ruim?

Ele se virou, viu as luzes de Tom e Jordan balançando na sua direção lá embaixo e iluminou a porta dos fundos. Viu algo que fez seu coração saltar até a garganta. Subiu correndo os três degraus até o alpendre e quase varou a porta de proteção com a mão ao arrancar o bilhete que estava no vidro. Estava preso pela beiradinha da fita adesiva. Se tivessem chegado uma hora mais tarde, talvez até meia hora, o vento implacável da noite o teria levado embora. Ele poderia matá-la por ser tão descuidada, uma desatenção daquelas era tão típica de Sharon, mas...

O bilhete não era de Sharon.

2

Jordan subiu a entrada para carros e parou diante dos degraus com a luz em cima de Clay. Tom veio andando atrás com dificuldade, respirando pesado e fazendo muito barulho à medida que arrastava os pés pelas folhas. Ele parou ao lado de Jordan e pousou a própria lanterna em cima do papel desdobrado na mão de Clay. Em seguida, ergueu o facho de luz lentamente até o rosto estupefato dele.

— Esqueci da porra da diabetes da mãe dela — disse Clay, entregando aos dois o bilhete que tinha sido colado com fita adesiva à porta. Tom e Jordan leram juntos:

Papai,

Aconteceu uma coisa ruim como você deve saber, espero que você esteja bem e que leia isto. Mitch Steinman e George Gendron estão comigo, as pessoas estão ficando malucas & a gente acha que são os celulares. Papai agora é a parte ruim, a gente veio pra cá porque eu estava com medo. Eu ia quebrar o meu se eu estivesse errado, mas eu não estava errado, ele não estava lá. A mamãe tem levado ele porque a vovó está doente você sabe e ela queria ficar acompanhando. Tenho que ir, meu Deus estou com medo, alguém matou o sr. Kretsky. Tem um monte de gente morta & maluca igual num filme de terror mas a gente ficou sabendo que as pessoas estão se juntando (pessoas

NORMAIS) *na prefeitura e é pra lá que a gente está indo. Talvez mamãe esteja lá mas meu deus ela tá com o meu TELEFONE. Papai se você estiver bem, POR FAVOR VENHA ME BUSCAR.*

Seu filho,
John Gavin Riddell

Tom terminou de ler e falou em um tom de advertência gentil que horrorizou Clay mais do que qualquer comentário cruel o faria.

— Você sabe que as pessoas que se reuniram na prefeitura provavelmente tomaram caminhos diferentes, não sabe? Já tem dez dias, e o mundo passou por um tumulto horroroso.

— Eu sei — Clay respondeu. Seus olhos ardiam, e ele sentia a voz começando a vacilar. — E sei que a mãe dele provavelmente está... — Ele deu de ombros e brandiu a mão trêmula para o mundo escuro que descia para além da entrada de carros coberta de folhas. — Mas, Tom, eu preciso ir até a prefeitura ver. Talvez tenham deixado notícias. *Ele* pode ter deixado notícias.

— Sim — concordou Tom. — É claro que precisa. E, quando chegarmos lá, podemos decidir o que fazer em seguida. — Ele falou naquele mesmo tom de terrível gentileza. Clay quase preferiu que ele tivesse gargalhado e dito algo como: *Ora, seu idiota, você acha mesmo que vai vê-lo novamente? Caia na real.*

Jordan leu o bilhete uma segunda vez, talvez uma terceira e uma quarta. Mesmo naquele estado de horror e agonia, Clay teve vontade de pedir desculpas a ele pelos erros de ortografia de Johnny, lembrando que o filho possivelmente tinha escrito aquilo sob um estresse terrível, curvado no alpendre, enquanto seus amigos assistiam ao caos correr solto lá embaixo.

Então, Jordan baixou o bilhete e disse:

— Como é o seu filho?

Clay quase perguntou por quê, mas então decidiu que não queria saber. Pelo menos ainda não.

— Johnny é quase trinta centímetros mais baixo do que você. Gordinho. Cabelo castanho-escuro.

— Não é magrelo. Nem louro.

— Não, esse parece mais George, um amigo dele.

Jordan e Tom trocaram um olhar. Foi um olhar grave, mas Clay achou que havia alívio nele também.

— O quê? — perguntou. — O quê? Falem pra mim.

— Do outro lado da rua — disse Tom. — Você não viu porque estava correndo. Tem um menino morto umas três casas antes daqui. Magrelo, louro, com uma mochila vermelha...

— É George Gendron. — Clay conhecia a mochila vermelha de George tão bem quanto a azul com tiras brilhantes de Johnny. — Ele e Johnny construíram juntos uma vila de peregrinos para o projeto de história na quarta série. Tiraram dez. George não pode estar morto. — Mas era quase certo que estivesse. Clay se sentou no alpendre, que rangeu daquele jeito familiar com o seu peso, e enfiou o rosto entre as mãos.

3

A prefeitura ficava no cruzamento da Pond com a Mill Street, em frente à praça municipal e à lagoinha que dava nome à pequena cidade. O estacionamento estava quase vazio, exceto pelas vagas reservadas para os funcionários, pois ambas as ruas que levavam ao prédio vitoriano branco estavam engarrafadas com veículos parados. As pessoas haviam chegado o mais perto possível e então andaram o restante do caminho. Para os retardatários como Clay, Tom e Jordan, o progresso era lento. A duas quadras da prefeitura, nem mesmo os gramados estavam livres de carros. Meia dúzia de casas tinham queimado. Algumas ainda estavam fumegantes.

Clay havia coberto o corpo do menino na Livery Lane — era de fato George, o amigo de Johnny —, mas eles não podiam fazer nada pelos vários mortos inchados e putrefatos que encontraram enquanto seguiam lentamente em direção à prefeitura de Kent Pond. Havia centenas deles, porém, no escuro, Clay não viu ninguém conhecido. Talvez também não tivesse visto se fosse dia. Os corvos tiveram trabalho de sobra na última semana e meia.

A mente de Clay continuava voltando a George Gendron, que fora encontrado de bruços em uma poça coagulada de sangue e folhas. No bilhete, Jordan havia dito que George e Mitch, o outro amigo que fizera naquele ano, na sétima série, tinham estado com ele. Então, o que aconteceu com

George deve ter acontecido depois de Johnny colar o bilhete na porta e os três saírem da casa dos Riddell. Mas, uma vez que apenas George estava em meio àquelas folhas ensanguentadas, Clay poderia supor que Johnny e Mitch haviam saído vivos da Livery Lane.

É claro que supor é coisa de gente idiota, pensou ele. O *evangelho segundo Alice Maxwell, que ela descanse em paz.*

E era verdade. O assassino de George pode ter perseguido os dois e os pegado em algum outro lugar. Na avenida principal ou na Dugway Street, talvez próximo ao Laurel Way. Pode tê-los matado com um cutelo ou com duas antenas de carro...

Eles chegaram à entrada do estacionamento da prefeitura. À esquerda, havia uma picape que tentara alcançar o prédio por terra e acabou atolada em uma vala pantanosa, a menos de dois metros de um pedaço de um asfalto civilizado e praticamente deserto. À direita, jazia uma mulher com a garganta rasgada e o rosto transformado em uma massa de buracos escuros e filetes de sangue pelas bicadas de pássaros. Ainda estava com o boné de beisebol dos Portland Sea Dogs e a bolsa pendurada no braço.

Os assassinos não estavam mais interessados em dinheiro.

Tom pousou a mão no ombro de Clay, assustando-o.

— Pare de pensar no que pode ter acontecido.

— Como você sabe...?

— Não preciso saber ler mentes. Se você encontrar seu filho, o que acho difícil, mas se encontrar, tenho certeza de que ele vai lhe contar tudo. Se não for assim... o que mais importa?

— Você tem razão. Mas, Tom... eu *conhecia* George Gendron. As crianças costumavam chamá-lo de Connecticut às vezes, porque a família dele veio de lá. Ele comia cachorros-quentes e hambúrgueres no nosso jardim. O pai dele costumava ir lá em casa para assistir aos jogos dos Patriots comigo.

— Eu sei — disse Tom. — Eu sei. — E então falou com rispidez para Jordan: — Pare de olhar para a mulher, Jordan, ela não vai se levantar e sair andando.

Jordan o ignorou e continuou olhando para o cadáver bicado pelos corvos com o boné dos Sea Dogs.

— Os fonoides começaram a cuidar uns dos outros assim que readquiriram algum nível básico de programação — Jordan refletiu. — Mesmo quando apenas os retiravam de baixo das arquibancadas e jogavam no pântano, estavam tentando fazer alguma coisa. Mas eles não tomam conta dos nossos. Deixam os nossos apodrecendo em qualquer lugar. — Ele se virou para encarar Clay e Tom. — Não importa o que eles digam ou prometam, não podemos confiar neles — disse ele com raiva. — Não podemos, o.k.?

— Concordo plenamente — Tom respondeu.

Clay assentiu.

— Eu também.

Tom meneou a cabeça em direção à prefeitura, onde algumas luzes de emergência com baterias de longa duração ainda estavam acesas, jogando um brilho amarelo e doentio sobre os carros dos funcionários, que estavam parados sobre rios de folhas.

— Vamos entrar lá e ver o que eles deixaram para trás.

— Sim, vamos — concordou Clay. Tinha certeza de que Johnny não estaria lá. Mas uma pequena parte de sua mente, pequena e infantil, que nunca se dá por vencida, ainda esperava ouvir um grito de "papai" e ver o filho pular nos seus braços. Uma coisa viva, verdadeira em meio àquele pesadelo.

4

Eles não tiveram mais dúvidas de que a prefeitura estava vazia quando viram o que estava pintado nas portas duplas. Sob o brilho fraco das luzes de emergência, as traçadas grossas e desleixadas de tinta vermelha pareciam mais sangue seco:

KASHWAK=SEM-FO

— A que distância fica essa Kashwak? — perguntou Tom.

Clay calculou de cabeça.

— Eu diria uns 130 quilômetros, quase direto para norte. Você tem que pegar a rota 160 a maior parte do caminho, mas quando chega ao TR não sei mais.

Jordan perguntou:

— O que exatamente é um TR?

— TR-90 é um território não incorporado. Existem algumas vilas, algumas pedreiras e uma reserva minúscula da tribo micmac mais a norte, mas é quase tudo floresta, urso e cervo. — Clay mexeu na maçaneta e a porta se abriu. — Vou dar uma olhada aqui. Vocês realmente não precisam entrar se não quiserem... estão dispensados.

— Não, nós vamos entrar — afirmou Tom. — Não vamos, Jordan?

— Com certeza — Jordan suspirou como um garoto confrontado com uma tarefa possivelmente difícil. Então sorriu. — Ei, luzes elétricas. Quem sabe quando vamos ver uma dessas de novo?

5

Nenhum Johnny Riddell saiu em disparada de um quarto escuro para se jogar nos braços do pai. A prefeitura, no entanto, ainda recendia a comida, que tinha sido preparada em grelhas e em *hibachis* pelas pessoas que haviam se reunido lá depois do Pulso. Fora do grande salão principal, no mural longo em que geralmente ficavam notícias sobre a cidade e informações sobre seus próximos eventos, uns duzentos bilhetes haviam sido afixados. Clay, quase ofegante de tensão, começou a examiná-los com o fervor de um estudioso que acredita ter encontrado o evangelho perdido de Maria Madalena. Tinha medo do que poderia achar e do que poderia não achar. Tom e Jordan se retiraram educadamente para o salão de reuniões principal, que ainda estava entulhado de restos deixados pelos refugiados. Aparentemente eles tinham passado várias noites ali, esperando por um resgate que nunca chegou.

Nos bilhetes afixados, Clay viu que os sobreviventes haviam começado a acreditar que poderiam esperar por algo além de um resgate; que a salvação os aguardava em Kashwak. Por que aquela cidadezinha em especial receberia um resgate, quando todo o TR-90 (certamente os quadrantes norte e oeste) não tinha cobertura de transmissão e recepção para celulares? Os bilhetes no mural não deixavam isso claro. A maior parte parecia supor que qualquer pessoa que os lesse não precisaria de explicações; era um caso de "todo mundo sabe, todo mundo está fazendo a mesma coisa". E até o mais claro dos correspondentes tinha obviamente lutado para manter o equilíbrio entre o horror e o entusiasmo. A maioria das mensagens não passava de *siga a Estrada de Tijolos Amarelos em direção a Kashwak e à salvação o mais rápido possível.*

Quase no fim do mural, com a metade escondida por um bilhete de Iris Nolan, uma moça que Clay conhecia muito bem (ela havia sido voluntária na pequena biblioteca da cidade), ele viu uma folha com o garrancho redondo e familiar do filho e pensou: *Ai, meu bom Deus, obrigado. Muito obrigado.* Arrancou-o da parede, tomando cuidado para que não rasgasse.

A data no bilhete era 3 de outubro. Clay tentou se lembrar de onde estivera na noite de 3 de outubro, sem muito sucesso. Teria sido no celeiro em North Reading? Ou no Sweet Valley Inn, perto de Methuen? Achava que era o celeiro, mas não conseguia ter certeza absoluta — estava tudo confuso e, se ele pensasse demais, começaria a misturar o homem das lanternas nos lados da cabeça com o rapaz brandindo as antenas de carro; a pensar que o sr. Ricardi tinha se matado engolindo vidro quebrado em vez de se enforcado; e que tinha visto Alice no jardim de Tom, comendo pepinos e tomates.

— Pare — sussurrou ele e se concentrou no bilhete. Tinha menos erros de ortografia e estava um pouco mais bem redigido, mas o sofrimento nele era inconfundível.

3 de out.
Querido papai,
 Espero que esteja vivo & que receba este bilhete. Eu e Mitch chegamos bem, mas Hughie Darden pegou George, e acho que matou ele. Eu e Mitch conseguimos correr mais rápido. Fiquei achando que a culpa era minha, mas Mitch disse você não tinha como saber que ele era um Fonoide como os outros e a culpa não é sua.
 Papai, agora vem o pior. Mamãe é um deles. Eu a vi numa das "hordas" hoje. (É assim que estão chamando eles, hordas.) Ela não está tão mal quanto os outros, mas sei que se eu saísse ela nem ia me reconhecer e me mataria assim que me visse. SE VOCÊ A ENCONTRAR, NÃO SE DEIXE ENGANAR, SINTO MUITO MAS É VERDADE.
 Estamos indo para Kashwak (é para norte) amanhã ou depois de amanhã, a mãe de Mitch está aqui e eu estou morrendo de inveja dele. Papai, eu sei que você não tem celular e todo mundo sabe que

Kashwak é um lugar seguro. Se você receber este bilhete, POR FAVOR VENHA ME BUSCAR.
Eu te amo de todo Coração,

Seu filho,
John Gavin Riddell

Mesmo depois da notícia sobre Sharon, Clay estava aguentando firme até chegar ao *Eu te amo de todo Coração*. Talvez tivesse aguentado firme também, não fosse por aquele C maiúsculo. Ele beijou a assinatura do filho de doze anos, olhou para o mural com olhos vacilantes — as coisas se duplicaram, triplicaram e então se separaram completamente — e soltou um grito rouco de dor. Tom e Jordan vieram correndo.

— O que foi, Clay? — perguntou Tom. — O que aconteceu? — Ele viu a folha de papel, uma página amarela com pautas, arrancada de um bloco de anotações, e a pegou das mãos de Clay. Ele e Jordan passaram os olhos por ela rapidamente.

— Eu vou para Kashwak — Clay afirmou com a voz rouca.

— Clay, não acho que essa seja uma boa ideia — disse Jordan, com cautela. — Levando em consideração o que nós fizemos na Academia Gaiten.

— Não me importo. Eu vou para Kashwak. Vou encontrar meu filho.

6

Os refugiados que haviam se abrigado na prefeitura de Kent Pond deixaram uma boa quantidade de suprimentos para trás quando desfizeram o acampamento, provavelmente em massa, rumo ao TR-90 e a Kashwak. Clay, Tom e Jordan fizeram uma refeição que consistia em pão dormido com salpicão de frango enlatado e salada de frutas enlatada de sobremesa.

Quando estavam terminando, Tom se inclinou para Jordan e murmurou alguma coisa. O menino balançou a cabeça em concordância.

— Você nos daria licença por alguns minutos, Clay? Jordan e eu precisamos ter uma conversinha.

Clay assentiu. Quando os dois se afastaram, ele abriu outra lata de salada de frutas e releu a carta de Johnny nove ou dez vezes. Estava bem perto de memorizá-la. Lembrava-se da morte de Alice com a mesma clareza, mas aquilo já parecia ter acontecido em outra vida, com uma versão diferente de Clayton Riddell. Um rascunho anterior, por assim dizer.

Ele terminou a refeição e guardou a carta assim que Tom e Jordan voltaram do corredor, onde tinham feito o que Clay imaginava que advogados chamavam de consulta paralela, na época em que *existiam* advogados. Tom estava mais uma vez com o braço em volta dos ombros magros de Jordan. Nenhum dos dois parecia feliz, mas ambos pareciam calmos.

— Clay — Tom começou a falar —, nós conversamos sobre o assunto e...

— Vocês não querem ir comigo. Entendo perfeitamente.

Jordan falou:

— Sei que ele é seu filho e tudo, mas...

— E sabe que eu sou a única coisa que lhe restou. A mãe dele... — Clay riu, uma única risada desprovida de humor. — A mãe dele. *Sharon*. É irônico. Depois de tanto me preocupar com *Johnny* recebendo uma transmissão daquela maldita cobra vermelha. Se tivesse que escolher um, escolheria Sharon. — Pronto, ele desabafou. Como um pedaço de carne preso na garganta que estava ameaçando sufocá-lo. — E sabe como estou me sentindo? Como se tivesse feito um pacto com o diabo, e o diabo tivesse vindo me atender.

Tom ignorou aquilo. Quando falou, foi com cautela, como se estivesse com medo de Clay explodir como uma mina terrestre não detonada.

— Eles nos odeiam. Começaram odiando todo mundo, e então progrediram até odiarem só a gente. O que quer que esteja acontecendo lá em Kashwak, se é ideia deles, boa coisa não pode ser.

— Se eles estão se encaminhando para um nível superior, talvez cheguem ao estágio de viva-e-deixe-viver — disse Clay. Aquilo era inútil, com certeza os dois entendiam isso. Ele *tinha* que ir.

— Duvido — Jordan respondeu. — Lembra aquele negócio sobre um corredor conduzindo ao matadouro?

— Clay, nós somos normies, esse é o primeiro problema — disse Tom. — A gente queimou uma horda. Esse é o segundo e o terceiro problema juntos. Viva e deixe viver não vai se aplicar no nosso caso.

— E por que deveria? — acrescentou Jordan. — O Esfarrapado diz que somos loucos.

— E que não devemos ser tocados — Clay complementou. — Então eu vou ficar bem, certo?

Depois disso, não parecia haver mais nada a dizer.

7

Tom e Jordan decidiram seguir rumo a oeste. Atravessaram New Hampshire até Vermont, deixando KASHWAK=SEM-FO para trás — e para além do horizonte — o mais rápido possível. Clay disse que a rota 11, que fazia um entroncamento em Kent Pond, serviria tanto para ele quanto para os dois como ponto de partida.

— Ela vai me levar para norte até a 160 — informou Clay —, e vocês podem segui-la até Laconia, no meio de New Hampshire. Não é exatamente uma reta, mas vocês não têm nenhum avião para pegar, não é mesmo?

Jordan esfregou as palmas das mãos nos olhos e então tirou o cabelo de cima da testa, um gesto que Clay já conhecia muito bem — significava cansaço e distração. Ele sentiria falta daquilo. Sentiria falta de Jordan. E mais ainda de Tom.

— Queria que Alice ainda estivesse aqui — disse Jordan. — Ela ia convencer você a desistir disso.

— Duvido — respondeu Clay. Ainda assim, desejava de todo coração que Alice tivesse a oportunidade. Desejava de todo coração que Alice tivesse a oportunidade de fazer muitas coisas. Quinze anos não era idade para se morrer.

— Seus planos me fazem lembrar o quarto ato de *Júlio César* — Tom comentou. — No quinto ato todos se matam.

Eles estavam contornando (e às vezes escalando) os carros parados que congestionavam a Pond Street. As luzes de emergência da prefeitura morriam lentamente às suas costas. Diante deles, o semáforo apagado que marcava o centro da cidade balançava ao vento fraco.

— Não seja tão pessimista, porra — disse Clay. Ele prometera a si mesmo não ficar irritado. Se pudesse evitar, não queria se separar dos amigos daquela forma, mas sua determinação estava sendo testada.

— Desculpe por estar cansado demais para torcer — Tom respondeu. Ele parou ao lado de uma placa que dizia ENTRONCAMENTO ROTA 11 3KM. — E, para ser franco, por estar triste em perder você.

— Sinto muito, Tom.

— Se eu achasse que existe uma chance em cinco de você ter um final feliz... merda, uma em *cinquenta*... bem, deixa pra lá. — Tom jogou a luz da lanterna sobre Jordan. — E você? Algum último argumento contra esta loucura?

Jordan refletiu, então balançou a cabeça lentamente.

— O diretor me disse uma coisa certa vez — falou ele. — Você quer ouvir?

Tom prestou uma continência irônica com a lanterna. O facho de luz resvalou pelo letreiro do cinema Ioka, que estava passando o novo filme do Tom Hanks, e pela farmácia ao lado.

— Manda ver.

— Ele disse que a mente pode calcular, mas o espírito deseja, e o coração sabe o que o coração sabe.

— Amém — respondeu Clay, com muita brandura.

Eles seguiram na direção leste, pela Market Street, que também era a rota 19A, por três quilômetros. Depois do primeiro quilômetro e meio, as calçadas terminaram, dando lugar às fazendas. No fim da segunda delas, havia outro semáforo apagado e uma placa que marcava o entroncamento com a rota 11. Três pessoas estavam sentadas na encruzilhada, enfiadas até o pescoço em sacos de dormir. Clay reconheceu uma delas assim que a iluminou com o facho da lanterna: um senhor idoso com um rosto comprido e inteligente e cabelos grisalhos amarrados em um rabo de cavalo. O boné dos Miami Dolphins que o outro homem estava usando também parecia familiar. Então, Tom jogou a luz sobre a mulher ao lado do sr. Rabo de Cavalo e disse:

— Você.

Clay não tinha como saber se ela estava usando uma camisa Harley-Davidson com as mangas cortadas, pois o saco de dormir estava muito erguido, mas sabia que, se não fosse o caso, a camisa estaria na pequena pilha de mochilas perto da placa da rota 11. Do mesmo jeito que sabia que a mulher estava grávida. Tinha sonhado com aqueles dois no Whispering Pines, duas noites antes de Alice ser morta. Sonhara com eles no campo longo, sob os refletores, em pé nas plataformas.

O homem de cabelo grisalho se levantou, deixando o saco de dormir deslizar pelo corpo. As provisões deles incluíam rifles, mas o homem levantou as mãos para mostrar que estavam vazias. A mulher fez o mesmo, e, quando o saco de dormir caiu aos seus pés, não houve dúvidas quanto à sua gravidez. O cara com o boné dos Dolphins era alto e tinha uns quarenta anos. Ele também ergueu as mãos. Os três ficaram daquele jeito por alguns segundos sob a luz das lanternas, e então o homem grisalho tirou um par de óculos com armação preta do bolso da frente da camisa amarrotada e o pôs no rosto. A respiração dele fazia nuvens brancas no ar noturno gelado, subindo até a placa da rota 11, onde setas apontavam para oeste e para norte.

— Ora, ora — disse ele. — O reitor de Harvard disse que vocês provavelmente viriam por este caminho, e cá estão. É um cara esperto esse reitor de Harvard, embora seja um pouquinho jovem para o cargo e, na minha opinião, devesse fazer uma plástica antes de ir encontrar doadores generosos em potencial.

— Quem é você? — perguntou Clay.

— Tire essa luz da minha cara, jovem, e ficarei feliz em lhe dizer. — Tom e Jordan baixaram as lanternas. Clay também baixou a dele, mas manteve a mão na coronha do calibre .45 de Beth Nickerson. — Sou Daniel Hartwick, de Haverhill, Mass — respondeu o homem grisalho. — A jovem dama é Denise Link, também de Haverhill. O cavalheiro à direita dela é Ray Huizenga, de Groveland, uma cidade vizinha.

— Prazer — Ray Huizenga falou. Ele fez uma pequena mesura que era ao mesmo tempo engraçada, charmosa e desajeitada. Clay deixou a mão soltar a coronha da arma.

— Mas nossos nomes não têm mais importância — continuou Daniel Hartwick. — O que importa é o que somos, pelo menos no que diz respeito aos fonoides... — O homem lançou um olhar grave para eles. — ...somos loucos. Como vocês.

8

Denise e Ray improvisaram uma pequena refeição em um fogareiro a gás ("Essas salsichas enlatadas não ficam tão ruins se você ferver bastante", disse Ray) enquanto eles conversavam. Quer dizer, enquanto Dan falava a maior parte do tempo. Ele começou dizendo que eram 2h20 da manhã, e que às três queria estar de volta à estrada com o seu "corajoso grupinho". Disse que queria fazer o maior número possível de quilômetros antes de o dia nascer, quando os fonoides começavam a perambular.

— Porque eles não saem à noite — explicou. — Pelo menos isso temos a nosso favor. Mais tarde, quando a programação deles estiver completa, ou perto do fim, talvez consigam sair, mas...

— O senhor concorda que é isso que está acontecendo? — perguntou Jordan. Pela primeira vez desde que Alice morrera, parecia empolgado. Ele agarrou o braço de Dan. — O senhor concorda que eles estão reiniciando, como computadores cujos discos rígidos foram...

— ... apagados, sim, sim — respondeu Dan, como se aquilo fosse a coisa mais elementar do mundo.

— O senhor é... o senhor era... algum tipo de cientista? — perguntou Tom.

Dan sorriu para ele.

— Eu era todo o departamento de sociologia da Escola de Artes e Tecnologia de Haverhill. Sou o pior pesadelo do reitor de Harvard, se é que ele tem pesadelos.

Dan Hartwick, Denise Link e Ray Huizenga tinham destruído não só uma, mas duas hordas. Haviam topado com a primeira por acidente, nos fundos de um ferro-velho de Haverhill, quando o grupo ainda contava com meia dúzia de pessoas e eles tentavam achar um jeito de sair da cidade. Aquilo fora dois dias depois do Pulso, quando o povo dos celulares ainda era composto de fonáticos confusos e propensos a matar uns aos outros ou qualquer normie que vissem pelo caminho. Aquela primeira horda tinha sido pequena, apenas uns setenta e cinco, e eles usaram gasolina.

— Da segunda vez, em Nashua, usamos uma dinamite que arranjamos no galpão de um canteiro de obras — falou Denise. — Já tínhamos perdido Charlie, Ralph e Arthur àquela altura. Ralph e Arthur resolveram seguir sozinhos. Charlie... o pobre Charlie teve um enfarto. De qualquer forma, Ray sabia manipular a dinamite, da época em que trabalhava na construção de estradas.

Ray, agachado sobre o fogareiro e mexendo os feijões ao lado das salsichas, ergueu a mão livre e acenou.

— Depois disso — complementou Dan Hartwick —, começamos a encontrar aquelas mensagens que diziam Kashwak=Sem-Fo. Aquilo nos soou bem, não foi, Deni?

— Pode crer — Denise respondeu. — Um, dois, três, salve todos. Estávamos indo para norte, assim como vocês, e quando começamos a ver aquelas mensagens, decidimos seguir para lá mais rápido. Eu fui a única que não caiu de amores pela ideia, porque perdi meu marido durante o Pulso. Por conta daqueles desgraçados, meu filho vai crescer sem pai. — Ela viu Clay se retrair e disse: — Desculpe. Sabemos que seu filho foi para Kashwak.

Clay ficou boquiaberto.

— Ah, claro — disse Dan, pegando um prato assim que Ray começou a distribuí-los. — O reitor de Harvard sabe de tudo, vê tudo, tem dossiês sobre tudo... ou quer que pensemos assim. — Ele piscou para Jordan, que, surpreendentemente, abriu um sorriso.

— Dan me convenceu — falou Denise. — Algum grupo terrorista, ou talvez apenas uma dupla de malucos trabalhando em uma garagem, desencadeou essa coisa, mas ninguém sabia que chegaria a este ponto. Os fonoides estão somente fazendo a parte deles. Não eram responsáveis quando tudo começou, e não são exatamente responsáveis agora, porque...

— Porque estão sob algum imperativo coletivo — completou Tom. — Como uma migração.

— É um imperativo coletivo, mas não é migração — corrigiu Ray, sentando-se com seu prato. — Dan diz que é pura sobrevivência. E acho que ele tem razão. O que quer que seja, temos que encontrar um lugar que sirva de abrigo para a tempestade. Sacou?

— Os sonhos começaram a surgir depois que queimamos a primeira horda — falou Dan. — Sonhos poderosos. *Ecce homo, insanus*, típico de Harvard. Então, depois que explodimos a horda de Nashua, o reitor de Harvard apareceu pessoalmente com uns quinhentos dos seus amigos mais íntimos. — Ele comia com mordidas rápidas e recatadas.

— E deixaram um monte de mini-systems derretidos em frente à sua porta — sugeriu Clay.

— Alguns estavam derretidos — Denise respondeu. — A maioria que recebemos estava aos pedaços. — Ela sorriu. Era um fiapo de sorriso. — Mas tudo bem. Eles têm um péssimo gosto musical.

— Vocês o chamam de reitor de Harvard, nós o chamamos de Esfarrapado — disse Tom. Ele pusera o prato de lado e estava abrindo a mochila. Fuçou dentro dela e tirou o desenho que Clay fizera no dia em que o diretor tinha sido obrigado a se matar. Denise arregalou os olhos. Ela passou o desenho para Ray Huizenga, que assobiou.

Dan o pegou por último e ergueu os olhos para Tom em aprovação.

— Você desenhou isso?

Tom apontou para Clay.

— Você é muito talentoso — falou Dan.

— Eu fiz um curso — respondeu Clay. — Como Desenhar Coisas Fofas. — Virou-se para Tom, que também guardava os mapas na mochila. — Qual a distância entre Gaiten e Nashua?

— Uns cinquenta quilômetros, no máximo.

Clay balançou a cabeça e voltou a olhar para Dan Hartwick.

— E ele falou com o senhor? O cara de moletom vermelho?

Dan olhou para Denise e ela desviou o olhar. Ray voltou a atenção para o seu fogareiro — provavelmente para apagá-lo — e Clay entendeu.

— *Através* de qual de vocês ele falou?

— De mim — respondeu Dan. — Foi horrível. Já aconteceu com você?

— Já. Dá pra evitar, mas não se você quiser saber o que ele está pensando. Você acha que ele faz isso para mostrar como é forte?

— Provavelmente — disse Dan —, mas não acho que seja o único motivo. Acho que eles não conseguem falar. Conseguem vocalizar, e tenho certeza de que eles pensam... embora não como antes. Seria um erro terrível imaginar que eles têm pensamentos humanos... mas não creio que consigam produzir palavras.

— Mesmo assim... — considerou Jordan.

— Mesmo assim... — repetiu Dan. Ele olhou para o relógio, e aquilo levou Clay a olhar para o seu. Já eram 2h45.

— Ele nos mandou seguir para norte — Ray informou. — E falou "Kashwak=Sem-Fo". Falou também que já não iríamos mais incendiar hordas porque estavam colocando guardas...

— Sim, nós vimos alguns em Rochester — comentou Tom.

— E vocês viram "Kashwak=Sem-Fo" escrito em vários lugares.

Eles assentiram.

— Pensando apenas como sociólogo, comecei a questionar aquelas mensagens — começou Dan. — Não a maneira como elas começaram. Estou certo de que as primeiras mensagens "Sem-Fo" foram escritas logo depois do Pulso, por sobreviventes que escolheram um lugar que, por não ter cobertura celular, seria o melhor refúgio do mundo. O que questiono é como a ideia, e a pichação, puderam se espalhar tão depressa em uma sociedade caoticamente fragmentada, em que todas as formas de comunicação, exceto a fala e a escuta, é claro, tinham entrado em colapso. A resposta me pareceu clara, uma vez que admiti que uma nova forma de comunicação, disponível apenas para um determinado grupo, havia entrado em cena.

— Telepatia — Jordan quase sussurrou a palavra. — *Eles*. Os fonoides. Eles querem que a gente vá para norte, até Kashwak. — Ele lançou os olhos aterrorizados para Clay. — É mesmo um matadouro. Clay, você *não pode* ir pra lá! É exatamente isso que o Esfarrapado quer!

Antes que Clay pudesse responder, Dan Hartwick voltou a falar. Ele o fazia com a arrogância natural de um professor: dissertar era sua função; interromper, seu privilégio.

— Desculpem-me, mas infelizmente tenho que apressar as coisas. Temos algo para mostrar a vocês. Algo que o reitor de Harvard exigiu que mostrássemos a vocês, na verdade...

— Em sonho ou pessoalmente? — perguntou Tom.

— Em sonho — Denise sussurrou. — Só o vimos pessoalmente uma vez, desde que queimamos a horda em Nashua, e de longe.

— Estava nos inspecionando — Ray comentou. — É o que eu acho.

Dan esperou a conversa terminar com uma expressão de paciência irritada. Quando terminou, ele prosseguiu.

— Decidimos obedecer, já que a coisa estava no nosso caminho...

— Então vocês estão indo para norte? — Dessa vez, foi Clay quem interrompeu.

Dan, parecendo ainda mais irritado, deu outra olhada rápida no relógio.

— Se você prestar atenção naquela placa, vai ver que ela oferece uma opção. Pretendemos ir para oeste, não para norte.

— É isso aí, porra — murmurou Ray. — Eu posso ser burro, mas não sou doido.

— O que vou mostrar a vocês será para o nosso bem, e não para o deles — prosseguiu Dan. — E, por sinal, falar que o reitor de Harvard, ou o Esfarrapado, se preferirem, aparece em pessoa é provavelmente um erro. Ele não passa de um pseudópode que a mente coletiva, a horda, envia para negociar com os normies comuns e com os normies *loucos,* como nós. Minha teoria é de que a esta altura existem hordas no mundo inteiro, e cada uma delas deve ter eleito um desses pseudópodes. Talvez até mais de um. Mas não cometa o erro de achar que, ao falar com o Esfarrapado, está falando com um homem *de verdade.* Você está falando com a horda.

— Por que você não mostra logo o que ele quer que a gente veja? — Clay perguntou, fazendo um esforço para soar calmo. Sua mente estava esbravejando. O único pensamento claro naquele momento era que, se conseguisse encontrar o filho antes de o menino chegar a Kashwak — e ao que estivesse acontecendo lá, não importa o que fosse —, talvez ainda houvesse uma chance de salvá-lo. Seu lado racional lhe dizia que Johnny provavelmente já estava em Kashwak, mas uma outra voz (que também não era de todo irracional) dizia que algo poderia ter atrasado o filho e o grupo com o qual estava viajando. Ou talvez tenham ficado com medo. Era possível. Era até possível que algo terrível, como uma segregação, estivesse acontecendo no TR-90. O povo dos celulares poderia estar apenas criando uma reserva para normies. No fim das contas, ele imaginava que era como Jordan tinha dito, citando o diretor Ardai: a mente pode calcular, mas o espírito deseja.

— Venha por aqui — Dan chamou. — É perto.

Ele pegou uma lanterna e começou a andar até o entroncamento da rota 11-Norte com o facho de luz apontado para os pés.

— Me desculpem por não ir junto — disse Denise. — Eu já vi. Uma vez é o suficiente.

— Acho que era para vocês gostarem disso, de certa forma — falou Dan. — É claro que também serve para frisar, para o meu pequeno grupo e para o seu, que os fonoides estão no poder agora, e que devemos obedecer a eles. — Ele parou. — Chegamos. Neste sonho em particular, o reitor de Harvard fez questão de que todos víssemos o cachorro, para que não fôssemos para a casa errada. — O facho de luz revelou uma caixa de correio com um collie pintado na lateral. — Sinto muito que Jordan veja isto, mas talvez seja melhor vocês saberem com quem estão lidando. — Ele ergueu a luz, juntando o facho da sua lanterna ao de Ray. Eles iluminaram a entrada de uma modesta casa de madeira de um andar, construída em cima de um pequeno jardim.

Gunner havia sido crucificado entre a janela da sala de estar e a porta da frente. Vestia apenas uma cueca samba-canção manchada de sangue. Pregos grandes o bastante para serem espigões ferroviários estavam cravados em suas mãos, pés, antebraços e joelhos. Talvez *fossem* espigões ferroviários, pensou Clay. Sentado com as pernas abertas aos pés de Gunner estava Harold. Do mesmo modo que Alice estava quando Clay e Tom a conheceram, Harold estava com o peito coberto de sangue, mas o dele não vinha do nariz. A lâmina de vidro que usara para cortar a garganta depois de crucificar seu colega de corridas ainda cintilava em uma de suas mãos. Um pedaço de papelão estava amarrado em volta do pescoço de Gunner, com três palavras rabiscadas em letras de forma pretas: JUSTITIA EST COMMODATUM.

9

— Caso vocês não saibam latim... — Dan Hartwick começou a falar.

— Lembro o suficiente das aulas na escola para entender o que está escrito — disse Tom. — "Foi feita justiça." Isso foi por terem matado Alice. Por terem ousado tocar um dos intocáveis.

— Exatamente — concordou Dan, desligando a lanterna. Ray fez o mesmo. — Também serve de aviso aos outros. E *eles* não os mataram, embora certamente pudessem tê-lo feito.

— Nós sabemos disso — Clay comentou. — Houve retaliação em Gaiten depois que queimamos uma horda.

— Eles fizeram o mesmo em Nashua — acrescentou Ray em um tom sombrio. — Vou me lembrar para sempre dos gritos. Foi horrível. Essa merda também. — Ele gesticulou em direção à casa na escuridão. — Eles obrigaram o baixinho a crucificar o grandão, e o grandão a ficar parado. E, quando acabou, mandaram o baixinho cortar a própria garganta.

— Igual fizeram com o diretor — disse Jordan, pegando a mão de Clay.

— Esse é o poder da mente deles — afirmou Ray. — Dan acha que, em parte, é esse poder que está fazendo todo mundo ir para norte, até Kashwak... talvez seja por isso que nós estávamos indo para norte, mesmo quando nos convencemos de que era apenas para mostrar isto e convencer vocês a se juntarem à gente. Sacou?

— O Esfarrapado falou a vocês sobre o meu filho? — Clay perguntou.

— Não. Mas, se tivesse falado, com certeza seria para dizer que ele está com os outros normies, e que vocês dois teriam um alegre reencontro em Kashwak — respondeu Dan. — Quer saber de uma coisa? Pode esquecer aqueles sonhos em que você fica parado em uma plataforma enquanto o reitor diz ao público que você é louco. Este fim não é o seu, não pode ser o seu. Tenho certeza de que, a essa altura, todos os finais felizes possíveis já passaram pela sua cabeça. E o principal deles sendo em Kashwak e Deus sabe quantas outras áreas sem cobertura celular são como reservas naturais para os normies; lugares onde as pessoas que não receberam uma transmissão no dia do Pulso serão deixadas em paz. Acho que o que o seu jovem amigo disse sobre ser um matadouro é bem mais provável. E, mesmo supondo que os normies vão ser deixados em paz lá no norte, você acha que os fonoides vão perdoar gente como nós? Os exterminadores de hordas?

Clay não tinha resposta para aquilo.

No escuro, Dan olhou mais uma vez para o relógio.

— Já passa das três — informou. — Vamos voltar. Denise já deve ter arrumado nossa bagagem. Chegou a hora de nos separarmos ou decidirmos seguir juntos.

Mas, quando você fala em seguirmos juntos, você está me pedindo para abandonar meu filho, pensou Clay. E aquilo ele só faria se descobrisse que Johnny-Gee estava morto.

Ou transformado.

10

— Como você pretende ir para oeste? — Clay indagou enquanto eles voltavam para a placa do cruzamento. — As noites ainda podem ser nossas por enquanto, mas os dias são deles. E você sabe do que eles são capazes.

— Tenho quase certeza de que podemos evitar que eles entrem na nossa cabeça enquanto estamos acordados — supôs Dan. — Dá um pouco de trabalho, mas é possível. Vamos dormir em turnos, pelos menos por enquanto. Tudo depende de ficarmos longe das hordas.

— O que significa entrar pela região oeste de New Hampshire e seguir para Vermont o mais rápido possível — acrescentou Ray. — Mantendo distância das áreas urbanas. — Ele iluminou Denise, que estava recostada nos sacos de dormir. — Tudo pronto, querida?

— Tudo pronto — ela respondeu. — Só queria que vocês me deixassem carregar alguma coisa.

— Você já está carregando seu filho — disse Ray carinhosamente. — Já é o suficiente. E podemos deixar os sacos de dormir para trás.

Dan falou:

— Em alguns lugares, dirigir pode até ser uma boa ideia. Ray acha que algumas das estradas secundárias podem ter até vinte quilômetros livres. Temos bons mapas. — Ele se apoiou em um joelho e colocou a mochila nos ombros, erguendo os olhos para Clay com um meio sorriso fraco e amargo. — Sei que as chances não são boas. Não pense que sou idiota. Mas nós exterminamos duas hordas, matamos centenas deles, e não quero parar em cima de uma daquelas plataformas.

— Temos outra coisa a nosso favor — afirmou Tom. Clay ficou pensando se Tom notou que tinha acabado de se incluir no grupo de Hartwick. Provavelmente sim, ele não era nada bobo. — Eles nos querem vivos.

— Correto — Dan concordou. — Temos uma chance de conseguir. Ainda é só o começo para eles, Clay. Eles ainda estão tecendo a teia, e aposto que ainda existem muitos buracos nela.

— Ora, eles ainda nem trocaram de roupa — acrescentou Denise. Clay a admirava. Parecia estar grávida de seis meses, talvez mais, mas era durona. Ele quis que Alice a tivesse conhecido.

— Nós *podemos* nos safar — falou Dan. — Atravessar a fronteira para o Canadá por Vermont ou Nova York, talvez. Cinco é melhor do que três, mas seis seria melhor do que cinco: três dormem, três vigiam durante o dia, para combater a má telepatia. Nosso pequeno grupo. Então, o que me diz?

Clay balançou a cabeça lentamente.

— Vou procurar o meu filho.

— Reconsidere, Clay — Tom pediu. — Por favor.

— Deixe ele em paz — Jordan interrompeu. — Ele já se decidiu. — O menino passou os braços em volta de Clay e o abraçou. — Espero que você encontre seu filho. Mas, mesmo se conseguir, acho que nunca mais vai ver a gente de novo.

— É claro que vou — assegurou Clay. Ele beijou Jordan no rosto, então se afastou. — Vou capturar um telepata e usá-lo como bússola. Talvez o próprio Esfarrapado. — Ele se virou para Tom e estendeu a mão.

Tom a ignorou e abraçou em Clay, dando-lhe um beijo nas duas bochechas com barba por fazer.

— Você salvou minha vida — ele falou baixinho para o amigo. Seu hálito era quente e delicado. — Deixe a gente salvar a sua. Venha com a gente.

— Não posso, Tom. Preciso fazer isso.

Tom se afastou e olhou para ele.

— Eu sei — assentiu. — Sei que você precisa. — Ele secou os olhos. — Droga, eu sou péssimo em despedidas. Não consegui dar adeus nem para a porra do meu gato.

11

Clay parou ao lado da placa e observou as luzes do grupo desaparecerem. Manteve o olhar fixo na de Jordan, e ela foi a última a sumir. Por alguns instantes, pôde ver a luz na primeira colina a oeste — uma única centelha no escuro, como se Jordan tivesse parado para olhar para trás. O facho pareceu acenar. Então também desapareceu, e a escuridão ficou completa. Clay suspirou — um som trêmulo, lacrimoso —, jogou a própria mochila nas costas e começou a andar para norte pelo acostamento de terra da rota 11. Por volta das 3h45, cruzou a divisa da cidade de North Berwick, deixando Kent Pond para trás.

BINGO DO TELEFONE

1

Não havia motivo para não retomar uma vida um pouco mais normal e começar a viajar de dia. Clay sabia que o povo dos celulares não lhe faria mal. Era proibido tocá-lo, e eles o *queriam* em Kashwak. O problema era que ele já havia se acostumado à existência noturna. Agora só *preciso de um caixão e de uma capa para me cobrir quando for deitar nele*, pensou.

Quando, na manhã seguinte à separação do grupo, a aurora rompeu vermelha e fria, ele estava nos arredores de Springvale. Encontrou uma casinha, provavelmente de caseiro, próxima ao Museu da Madeira da cidade. Parecia aconchegante. Clay arrebentou o cadeado da porta lateral e conseguiu entrar. Ficou feliz ao encontrar um forno à lenha e uma bomba-d'água na cozinha. Havia também uma pequena e organizada despensa, bem abastecida e intocada por saqueadores. Ele celebrou essa descoberta com uma tigela grande de mingau de aveia, feito com leite em pó, montes de açúcar e passas salpicadas em cima.

Na despensa, encontrou também bacon e ovos enlatados em conserva, arrumadinhos na prateleira como se fossem livros. Comeu um deles e guardou os demais na mochila. Foi uma refeição muito melhor do que imaginara e, quando chegou ao quarto dos fundos, Clay dormiu quase imediatamente.

2

Havia tendas grandes nos dois lados da estrada.

Aquela não era a rota 11 com suas fazendas, cidades, descampados e lojas de conveniência com bombas de gasolina a cada 25 quilômetros. Era uma rodovia em algum lugar no meio do nada. A mata fechada ia até os valões na beira da estrada. Pessoas faziam longas filas em ambos os lados da faixa branca central.

Esquerda e direita, dizia uma voz amplificada, *Esquerda, direita, formem duas filas.*

A voz amplificada parecia um pouco com a do locutor de bingo da Feira Estadual de Akron. Quando Clay chegou mais perto, porém, seguindo a faixa central da estrada, ele percebeu que o som estava dentro da sua cabeça. Era a voz do Esfarrapado. Mas o Esfarrapado era apenas um — do que Dan o havia chamado mesmo? —, apenas um pseudópodo. E o que Clay ouvia era a voz da horda. *Esquerda e direita, duas filas, isso mesmo. É assim que se faz.*

Onde estou? Por que ninguém olha pra mim e diz: "Ei amigo, não fure a fila, espere a sua vez"?

Mais à frente, as duas fileiras dobravam para lados opostos, como rampas de saída; uma ia para a tenda à esquerda da estrada, e a outra para a tenda à direita. Era o tipo de tenda grande que as casas de festa montam para abrigar bufês ao ar livre nas tardes de verão. Clay conseguia ver que, logo antes de cada fileira chegar às tendas, as pessoas se dividiam em filas menores de dez ou doze. Pareciam fãs esperando apresentarem seus ingressos para entrar em um show.

Parado no meio da rua, no ponto em que a fila dupla se separava e quebrava para os dois lados, estava o próprio Esfarrapado, ainda usando o moletom vermelho puído.

Esquerda e direita, senhoras e senhores. A boca imóvel. Telepatia no volume máximo, amplificada pelo poder da horda. *Sigam adiante. Todos terão a chance de ligar para um ente querido antes de entrar na zona sem cobertura.*

Aquilo deixou Clay estarrecido, mas era um estarrecimento previsível, como você fica ao ouvir uma boa piada que escutou pela primeira vez dez ou vinte anos atrás.

— Onde fica isso? — ele perguntou ao Esfarrapado. — O que você está fazendo? O que está acontecendo, porra?

Mas o Esfarrapado não olhou para ele, e Clay sabia muito bem por quê. Era naquele ponto que a rota 160 entrava em Kashwak, e o local estava sendo visitado em um sonho. E o que estava acontecendo...

É o bingo do telefone, pensou ele. *É o bingo do telefone, e essas são as tendas onde o jogo acontece.*

Continuem andando, senhoras e senhores, transmitiu o Esfarrapado. *Faltam duas horas para o sol se pôr, e queremos processar o maior número de gente possível antes de pararmos para a noite.*

Processar.

Aquilo *era* um sonho?

Clay seguiu a fileira que dobrava para a tenda à esquerda e, antes mesmo de ver, já sabia o que iria encontrar. No fim de cada uma das filas menores, havia um membro do povo dos celulares, um daqueles fãs de Lawrence Welk, Dean Martin e Debby Boone. Assim que o próximo da fila chegava, o leão de chácara — com roupas imundas, muitas vezes mais terrivelmente desfigurado por lutas pela sobrevivência dos últimos onze dias do que o Esfarrapado — entregava um celular.

Clay observou o homem mais próximo dele pegar o telefone, discar três números e colocá-lo ansiosamente no ouvido:

— Alô? Alô, mãe? *Mãe*, você está me ouvin...

Então ficou calado. Seus olhos se esvaziaram e o rosto relaxou. O celular desgrudou um pouco da sua orelha. O facilitador — aquela era a melhor palavra que Clay conseguia encontrar — pegou o telefone de volta, empurrou o homem para que ele andasse para a frente e fez sinal para a próxima pessoa da fila se aproximar.

Esquerda e direita, dizia o Esfarrapado. *Continuem andando.*

O cara que tinha tentado ligar para a mãe se afastou da tenda arrastando os pés. Mais adiante, Clay viu centenas de outras pessoas andando em círculos. Às vezes uma atravancava o caminho da outra e as duas trocavam alguns tapas de leve. Porém, nada como antes. Porque...

Porque o sinal havia sido modificado.

Esquerda e direita, senhoras e senhores, continuem andando, temos que cuidar de muitos de vocês antes do anoitecer.

Clay viu Johnny. Ele estava usando jeans, o boné da Liga Juvenil e sua camisa favorita dos Red Sox, a que tinha o nome e o número de Tim Wakefield nas costas. Havia acabado de sair da fila, a duas tendas de distância de Clay.

Clay correu na direção dele, mas o caminho estava obstruído.

— Sai da frente! — ele gritou, mas obviamente o homem na sua frente, que pulava de um pé para o outro, como se precisasse ir ao banheiro, não podia ouvi-lo. Aquilo era um sonho e, além do mais, Clay era um normie. Não possuía telepatia.

Ele se lançou entre o homem inquieto e a mulher atrás dele. Abriu caminho também pela próxima fila, concentrado demais para se preocupar se as pessoas que ele estava empurrando eram de carne e osso ou não. Chegou até onde Johnny estava bem no momento em que uma mulher — ele viu com um horror cada vez maior que era a nora do sr. Scottoni, ainda grávida, mas sem um olho — entregava ao menino um celular Motorola.

É só discar 911, disse ela sem mexer a boca. *Todas as ligações são feitas pelo 911.*

— *Não, Johnny, não!* — Clay gritou, esticando o braço para pegar o telefone à medida que Johnny-Gee começava a discar o número, um número que, muito tempo atrás, havia aprendido a ligar se estivesse em apuros. — *Não faça isso!*

Johnny virou para a esquerda, como se tentasse proteger a ligação do olho sem vida da facilitadora grávida, e Clay não conseguiu pegá-lo. Provavelmente não teria conseguido impedir de qualquer maneira. Afinal de contas, aquilo era um sonho.

Johnny terminou de discar (apertar três teclas não era muito demorado), pressionou o botão CHAMAR e encostou o telefone no ouvido.

— Alô? Papai? Papai, você está aí? Está me ouvindo? Se estiver me ouvindo, por favor, *venha me bus...*

Do jeito que o menino estava virado, Clay só conseguia ver um dos seus olhos, mas era o suficiente para saber que estavam perdendo a vida. Johnny arqueou os ombros. O telefone desgrudou da orelha dele. A nora do sr. Scottoni pegou o celular de volta com a mão suja e então empurrou Johnny com desprezo pela nuca para fazê-lo seguir para Kashwak, junto com todos os outros que tinham ido até ali em busca de segurança. Ela fez sinal para a próxima pessoa da fila se aproximar e fazer sua ligação.

Esquerda e direita, formem duas filas, vociferou o Esfarrapado no meio da cabeça de Clay, e ele acordou gritando o nome do filho na cabana do caseiro à medida que a luz do entardecer vazava pelas janelas.

3

À meia-noite, Clay chegou à cidadezinha de North Shapleigh. Naquele momento, uma chuva fria e chata, quase um granizo — o que Sharon chamava de "chuva de sorvete" —, começava a cair. Ele escutou motores se aproximando e saiu da estrada (ainda a boa e velha rota 11; nada de rodovia do sonho) em direção à entrada de uma loja de conveniência. Quando os faróis apareceram, transformando a garoa em linhas prateadas, ele viu que era uma dupla de sprinters correndo lado a lado. Na verdade faziam um pega na escuridão. Clay foi para trás de uma bomba de gasolina, não exatamente se escondendo, mas sem querer dar bandeira. Ele os observou passarem voando como uma visão do além, borrifando água para cima. Um dos carros parecia um Corvette antigo, mas, contando apenas com a luz de emergência fraca da loja para ver, era impossível ter certeza. Os carros passaram batidos pelo que um dia havia sido o sistema de controle de tráfego de North Shapleigh (que consistia num pisca-pisca apagado), viraram pontos de néon no escuro por um instante e então desapareceram.

Clay pensou novamente: *Que loucura*. Então, voltando para o acostamento: *Quem é você para falar de loucura?*

Era verdade. O sonho do bingo do telefone *não tinha* sido um sonho, ou não apenas um sonho. Ele tinha certeza disso. Os fonoides estavam usando suas habilidades telepáticas fortalecidas para rastrear o maior número possível de exterminadores de hordas. Aquilo fazia todo o sentido do mundo. Talvez tivessem mais dificuldade com grupos como o de Dan Hartwick, que estava tentando resistir, mas duvidava que tivessem alguma dificuldade com Clay. A questão era: a telepatia apresentava uma estranha semelhança com os telefones: ela parecia ser uma via de mão dupla. O que fazia de Clay... o quê? O fantasma na máquina? Algo assim. Enquanto os fonoides ficavam de olho nele, ele também era capaz de ficar de olho nos fonoides. Pelo menos enquanto dormia. Em sonho.

Haveria mesmo tendas na divisa de Kashwak, com normies fazendo filas para fritar os miolos? Clay achava que sim, tanto em Kashwak quanto em lugares *como* Kashwak em todo o país e em todo o mundo. A coisa talvez já estivesse mais devagar àquela altura, mas os postos de controle — os postos de *transformação* — possivelmente ainda estavam lá.

Os fonoides usaram telepatia coletiva para coagir os normies a irem para lá. Para que *sonhassem* em ir para lá. Aquela estratégia tornava os fonoides inteligentes e calculistas? Não, a não ser que você considerasse uma aranha inteligente porque ela pode tecer uma teia, ou um crocodilo calculista porque ele pode ficar parado como um tronco. Enquanto andava para norte pela rota 11 em direção à 160, a estrada que o levaria até Kashwak, Clay pensou que o sinal telepático que os fonoides enviavam como um canto de sereia (ou um pulso) deveria conter pelo menos três mensagens diferentes.

Venha e você estará seguro — poderá parar de lutar pela sobrevivência.
Venha e você estará com os seus, em um lugar só para você.
Venha e você poderá falar com seus entes queridos.

Venha. Sim. É isso. E, quando se chega perto o suficiente, já não há mais escolha. A telepatia e o sonho da segurança simplesmente tomam conta de você. Você faz uma fila. Obedece quando o Esfarrapado manda continuar andando, *todo mundo vai poder ligar para um ente querido, mas temos muita gente para processar antes do anoitecer e aumentamos o volume de Bette Midler cantando "The Wind Beneath My Wings".*

E como foi que eles conseguiram continuar fazendo isso, mesmo depois de a energia ter acabado, as cidades pegado fogo e a civilização caído em um mar de sangue? Como eles conseguiram substituir os milhões de fonoides perdidos no primeiro cataclismo e no posterior extermínio das hordas? Eles conseguiram perseverar porque o Pulso não cessou. Em algum lugar — em um laboratório clandestino ou na garagem de um maluco — alguma engenhoca com gerador ainda estava ligada, algum modem ainda estava transmitindo seu sinal agudo e enlouquecedor. O sinal ainda estava sendo enviado para os satélites que orbitavam o planeta ou para as torres de retransmissão que o cercavam como um cinturão de aço. E para que número você poderia ligar e ter certeza de que a ligação ainda seria completada, mesmo que a voz que atendesse estivesse apenas em uma secretária eletrônica à bateria?

911, pelo jeito.

E aquilo quase certamente tinha acontecido com Johnny-Gee. Ele sabia que sim. Já era tarde demais.

Então por que Clay continuava caminhando para norte pela noite chuvosa? Newfield ficava logo adiante, e lá ele trocaria a rota 11 pela 160. Imaginava que, depois de algum tempo subindo a rota 160, já não estaria lendo placas de trânsito (ou qualquer outra coisa), então... por quê?

Ele sabia o porquê, da mesma forma que sabia que aquela batida distante e aquela buzinada curta e baixa, que ouviu mais adiante na escuridão chuvosa, significava que um dos sprinters tinha se dado mal. Clay seguia adiante por causa do bilhete que encontrou na porta de sua casa, preso por menos de meio centímetro de fita adesiva; todo o resto já tinha se soltado. Seguia adiante por causa do segundo bilhete que encontrou no mural da prefeitura, meio escondido pela mensagem esperançosa de Iris Nolan para sua irmã. O filho dele havia escrito a mesma coisa nas duas vezes, em letras maiúsculas: POR FAVOR VENHA ME BUSCAR.

Se fosse tarde demais para buscar Johnny, talvez ainda houvesse tempo para encontrá-lo e dizer a si mesmo que ele tentou. Talvez Clay até consiga manter o controle por tempo suficiente para fazer isso, mesmo se tiverem obrigado o filho a usar um dos celulares.

Quanto às plataformas e aos milhares de pessoas observando...

— Kashwak não tem estádio de futebol — disse ele.

Na sua mente, Jordan sussurrou: *É um estádio virtual.*

Clay afastou o pensamento para longe. Ele já havia tomado sua decisão. Era loucura, é claro, mas aquele tinha se tornado um mundo louco, e aquilo deixava tudo em perfeita sintonia.

4

Às 2h45, Clay chegou à interseção das rotas 11 e 160. Seus pés estavam doloridos e ele estava completamente encharcado, apesar do pesado casaco de capuz que roubara da cabana do caseiro em Springvale. Havia vários carros acidentados na encruzilhada, e o Corvette que passara correndo em North Shapleigh agora era um deles. O motorista pendia da janela toda esmagada, com a cabeça apontando para baixo e os braços balançando. Quando Clay tentou levantar a cabeça do homem para ver se ele ainda estava vivo, a metade de cima do corpo despencou no asfalto, deixando um emaranhado mole de entranhas atrás de si. Clay cambaleou até um poste, encostou a testa subitamente febril na madeira e vomitou até não restar nada.

Do outro lado da interseção, onde a 160 seguia na direção norte, ficava o Posto Comercial de Newfield. Uma placa na janela prometia DOCES MELAÇO ARTESANATO INDÍGENA "BIBELÔS". O lugar parecia ter sido saqueado e estava destruído, mas era um abrigo contra a chuva e ficava longe do horror casual e inesperado que ele acabara de ver. Clay entrou e se sentou com a cabeça baixa até passar a vontade de desmaiar. Ele podia sentir o cheiro de cadáveres lá dentro, mas alguém os cobrira com uma lona, com exceção de dois, que ao menos não estavam em pedaços. A geladeira de cervejas tinha sido arrombada e esvaziada, mas a máquina de coca-cola tinha sido apenas arrombada. Ele pegou um refrigerante e bebeu em goladas longas e demoradas, pausando para arrotar. Depois de um tempo, começou a se sentir melhor.

Sentia muita falta dos amigos. O infeliz lá fora e quem estava correndo com ele tinham sido os únicos sprinters que Clay vira naquela noite. Ele não encontrara nenhum grupo de refugiados a pé. Passaria a noite inteira apenas com os pensamentos para lhe fazer companhia. Talvez o clima estivesse mantendo os andarilhos fora das ruas, ou talvez eles tivessem passado a viajar de dia. Não havia motivo para não fazer isso, uma vez que os fonoides tinham passado do assassinato para a conversão.

Ele percebeu que naquela noite não tinha ouvido o que Alice chamava de *música para hordas*. Talvez todas as hordas estivessem a sul de onde ele estava, com exceção da maior de todas (ele imaginava que fosse a maior de todas), que estava fazendo as Konversões de Kashwak. Clay não se importava muito em não escutar; mesmo sozinho, ainda considerava a pequena folga de "I Hope You Dance" e do tema do filme *Amores clandestinos* uma pequena dádiva.

Clay decidiu andar no máximo por mais uma hora e então achar um buraco para se enfiar. A chuva gelada estava de matar. Ele deixou o Posto Comercial de Newfield, decidido a não olhar para o Corvette acidentado ou para os restos mortais ensopados ao lado dele.

5

Ele acabou caminhando quase até o amanhecer, em parte porque a chuva havia cessado, mas principalmente porque não havia abrigo na rota 160, apenas mata. Então, por volta das 4h30, passou por uma placa cravada de balas que dizia AQUI COMEÇA GURLEYVILLE, UM DISTRITO NÃO INCORPORADO. Cerca de dez minutos depois, passou pela *raison d'être* de Gurleyville, por assim dizer: a Pedreira Gurleyville, uma jazida enorme com alguns galpões, caminhões basculantes e uma garagem ao lado dos muros de granito talhados. Clay pensou por um instante em passar a noite em um dos galpões de ferramentas, mas imaginou que poderia encontrar algo melhor e seguiu em frente. Ainda não tinha visto peregrinos e tampouco ouvido música para hordas, nem mesmo ao longe. Era como se fosse o último homem da terra.

Mas não era. Cerca de dez minutos depois de deixar a pedreira para trás, ele chegou ao cume de uma colina e viu uma pequena vila lá embaixo. Ao descer, o primeiro prédio que viu foi o do Corpo de Bombeiros de Gurleyville (NÃO SE ESQUEÇA DA DOAÇÃO DE SANGUE DE HALOWEEN — LEIA MAIS NO MURAL DA ENTRADA. Parecia que ninguém a norte de Springvale sabia escrever direito). Dois fonoides no estacionamento se encaravam diante de um deprimente caminhão de bombeiro que devia ter sido novo lá pelo final da Guerra da Coreia.

Clay os iluminou com a lanterna, e eles se viraram brevemente na sua direção, mas logo voltaram a se encarar. Os dois eram homens; um parecia ter uns vinte e cinco anos e outro talvez o dobro. Não havia dúvida de que eram fonoides. As roupas estavam sujas e quase se desfazendo. Seus rostos estavam esfolados. Uma queimadura grave parecia cobrir um braço inteiro do mais jovem. O olho esquerdo do mais velho brilhava no fundo de bolsas de carne muito inchadas e provavelmente infeccionadas. A aparência deles, porém, não era o que chamava mais atenção. O mais importante foi o que o *próprio* Clay sentiu: aquela mesma estranha falta de ar que ele e Tom haviam sentido no escritório do Citgo de Gaiten, quando foram pegar as chaves dos caminhões de gás. Aquela sensação de uma poderosa concentração de força.

E era *noite*. Com o céu encoberto por nuvens pesadas, a aurora ainda demoraria a chegar. O que aqueles caras estavam fazendo acordados à *noite*?

Clay desligou a lanterna, sacou o Nickerson calibre .45 e ficou olhando e esperando se algo acontecia. Por muitos segundos, achou que não iria acontecer nada, que a coisa se limitaria àquela estranha falta de ar, àquela sensação de algo *prestes* a acontecer. Então, ouviu um lamento agudo, quase como se alguém vibrasse a lâmina de um serrote entre as mãos dele. Clay ergueu os olhos e viu que os fios de eletricidade que passavam em frente ao prédio do corpo de bombeiros estavam se agitando rapidamente; tão rápido que quase não dava para notar.

— Vá-embora!

Foi o mais jovem; ele parecia fazer um esforço tremendo para arrancar as palavras da boca. Clay levou um susto. Se estivesse com o dedo no gatilho, quase certamente teria atirado. Aquilo não era *Aw* e *Eeen*; eram palavras de verdade. Ele achou que as tinha ouvido dentro da sua cabeça também, mas muito baixinho. Apenas um eco distante.

— *Você!...* Vai! — respondeu o mais velho. Estava usando uma bermuda larga com uma enorme mancha marrom na parte de trás. Poderia ser lama ou merda. Falou também com esforço, mas daquela vez Clay não ouviu eco nenhum na cabeça. Paradoxalmente, aquilo o fez ter mais certeza de que havia escutado da primeira vez.

Eles tinham se esquecido completamente *dele*. Disso Clay não tinha dúvida.

— *Meu!* — disse o mais jovem, mais uma vez arrancando a palavra da boca com dificuldade. E ele arrancou mesmo. Seu corpo inteiro pareceu sofrer com o esforço. Atrás dele, várias janelas pequenas na ampla garagem do corpo de bombeiros explodiram.

Houve uma longa pausa. Clay ficou observando, fascinado, completamente esquecido de Johnny pela primeira vez desde Kent Pond. O mais velho parecia estar pensando furiosamente, *lutando* furiosamente, e Clay achava que a luta era para se expressar da maneira como ele se expressava antes de o Pulso privá-lo da fala.

No topo do prédio do corpo de bombeiros, que não era mais do que uma garagem melhorada, a sirene soou um breve *WHOOP*, como se uma explosão fantasma de energia tivesse passado por ela. E as luzes do caminhão antigo — os faróis e os pisca-piscas — oscilaram por um instante, iluminando os dois homens e projetando momentaneamente suas sombras.

— Não *senhor!* — conseguiu falar o mais velho. Ele cuspiu as palavras como um pedaço de carne preso na garganta.

— *Meaminhão!* — o mais jovem quase gritou, e na mente de Clay aquela mesma voz sussurrou: *Meu caminhão*. Era simples, na verdade. Em vez de bolinhos, eles estavam brigando pelo caminhão velho. Só que aquilo estava acontecendo à *noite*. Tudo bem, a noite já estava no fim, mas ainda era noite fechada, e eles estavam quase falando novamente. Quase o cacete, eles *estavam* falando.

No entanto, parecia que a conversa tinha acabado. O mais jovem baixou a cabeça, correu até o mais velho e deu-lhe uma cabeçada no peito. O mais velho se estatelou no chão. O mais jovem tropeçou nas pernas dele e caiu de joelhos.

— Não! — gritou.

— *Porra!* — exclamou o outro. Com certeza foi o que ele disse. *Porra* é inconfundível.

Eles se levantaram e ficaram a uns quatro metros um do outro. Clay conseguia sentir o ódio dos dois. Era como se estivesse na cabeça dele; empurrando seus olhos para fora, tentando sair.

O mais jovem falou:

— Aqueié... *meaminhão!*

E, na cabeça de Clay, a voz distante do rapaz sussurrou: *Aquele é o meu caminhão.*

O mais velho respirou fundo. Levantou espasmodicamente um braço com a pele cheia de cascas. E mostrou o dedo médio para o rapaz.

— Senta. Aqui! — ele pronunciou com total clareza.

Os dois baixaram as cabeças e dispararam um para cima do outro. Suas cabeças se chocaram com um craque surdo que fez Clay se encolher. Daquela vez, todas as janelas da garagem explodiram. A sirene no telhado deu um longo grito de guerra antes de parar. As luzes fluorescentes do prédio se acenderam por cerca de três segundos, alimentadas pela pura energia da loucura. Houve uma breve explosão de música: Britney Spears cantando "Oops!... I Did It Again". Dois cabos de força arrebentaram com um estalo claro e caíram quase na frente de Clay, que se afastou deles correndo. Provavelmente eles estavam mortos, *deveriam* estar mortos, mas...

O mais velho caiu de joelhos com sangue descendo pelos dois lados da cabeça.

— *Meu caminhão!* — falou claramente, e então caiu de cara no chão.

O mais jovem se virou para Clay, como se o convocasse para ser testemunha da sua vitória. Sangue escorria do seu cabelo emaranhado e sujo, descendo pelos olhos, pelos dois lados do nariz e pela boca. Clay viu que seus olhos não estavam nem um pouco vazios. Estavam enlouquecidos. Clay compreendeu — de súbito, completa e indiscutivelmente — que, se aquele era o fim do ciclo, não havia chance de salvar seu filho.

— Meaminhão! — esgoelou o rapaz. — Meaminhão, meaminhão! — A sirene do caminhão soltou um grunhido curto e oscilante, como se concordasse. — MEAMI.

Clay atirou nele, então guardou o calibre .45 de volta no coldre. *Que se foda,* pensou, *eles só podem me colocar em um pedestal uma vez.* Ainda assim, ele estava tremendo muito, e quando invadiu o único hotel de Gurleyville, do outro lado da cidade, demorou bastante para dormir. Em vez do Esfarrapado, foi seu filho quem o visitou em sonho. Uma criança suja, de olhos vazios, que respondeu *"Vai-inferno, meaminhão"*, quando Clay a chamou pelo nome.

6

Ele acordou do sonho muito antes do anoitecer, mas já não conseguia mais dormir e decidiu recomeçar a caminhada. E, assim que deixasse Gurleyville para trás — o pouco que existia para deixar para trás —, começaria a dirigir. Não havia motivo para não fazer isso; àquela altura, a estrada parecia quase totalmente livre e provavelmente tinha estado assim desde o grave acidente na interseção com a rota 11. Ele apenas não havia notado por conta da escuridão e da chuva.

O Esfarrapado e seus amigos limparam o caminho, pensou ele. *É claro que sim, é a porra do corredor de gado. Provavelmente é o corredor que me leva ao matadouro. Porque eu já sou notícia velha. Eles querem carimbar PAGO em mim e me arquivarem o mais rápido possível. Sinto muito por Tom, Jordan e os outros três. Será que eles encontraram estradas secundárias suficientes para irem até a região central de New Hampshire?*

Ele chegou ao topo de uma ladeira, e esse pensamento se interrompeu de imediato. Um pequeno ônibus escolar amarelo com DISTRITO ESCOLAR 38 MAINE NEWFIELD pintado na lateral estava estacionado na rua lá embaixo. Um homem e um menino estavam recostados nele. O homem estava com o braço em volta dos ombros do menino em um gesto casual de amizade que Clay teria reconhecido em qualquer lugar. Enquanto ele ficava olhando, paralisado, sem acreditar no que via, outro homem contornou a frente achatada do ônibus. Tinha cabelos longos e grisalhos amarrados em um rabo de cavalo. Atrás dele vinha uma grávida. Ela vestia uma camiseta azul-clara em vez da preta da Harley Davidson, mas sem dúvida era Denise.

Jordan o viu e gritou seu nome. Livrou-se do braço de Tom e começou a correr. Clay correu na direção dele. Eles se encontraram a uns trinta metros do ônibus.

— Clay! — exclamou Jordan. Ele estava histérico de alegria. — É você mesmo!

— Sou eu — confirmou Clay. Ele girou Jordan no ar e então o beijou. Jordan não era Johnny, mas serviria, pelo menos por enquanto. Clay o abraçou, então o pôs de volta no chão e examinou seu rosto abatido, sem deixar de notar as olheiras marrons de cansaço sob os olhos do menino. — Como vocês vieram parar aqui?

O rosto de Jordan ficou sombrio.

— Não poderíamos... quer dizer, nós sonhamos que...

Tom veio andando. Ignorou mais uma vez a mão estendida de Clay e o abraçou.

— Como você está, Van Gogh? — perguntou ele.

— Bem. Feliz pra caralho em reencontrar vocês, mas não entendo...

Tom sorriu para ele. Era um sorriso ao mesmo tempo cansado e doce, uma bandeira branca.

— O que o ás dos computadores está tentando dizer é que no fim das contas não tivemos escolha. Venha para o ônibus. Ray disse que, se a estrada continuar livre, e tenho certeza de que vai continuar, podemos chegar a Kashwak ao pôr do sol, mesmo se andarmos a cinquenta quilômetros por hora. Você já leu *A assombração da casa da colina*?

Clay balançou a cabeça, confuso.

— Vi o filme.

— Tem uma frase nele que combina com a nossa situação: "Jornadas terminam no encontro de amantes". Parece que eu vou acabar conhecendo seu filho.

Eles andaram até o ônibus escolar. Dan Hartwick ofereceu a Clay uma latinha de pastilhas de menta com a mão não muito firme. Assim como

Jordan e Tom, ele parecia exausto. Clay, sentindo-se como em um sonho, pegou uma.

— E aí, cara — Ray o cumprimentou. Ele estava atrás do volante do ônibus, com o boné dos Dolphins virado para trás, um cigarro queimando em uma das mãos. Tinha uma aparência pálida e abatida. Olhava para Clay pelo retrovisor.

— E aí, Ray, meu rei — respondeu Clay.

Ray deu um sorriso breve.

— Essa aí eu já ouvi bastante.

— Com certeza, provavelmente umas cem vezes. Eu poderia dizer que estou feliz em te ver, mas, do jeito que as coisas andam, não sei se você gostaria de ouvir.

Ainda olhando pelo retrovisor, Ray respondeu:

— Tem uma pessoa lá na frente que você *certamente* não vai ficar feliz em ver.

Clay olhou. Todos olharam. A menos de meio quilômetro a norte, a rota 160 subia em uma ladeira. De pé, lá em cima e olhando para eles, estava o casaco de HARVARD mais sujo do que nunca, mas ainda brilhante contra o céu cinza da tarde. Aproximadamente cinquenta fonoides cercavam o Esfarrapado, que percebeu que eles estavam olhando. Ele ergueu a mão e acenou para o grupo duas vezes, como alguém limpando um retrovisor. Então deu meia-volta e começou a ir embora. Seu entourage (*seu rebanho*, pensou Clay) o seguia de ambos os lados, como uma espécie de rabo em forma de V. Logo estavam fora de vista.

WORM

1

Eles pararam em uma área para piquenique mais adiante, à beira da estrada. Ninguém estava com muita fome, mas era uma boa oportunidade para Clay fazer perguntas. Ray não comeu nada, apenas sentou na ponta de uma churrasqueira de pedra a favor do vento e fumou, ouvindo. Não acrescentou nada à conversa. Clay tinha a impressão de que ele estava completamente desanimado.

— Nós *achamos* que estamos parando aqui — falou Dan, apontando para a pequena área de piquenique, rodeada por pinheiros e árvores que soltavam suas folhas da cor do outono. Havia um riacho sussurrante e uma trilha com uma placa na entrada, se for seguir por aqui, leve um mapa! — Provavelmente estamos *mesmo* parando aqui, porque... — Ele olhou para Jordan. — *Você* diria que estamos parando aqui, Jordan? Você parece ter uma percepção mais clara.

— Sim — respondeu Jordan, sem pestanejar. — Isso é real.

— É mesmo — acrescentou Ray, sem erguer os olhos. — Estamos aqui, sim. — Ele bateu com a mão na churrasqueira de pedra, e a aliança fez um pequeno *tink-tink-tink*. — Isso aqui é pra valer. Estamos juntos de novo. Era tudo o que eles queriam.

— Não estou entendendo — observou Clay.

— Nós também não. Quer dizer, não completamente — disse Dan.

— Eles são muito mais poderosos do que eu poderia imaginar — admitiu Tom. — Isso eu entendo muito bem. — Ele tirou os óculos e limpou as lentes na camisa, em um gesto cansado, distraído. Parecia dez anos mais velho do que o Tom que Clay conhecera em Boston. — E eles mexeram com a nossa cabeça. E muito. Nunca tivemos a mínima chance.

— Vocês todos parecem exaustos — Clay comentou.

Denise riu.

— É mesmo? Bem, não é pra menos. Depois que nos separamos, pegamos a rota 11, na direção oeste. Andamos até o raiar do dia, porque não fazia o menor sentido dirigir, já que a estrada estava um caos. Até dava para rodar meio quilômetro, mas então...

— A estrada ficava bloqueada, eu sei — disse Clay.

— Ray disse que ficaria melhor quando chegássemos a oeste da Spaulding Turnpike, mas decidimos passar o dia em um hotel meia boca chamado Twilight.

— Já ouvi falar — disse Clay. — Fica do lado do parque Vaughan. É bastante famoso na minha terra.

— Ah, é? — Ela deu de ombros. — Enfim, a gente foi para lá e o garoto, Jordan, falou: "Vou preparar o mais variado café da manhã que vocês já viram na vida". E a gente respondeu: "Vai sonhando, garoto", o que acabou sendo meio engraçado porque de certa forma era isso mesmo que estava acontecendo. Só que o lugar tinha luz, e ele preparou mesmo um café da manhã enorme. A gente não perdeu tempo. Era um café da manhã gigante. Estou contando direito?

Dan, Tom e Jordan assentiram. Sentado na churrasqueira, Ray se limitou a acender outro cigarro.

Denise contou que eles tomaram o café na sala de jantar, o que Clay achou fascinante, pois tinha certeza de que o Twilight *não tinha* sala de jantar. Não passava de um daqueles motéis baratos às margens da interestadual Maine-New Hampshire. Rezava a lenda que os únicos atrativos eram duchas de água fria e filmes de sacanagem nas TVs dos quartos minúsculos.

A história foi ficando mais estranha. Havia uma jukebox. Nada de Lawrence Welk e Debby Boone: o aparelho estava abarrotado de música eletrônica e, em vez de irem direto para a cama, eles dançaram animadamente por duas ou três horas. Antes de deitarem, fizeram outra farta refeição, com Denise assumindo o papel de chef. Depois de comerem, finalmente, caíram no sono.

— E sonhamos que estávamos andando — acrescentou Dan, em um tom de amargura e esgotamento que era perturbador. Aquele não era o mesmo homem que Clay conhecera duas noites atrás, o homem que dissera: *Tenho*

quase certeza de que podemos evitar que eles entrem na nossa cabeça enquanto estamos acordados. Temos uma chance de conseguir. Ainda é só o começo para eles. Então ele riu um pouco, uma risada que não continha humor algum.
— Cara, *devíamos* ter sonhado, porque *estávamos* andando. Andamos aquele dia todo.

— Nem todo — disse Tom. — Eu sonhei que estava dirigindo...

— É, você dirigiu — concordou Jordan, baixinho. — Apenas por uma hora, mais ou menos, mas dirigiu. Foi quando também sonhamos que estávamos dormindo naquele hotel de beira de estrada, o tal do Twilight. Sonhei com você dirigindo também. Foi como um sonho dentro de um sonho. Só que esse foi real.

— Está vendo? — disse Tom, sorrindo para Clay. Ele despenteou os cabelos bastos do menino. — Em algum nível, Jordan sempre soube.

— Realidade virtual — afirmou Jordan. — Não passava disso. Era quase como estar dentro de um jogo de video game. Só que nem era tão bem-feito assim. — Ele olhou para norte, na direção onde o Esfarrapado tinha desaparecido. Na direção de Kashwak. — Vai ficar melhor se *eles* ficarem melhores.

— Os filhos da puta não conseguem fazer isso depois que escurece — lembrou Ray. — Eles têm que ir pra caminha.

— Assim como a gente foi, no fim do dia — falou Dan. — Era o que eles queriam, nos deixar tão esgotados a ponto de não perceber o que estava acontecendo, mesmo quando a noite chegasse e eles perdessem o controle. Durante o dia, o reitor de Harvard estava sempre por perto, junto com uma horda considerável, enviando aquele campo de força mental e criando a realidade virtual de Jordan.

— Deve ter sido isso — Denise concordou. — Com certeza.

Tudo aquilo aconteceu, calculou Clay, *enquanto eu dormia na cabana do caseiro.*

— Só que eles não queriam apenas nos esgotar, nem apenas trazer a gente de volta para norte — observou Tom. — Eles também queriam que estivéssemos juntos.

Os cinco entraram em um hotel de beira de estrada caindo aos pedaços na rota 47 — a rota 47 do *Maine,* não muito a sul do rio Great Works. A sensação de deslocamento, disse Tom, havia sido enorme. O som de música para hordas não muito ao longe não ajudara. Todos tinham uma noção do que provavelmente havia acontecido, mas foi Jordan quem verbalizou e apontou o óbvio: a tentativa de fuga deles falhara. Sim, eles até poderiam sair do hotel e voltar a seguir para oeste, mas até onde chegariam daquela vez? Estavam exaustos. Pior ainda, estavam sem ânimo. Também foi Jordan quem sugeriu que os fonoides talvez tivessem até mandando alguns espiões normies para rastrear seus movimentos noturnos.

— Nós resolvemos comer porque, além de cansados, estávamos famintos — falou Denise. — Depois fomos nos deitar de verdade e dormimos até a manhã seguinte.

— Fui o primeiro a acordar — comentou Tom. — Ninguém menos que o próprio Esfarrapado estava no pátio. Ele fez uma pequena mesura para mim e gesticulou para a estrada. — Clay se lembrava bem daquele gesto: *A estrada é de vocês. Podem pegá-la* — Acho que eu poderia ter atirado nele, estava com o sr. Ligeirinho, mas do que adiantaria?

Clay balançou a cabeça. Não adiantaria nada.

Eles voltaram para a estrada, primeiro subindo a rota 47. Então, contou Tom, haviam se sentido mentalmente empurrados para um caminho sem sinalização, que parecia na verdade serpentear para sudoeste.

— Nenhuma visão naquela manhã? — perguntou Clay. — Nenhum sonho?

— Não — respondeu Tom. — Eles sabiam que já tínhamos entendido a mensagem. Afinal de contas, podiam ler nossas mentes.

— Ouviram a gente dar o braço a torcer — comentou Dan, com aquele mesmo tom cansado e amargo. — Ray, você pode me dar um cigarro? Parei de fumar, mas estou pensando em retomar o hábito.

Ray atirou o maço para ele sem dizer uma palavra.

— É como se alguém empurrasse você com a mão, só que dentro do cérebro — explicou Tom. — Não é nem um pouco agradável. Invasivo de um jeito que nem consigo descrever. E o tempo todo havia a sensação do Esfarrapado e sua horda nos acompanhando. Às vezes dava pra ver alguns em meio às árvores, mas na maioria do tempo, não.

— Então agora eles não estão apenas formando hordas de dia e de noite — depreendeu Clay.

— Não, tudo isso está mudando — concordou Dan. — Jordan tem uma teoria bem interessante e com algumas provas para sustentá-la. Além do mais, nós somos uma exceção da regra. — Ele acendeu o cigarro. Tragou. Tossiu. — Porra, eu sabia que tinha largado essa merda por algum motivo. — E então, quase sem pausar. — Sabia que eles flutuam? Levitam. Deve ser uma bela maneira de se locomover, com as estradas tão entulhadas. É como ter um tapete voador.

Depois de subirem aparentemente em vão o caminho por cerca de um quilômetro e meio, os cinco chegaram a uma cabana com uma picape estacionada na frente. Estava com as chaves. Ray assumiu o volante; Tom e Jordan seguiram na carroceria. Nenhum deles ficou surpreso quando mais adiante o caminho dobrou novamente para norte. Logo antes de desaparecer, decidiram tomar outro caminho, e então um terceiro, que era pouco mais que uma trilha com mato crescendo no meio. A trilha deu em um trecho pantanoso onde a picape atolou mas, depois de uma hora de luta com a lama, eles saíram na rota 11, logo a sul da interseção daquela estrada com a 160.

— Dois fonoides mortos ali — disse Tom. — Ainda frescos. Cabos de energia caídos, postes quebrados. Os corvos estavam fazendo um banquete.

Clay pensou em contar para eles o que vira no Corpo de Bombeiros de Gurleyville, mas desistiu. Não via como aquilo poderia estar relacionado com a atual situação. Além do mais, havia muitos que não estavam brigando entre si, e aqueles vinham forçando Tom e os demais a seguir adiante.

Aquela força não os havia levado até o ônibus amarelo; Ray esbarrara com o veículo enquanto explorava o Posto Comercial de Newfield, no momento em que os outros roubavam refrigerantes do mesmo freezer que Clay saqueara. Ray tinha visto o ônibus por uma janela dos fundos.

Eles só haviam parado uma vez desde então, para fazer uma fogueira no chão de granito da pedreira Gurleyville e preparar uma refeição quente. Também tinham trocado de sapatos no Posto Comercial de Newfield — a caminhada na chuva deixara todos enlameados até as canelas — e descansado por uma hora. Deviam ter passado por Clay no Hotel Gurleyville aproximadamente na hora em que ele estava acordando, pois foram forçados a parar logo depois.

— E aqui estamos nós — concluiu Tom. — Caso quase encerrado. — Ele balançou um braço para o céu, a terra e as árvores. — Um dia, filho, tudo isso vai ser seu.

— Já não estou sentindo mais aqueles empurrões na cabeça, pelo menos por enquanto — falou Denise. — Ainda bem. O primeiro dia foi o pior, sabia? Quero dizer, Jordan tinha uma ideia mais clara de que algo estava errado, mas acho que todos sabíamos que a coisa não estava... certa, sabe?

— É verdade — concordou Ray, esfregando a nuca. — Era como estar em um conto de fadas em que os pássaros e as cobras falam, dizendo coisas tipo: "Você está legal, está bem, esqueça que suas pernas estão tão cansadas, você está chuchu-beleza". Chuchu-beleza, era assim que costumávamos falar quando eu era criança em Lynn.

— "Lynn, Lynn, cidade do pecado; quando você chegar ao céu, eles não vão deixar você entrar" — cantarolou Tom.

— Você cresceu mesmo no meio das carolas — disse Ray. — Bem, o garoto sacou, eu saquei, e acho que *todos* nós sacamos. Como acreditar que ainda dava para se safar com alguma coisa perturbando a cabeça...

— Eu acreditei até onde pude porque quis acreditar — comentou Dan. — Mas quer saber? Nunca tivemos a mínima chance. Outros normies talvez sim, mas não a gente, não os exterminadores de hordas. Os fonoides querem nos pegar, não importa o que aconteça com eles.

— O que você acha que eles estão planejando para nós? — perguntou Clay.

— Nos matar, claro — respondeu Tom, quase sem interesse. — Pelo menos vou poder dormir direito.

A mente de Clay finalmente alcançou algumas coisas e compreendeu. No início daquela conversa, Dan mencionara que o comportamento normal dos fonoides estava mudando e que Jordan tinha uma teoria a respeito. Ele acabara de dizer *não importa o que aconteça com eles.*

— Eu vi dois fonoides se atacarem não muito longe daqui — Clay contou por fim.

— Ah, é? — indagou Dan, sem muito interesse.

— À *noite* — acrescentou Clay, e então todos olharam para ele. — Estavam brigando por um caminhão de bombeiro, como duas crianças por um brinquedo. Recebi um pouco daquela telepatia de um deles, mas os dois estavam falando.

— Falando? — perguntou Denise, com ceticismo. — Tipo palavras de verdade?

— Palavras de verdade. Nem sempre dava para distinguir, mas com certeza eram palavras. Quantos cadáveres frescos vocês viram? Só aqueles dois?

— Provavelmente uma dúzia desde que recuperamos a noção de onde estamos — falou Dan, olhando para os demais. Tom, Denise e Jordan assentiram. Ray deu de ombros e acendeu outro cigarro. — *Talvez* eles estejam revertendo, o que se encaixa na teoria de Jordan, embora a fala não pareça combinar. Podem ter sido apenas corpos de que as hordas não quiseram se livrar. Desova não é prioridade para eles no momento.

— *Nós* somos a prioridade, e eles vão nos desovar logo, logo — disse Tom. — Não acho que vamos receber o... vocês sabem, o tratamento do estádio até amanhã, mas tenho certeza de que eles nos querem em Kashwak antes do anoitecer.

— Jordan, qual é a sua teoria? — perguntou Clay.

Jordan respondeu:

— Acho que havia um worm no programa original.

2

— Não entendi, mas até aí tudo bem — disse Clay. — Eu só sabia usar o Word, o Adobe Illustrator e o MacMail no computador. Fora isso, era praticamente um zero à esquerda. Johnny tinha que me ensinar a abrir o jogo de paciência que veio com o meu Mac. — Falar sobre aquilo doeu. Lembrar da mão de Johnny se fechando sobre a sua no mouse doeu mais ainda.

— Mas você sabe o que é um worm de computador, certo?

— É um negócio que entra na máquina e ferra com todos os programas, não é?

Jordan revirou os olhos, mas disse:

— Quase. Worms podem se esconder, corromper seus arquivos e, de quebra, o disco rígido. Se um worm entrar em arquivos compartilhados e nas coisas que você envia, até mesmo anexos de e-mail, e ele entra, pode assumir um comportamento viral e se espalhar. O worm é mutante e às vezes os filhotes sofrem mais mutações ainda. Tudo bem até aí?

— Sim.

— O Pulso foi um programa de computador enviado a partir de um modem. Era o único jeito que poderia dar certo. E continua sendo enviado assim. Só que ele está com um worm, e o worm está destruindo o programa. Está ficando mais corrompido a cada dia que passa. GIGO. Você sabe o que é GIGO?

— Eu mal sei como abrir um arquivo — respondeu Clay.

— É uma sigla para *"garbage in, garbage out",* ou seja, "lixo que sai, lixo que entra". Nós achamos que existem pontos de conversão em que os fonoides estão transformando normies...

Clay se lembrou do seu sonho.

— Sobre isso eu já sei bem mais do que vocês.

— Mas agora os fonoides estão recebendo uma programação corrompida, entende? E faz sentido, porque aparentemente os fonoides mais novos estão caindo primeiro. Brigando, enlouquecendo ou simplesmente caindo mortos.

— Você não tem dados suficientes para afirmar isso — argumentou Clay prontamente. Estava pensando em Johnny.

Os olhos de Jordan estavam brilhando. Depois da objeção de Clay, o brilho se apagou um pouco.

— Isso é verdade — admitiu ele, antes de erguer a cabeça. — Mas é uma questão de lógica. Se a premissa estiver certa... se for um worm, algo afetando cada vez mais o programa original... então é tão lógico quanto o latim que eles usam. Os novos fonoides estão reiniciando, mas agora de um jeito maluco e instável. Recebem a telepatia, mas ainda conseguem falar. Eles...

— Jordan, você *não pode* tirar essa conclusão baseado apenas nos dois que *eu* vi...

Jordan não estava prestando atenção. Na verdade, estava falando para si mesmo.

— Eles não formam hordas como os outros, não com tanta *perfeição*, porque a ordem de formar hordas não está instalada de maneira correta. Em vez disso eles... eles ficam acordados até tarde e levantam cedo. Voltam a agredir uns aos outros. E se isso estiver piorando... você não percebe? Os fonoides *mais novos* seriam os primeiros a se ferrar!

— É como em *Guerra dos mundos* — falou Tom, como em um devaneio.

— Como assim? — questionou Denise. — Eu não vi esse filme. Parecia assustador demais.

— Os invasores foram mortos por micróbios que os nossos corpos toleram sem problemas — explicou Tom. — Não seria uma ironia do destino se todos os fonáticos morressem por conta de um vírus de computador?

— Eu me contentaria menos com a ironia e mais com a violência — falou Dan. — Vamos deixar que eles se matem em uma grande guerra.

Clay ainda estava pensando em Johnny. Em Sharon também, mas sobretudo em Johnny, que escrevera POR FAVOR VENHA ME BUSCAR em letras maiúsculas e então assinara o nome completo, como se aquilo de alguma forma acrescentasse mais peso ao pedido.

Ray Huizenga disse:

— Não vai nos adiantar nada se isso não acontecer hoje à noite. — Ele ficou de pé e se espreguiçou. — Logo, logo eles vão mandar a gente seguir viagem. Vou parar para fazer uma pequena necessidade enquanto posso. Não saiam sem mim.

— De ônibus é que não daria — disse Tom, enquanto Ray começava a subir a trilha. — As chaves estão no seu bolso.

— Cuidado para o passarinho não voar, Ray — brincou Denise, com doçura.

— Ninguém gosta de engraçadinhos, querida — respondeu Ray, sumindo de vista.

— *O que* eles vão fazer com a gente? — perguntou Clay. — Alguém tem alguma ideia?

Jordan deu de ombros.

— Talvez seja como um circuito fechado de TV, mas com a participação de áreas diferentes do país. Talvez até do mundo inteiro. O tamanho daquele estádio me faz pensar que...

— E o latim também, é claro — falou Dan. — É uma espécie de língua franca.

— Mas por que eles precisam de uma língua franca? — perguntou Clay.

— Eles são telepatas.

— Mas ainda pensam em palavras na maioria do tempo — observou Tom. — Pelo menos até agora. De qualquer maneira, eles *querem* nos executar, Clay. Jordan e Dan acham isso, e eu concordo.

— E eu também — acrescentou Denise, com voz baixa e soturna, acariciando a curva da sua barriga.

Tom falou:

— O latim é mais que uma língua franca, é a língua da justiça, e já vimos sendo usada por eles uma vez.

Gunner e Harold. Sim. Clay assentiu.

— Jordan tem outra ideia — afirmou Tom. — Acho que você precisa ouvir, Clay. Por via das dúvidas. Jordan?

Jordan balançou a cabeça:

— Não consigo.

Tom e Dan Hartwick trocaram olhares.

— Bem, que *um* de vocês conte, então — pediu Clay. — Será possível?! No fim das contas, o próprio Jordan contou.

— Como são telepatas, eles reconhecem entes queridos.

Clay tentou encontrar algo de sinistro naquilo, mas não conseguiu:

— E daí?

— Tenho um irmão em Providence — respondeu Tom. — Se for um *deles*, ele será o meu carrasco. Quer dizer, se Jordan tiver razão.

— Minha irmã — falou Dan Hartwick.

— Meu monitor — disse Jordan, muito pálido. — O que tem um celular Nokia de 1 megapixel que roda vídeos baixados da internet.

— Meu marido — falou Denise e desatou a chorar. — A não ser que ele esteja morto. Peço a Deus que sim.

Por um instante, Clay continuou sem entender. De repente, a ficha caiu: *John? O meu Johnny?* Ele viu o Esfarrapado com a mão sobre a sua cabeça, pronunciando a frase: "*Ecce homo... insanus*". E viu o filho andar em sua direção, com o bonezinho da Liga Juvenil virado para trás e com sua camisa favorita dos Red Sox, a com o nome e o número de Tim Wakefield. Johnny, pequeno sob os olhares de milhões de espectadores pelo milagre da telepatia de circuito fechado, potencializada pelas hordas.

O pequeno Johnny-Gee, sorrindo. De mãos vazias. Armado apenas com os dentes.

3

Foi Ray quem quebrou o silêncio, embora nem estivesse presente.

— Ah, meu Deus. — Vindo de um pouco mais adiante na trilha. — Merda. — E então: — Ei, Clay!

— O que foi? — gritou Clay, em resposta.

— Você morou aqui a vida inteira, não é?

Ray não parecia um campista muito feliz. Clay olhou para os outros, que devolveram apenas olhares vazios. Jordan deu de ombros e estendeu as palmas das mãos, tornando-se por um instante de cortar o coração um pré-adolescente, e não apenas mais um refugiado da Guerra dos Celulares.

— Bem... mais para o interior, mas sim. — Clay se levantou. — O que houve?

— Então você sabe reconhecer ervas daninhas e urtigas, certo?

Denise começou a rir e fechou a boca com as duas mãos.

— Sei — respondeu Clay, sem conseguir evitar um sorriso. Sabia reconhecer aquelas plantas muito bem. Já tinha mandado Johnny e seus amiguinhos ficarem longe delas muitas vezes no passado.

— Bem, então venha aqui dar uma olhada — pediu Ray —, e venha sozinho. — Então, quase sem pausar: — Denise, não preciso de telepatia para saber que você está rindo. Pode ir parando, garota.

Clay saiu da área para piqueniques, passando pela placa que dizia SE FOR SEGUIR POR AQUI, LEVE UM MAPA! e então pela margem do belo riacho. Àquela altura, tudo na mata estava bonito — uma paleta de cores quentes misturadas com o carregado e imutável verde dos abetos —, e ele imaginou (não pela primeira vez) que, se todo ser humano tem que morrer, aquela era uma boa estação para encontrar Deus.

Clay esperava encontrar Ray com as calças abertas ou arriadas até os tornozelos, mas ele estava de pé, sobre folhas de pinheiro, com as calças abotoadas. Não havia nenhum arbusto por perto, nenhuma urtiga nem nada do gênero. Ray estava tão pálido como Alice, quando ela saiu correndo para a sala de estar dos Nickerson para vomitar, a pele tão branca que parecia morta. Apenas os olhos ainda tinham vida no rosto dele, e estavam queimando.

— Vem cá — sussurrou ele, como se estivesse no pátio de um presídio. Clay quase não conseguia ouvi-lo por trás do murmúrio incessante do rio. — Depressa. Não temos muito tempo.

— Ray, que porra...

— Só me escute. Dan e o seu amigo Tom são espertos demais. Jordy também. Às vezes pensar atrapalha. A Denise é melhor, mas está grávida. Não dá pra confiar numa mulher grávida. Então é com você mesmo, sr. Artista. Não estou gostando porque você ainda está apegado demais ao seu filho, mas o seu filho já era. No fundo, você sabe disso. O seu filho dançou.

— Tudo bem aí, meninos? — gritou Denise e, por mais espantado que estivesse, Clay conseguiu perceber a ironia na voz dela.

— Ray, não sei do que...

— Não, e é assim que vai ser. Só me *escute*. O que aquele merda de moletom vermelho quer não vai acontecer, se você não deixar. Isso é tudo que você precisa saber.

Ray enfiou a mão no bolso da calça de sarja e tirou um celular e um pedaço de papel. O telefone estava cinza de tanta sujeira, como se tivesse ficado dias e dias em uma obra.

— Coloque isso no bolso. Quando a hora chegar, ligue para o número no papel. Você vai saber a hora certa. Espero que sim.

Clay segurou o telefone. Era pegar ou largar. O pedacinho de papel escapou de seus dedos.

— *Pegue o papel!* — Ray sussurrou, furioso.

Clay se agachou e pegou o papel. Havia dez números rabiscados. Os três primeiros eram o código de área do Maine.

— *Ray, eles leem mentes!* Se eu ficar com isso...

Ray estampou na boca uma terrível paródia de sorriso.

— E daí?! — cochichou ele. — Eles vão bisbilhotar sua mente e descobrir que você está pensando numa porra de um celular! E no que mais todo mundo está pensando desde o dia 1º de outubro? Quer dizer, quem ainda consegue pensar?

Clay olhou para o celular sujo e maltratado. Havia duas etiquetas na tampa. A de cima dizia SR. FOGARTY. A de baixo dizia PROP. DA PEDREIRA GURLEYVILLE NÃO RETIRAR.

— Coloca no *bolso*, porra!

Não foi a urgência da ordem que o fez obedecer, e sim a urgência daqueles olhos desesperados. Clay começou a guardar o telefone e o pedaço de papel. Como estava de jeans, seu bolso era mais apertado do que o da calça de sarja de Ray. Clay estava olhando para baixo, concentrado em fazer o bolso ceder. Ray esticou o braço para frente e puxou o calibre .45 do coldre de Clay que, quando ergueu os olhos, viu Ray com o cano da arma sob o próprio queixo.

— Você vai estar fazendo um favor para o seu filho, Clay. Acredite em mim. Isso não é jeito de viver.

— *Ray, não!*

Ray apertou o gatilho. A bala American Defender de ponta oca arrancou toda a parte de cima da cabeça. Uma revoada de corvos abandonou as árvores. Clay nem tinha notado que as aves estavam ali, mas agora elas rasgavam o céu de outono com seus grasnidos.

Que, por um instante, sumiram sob o som dos gritos de Clay.

4

Mal tinham começado a cavar a terra escura e fofa para abrir uma cova para Ray sob os abetos quando os fonoides invadiram suas cabeças. Clay estava sentindo aquele poder combinado pela primeira vez. Era como Tom havia dito, como ser empurrado pelas costas por uma mão poderosa. Quer dizer, isso se a mão e as costas estivessem dentro da sua cabeça. Nenhuma palavra. Apenas aquele empurrão.

— Deixe a gente terminar! — ele gritou e imediatamente respondeu a si mesmo em um registro um pouco mais agudo, que reconheceu de imediato. — Não. Vão. Agora.

— Cinco minutos! — vociferou Clay.

Desta vez, a voz da horda usou Denise.

— Vão. Agora.

Tom rolou o corpo de Ray — os miolos enrolados em uma das capas de banco do ônibus — para o buraco e chutou um pouco de terra. Então agarrou a própria cabeça pelos dois lados, fazendo uma careta.

— O.k. O.k. — disse ele e respondeu imediatamente a si mesmo. — Vão. Agora.

Eles voltaram para a área de piquenique pela trilha, com Jordan na frente. Ele estava muito pálido, mas não tanto quanto Ray no último minuto de vida, pensou Clay. Nem de perto. *Isso não é jeito de viver:* suas últimas palavras.

Do outro lado da rua, à vontade, fonoides faziam uma fila que se estendia de uma ponta a outra do horizonte, talvez numa linha total de oitocentos metros. Devia haver uns quatrocentos, mas Clay não viu o Esfarrapado. Imaginava que ele tinha ido preparar o caminho, pois na casa dele há muitas moradas.

Com uma extensão telefônica em cada, pensou Clay. Enquanto marchavam com os demais em direção ao micro-ônibus, Clay viu três fonoides saírem da formação. Dois começaram a se morder, lutar e rasgar as roupas um do outro, rosnando o que poderiam ter sido palavras — Clay ficou com a impressão de ter ouvido um "cala boca", mas imaginou que não passara de uma coincidência de sílabas. O terceiro simplesmente se virou e começou a ir embora, descendo a faixa branca em direção a Newfield.

— É isso mesmo, cai fora, soldado! — gritou Denise, histericamente. — *Todos* vocês caiam fora!

Mas eles não obedeceram e, antes de o desertor — se é que era isso que ele era — sumir de vista na curva onde a rota 160 virava para sul, um fonoide idoso, porém corpulento, simplesmente atirou os braços para a frente, agarrou a cabeça do outro e a torceu para um lado. O desertor desabou no asfalto.

— Ray estava com as chaves — observou Dan, com voz cansada. Seu rabo de cavalo estava quase todo solto, e o cabelo caía sobre os ombros. — Alguém vai ter que voltar e...

— Eu peguei as chaves — interrompeu Clay. — Vou dirigir. — Ele abriu a porta lateral do micro-ônibus, sentindo aquela pulsação e aqueles empurrões constantes na cabeça. Havia sangue e terra nas suas mãos. Sentia o peso do celular no bolso e teve um pensamento estranho: talvez Adão e Eva tivessem apanhado algumas maçãs antes de serem expulsos do Jardim do Éden. Algo para beliscar no decorrer da longa e empoeirada estrada que levaria a um mundo de setecentos canais de televisão e mochilas com bombas no metrô de Londres. — Vamos entrando, todo mundo.

Tom olhou para ele.

— Não precisa soar tão animadinho, Van Gogh.

— Por que não? — rebateu Clay, sorrindo. Ficou imaginando se aquele sorriso não parecia com o de Ray antes do terrível ato final. — Pelo menos não vou ter que ouvir as suas besteiras por muito mais tempo. Todos pra dentro. Próxima parada, Kashwak=Sem-Fo.

Antes de entrarem no micro-ônibus, eles foram obrigados a se livrar das armas.

Isso não se deu por meio de um comando mental, tampouco a coordenação motora foi sobrepujada por alguma força superior — Clay não teve que ficar olhando enquanto algo fazia sua mão baixar e tirar o calibre .45 do coldre. Ele não achava que os fonoides pudessem fazer aquilo, pelo menos não por enquanto; não podiam nem mesmo fazer o truque do ventríloquo sem permissão. O que ele sentiu foi uma espécie de coceira muito forte, quase insuportável, dentro da cabeça.

— Minha *Nossa Senhora!* — exclamou Denise em voz baixa e atirou o calibre .22 que carregava no cinto o mais longe possível. A arma foi cair na estrada. Dan jogou a própria pistola em seguida e depois a faca de caça, que voou com a ponta para a frente quase até o outro lado da rota 160. Ainda assim, nenhum dos fonoides por lá recuou.

Jordan largou o revólver que carregava no chão, ao lado do ônibus. Então, resmungando e se contorcendo, enfiou a mão na mochila e jogou longe a arma de Alice. Tom acrescentou o sr. Ligeirinho.

Clay colocou o calibre .45 junto com as outras armas ao lado do ônibus. Aquela arma trouxera azar para duas pessoas desde o Pulso, e ele não estava exatamente triste em deixá-la para trás.

— Pronto — disse ele para os olhos que os observavam e para os rostos sujos, muitos mutilados, do outro lado da rua, mas era no Esfarrapado que pensava. — Isso é tudo. Está satisfeito? — E respondeu a si mesmo de imediato. — Por quê. Ele fez. Aquilo?

Clay engoliu em seco. Não eram apenas os fonoides que queriam saber: Dan e os outros estavam olhando para ele também. Clay notou que Jordan segurava o cinto de Tom, como se temesse a resposta como uma criança pequena temeria uma rua movimentada. Uma rua cheia de caminhões em alta velocidade.

— Ele disse que viver como vocês não era jeito de viver — respondeu Clay. — Pegou minha arma e estourou os próprios miolos antes que eu pudesse impedir.

Silêncio, exceto pelo grasnido dos corvos. Então Jordan falou, em tom monocórdio e declamatório.

— O nosso jeito é o único jeito.

Dan falou em seguida. No mesmo tom. *Se não estiverem sentindo raiva, eles não sentem nada*, pensou Clay.

— Entrem. No ônibus.

Eles entraram. Clay foi para o volante e deu a partida no motor. Seguiu para norte pela rota 160. Estava há menos de um minuto na estrada quando percebeu movimento à esquerda. Eram os fonoides indo para norte pelo acostamento — por *sobre o* acostamento — em linha reta, como se estivessem em uma esteira a uns vinte centímetros do chão. Então, mais à frente, onde a estrada subia, eles levitaram muito mais alto, talvez a quarenta centímetros do solo, traçando um arco humano contra o céu sombrio, quase todo nublado. Observar os fonoides desaparecendo para além do topo da colina era como observar um grupo descer uma montanha russa invisível.

Então a simetria graciosa se rompeu. Um dos vultos em suspensão caiu como um pássaro alvejado, rolando pelo menos dois metros até o acostamento. Era um homem vestido com trapos de corrida. Ele girava furiosamente no chão, chutando com uma perna, arrastando a outra. Quando o ônibus passou por ele a vinte e cinco quilômetros por hora, Clay viu que o rosto do homem estava repuxado em uma careta de fúria e que sua boca se mexia, cuspindo o que quase certamente eram suas últimas palavras.

— Então agora já sabemos — disse Tom, com cinismo. Estava sentado com Jordan no banco dos fundos do ônibus, em frente ao bagageiro com as mochilas empilhadas. — Os primatas dão origem ao homem, o homem dá origem aos fonoides, e os fonoides dão origem a telepatas que levitam e sofrem da síndrome de Tourette. Evolução completa.

Jordan perguntou:

— O que é síndrome de Tourette?

Tom respondeu:

— Porra, e eu sei lá, filho?

E, incrivelmente, todos começaram a rir. Logo estavam às gargalhadas, até Jordan, que não sabia do *que* estava achando graça, enquanto o micro-ônibus amarelo seguia devagar para norte, sendo ultrapassado por fonoides que levitavam e levitavam, em uma procissão aparentemente sem fim.

KASHWAK

1

Uma hora depois de deixarem para trás a área de piqueniques onde Ray se suicidara com a arma de Clay, eles passaram por uma placa que dizia:

EXPO DOS CONDADOS DO NORTE
DE 5 A 15 DE OUTUBRO
VENHAM TODOS!!!

VISITE O KASHWAKAMAK HALL E NÃO SE ESQUEÇA DA EXCLUSIVA "ALA NORTE"
*CAÇA-NÍQUEIS (INCLUINDO PÔQUER TEXANO)
*"BINGO INDÍGENA"

VOCÊ VAI DIZER "UAU!!!"

— Ai, meu Deus! — exclamou Clay. — A Expo do Kashwakamak Hall. Jesus, é o lugar perfeito para uma horda.
— O que é uma expo? — perguntou Denise.
— Uma feira como outra qualquer — respondeu Clay —, só que maior do que a maioria e bem mais desregrada, porque é no TR, que é território não incorporado. E tem também esse negócio de Ala Norte. Todo mundo no Maine sabe o que é a Ala Norte na Expo dos Condados do Norte. Ao seu estilo, é tão famosa quanto o Twilight.
Tom queria saber o que era a Ala Norte mas, antes que Clay pudesse explicar, Denise falou:

— Mais dois. Minha Nossa Senhora, sei que eles são fonoides, mas ainda fico enojada.

Um homem e uma mulher jaziam na poeira do acostamento. Haviam morrido abraçados ou em uma briga feia, e como abraços pareciam não combinar com o estilo de vida fonoide... Eles tinham passado por meia dúzia de outros corpos no caminho para norte, muito provavelmente baixas da horda que viera buscá-los, e tinham visto o dobro disso vagando a esmo para sul, às vezes sozinhos, às vezes em duplas. Um dos pares, claramente sem saber ao certo para onde queriam ir, chegou a pedir carona para o ônibus.

— Não seria ótimo se todos começassem a brigar ou caíssem mortos antes do que planejaram para nós amanhã? — indagou Tom.

— Não conte com isso — sugeriu Dan. — Para cada baixa ou desertor que vimos, havia vinte ou trinta que ainda estavam dentro do programa. E só Deus sabe quantos estão esperando lá em Kashwak.

— Também não desconsidere essa hipótese — rebateu Jordan do seu lugar ao lado de Tom. Suas palavras soaram com um pouco de rispidez. — Um *bug* em um programa, um worm, não é pouca coisa. Pode começar como uma pequena dor de cabeça e então bum, perda total. Eu jogo aquele Star-Mag, sabem? Quer dizer, costumava jogar... Enfim, o caso é que um mau perdedor da Califórnia ficou tão puto de sempre perder que colocou um worm no sistema e derrubou todos os servidores em uma semana. Quase meio milhão de jogadores tendo que voltar a jogar cartas por causa de um babaca.

— Não temos uma semana, Jordan — observou Denise.

— Eu sei — respondeu ele. — E sei que nem todos os fonoides estão propensos a sair do ar da noite para o dia... mas é *possível*. Ainda tenho esperanças. Não quero terminar como Ray. Ele parou de... bem, de ter esperança.

Uma lágrima solitária desceu pelo rosto de Jordan. Tom o abraçou.

— Você não vai terminar como Ray — consolou ele. — Vai crescer e ficar igual ao Bill Gates.

— Não quero ficar igual ao Bill Gates — respondeu Jordan, rabugento. — Aposto que ele tem um celular. Na verdade, aposto que tem uns doze. — Ele se empertigou. — Uma coisa que eu daria tudo para saber é como tantas torres de transmissão de celulares ainda estão funcionando *sem* luz.

— FEMA, a Agência Federal de Gerenciamento de Emergências — sentenciou Dan, com cinismo.

Tom e Jordan se viraram para olhar para ele. Tom com um esboço de sorriso no rosto. Até Clay ergueu os olhos para o retrovisor.

— Vocês acham que estou brincando — falou Dan. — Quem me dera. Li um artigo sobre o assunto em uma revista, enquanto estava na sala de espera do consultório do meu médico, aguardando aquele exame desagradável em que ele coloca uma luva e então começa a explorar...

— Por favor — interrompeu Denise. — As coisas já estão ruins o suficiente. Pode pular essa parte. O que o artigo dizia?

— Que depois do Onze de Setembro a FEMA requisitou e conseguiu uma verba do Congresso. Não me lembro quanto, mas era uma cifra na casa de dezenas de milhões para equipar torres de transmissão de celulares, em todo o país, com geradores de energia de longa duração. A ideia era garantir que continuássemos capazes de nos comunicar mesmo em caso de ataques terroristas coordenados. — Dan fez uma pausa. — Parece que deu certo.

— FEMA — disse Tom. — Não sei se é para rir ou para chorar.

— Eu até ia sugerir que você escrevesse para o seu congressista, mas ele deve estar louco — falou Denise.

— Ele já era louco bem antes do Pulso — respondeu Tom, distraidamente. Estava esfregando a nuca e olhando pela janela. — FEMA — repetiu. — Sabe, até que faz sentido. A porra da FEMA.

Dan falou:

— Eu daria tudo para saber por que eles fizeram tanta questão de nos colocar na coleira e nos trazer para cá.

— Também fizeram questão de se certificar que a gente não seguiria o exemplo de Ray — acrescentou Denise. — Não se esqueça disso. — Ela fez uma pausa. — Não que eu fosse seguir. Suicídio é pecado. Eles podem fazer o que quiserem comigo aqui, mas eu vou para o céu com o meu bebê. Acredito nisso.

— O que me dá arrepios é o latim — comentou Dan. — Jordan, seria possível que os fonoides pudessem pegar e incorporar coisas antigas à nova programação deles? Quer dizer, coisas de antes do Pulso? Se estivesse de acordo com suas... hummm, sei lá... com suas metas de longo prazo.

— Acho que sim — respondeu Jordan. — Não sei bem, porque não sabemos que tipo de comando foi codificado no Pulso. Isso é bem diferente de programas de computador comuns. É autogerativo. Orgânico. Como um aprendizado. Acho que é um aprendizado. "É uma definição satisfatória", como diria o diretor. Só que estão todos aprendendo juntos, por causa...

— Por causa da telepatia — Tom completou.

— Isso — concordou Jordan, que parecia incomodado.

— Por que o latim te dá arrepios? — perguntou Clay, olhando para Dan pelo retrovisor.

— Tom disse que o latim é a língua da justiça, e deve ser verdade, mas para mim isso parece mais vingança. — Ele se inclinou para a frente. Por trás dos óculos, seus olhos pareciam cansados e perturbados. — Porque, com ou sem latim, *eles não conseguem pensar de verdade*. Pelo menos ainda não. Estou convencido disso. Não agem por um pensamento racional, e sim por um tipo de mente coletiva nascida de pura raiva.

— Objeção, meritíssimo, especulação freudiana! — disparou Tom, um tanto alegremente.

— Talvez Freud, talvez Lorenz — falou Dan. — Seja como for, me conceda o benefício da dúvida. Você por acaso ficaria surpreso se uma entidade dessas, uma entidade tão raivosa, confundisse justiça com vingança?

— Isso faria diferença? — questionou Tom.

— Talvez faça para nós — respondeu Dan. — Com a experiência de quem já ministrou um curso sobre vigilantismo nos Estados Unidos, posso afirmar que a vingança geralmente dói mais.

2

Pouco depois dessa conversa, eles chegaram a um lugar que Clay reconheceu. O que era perturbador, pois ele nunca estivera naquela parte do estado antes. Exceto uma vez, no sonho das conversões em massa.

KASHWAK=SEM-FO estava escrito na estrada, em grossas pinceladas de tinta verde e brilhante. O micro-ônibus passou por cima das palavras a 48 quilômetros por hora, enquanto os fonoides continuavam a fluir à esquerda, em sua procissão imponente e sobrenatural.

Aquilo não foi um sonho, pensou Clay, olhando para todo aquele lixo preso nos arbustos dos acostamentos e para as latas de cerveja e refrigerante nas valas. Sacos vazios de batatas fritas, Doritos e Cheez Doodles estalavam sob os pneus do veículo. *Os normies ficaram parados aqui em fila dupla, comendo e bebendo, sentindo aquela coceira esquisita dentro da cabeça, aquela sensação estranha de que eram empurrados mentalmente pelas costas, esperando sua vez de ligar para algum ente querido que se perdera durante o Pulso. Ficaram aqui e ouviram o Esfarrapado dizer. "Esquerda e direita, isso mesmo, é assim que se faz, vamos continuar andando, temos muitos de vocês para processar antes do anoitecer."*

Mais adiante, as árvores se afastavam em ambos os lados da estrada. O que antes tinha sido o pasto para vacas ou ovelhas, conquistado com o suor de algum fazendeiro, agora não passava de terra esmagada e revolvida por incontáveis pés que haviam passado por ali. Era quase como se o lugar tivesse sido palco de um show de rock. Uma das tendas sumira — levada pelo vento —, mas a outra ficara presa em algumas árvores e se mexia na luz fosca do começo da noite como uma língua grande e marrom.

— Eu sonhei com esse lugar — revelou Jordan, com voz tensa.

— Foi mesmo? Eu também — falou Clay.

— Os normies seguiam os sinais de Kashwak igual a Sem-Fo e era aqui que chegavam — prosseguiu Jordan. — Eram como cabines de pedágio, certo, Clay?

— Tipo isso — concordou Clay. — É, tipo cabines de pedágio.

— Eles tinham grandes caixas de papelão cheias de celulares — comentou Jordan. Clay não se lembrava desse detalhe do sonho, mas não duvidou que fosse verdade. — Montanhas de caixas. E todo normie tinha direito a uma ligação. Que bando de sortudos.

— Quando você sonhou com isso, Jordy? — perguntou Denise.

— Na noite passada. — Os olhos de Jordan encontraram os de Clay no retrovisor. — Os normies sabiam que não iriam falar com quem queriam. No fundo, sabiam. Mas ligavam assim mesmo. Pegavam os telefones. Pegavam e escutavam. A maioria nem chegou a reagir. Por quê, Clay?

— Porque estavam cansados de lutar, imagino — explicou Clay. — Cansados de serem diferentes. Queriam ouvir "Baby Elephant Walk" com novos ouvidos.

Eles já tinham deixado para trás os pastos arruinados, que haviam abrigado as tendas. Mais adiante, uma estrada de acesso asfaltada se separava da rodovia. Era mais larga e mais plana do que a interestadual. Os fonoides subiam por ela e desapareciam em uma abertura na mata. Despontando bem acima das árvores, a uns oitocentos metros à frente, havia uma estrutura de ferro parecida com uma grua, que Clay reconheceu imediatamente dos seus sonhos. Achou que só podia ser uma espécie de brinquedo, talvez um Sky Coaster. Um outdoor na interseção da rodovia com a estrada de acesso exibia uma família sorridente — papai, mamãe, filhinho e irmãzinha —, que entrava em um paraíso de brinquedos, jogos e exposições agrícolas.

EXPO DOS CONDADOS DO NORTE
QUEIMA DE GALA DE FOGOS DE ARTIFÍCIO
5 DE OUTUBRO

VISITE O KASHWAKAMAK HALL "ALA NORTE"
ABERTO 24H, SETE DIAS POR SEMANA
DE 5 A 15 DE OUTUBRO

VOCÊ VAI DIZER "UAU!!!"

Ao lado deste outdoor estava o Esfarrapado. Ele ergueu e estendeu uma das mãos em um gesto de pare.

Ai, meu Deus, pensou Clay e estacionou o micro-ônibus ao lado dele. Os olhos do Esfarrapado, que Clay não conseguira acertar no seu desenho em Gaiten, pareciam ao mesmo tempo confusos e cheios de uma curiosidade malévola. Clay disse a si mesmo que era impossível que os olhos aparentassem as duas coisas ao mesmo tempo, mas aparentavam. Às vezes a apatia confusa era maior, logo superada por aquela estranha avidez perturbadora.

É impossível que ele queira se entender com a gente.

Porém, parecia que era isso que o Esfarrapado queria. Ele ergueu até a porta do ônibus as mãos com as palmas unidas e então as abriu. O gesto foi bastante bonito — como um homem indicando *o pássaro voou* —, mas as mãos estavam pretas e sujas, e o dedinho da esquerda tinha se quebrado aparentemente em dois lugares. *Essas são as novas pessoas*, pensou Clay. *Telepatas que não tomam banho.*

— Não deixe ele entrar — pediu Denise. A voz dela tremia.

Clay conseguiu notar que os fonoides à esquerda do ônibus tinham parado com o movimento constante, como de uma esteira. Balançou a cabeça:

— Não temos escolha.

Eles vão bisbilhotar sua mente e descobrir que você está pensando numa porra de um celular! dissera Ray, quase bufando. *E no que mais todo mundo está pensando desde o dia 1º de outubro?*

Espero que você tenha razão, Ray, ele pensou, *porque ainda falta uma hora e meia para escurecer. Uma hora e meia no mínimo.*

Ele baixou a alavanca que abria a porta, e o Esfarrapado, com o lábio inferior curvado naquele eterno sorriso de escárnio, entrou. Estava absurdamente magro, e o abrigo vermelho imundo pendia do corpo como um saco. Nenhum dos normies dentro do ônibus estava particularmente limpo — a higiene já não era prioridade desde 1º de outubro —, mas o Esfarrapado exalava um fedor podre e intenso que quase fez Clay lacrimejar. Era o cheiro de um queijo forte deixado em uma câmara quente para curar.

O Esfarrapado se sentou no banco do lado da porta, o que ficava de frente para o assento do motorista, e olhou para Clay. Por um instante, não houve nada além do peso daqueles olhos confusos e daquela estranha curiosidade sorridente.

Então Tom falou em uma voz fina e ultrajada que Clay só ouvira uma vez, quando tinha dito: *Ah, já chega, pode ir tirando o cavalinho da chuva,* para a papa-hóstia gorducha que começou a pregar o sermão do Fim dos Tempos para Alice.

— O que você quer de nós? Você já tem o mundo. O que quer de *nós*?

A boca arruinada do Esfarrapado formou a palavra ao mesmo tempo em que Jordan a pronunciava. Apenas uma palavra, em um tom monótono e sem emoção.

— Justiça.

— Justiça?! — repetiu Dan. — Acho que você nem sabe do que está falando.

O Esfarrapado respondeu com um gesto, erguendo uma das mãos em direção à estrada de acesso, palma para cima e indicador apontando: *Pé na tábua.*

Quando o ônibus começou a rodar, a maioria dos fonoides também voltou a se mover. Alguns tinham arrumado briga, e outros voltavam para a rodovia pela estrada de acesso da exposição, como Clay constatou pelo retrovisor.

— Você está perdendo alguns soldados — comentou Clay.

O Esfarrapado não respondeu em nome da horda. Seus olhos apáticos, depois curiosos, depois apáticos e curiosos, continuaram fixos em Clay, que tinha a impressão de sentir aquele olhar caminhando levemente sobre a própria pele. Os dedos contorcidos do Esfarrapado, cinzas de sujeira, estavam no colo do seu jeans azul encardido. Então ele sorriu. Talvez aquilo bastasse como resposta. Dan estava certo, no fim das contas. Para cada fonoide que caía — ou saía do ar, na linguagem de Jordan — havia muitos outros. Só que Clay não fazia ideia do que *muitos outros* significava até meia hora mais tarde, quando a mata se abriu de ambos os lados e eles passaram pelo arco de madeira que dizia BEM-VINDOS À EXPO DOS CONDADOS DO NORTE.

3

— Jesus — falou Dan.

Denise articulou melhor os sentimentos de Clay, soltando um grito baixinho.

Sentado no banco ao lado da porta, de frente para o assento do motorista, o Esfarrapado se limitou a olhar para Clay com a malevolência vaga de uma criança tola prestes a arrancar as asas de algumas moscas. *Gostou?*, aquele sorriso parecia dizer. *É impressionante, não é? Está todo mundo aqui!* É claro que um sorriso daqueles poderia significar aquilo ou qualquer outra coisa. Poderia até significar *Eu sei o que está no seu bolso*.

Além do arco, havia um caminho amplo incompleto e uma série de brinquedos em construção, tudo aparentemente da época do Pulso. Clay não sabia quantas tendas de exposição tinham sido montadas, mas algumas haviam sido levadas pelo vento, como as do posto de controle a dez ou doze quilômetros atrás, e poucas continuavam de pé, parecendo respirar na brisa noturna com as laterais. As Xícaras Malucas ainda estavam inacabadas, assim como a Casa dos Horrores em frente (DESAFIAMOS VOCÊ A estava pintado no único pedaço da fachada erguido, e esqueletos dançavam sobre as palavras). Apenas a Roda-Gigante e o Sky Coaster ao lado do que teria sido o caminho principal do parque pareciam terminados e, sem a animação das luzes elétricas, tinham para Clay um aspecto medonho, lembrando mais instrumentos de tortura gigantes do que brinquedos. Porém, uma luz *estava* piscando, ele viu: uma luz de farol, sem dúvida alimentada por bateria, bem no topo do Sky Coaster.

Muito além do brinquedo, havia um prédio branco com molduras vermelhas, da largura de uma dúzia de celeiros. Montes de feno tinham sido empilhados nas laterais. Bandeiras dos Estados Unidos, tremulando na brisa noturna, haviam sido fincadas naquele revestimento vagabundo a cada três metros. O prédio estava decorado com grinaldas de flâmulas patrióticas e trazia o letreiro em tinta azul brilhante:

EXPO DOS CONDADOS DO NORTE
KASHWAKAMAK HALL

Mas não foi nada daquilo que chamou a atenção deles. Entre o Sky Coaster e o Kashwakamak Hall havia vários acres de campo aberto. Clay imaginou que era lá que as grandes multidões se reuniam para as exibições de gado, as corridas de tratores, os shows do último dia da feira e — é claro — as queimas de fogos que abririam e fechariam a expo. A área era cercada de postes de luz e mastros com alto-falantes. Agora, aquela esplanada enorme e coberta de grama estava abarrotada de fonoides, que se amontoavam ombro a ombro, quadril a quadril, rostos virados para assistirem à chegada do micro-ônibus amarelo.

Qualquer esperança que Clay tinha de encontrar Johnny — ou Sharon — desapareceu num instante. Seu primeiro pensamento foi que devia haver cinco mil fonoides aglomerados sob aqueles postes de luz apagados. Então viu que eles também haviam transbordado até os estacionamentos adjuntos à área de exposição principal e corrigiu a estimativa para cima. Oito. Pelo menos oito mil.

O Esfarrapado continuou sentado no lugar que pertencia a algum aluno da Escola de Newfield, sorrindo para Clay, os dentes projetados para fora do rasgo que fazia as vezes de boca. *Gostou?*, parecia perguntar aquele sorriso, e Clay teve que se lembrar mais uma vez de que um sorriso daqueles podia ser interpretado de qualquer maneira.

— Então, quem vai tocar hoje à noite? Vince Gill? Ou vocês esvaziaram o cofre e trouxeram Alan Jackson? — perguntou Tom, tentando ser engraçado. Clay reconhecia a tentativa, mas Tom só conseguiu transmitir medo com aquela pergunta.

O Esfarrapado continuou olhando para Clay, e um vinco começou a aparecer no meio da sua testa, como se algo o intrigasse.

Clay conduziu o micro-ônibus lentamente pelo meio do caminho principal, em direção ao Sky Coaster e à multidão silenciosa. Havia mais corpos ali, e a cena fez Clay se lembrar de como às vezes encontrava um monte de insetos mortos no peitoril da janela depois de uma geada inesperada. Ele se concentrou em manter as mãos relaxadas. Não queria que o Esfarrapado visse os nós dos seus dedos ficarem brancos sobre o volante.

E vá devagar. Calmo e sossegado. Ele está só olhando para você. Quanto aos celulares, no que mais todo mundo está pensando desde o dia 1º de outubro?

O Esfarrapado ergueu uma das mãos e apontou um dedo torto e arrebentado para Clay.

— Sem-fo pra você — disse Clay naquela outra voz. — *Insanus*.

— É, sem-fo-pra-mim-mim, sem-fo pra nenhum de nós, somos todos palhaços neste ônibus. Mas você vai dar um jeito nisso, certo? — perguntou Clay.

O Esfarrapado sorriu, como se concordasse... mas a pequena linha vertical ainda estava lá. Como se algo ainda o intrigasse. Talvez algo que desse voltas e voltas na mente de Clay Riddell.

Clay ergueu os olhos para o retrovisor à medida que se aproximavam do fim da rua.

— Tom, você me perguntou o que era a Ala Norte — comentou ele.

— Desculpe, Clay, mas já não estou muito interessado — rebateu Tom. — Talvez por causa do tamanho do comitê de boas-vindas.

— Não, mas isso é interessante — insistiu Clay, um pouco exaltado.

— O.k., o que é? — perguntou Jordan. Deus abençoe o garoto. Curioso até o fim.

— As Exposições dos Condados do Norte nunca foram grande coisa no século XX — começou Clay. — Não passavam de feirinhas agropecuárias cafonas com pinturas, artesanato, produtos e animais no Kashwakamak Hall… que é onde seremos colocados, pelo jeito.

Ele olhou para o Esfarrapado, que não confirmou nem desmentiu, apenas se limitou a sorrir. A pequena linha vertical desaparecera da sua testa.

— Clay, cuidado — falou Denise com uma voz tensa, controlada.

Ele se virou para olhar pelo para-brisa e pisou no freio. Uma idosa com cortes infeccionados nas pernas saiu cambaleando da multidão silenciosa. Ela contornou a beirada do Sky Coaster, tropeçou nos vários pedaços pré-fabricados da Casa dos Horrores que haviam sido descarregados, mas não montados, na época do Pulso, e então disparou desajeitadamente para cima do ônibus escolar. Quando o alcançou, começou a esmurrar devagar o para-brisa, com as mãos sujas e deformadas pela artrite. O que Clay viu no rosto daquela mulher não era a apatia voraz que ele passara a relacionar com os fonoides, e sim uma desorientação aterrorizada. E aquilo era familiar. *Quem é você?*, perguntara a Cabelinho Escuro. A Cabelinho Escuro, que não recebera uma carga direta do Pulso. *Quem sou eu?*

Nove fonoides em um bem organizado quadrado ambulante vieram atrás da idosa, cujo rosto desvairado estava do outro lado do vidro, a menos de um metro e meio de Clay. A boca da mulher se moveu, e ele escutou quatro palavras que passaram tanto pelos ouvidos quanto pela mente:

— *Me leve com vocês!*

A senhora não vai querer ir para onde nós vamos, pensou Clay.

Então os fonoides agarraram e levaram a idosa de volta para a multidão na esplanada. Ela até tentou se libertar, mas eles eram implacáveis. Clay viu os olhos dela de relance e pensou que eram olhos de alguém que, com sorte, iria para o purgatório, embora o destino mais provável fosse o inferno.

Mais uma vez, o Esfarrapado ergueu a mão, palma para cima e indicador apontando: *Sigam*.

A senhora havia deixado no para-brisa uma fantasmagórica, mas visível marca de sua mão. Clay olhou através da marca e seguiu adiante.

4

— Como eu dizia — recomeçou Clay —, até 1999 a Expo não era nada de mais. Se você morasse na região e gostasse de brinquedos, jogos e atrações de parque de diversões, tinha que ir até a Freyburg Fair. — Ele ouvia a própria voz como se ela estivesse rodando em uma fita cassete. Falar simplesmente por falar. Aquilo o fez lembrar dos guias do ônibus de turismo em Boston, indicando os diversos pontos turísticos. — Então, logo depois da virada do século, a Secretaria Estadual para Assuntos Indígenas fez uma análise territorial. Todo mundo sabia que o terreno da Expo ficava colado à reserva Sockabasin. A análise revelou que a extremidade norte do Kashwakamak Hall estava na verdade dentro da reserva. Tecnicamente, era território dos índios micmacs. Como os donos da Expo e os membros do conselho da tribo micmac não eram idiotas, concordaram em retirar as lojinhas da ala norte do hall e colocar caça-níqueis. De uma hora para outra, a Expo dos Condados do Norte se tornou a maior feira de outono do Maine.

Eles haviam chegado ao Sky Coaster. Clay começou a virar à esquerda e a guiar o ônibus por entre a rua e a Casa dos Horrores inacabada, mas o Esfarrapado fez um gesto com as mãos no ar, as palmas para baixo. Clay parou. O Esfarrapado se levantou e virou em direção à porta. Clay baixou a alavanca e ele saiu. Depois se virou para Clay e fez uma espécie de mesura.

— O que ele está fazendo agora? — perguntou Denise, que não conseguia ver de onde estava sentada. Nenhum deles conseguia.

— Ele quer que a gente saia — respondeu Clay.

Ele se levantou, sentindo na parte de cima da coxa o peso do celular entregue por Ray. Se olhasse para baixo, veria a protuberância do aparelho contra o tecido azul do jeans. Clay puxou para baixo a blusa, tentando cobri-lo. *Um celular, e daí? Todo mundo só pensa nisso.*

— E nós vamos sair? — Jordan questionou. Parecia assustado.

— Não temos muita escolha — respondeu Clay. — Vem, gente, vamos para a exposição.

5

O Esfarrapado conduziu o grupo em direção à multidão silenciosa, que se abria para eles passarem, formando um corredor estreito — pouco mais que um gargalo — que ia da parte de trás do Sky Coaster até as portas duplas do Kashwakamak Hall. Clay e os demais passaram por um estacionamento repleto de caminhões (a inscrição EMPR. DE DIVERSÕES NOVA INGLATERRA estava pintada nas laterais, junto com o logotipo de uma montanha-russa). Então foram engolidos pela turba.

A caminhada parecia interminável para Clay. O cheiro era quase insuportável, intenso e penetrante, mesmo com a brisa refrescante levando a primeira camada. Ele estava ciente do movimento das pernas, estava ciente do moletom vermelho do Esfarrapado à sua frente, mas as portas duplas do hall — com suas grinaldas de flâmulas vermelhas, brancas e azuis — pareciam não se aproximar. Sentia o cheiro de terra e sangue, urina e merda. Sentia o cheiro de decomposição, carne queimada, ovo podre, pus secretado. Sentia o cheiro das roupas apodrecidas nos corpos que vestiam. Sentia o cheiro de outra coisa também — de algo novo, que seria muito fácil chamar de loucura.

Acho que é o cheiro da telepatia. Se for mesmo, não estamos preparados para ela. É algo forte demais para nós. Queima o cérebro de alguma forma, como uma sobrecarga muito forte queimaria o circuito elétrico de um carro ou de um...

— Me ajudem aqui! — gritou Jordan atrás dele. — Me ajudem aqui, ela está desmaiando!

Ele se virou e viu que Denise estava caída, com as mãos e os joelhos no chão. Jordan continuava ao lado dela e passara um dos braços de Denise pelo pescoço, mas ela era pesada demais para ele. Tom e Dan não conseguiam se aproximar o suficiente para ajudar. O corredor que cortava a massa de fonoides era muito estreito. Denise levantou a cabeça e, por um instante, seus olhos encontraram os de Clay. O olhar de Denise estampava uma atordoada incompreensão, como olhos de um bezerro abatido. Ela vomitou uma pasta rala na grama e baixou a cabeça de novo. O cabelo caiu sobre o rosto como uma cortina.

— Me ajudem aqui! — voltou a gritar Jordan. Ele começou a chorar.

Clay deu meia-volta e começou a dar cotoveladas nos fonoides para chegar ao outro lado de Denise.

— Saiam da frente! — ele gritou. — Saiam do caminho, ela está grávida, seus idiotas, não estão vendo que ela está grá...

Foi a blusa que ele reconheceu primeiro. A blusa de gola alta e seda branca que ele sempre chamara de blusa de médica de Sharon. De certa forma, ele achava aquela a roupa mais sexy dela, em parte por causa daquela gola alta e chique. Gostava quando Sharon estava nua, mas gostava ainda mais de tocar e apertar os seios dela através da blusa de gola alta e seda branca. Gostava de ver os mamilos endurecerem até ficarem salientes contra o tecido.

Agora a blusa de médica de Sharon estava rasgada nas axilas e com manchas pretas de sujeira em algumas partes e marrons de sangue em outras. *Ela não está tão mal quanto os outros*, escrevera Johnny. Só que ela não estava nada bem: bem longe da mesma Sharon Riddell que saíra para dar aula com sua blusa de médica e saia vermelho-escura, enquanto o ex-marido se encontrava em Boston, prestes a fechar um negócio que poria fim às preocupações financeiras da família e provaria a ela que todas aquelas reclamações sobre o "hobby caro" dele não tinham passado de medo e má-fé (aquele pelo menos tinha sido o seu sonho meio rancoroso). O cabelo louro-escuro dela pendia em fios escorridos. O rosto apresentava cortes em vários pontos, e metade de uma orelha parecia ter sido arrancada, substituída por um buraco coagulado que se afundava no lado da cabeça. Algo que Sharon comera, algo escuro e coagulado, pendia dos cantos da boca que ele beijara quase todos os dias por quase quinze anos. Ela olhou para Clay, através dele, com aquele meio sorriso idiota que os fonoides às vezes abriam.

— Clay, me ajude! — quase soluçou Jordan.

Clay voltou a si. Sharon não existia mais, era disso que ele deveria se lembrar. Sharon não existia mais há quase duas semanas. Desde que tentara fazer uma ligação no celular vermelho de Johnny no dia do Pulso.

— Abra espaço pra mim, sua piranha! — ordenou ele, empurrando de lado a mulher que um dia fora sua esposa. Antes que ela tivesse tempo de voltar, Clay tomou o seu lugar. — Esta mulher está grávida. Abra espaço pra mim, porra. — Então se agachou, passou o outro braço de Denise pelo pescoço e a ergueu.

— Vá em frente — disse Tom a Jordan. — Deixa comigo, eu pego ela.

Jordan levantou o braço de Denise alto o bastante para Tom passá-lo em volta do próprio pescoço. Tom e Clay a carregaram daquele jeito pelos últimos oitenta metros, até as portas do Kashwakamak Hall, onde o Esfarrapado esperava. Àquela altura, Denise murmurava que eles podiam soltar, que ela conseguia andar, que estava bem, mas Tom não acreditou. Clay tampouco. Se a soltasse, talvez olhasse para trás em busca de Sharon. Não queria fazer isso.

O Esfarrapado sorriu para Clay e, daquela vez, o sorriso parecia ter mais foco, como se os dois dividissem uma piada. *Sharon?!*, pensou ele. *Sharon é a piada?*

Aparentemente não, pois o Esfarrapado fez um gesto que teria sido bastante familiar a Clay no velho mundo, mas que parecia estranhamente fora de lugar no contexto: mão direita no lado direito do rosto, polegar direito na orelha, mindinho diante da boca. A mímica do telefone.

— Sem-fo-pra-vo-você — falou Denise e então, na própria voz: — Pare, odeio quando você faz isso!

O Esfarrapado não deu atenção. Continuou fazendo a mímica do telefone, polegar na orelha e mindinho diante da boca, encarando Clay. Por um instante, Clay teve certeza de que o Esfarrapado também baixou os olhos para o bolso em que o celular estava enfiado. Então Denise repetiu, aquela terrível paródia da velha brincadeira com Johnny-Gee:

— Sem-fo-pra-vo-você.

O Esfarrapado imitou uma risada, ainda mais medonha pela boca arruinada. Clay sentia os olhos da horda às suas costas como um peso físico.

De repente as portas duplas do Kashwakamak Hall se abriram sozinhas. De dentro saiu uma mistura de aromas — temperos, geleias, feno e gado — que, embora fracos, meros fantasmas olfativos de outros anos, ainda serviam de paliativo para o fedor da horda. Também não estava completamente escuro lá dentro: as luzes de emergência alimentadas por bateria estavam fracas, mas ainda iluminavam um pouco. Clay pensou que aquilo era algo impressionante, a não ser que as luzes tivessem sido economizadas especialmente para a chegada deles, mas duvidava dessa possibilidade. O Esfarrapado não estava disposto a revelar. Apenas sorriu e fez sinal com as mãos para que entrassem.

— Vai ser um prazer, seu doente — disse Tom. — Denise, tem certeza de que consegue andar sozinha?

— Sim. Só tenho que fazer uma coisinha antes. — Ela inspirou e então cuspiu no rosto do Esfarrapado. — Pronto. Leve isso de volta para Hah-vud com você, seu merda.

O Esfarrapado não disse nada. Apenas sorriu para Clay, como dois amigos que dividissem uma piada interna.

6

Ninguém trouxe comida para eles, mas havia um monte de máquinas de salgadinhos e doces, e Dan encontrou um pé de cabra no armário do almoxarifado, na enorme parte sul do prédio. Os demais ficaram parados em volta, observando-o arrombar as máquinas. *É claro que somos loucos,* pensou Clay, *vamos jantar Baby Ruth e comer PayDay no café da manhã.* De repente, a música começou, só que não era "You Light Up My Life" ou "Baby Elephant Walk" que os enormes alto-falantes em volta da esplanada tocavam lá fora. Era uma música lenta e solene, que Clay reconheceu, embora não a ouvisse há anos. Foi tomado de tristeza e sentiu um arrepio subir pelos seus braços.

— Ai, meu Deus! — sussurrou Dan. — Acho que é Albinoni.

— Não — disse Tom. — É Pachelbel: "Cânone em Ré Maior".

— Sim, é claro — se corrigiu Dan, constrangido.

— É como se... — começou a falar Denise, então se interrompeu, baixando os olhos para os sapatos.

— O quê? — perguntou Clay. — Pode falar. Você está entre amigos.

— É como o som das memórias — disse ela. — Como se fosse tudo que eles tivessem.

— É verdade — concordou Dan. — Imagino que...

— Gente! — chamou Jordan, na ponta dos pés, olhando para fora por uma das janelinhas, que eram bem altas. — Venham ver isso!

Eles se enfileiraram e olharam para a enorme esplanada. A escuridão era quase total. Os alto-falantes e os postes de luz agigantavam-se, sentinelas negras contra o céu morto. Mais adiante, havia os contornos sombrios da grua do Sky Coaster, com sua luz solitária piscando. E na frente, bem na frente, milhares de fonoides tinham se ajoelhado como muçulmanos prestes a rezar, enquanto Johann Pachelbel enchia o ar com o que poderia ser um substituto da memória. Quando todos se deitaram, foi como se fossem um só, produzindo um grande e macio som de queda e um deslocamento de ar que fez sacos vazios e copos de plástico amassados saírem do chão rodopiando.

— Hora de dormir para todo o exército dos dementes — disse Clay. — Se a gente quiser fazer alguma coisa, tem que ser nesta noite.

— Fazer? O que a gente vai fazer? — quis saber Tom. — As duas portas que tentei abrir estavam trancadas. Tenho certeza de que as outras também vão estar.

Dan ergueu o pé de cabra.

— Não vale a pena — sugeriu Clay. — Esse negócio pode servir muito bem com as máquinas, mas não se esqueça que este lugar funcionava como um cassino. — Ele apontou para a ala norte do hall, luxuosamente acarpetada e cheia de fileiras de caça-níqueis, o aço cromado opaco refletindo sob as luzes de emergência bruxuleantes. — Acho que você vai descobrir que as portas são à prova de pés de cabra.

— E as janelas? — perguntou Dan, antes de olhar mais de perto e responder à própria pergunta. — Jordan, talvez.

— Vamos comer alguma coisa — propôs Clay. — Depois vamos sentar e parar um pouquinho. Não temos feito muito isso ultimamente.

— Ah, ótimo! E depois vamos fazer o quê? — perguntou Denise.

— Bem, cada um faz o que der vontade — respondeu Clay. — Eu não desenho há quase duas semanas, e estou sentindo falta. Acho que vou desenhar.

— Mas você não tem papel — contestou Jordan.

Clay sorriu:

— Quando não tenho papel, desenho na cabeça.

Jordan olhou para ele em dúvida, tentando descobrir se estava sendo sacaneado ou não. Quando decidiu que não, falou:

— Isso não pode ser tão bom quanto desenhar no papel, não é?

— Às vezes é até melhor. Em vez de apagar, eu apenas repenso.

Ouviu-se um estrondo, e a porta da máquina de doces abriu.

— Bingo! — exclamou Dan e ergueu o pé de cabra sobre a cabeça. — Quem disse que professores universitários não servem para nada no mundo real?

— Vejam só — falou Denise avidamente, ignorando Dan. — Uma prateleira inteira de Junior Mints!

E se jogou nas balas.

— Clay? — perguntou Tom.

— Humm?

— Por acaso você não viu o seu filho? Ou a sua mulher? Sandra?
— Sharon — disse Clay. — Não vi nenhum dos dois. — Ele olhou para o lado do quadril largo de Denise. — Aquelas barras são de Butterfinger?

7

Meia hora depois eles já tinham se fartado de doces e refrigerantes. Tentaram abrir as algumas portas e descobriram que estavam todas trancadas. Dan tentou usar o pé de cabra, mas não conseguiu um ponto de apoio nem mesmo forçando muito. Tom sugeriu que, embora as portas parecessem de madeira, tinham revestimento interno de aço.

— E devem ter alarmes também — comentou Clay. — É só mexer muito que os seguranças vêm atrás de você.

Em seguida, todos menos Clay formaram um pequeno círculo no carpete macio do cassino, entre os caça-níqueis. Já Clay se sentou no concreto, recostado nas portas duplas pelas quais eles foram conduzidos pelo Esfarrapado: *Vocês primeiro, nos vemos pela manhã*, dissera ele, com um gesto zombeteiro.

Os pensamentos de Clay queriam voltar àquele outro gesto zombeteiro — a mímica de telefone com o polegar e o mindinho —, mas ele não deixou, pelo menos não conscientemente. Por experiência própria, aprendera há muito tempo que a melhor maneira de abordar aquele tipo de coisa era pela porta dos fundos. Então Clay recostou a cabeça na porta de aço revestida de madeira e fechou os olhos, visualizando uma *splash page*. Não uma página do *Dark Wanderer* — o *Dark Wanderer* estava acabado e ninguém sabia disso melhor do que ele —, mas de uma nova revista. Vamos chamá-la de *Celular*, na falta de um título melhor: uma empolgante saga apocalíptica sobre as hordas dos fonoides contra os últimos normies remanescentes...

Porém, aquilo não batia. *Parecia* bater se você olhasse de relance, do mesmo jeito que as portas daquele lugar pareciam de madeira, mas não eram. As tropas dos fonoides tinham que estar muito reduzidas — *tinham que estar*. Quantos tinham morrido no surto de violência que se seguiu imediatamente ao Pulso? Metade? Clay recordou a fúria daquele surto e pensou: *Talvez mais. Talvez sessenta ou até setenta por cento*. E mais as baixas por ferimentos graves, infecções, exposição às intempéries, mais violência e pura burrice. Além, é claro, dos exterminadores de hordas. Quantas *eles* teriam eliminado? Quantas hordas grandes ainda restavam?

Clay pensou que talvez descobrisse a resposta no dia seguinte, se todos os que sobraram se reunissem para um grande espetáculo de execução dos loucos. Essa informação seria de muita relevância para eles.

Não importa. Simplifique. Se você quiser que sua *splash* tenha um pano de fundo, a situação deve ser simplificada até caber em um único quadro narrativo. Aquela era uma regra não escrita. A situação dos fonoides poderia ser resumida em duas palavras: baixas consideráveis. Eles pareciam muitos — porra, eles pareciam uma legião —, mas os pombos-passageiros também devem ter parecido uma legião até a extinção, porque viajavam em bandos de escurecer o céu até o fim. O que ninguém percebeu é que havia cada vez menos daqueles bandos gigantes. Quer dizer, até toda a espécie ter sido exterminada. Extinta. Finita. Tchau-tchau.

Além do mais, pensou ele, *agora eles têm aquele outro problema, aquela falha na programação. Aquele worm. Que tal essa? No fim das contas, esses caras podem acabar durando menos que os dinossauros, com telepatia, levitação e tudo.*

O.k., já chega de pano de fundo. Qual é a ilustração? Qual é o *retrato*, aquele que vai prender o leitor e arrastá-lo para dentro da história? Ora, Clay Riddell e Ray Huizenga, é lógico. Os dois estão na mata. Ray está com o cano do calibre .45 de Beth Nickerson sob o queixo, e Clay está segurando...

Um celular, claro. O que Ray roubou da pedreira Gurleyville.

CLAY (aterrorizado): Ray, PARE! Isso não faz sentido! Você se esqueceu? Kaohwak é uma ÁREA SEM COBERTURA CE...

Inútil! KA-POW! Em maiúsculas amarelas e dentadas no primeiro plano da *splash*, e aquela chegava a fazer SPLASH mesmo, pois Arnie Nickerson foi atencioso o bastante para fornecer à mulher o tipo de bala de ponta oca vendida nos sites Paranoia Americana, e o topo da cabeça de Ray parece um gêiser vermelho. Ao fundo — um daqueles detalhes que talvez tivessem tornado Clay Riddell famoso em um mundo sem a existência do Pulso —, um único corvo aterrorizado levanta voo de um galho de pinheiro.

Uma bela *splash page*, pensou Clay. Sangrenta, com certeza — jamais teria sido aprovada nos velhos tempos do Código de Ética —, mas sedutora já à primeira vista. E, embora Clay nunca tivesse falado aquilo sobre os celulares não funcionarem depois do local de conversão, teria dito se tivesse pensado na hora. Ray se matara para que o Esfarrapado e seus fonoides não descobrissem o telefone em sua mente, o que era de uma ironia amarga, porque o Esfarrapado já sabia do celular cuja existência Ray morrera para proteger. Sabia que estava no bolso de Clay... e não dava a mínima.

Parado diante das portas duplas do Kashwakamak Hall. O Esfarrapado fazendo aquele gesto — polegar na orelha, dedos enrolados perto da bochecha rasgada e áspera, mindinho na frente da boca. Usando Denise para repetir, para reforçar o ponto: *Sem-fo pra vo-você.*

Isso mesmo. Porque Kashwak=Sem-Fo.

Ray morrera em vão... Aliás, por que isso não o incomodava naquele momento?

Clay notou que estava cochilando, como era comum quando desenhava com a cabeça. Desligando-se. E não tinha problema. Porque era daquele jeito que ele sempre se sentia pouco antes da fusão entre desenho e história — feliz, como as pessoas se sentem antes de uma esperada volta para casa. Antes do encontro dos amantes no fim da jornada. Não tinha o menor motivo para se sentir daquela maneira, mas se sentia.

Ray Huizenga morrera por um celular inútil.

Ou teria sido por mais de um? Agora, Clay via outro quadrinho. Aquele era um de flashback, o que dava para notar pelas margens retorcidas.

Close na mão de RAY, segurando o celular sujo e uma tira de papel com um número de telefone rabiscado nela. Os dedos de RAY tampam tudo menos o código de área do Maine.

RAY (FORA DE CENA): Quando a hora chegar, ligue para o número no papel. Você vai saber a hora certa. Espero que sim. *Não dá pra ligar pro celular de ninguém em Kashwakamak, Ray, porque Kashwak=Sem-fo. É só perguntar para o reitor de Hah-vud.*

E para reforçar o argumento, eis mais um quadrinho de flashback com aquelas margens retorcidas. Rota 160. Em primeiro plano, o micro-ônibus amarelo com DISTRITO ESCOLAR 38 MAINE NEWFIELD pintado na lateral. A pouca distância, pintado na estrada, KASHWAK=SEM-FO. Novamente os detalhes são impecáveis: latas vazias de refrigerante caídas na vala, uma blusa em trapos presa em uma moita e, ao longe, uma tenda balançando numa árvore, como uma enorme língua marrom. Sobre o micro-ônibus, quatro balões em OFF. Não foram exatamente aquelas palavras que eles trocaram (mesmo cochilando sua mente sabia), mas essa não era a questão. O *roteiro* não era a questão, não naquele momento.

Ele achou que saberia qual era a questão quando topasse com ela.

DENISE (EM OFF): Foi aqui que eles...?

TOM (EM OFF): Fizeram as conversões, isso mesmo. Você entra na fila dos normies, faz sua ligação e, quando estiver indo para o grupo da Expo, já é um DELES. Uma furada.

DAN (EM OFF): Por que aqui? Por que não no terreno da Expo?

CLAY (EM OFF): Já esqueceu? Kashwak=Sem-Fo. Eles juntaram todo mundo no limite da cobertura de telefonia móvel. Depois daqui, nada. Nadinha. Zero.

Outro quadrinho. Close no Esfarrapado em toda sua glória pestilenta. Sorrindo com a boca mutilada e trazendo tudo à tona com um gesto. *Ray teve uma ideia brilhante que dependia de uma ligação de celular. Era tão brilhante que ele esqueceu completamente que aqui não tem cobertura. Eu provavelmente teria que ir para o Québec para conseguir sinal no celular que ele me passou. É hilário, mas sabe o que é mais hilário ainda? Eu peguei o aparelho! Que trouxa!*

Então Ray morrera em vão? Talvez, mas outro desenho estava se formando. Lá fora, Pachelbel dera lugar a Fauré, e Fauré dera lugar a Vivaldi. Jorrando de alto-falantes em vez de mini-systems. Alto-falantes negros contra um céu morto, com brinquedos inacabados ao fundo. Em primeiro plano, o Kashwakamak Hall com suas flâmulas e revestimento vagabundo de feno. E, como toque final, o pequeno detalhe que já estava tornando Clay Riddell famoso...

Ele abriu os olhos e se sentou direito. Os outros continuavam sentados em círculo no carpete da extremidade norte. Clay não sabia quanto tempo tinha ficado recostado na porta, mas fora tempo suficiente para deixar seu traseiro dormente.

Gente, ele tentou dizer, mas a princípio nenhum som saía. Estava com a boca seca. Seu coração batia forte. Ele pigarreou e tentou mais uma vez.

— Gente! — chamou, e os outros olharam em volta. Algo em sua voz levou Jordan a se levantar de um pulo, e Tom quase fez o mesmo.

Clay andou até eles com pernas que nem pareciam as suas — estavam dormentes. Tirou o celular do bolso no caminho. O telefone pelo qual Ray sacrificara a vida porque, no calor do momento, se esquecera do fato mais óbvio sobre Kashwakamak: na Expo dos Condados do Norte, aqueles negócios não funcionavam.

8

— Para que serve isso, se não funciona? — perguntou Dan, que ficara empolgado com a empolgação de Clay, mas logo desanimou quando viu que o objeto na mão do amigo não era uma carta de alforria, apenas outro maldito celular. Um Motorola velho e sujo, com a capa rachada. Os outros olharam para Clay com uma mistura de medo e curiosidade.

— Tenham um pouco de paciência comigo — pediu Clay. — Pode ser?

— Nós temos a noite inteira — respondeu Dan, tirando os óculos e limpando as lentes. — Temos que passar o tempo de algum jeito.

— Vocês pararam naquele Posto Comercial de Newfield para arranjar algo para comer e beber — prosseguiu Clay. — E acharam o ônibus escolar amarelo.

— Parece que foi um zilhão de anos atrás — comentou Denise. Ela esticou o lábio inferior e soprou o cabelo de cima da testa.

— *Ray* encontrou o ônibus — disse Clay. — O veículo tinha uns vinte lugares...

— Dezesseis, na verdade — corrigiu Dan. — Está escrito no painel. Cara, as escolas daqui devem ser *minúsculas*.

— Dezesseis lugares, com espaço na traseira para mochilas ou bagagem leve para passeios extraclasse. Então vocês continuaram viagem, certo? E, quando chegaram à pedreira Gurleyville, aposto que foi de Ray a ideia de parar lá.

— Isso mesmo — Tom confirmou. — Ele achou que a gente estava precisando de uma refeição quente e de um pouco de repouso. Como você sabe, Clay?

— Eu sei porque desenhei — respondeu Clay, e era quase verdade: ele visualizava a cena enquanto falava. — Dan, Denise, Ray e você, Tom, exterminaram duas hordas. A primeira com gasolina, mas a segunda com dinamite. Ray sabia mexer com o material porque já tinha usado explosivos quando trabalhava na construção de estradas.

— Puta merda! — exclamou Tom. — Ele pegou dinamite naquela pedreira, não pegou? Enquanto estávamos dormindo. *Pode* ser que sim, porque a gente dormiu feito uma pedra.

— Foi Ray quem nos acordou — falou Denise.

Clay disse:

— Não sei se foi dinamite ou algum outro explosivo, mas tenho quase certeza de que ele transformou aquele ônibus amarelo em uma bomba ambulante enquanto vocês estavam dormindo.

— Está na traseira — disse Jordan. — No bagageiro.

Clay assentiu.

Jordan cerrou os punhos.

— Quanto você acha que tem?

— Só vamos saber quando explodir — respondeu Clay.

— Deixe-me ver se estou entendendo — falou Tom. Lá fora, Vivaldi dera lugar a Mozart: "Pequena serenata noturna". Os fonoides haviam definitivamente superado Debby Boone. — Ray escondeu uma bomba na traseira do ônibus... então deu um jeito de acoplar um celular como detonador?

Clay assentiu.

— Acredito que sim. Acho que ele encontrou dois celulares no escritório da pedreira. Imagino que devia ter uns seis lá, para uso dos funcionários. Enfim, ele acoplou um deles a um detonador nos explosivos. Era como os insurgentes faziam para detonar bombas à beira das estradas no Iraque.

— Ele fez tudo isso enquanto a gente estava dormindo? — questionou Denise. — E não nos contou nada?

Clay disse:

— Ele escondeu de vocês para que a informação não ficasse em suas mentes.

— E se matou para que ela não ficasse na dele — falou Dan, antes de soltar uma gargalhada amarga. — O.k., ele é um herói! Só que se esqueceu de um pequeno detalhe: celulares não pegam para além de onde os fonoides colocaram aquelas malditas tendas de conversão. Aposto que mal funcionavam lá!

— Tem razão — disse Clay. Ele estava sorrindo. — É por isso que o Esfarrapado me deixou ficar com esse telefone. Ele não sabia para que eu queria um aparelho desses. Aliás, nem sei se o que eles fazem é exatamente pensar...

— Não igual a gente — concordou Jordan. — E nunca vão conseguir.

— ... mas ele não se importou, porque sabia que o celular não iria funcionar. Eu nem poderia me dar uma dose de Pulso com ele, porque Kashwak é igual a sem-fo. Sem-fo-pra-mim-mim.

— Então por que o sorriso? — perguntou Denise.

— Porque eu sei algo que ele não sabe — respondeu Clay. — Algo que *eles* não sabem. — Ele se virou para Jordan. — Você sabe dirigir?

Jordan pareceu surpreso.

— Ei, eu tenho doze anos! Acorda, cara.

— Você nunca dirigiu um kart? Um quadriciclo? Uma snowmobile?

— Bem, já... tem uma pista de terra para kart num minicampo de golfe depois de Nashua, e de vez em quando...

— Ótimo. Não vai ser uma distância longa. Quer dizer, isso se eles deixaram o ônibus no Sky Coaster. E aposto que sim. Eles devem saber dirigir tanto quanto sabem pensar.

Tom falou:

— Clay, você ficou maluco?

— Não. Eles podem fazer as execuções em massa de exterminadores de horda que quiserem naquele estádio virtual amanhã, mas nós *não* vamos fazer parte disso. Nós vamos dar o fora daqui — sentenciou.

9

As janelinhas eram grossas, mas o pé de cabra de Dan deu conta do vidro. Tom, Clay e ele se revezaram até derrubarem todos os cacos. Então Denise tirou o suéter que estava usando e cobriu a parte de baixo da moldura.

— Você está mesmo disposto a fazer isso, Jordan? — questionou Tom.

Jordan assentiu. Estava assustado — seus lábios estavam completamente sem cor —, mas parecia calmo. Lá fora, a música de ninar dos fonoides tinha voltado ao "Cânone" de Pachelbel: o que Denise chamara de som das memórias.

— Estou bem — respondeu Jordan. — Vou ficar, pelo menos acho que vou, assim que começar.

Clay falou:

— Tom talvez consiga passar, se espremendo...

Atrás de Jordan, Tom olhou para a janelinha, com menos de 45 centímetros de largura, e balançou a cabeça.

— Vou ficar bem — insistiu Jordan.

— Certo. Repita para mim o que vai fazer.

— Vou dar a volta, olhar na traseira do ônibus e conferir se os explosivos estão lá. Só conferir, sem tocar em nada. Depois vou procurar pelo outro celular.

— Exatamente. Não se esquece de confirmar se ele está ligado. Se não estiver...

— Já sei, preciso *ligar* o aparelho. — Jordan olhou para Clay com uma cara de "não sou idiota". — Depois dou a partida no motor...

— Não. Não tenha tanta pressa...

— Primeiro empurro o assento do motorista para a frente, para poder alcançar os pedais, *depois* dou a partida no motor.

— Isso.

— Sigo entre o Sky Coaster e a Casa dos Horrores. Vou superdevagar. Vou passar por cima de alguns pedaços pré-fabricados da Casa dos Horrores que talvez quebrem e se partam sob os pneus, mas não vou deixar isso me impedir.

— Isso.

— Aí chego o mais perto possível dos fonoides.

— Correto. Então volta para os fundos, até essa janela. Para que o hall fique entre você e a explosão.

— O que *esperamos* que seja uma explosão — corrigiu Dan.

Clay poderia ter passado sem essa, mas não deu atenção. Ele se abaixou e deu um beijo na bochecha de Jordan.

— Amo você, garoto.

Jordan deu um abraço rápido e forte em Clay. Depois em Tom. E depois em Denise.

Dan estendeu a mão e falou:

— Ah, que se dane. — E deu um abraço de urso em Jordan.

Clay, que nunca fora muito fã de Dan Hartwick, passou a gostar mais dele depois disso.

10

Clay fez um degrauzinho com as mãos e impulsionou Jordan para cima.

— Lembre-se — disse ele —, vai ser como um mergulho. Só que no feno e não na água. Mãos para cima e esticadas.

Jordan levantou os braços sobre a cabeça, estendendo as mãos para a noite além da janela quebrada. Sob a cascata de cabelos grossos, seu rosto estava mais pálido do que nunca, e as primeiras espinhas da adolescência sobressaíam como pequenas queimaduras. Ele estava assustado, e Clay não o culpava. O garoto estava prestes a encarar uma queda de três metros e, mesmo com o feno, a aterrissagem poderia ser dura. Clay esperava que Jordan se lembrasse de manter as mãos esticadas e a cabeça encolhida: de nada adiantaria se ele acabasse caindo do lado do Kashwakamak Hall com o pescoço quebrado.

— Quer que eu conte até três, Jordan? — perguntou ele.

— Não, porra! Vai logo antes que eu mije nas calças.

— Então mantenha as mãos esticadas. *Agora!* — gritou Clay e lançou as mãos entrelaçadas para cima. Jordan varou a janela e desapareceu. Clay não escutou a aterrissagem, porque a música estava muito alta.

Os demais se amontoaram em volta da janela, que estava logo acima de suas cabeças.

— Jordan? — chamou Tom. — Jordan, tudo bem?

Por um instante não houve resposta, e Clay teve certeza de que Jordan quebrara mesmo o pescoço. Então ele falou com a voz tremida.

— Estou aqui. Putz, que dor. Machuquei o cotovelo. O esquerdo. O braço está todo esquisito. Esperem um instante...

Eles esperaram. Denise pegou e apertou forte a mão de Clay.

— Está se mexendo — disse Jordan. — Parece que está tudo bem, mas acho que vou procurar a enfermeira da escola.

Todos riram alto demais.

Tom amarrara a chave de ignição do ônibus em um fio duplo da camisa, e o fio na fivela do cinto. Depois que Clay juntou as mãos de novo, Tom subiu:

— Vou descer a chave para você, Jordan. Está preparado?

— Estou.

Tom agarrou a beirada da janela, olhou para baixo e então desceu o cinto.

— Pronto, é isso aí! — exclamou ele. — Agora ouça o que eu vou dizer. Tudo que pedimos é: faça se você puder. Se não puder, não tem castigo. Entendeu?

— Entendi.

— Então vai. Corre. — Ele ficou olhando por um instante, então acrescentou: — Ele já foi. Deus ajude esse garoto. Ele é muito corajoso. Clay, me põe no chão.

11

Jordan saíra pelo lado do prédio oposto à horda adormecida. Clay, Tom, Denise e Dan atravessaram o salão até o lado do caminho principal. Os três homens viraram e empurraram a já vandalizada máquina de salgadinhos e doces contra a parede. Clay e Dan conseguiam olhar com facilidade pelas janelas altas. Já Tom precisava ficar na ponta dos pés. Clay acrescentou um caixote para Denise também poder ver, rezando para que ela não caísse e entrasse em trabalho de parto.

Eles viram Jordan andar até a beirada da multidão adormecida, ficar parado lá um instante, como se estivesse pensando, e então seguir para a esquerda. Clay achou que continuava vendo movimento bem depois de seu discernimento ter apontado que Jordan já deveria ter sumido, contornando a beirada da horda compacta.

— Quanto tempo você acha que ele vai levar para voltar? — perguntou Tom.

Clay balançou a cabeça. Ele não sabia. Dependia de muitas variáveis — o tamanho da horda era apenas uma delas.

— E se eles checaram a traseira do ônibus? — perguntou Denise.

— E se *Jordy* checar a traseira do ônibus e não encontrar nada? — Dan questionou, e Clay teve que se controlar para não mandar o homem guardar as energias negativas para si.

O tempo passou, arrastando-se segundo a segundo. A luzinha vermelha no topo do Sky Coaster piscou. Pachelbel mais uma vez deu lugar a Fauré, que por sua vez deu lugar a Vivaldi. Clay se surpreendeu ao se lembrar daquele menino que havia caído do carrinho de compras enquanto dormia.

Lembrou-se também de como o homem que acompanhava o menino — e que provavelmente não era o pai — tinha se sentado ao seu lado na beira da estrada e dito: *Gregory vai dar um beijo e o dodói vai sarar.* Lembrou-se do homem com a bolsa ouvindo "Baby Elephant Walk" e dizendo: *Dodge também se divertia à beça.* Lembrou-se de sua infância e de como o locutor do bingo exclamava invariavelmente ao microfone: *É a vitamina da luz solar!* quando tirava B-12 de dentro do globo, com as bolas dançantes dentro, embora a vitamina da luz do sol fosse a D.

Agora, o tempo parecia se arrastar de meio em meio segundo, e Clay começou a perder as esperanças. Àquela altura, já deveriam ter ouvido o som do motor do ônibus.

— Alguma coisa deu errado — observou Tom, em voz baixa.

— Talvez não — rebateu Clay, tentando afastar da voz o aperto que sentia no coração.

— Não, Tommy está certo — falou Denise, à beira das lágrimas. — Eu amo de paixão aquele garoto, e ele tinha mais colhões do que Satanás na sua primeira noite no inferno, mas ele já deveria estar chegando.

A reação de Dan foi surpreendentemente positiva.

— Não sabemos o que ele pode ter encontrado. Respirem fundo e tentem manter o controle mental.

Clay tentou fazer isso e não conseguiu. Os segundos passaram a *gotejar*. "Ave-Maria" de Schubert ribombava dos enormes alto-falantes. Clay pensou: *Eu venderia minha alma por um bom rock'n roll. Chuck Berry cantando "Oh, Carol", U2 cantando "When Love Comes to Town"...*

Lá fora, apenas a escuridão, as estrelas e aquela minúscula luz à bateria.

— Me levanta até lá em cima — pediu Tom, descendo da máquina de salgadinhos. — Vou dar um jeito de passar por aquela janela e ver se consigo buscar Jordan.

— Tom, se eu me enganei sobre os explosivos na traseira do ônibus... — começou Clay.

— Que se dane a traseira do ônibus e que se danem os explosivos! — Tom interrompeu, enlouquecido. — Só quero encontrar Jor...

— Ei! — exclamou Dan. — Ei, é isso aí! MANDA VER! — acrescentou, esmurrando a parede próxima à janela.

Clay se virou e viu que faróis haviam surgido na escuridão. Uma névoa começara a emanar do tapete de corpos inconscientes na esplanada, e os faróis do ônibus pareciam estar cortando fumaça. Brilhavam, apagavam, então brilhavam de novo, e Clay conseguia ver Jordan com muita clareza, sentado no assento do motorista do micro-ônibus, tentando descobrir quais controles faziam o quê.

As luzes passaram a se mover para a frente. Faróis altos.

— Isso, meu bem — suspirou Denise. — Você *consegue*, querido. — De pé no caixote, ela agarrou a mão de Dan de um lado e a de Clay do outro. — Maravilha, continue vindo.

Os faróis se afastaram, passando a iluminar as árvores bem à esquerda da área aberta com o tapete de fonoides.

— O que ele está fazendo? — quase gemeu Tom.

— É o trecho em que a Casa dos Horrores dá uma virada — tranquilizou Clay. — Está tudo bem. — Ele hesitou. — Acho que está.

Se o pé dele não escorregar. Se Jordan não confundir o freio com o acelerador, nem bater com o ônibus no lado da porra da Casa dos Horrores e ficar preso nela.

Eles aguardaram, e os faróis giraram de volta, acertando a lateral do Kashwakamak Hall ao nível do chão. O brilho dos faróis altos fez Clay compreender por que Jordan demorara tanto: nem todos os fonoides estavam dormindo. Dezenas — os que receberam a programação corrompida, ele imaginou — estavam de pé e se movendo. Marchavam sem rumo para todas as direções possíveis, vultos negros se espalhando em ondulações crescentes, lutando para atravessar os corpos dos adormecidos, tropeçando, caindo, se levantando e voltando a andar enquanto a "Ave-Maria" de Schubert enchia a noite. Um deles, um jovem com um longo talho vermelho cortando a testa como uma ruga, alcançou o Kashwakamak Hall e tateou pela parede, como um cego.

— Já está bom, Jordan — murmurou Clay, à medida que os faróis se aproximavam dos alto-falantes do outro lado da área aberta. — Pare o ônibus e volte para cá.

Era como se Jordan tivesse escutado: os faróis pararam. Por um instante, as únicas coisas que se moviam lá fora eram os vultos inquietos dos fonoides acordados e a névoa que emanava dos corpos quentes dos demais.

Foi quando eles ouviram o motor do ônibus dar partida — mesmo com a música conseguiram ouvir —, e os faróis saltaram para frente.

— *Não, Jordan, o que você está fazendo?!* — gritou Tom.

Denise recuou e teria caído do caixote se não tivesse sido amparada por Clay, que a segurou pela cintura.

O ônibus foi aos solavancos para a horda adormecida. *Para dentro* da horda adormecida. Os faróis começaram a saltar para cima e para baixo, ora apontando para eles, ora se erguendo de leve, ora voltando ao nível do chão. O ônibus girou para a esquerda, voltou a seguir reto, então virou para a direita. Por um segundo, um dos sonâmbulos foi iluminado pelos quatro faróis brilhantes com tanta clareza quanto um recorte numa cartolina preta. Clay viu o fonoide erguer os braços, como se quisesse mostrar que marcou um gol, antes de ser arrastado para baixo do para-choque do veículo.

Jordan guiou o ônibus até o meio dos fonoides e parou, faróis acesos, para-choque pingando. Erguendo uma das mãos para proteger os olhos do excesso de luz, Clay conseguiu ver um pequeno vulto — distinguível dos demais por conta da agilidade e da determinação — emergir da porta lateral do ônibus e começar a seguir em direção ao Kashwakamak Hall. De repente Jordan caiu, e Clay achou que era o fim da linha para o garoto. Logo depois, Dan gritou: "Lá está ele. Vejam, *lá*!", e Clay enxergou novamente o menino, uns dez metros mais próximo e bem à esquerda de onde o perdera de vista. Jordan deve ter se arrastado um pouco por sobre os corpos adormecidos antes de se arriscar a ficar de pé novamente.

Quando Jordan voltou para a frente do foco de luz esfumaçado produzido pelos faróis do ônibus, eles conseguiram vê-lo com clareza pela primeira vez, junto à ponta de uma sombra de mais de dez metros. Não o rosto, por conta da luz que vinha de trás, mas a maneira louca-graciosa como ele corria por sobre os corpos dos fonoides. Os que estavam no chão continuavam mortos para o mundo. Os que estavam acordados, mas distantes de Jordan, não deram atenção. Porém, muitos dos que estavam perto tentaram agarrar o menino, que desviou de dois, mas não do terceiro: uma mulher, que o apanhou pela cabeleira emaranhada.

— *Largue ele!* — vociferou Clay. Apesar de não conseguir vê-la, ele tinha uma certeza doentia de que aquela era a mulher que um dia fora sua esposa. — *Largue o menino!*

A mulher não largou, mas Jordan agarrou e torceu o pulso dela, caiu com um joelho no chão e saiu aos tropeços. A mulher tentou apanhá-lo de novo e por pouco não pegou a parte de trás da sua camisa. Depois seguiu cambaleando seu próprio caminho.

Clay notou que muitos fonoides infectados tinham se aglomerado ao redor do ônibus. Os faróis pareciam atraí-los.

Clay saltou da máquina de salgadinhos (daquela vez foi Dan Hartwick quem salvou Denise de um tombo) e pegou o pé de cabra. Pulou de volta para a máquina e quebrou a janela pela qual estivera olhando.

— Jordan! — ele berrou. — *Para os fundos! Vá para os fundos!*

Jordan ergueu os olhos ao som da voz de Clay e tropeçou em alguma coisa — uma perna, um braço, talvez um pescoço. Quando estava se levantando, a mão de alguém saiu da escuridão pulsante e agarrou a garganta do menino.

— Por favor, Deus, não — sussurrou Tom.

Jordan se jogou para a frente como um fullback tentando uma primeira descida, impulsionando-se com as pernas, e conseguiu se desvencilhar. Seguiu adiante aos trambolhões. Clay conseguia ver os olhos dele e a maneira como o peito arfava. Quando Jordan se aproximou do hall, Clay pôde ouvir os arquejos.

Ele nunca vai conseguir, pensou. *Nunca. E está tão perto, tão perto.*

Só que o garoto conseguiu. Os dois fonoides que estavam mancando daquele lado do prédio não se interessaram nem um pouco por Jordan quando ele passou correndo e deu a volta para o outro lado. Os quatro saíram ao mesmo tempo da máquina de salgadinhos e atravessaram o hall em disparada, como uma equipe de revezamento, Denise e sua barriga na frente.

— Jordan! — gritou ela, saltitando na ponta dos dedos. — Jordan, Jordy, você está aí? Pelo amor de Deus, garoto, diga que você está aí!

— Estou — ele respirou fundo — aqui. — Respirou mais uma vez. Clay tinha uma vaga noção de que Tom ria e batia nas suas costas. — Nunca imaginei... uff, uff... que passar por cima de gente fosse tão... difícil.

— *O que você pensou que estava fazendo*?! — gritou Clay. Era uma agonia não poder agarrar o corajoso e tolo menino, primeiro abraçá-lo, depois sacudi-lo e cobrir de beijos aquelas bochechas. Uma agonia não poder nem vê-lo. — Eu disse para chegar *perto,* não ir *pra cima* deles, porra!

— Fiz... uff, uff... pelo diretor. — Além da falta de ar, havia também rebeldia na voz de Jordan. — Eles mataram o diretor. Eles e o Esfarrapado. Eles e aquele reitor de Harvard idiota. Queria que pagassem por isso. Quero que *ele* pague.

— Por que você demorou tanto? — perguntou Denise. — Esperamos um tempão!

— Tem dezenas deles andando por aí — respondeu Jordan. — Talvez centenas. Seja lá o que estiver errado... ou certo... ou apenas diferente com eles... está se espalhando muito rápido. Eles estão zanzando de um lado para o outro, perdidinhos. Tive que ficar mudando o percurso. Acabei tendo que andar desde a metade do caminho principal até o ônibus. E aí... — Ele riu sem fôlego. — *O ônibus não pegava!* Dá pra acreditar? Eu rodava e rodava a chave e só conseguia um clique. Quase entrei em pânico, mas me controlei. Porque sabia que o diretor ficaria desapontado se eu não me controlasse.

— Ah, Jordy... — suspirou Tom.

— Sabem o que era? Eu tinha que colocar a droga do *cinto*. Não precisa se você estiver nos bancos de passageiros, mas o ônibus só dá partida se o motorista estiver com o cinto colocado. Enfim, desculpem tanta demora, mas aqui estou eu.

— E então podemos apostar que o bagageiro não estava vazio? — quis saber Dan.

— Podem apostar todas as fichas. Está cheio do que parecem ser tijolos. Pilhas e pilhas deles. — Jordan já estava recuperando o fôlego. — Estão debaixo de um cobertor. Tem um celular em cima deles. Ray amarrou o aparelho a dois tijolos daqueles com uma corda elástica, tipo uma correia. O telefone está ligado e é um modelo com uma entrada, tipo para fax ou para passar arquivos pra um computador. O cabo desce pelo meio dos tijolos. Eu não vi, mas aposto que o detonador está no centro. — Ele respirou fundo mais uma vez. — E o telefone estava com sinal. Três barras de sinal.

Clay assentiu. Ele estava certo desde o início. Era para Kashwakamak ser uma zona sem cobertura de telefonia móvel assim que você passasse da estrada de acesso que dava para a Expo dos Condados do Norte. Os fonoides arrancaram essa informação das cabeças de alguns normies e a usaram. A pichação Kashwak=Sem-Fo tinha se espalhado como varíola. Porém, será que algum fonoide tentou fazer uma ligação de celular para celular no terreno da Expo? É claro que não. E por que tentariam? Se você é telepata, os telefones se tornam obsoletos. E quando você é membro de uma horda — uma parte do todo —, esses aparelhos se tornam duplamente obsoletos, se é que isso é possível.

Porém, os celulares *funcionavam* naquela pequena área. E por quê? Simples, porque os funcionários estavam montando o parque — funcionários que trabalhavam para uma companhia chamada Empresa de Entretenimento da Nova Inglaterra. E no século XXI, esse tipo de funcionário — como roadies de shows de rock, montadores de palco e equipes de filmagem em locação — dependia de celulares, principalmente em locais isolados, onde havia carência de linhas fixas. Não existem torres de telefonia móvel para enviar e receber sinal? Tudo bem, a gente inventa um jeito de piratear o programa necessário e instalar uma torre própria. Ilegal? É claro! Ainda assim, a julgar pelas três barras de sinal que Jordan dizia ter visto, funcionava. E, uma vez que era a bateria, *ainda* estava funcionando. Tinha sido instalada no ponto mais alto da Expo.

No topo do Sky Coaster.

12

Dan atravessou o hall de volta, subiu na máquina de salgadinhos e olhou para fora.

— Tem três fileiras deles em volta do ônibus — relatou. — Quatro fileiras em frente aos faróis. É como achassem que algum grande pop star está escondido lá dentro. Os fonoides debaixo deles devem estar sendo esmagados. — Ele se virou para Clay e assentiu, olhando para o Motorola sujo que este segurava nas mãos. — Se for fazer isso, sugiro que seja agora, antes que algum deles decida entrar e tente levar a porra do ônibus embora.

— Eu devia ter desligado o motor, mas achei que os faróis iriam apagar se eu desligasse — se justificou Jordan. — E precisava de luz para enxergar.

— Não tem problema, Jordan — tranquilizou Clay. — Não faz mal. Eu vou...

Mas não havia nada no bolso do qual ele tirara o celular. O pedaço de papel com o número de telefone tinha sumido.

13

Clay e Tom estavam procurando pela tira de papel no chão — procurando *desesperadamente* pela maldita tira de papel no chão —, enquanto Dan relatava com desânimo, de cima da máquina de salgadinhos, que o primeiro fonoide acabara de entrar no ônibus. Foi quando Denise berrou:

— Parem! CALEM A BOCA!

Todos pararam o que estavam fazendo e olharam para ela. O coração de Clay batia acelerado, quase saía pela garganta. Ele não conseguia acreditar no próprio descuido. *Ray morreu por isso, seu merda*, gritava de si para si. *Ele morreu por isso e você perdeu o papel!*

Denise baixou a cabeça, fechou os olhos e juntou as mãos. Então, entoou bem depressa:

— Santo Antônio, santo Antônio, onde está você?, perdemos uma coisa que não quer aparecer.

— Que porra é *essa*?!

— Uma prece a santo Antônio — explicou ela, com calma. — Aprendi no colégio de freiras.

— Dá um tempo — quase grunhiu Tom.

Ela o ignorou, concentrando toda a atenção em Clay:

— Não está no chão, está?

— Acho que não.

— Mais dois acabaram de entrar no ônibus — relatou Dan. — E as setas estão ligadas. Então, um dos sacanas deve estar sentado no...

— Você pode, por favor, calar a boca, Dan? — pediu Denise, ainda olhando para Clay. Com a mesma calma. — E se você perdeu o papel no ônibus, ou lá fora, está tudo acabado, certo?

— Sim — ele respondeu com desânimo.

— Então sabemos que não está em nenhum desses lugares.

— Por quê?

— Porque Deus não permitiria.

— Acho... que a minha cabeça vai explodir — disse Tom, em uma voz estranhamente calma.

Ela o ignorou mais uma vez.

— Então em qual bolso você não olhou?

— Eu olhei em *todos*... — começou a falar Clay e então se interrompeu.

Sem desgrudar os olhos de Denise, ele investigou o bolsinho interno dentro do bolso direito frontal do jeans. E encontrou o pedaço de papel. Não se lembrava de tê-lo guardado no bolsinho interno, mas estava lá. Puxou a tira amassada. O seguinte número estava escrito na péssima caligrafia do morto: 207-919-9811.

— Agradeça a santo Antônio por mim — disse ele.

— Se isso funcionar, vou pedir a santo Antônio para agradecer a Deus — comentou ela.

— Deni? — chamou Tom. Ela se virou para encará-lo. — Agradeça a ele por mim, também.

14

Os quatro se sentaram lado a lado, contra as portas duplas pelas quais tinham entrado, esperando que o revestimento interno de aço pudesse protegê-los. Jordan estava agachado nos fundos do prédio, sob a janela quebrada que usara para sair.

— O que a gente vai fazer se a explosão não abrir nenhum buraco na lateral deste lugar? — perguntou Tom.

— A gente dá um jeito — respondeu Clay.

— E se a bomba de Ray não explodir? — perguntou Dan.

— Fim de jogo — falou Denise. — Vai logo, Clay. Não precisa esperar a música-tema.

Ele abriu o celular, olhou para o mostrador e percebeu que deveria ter conferido se aquele aparelho estava com sinal antes de mandar Jordan lá para fora. Não tinha pensado naquilo. Nenhum deles tinha pensado. Que idiotice. Uma idiotice quase tão grande quanto esquecer que tinha colocado o pedaço de papel com o número no bolsinho interno da calça. Ele apertou o botão de LIGA/DESLIGA. O telefone apitou. Por um instante, não apareceu nada. Então três barras surgiram, brilhantes e claras. Ele discou o número, depois pousou o polegar de leve no botão que dizia CHAMAR.

— Jordan, está preparado aí atrás?

— Sim!

— E vocês? — questionou Clay.

— Vai logo antes que eu tenha um ataque do coração — pediu Tom.

Uma imagem surgiu na mente de Clay, de uma clareza horripilante: Johnny-Gee deitado quase exatamente debaixo do lugar onde o ônibus carregado de explosivos parara. Deitado de costas, com os olhos abertos e com as mãos fechadas sobre o peito da camisa dos Red Sox, ouvindo a música enquanto seu cérebro se reconstruía de uma nova e estranha maneira.

Ele afastou o pensamento.

— Santo Antônio, santo Antônio, onde está você? — ele disse sem motivo algum, e então apertou o botão que ligaria para o celular na traseira do micro-ônibus.

Não houve tempo de contar os segundos antes que o mundo inteiro do lado de fora do Kashwakamak Hall parecesse explodir, e o rugido engolisse o "Adágio" de Tomaso Albinoni em um estrondo voraz. Todas as janelinhas do lado do prédio que dava para a horda explodiram para dentro. Uma luz rubra brilhante jorrou pelos buracos, e então toda a ala sul do prédio foi pelos ares em uma chuva de tábuas, vidro e redemoinhos de feno. As portas em que estavam apoiados pareceram entortar para trás. Denise protegeu a barriga com os braços. Um terrível grito de dor começou a vir do lado de fora. Por um instante, aquele som cortou a cabeça de Clay como a lâmina de uma serra elétrica. Então parou. Os gritos continuaram soando em seus ouvidos. Era o som de pessoas queimando no inferno.

Algo se chocou contra o telhado. Algo pesado o bastante para fazer todo o prédio tremer. Clay levantou Denise, que olhou para ele desnorteada, como se não soubesse mais onde estava.

— *Venham!* — gritava ele, mas mal conseguia ouvir a própria voz, que parecia filtrada por espumas de algodão. — *Venham, vamos sair!*

Tom estava de pé. Dan começou a se levantar, caiu sentado, tentou mais uma vez e conseguiu. Ele agarrou a mão de Tom. Tom agarrou a de Denise. Em uma corrente de três, eles arrastaram os pés até o buraco aberto no fim do hall. Lá encontraram Jordan, parado ao lado de um monte de feno incendiado, olhando para o que um único celular tinha feito.

15

O pé de gigante que parecia ter pisado no telhado do Kashwakamak Hall tinha sido um grande fragmento do ônibus escolar. As telhas estavam em chamas e, logo adiante, além da pequena pilha de feno incandescente, havia dois assentos de ponta-cabeça, também em chamas. Suas molduras de aço tinham virado espaguete. Roupas caíam do céu como grandes flocos de neve: blusas, chapéus, calças, shorts, uma coquilha, um sutiã pegando fogo. Clay viu que o feno empilhado ao longo da parte de baixo do hall logo se tornaria um fosso de fogo: eles estavam saindo bem a tempo.

Montinhos de fogo salpicavam a esplanada que havia sido palco de shows, danças ao ar livre e várias competições, mas os fragmentos do ônibus explodido tinham voado para mais longe ainda. Clay viu chamas tremulando na copa de árvores que estavam a pelo menos duzentos e cinquenta metros. A sul de onde estavam, a Casa dos Horrores começara a queimar, e ele viu algo — achou que provavelmente era um tronco humano — pendurado em chamas, no meio da estrutura do Sky Coaster.

A horda se tornara um amontoado de carne crua de fonoides mortos e moribundos. A telepatia deles havia parado de funcionar (embora às vezes pequenas correntes daquela estranha força psíquica atraíssem Clay, eriçando seus cabelos e arrepiando sua pele), mas os sobreviventes ainda conseguiam gritar, enchendo a noite com seus lamentos. Clay teria agido de qualquer maneira, até se tivesse sido capaz de imaginar o tamanho do estrago — mesmo durante os primeiros segundos ele não quis se enganar a esse respeito —, mas aquilo estava além da sua imaginação.

A luz do fogo era suficiente para mostrar a eles mais do que queriam ver. As mutilações e as decapitações eram ruins — as poças de sangue, os membros pelo chão —, mas as roupas espalhadas e os sapatos eram de certa forma piores, como se a explosão tivesse sido violenta o bastante para vaporizar parte da horda. Um homem andou na direção deles com as mãos na garganta, tentando conter o fluxo de sangue que jorrava por sobre e entre os dedos — o sangue parecia laranja sob o brilho incandescente do telhado em chamas do Kashwakamak Hall —, enquanto os intestinos balançavam de um lado para o outro na altura da virilha. Mais entranhas foram saindo enquanto o homem passava por eles com os olhos arregalados e cegos.

Jordan estava falando alguma coisa. Clay não conseguia ouvir por conta dos gritos, dos urros e do estalar cada vez mais alto do fogo às suas costas, então se aproximou mais.

— A gente não tinha escolha, era o único jeito — disse Jordan. Ele olhou para uma mulher sem cabeça, para um homem sem pernas e para algo tão mutilado que se tornara uma canoa de carne cheia de sangue. Mais adiante, outros dois bancos do ônibus estavam caídos sobre um casal de mulheres em chamas que haviam morrido abraçadas. — A gente não tinha escolha. Não tinha, era o único jeito.

— Tem razão, querido. Escuta, por que não coloca o rosto contra o meu corpo e vamos andando assim? — sugeriu Clay, e Jordan enterrou imediatamente o rosto nas costelas de Clay. Era desconfortável andar daquele jeito, mas não impossível.

Eles contornaram a beirada do acampamento da horda, seguindo em direção ao que teria sido um parque de diversões completo, se o Pulso não tivesse entrado no caminho. Enquanto andavam, o Kashwakamak Hall queimava com mais intensidade, jogando mais luz sobre a esplanada. Vultos negros — muitos nus ou seminus, já que as roupas tinham sido arrancadas de seus corpos — mancavam e arrastavam os pés. Clay não fazia ideia de quantos. Alguns passaram perto, mas sem demonstrar interesse: ou continuavam seguindo até o caminho principal ou se embrenhavam na mata a oeste do terreno da Expo, onde Clay tinha certeza de que morreriam de frio, a não ser que conseguissem restabelecer algum tipo de consciência coletiva. Ele não acreditava nessa possibilidade. Em parte pelo vírus, mas sobretudo pela decisão de Jordan de guiar o ônibus até o meio dos fonoides, alcançando uma zona de extermínio máxima, como eles tinham feito com os caminhões de gás.

Se eles soubessem que matar um velho poderia levar a isso..., pensou Clay. *Mas como poderiam saber?*

Eles chegaram ao estacionamento de terra em que os funcionários do parque tinham estacionado seus caminhões e trailers. Ali, cabos de força estavam espalhados pelo chão, como serpentes, e os espaços entre os trailers estavam repletos de acessórios das famílias que viviam na estrada: churrasqueiras, grelhas, cadeiras de quintal, uma rede, um pequeno varal com roupas que deviam estar penduradas há quase duas semanas.

— Vamos encontrar algum veículo com as chaves dentro e dar o fora daqui — falou Dan. — Eles limparam a estrada de acesso e, se tivermos cuidado, aposto que podemos seguir para norte pela 160 até quando bem entendermos. — Ele apontou. — Lá para cima quase tudo é sem-fo.

Clay vira um furgão com LEM BOMBEIRO HIDRÁULICO E PINTOR na traseira. Testou as portas e elas abriram. O interior estava abarrotado de caixas de leite, a maioria repleta de ferramentas de encanador dentro, mas um com o que Clay procurava: embalagens de tinta spray. Clay escolheu quatro, depois de checar que estavam cheias ou quase cheias.

— Pra que você quer isso? — perguntou Tom.

— Depois eu conto — respondeu Clay.

— Vamos dar o fora daqui, *por favor* — pediu Denise. — Não estou aguentando mais. Minhas calças estão encharcadas de sangue.

Ela começou a chorar. Eles entraram no caminho principal entre as Xícaras Malucas e o trenzinho para crianças chamado Charlie, Choo-Choo.

— Ai... meu... *Deus* — falou baixo Dan.

Os restos de um moletom vermelho chamuscado e fumegante com um capuzinho estavam presos como uma bandeira no topo da bilheteria do trenzinho. Uma mancha de sangue se espalhava em volta de um buraco, provavelmente feito por um pedaço do ônibus escolar voador. Antes que o sangue tomasse conta de tudo, cobrindo o que restava, Clay pôde ver quatro letras, a última risada do Esfarrapado: HA-HA.

16

— A porra do moletom não tem ninguém dentro e, pelo tamanho do buraco, o dono sofreu uma cirurgia cardíaca sem direito a anestesia — comentou Denise. — Então, quando vocês cansarem de olhar...

— Tem mais um estacionamento pequeno do outro lado do parque — mencionou Tom. — Lá tem uns carros bonitos, estilo chefão. Talvez a gente dê sorte.

Eles deram sorte, mas não com um carro de luxo. Uma van pequena, com os dizeres TYCO ESPECIALISTAS EM PURIFICAÇÃO DE ÁGUAS, estava estacionada atrás de vários carrões, bloqueando a saída. Provavelmente por isso, o cara da Tyco teve a consideração de deixar as chaves na ignição. Assim, Clay os guiou para além do fogo, da carnificina e dos gritos, descendo com lenta prudência a estrada de acesso até a interseção marcada pelo outdoor, que apresentava o modelo de família feliz que não existia mais (se é que um dia existira). Uma vez lá, Clay parou e colocou o câmbio em ponto morto.

— Um de vocês vai ter que assumir o volante agora — avisou ele.

— Por que, Clay? — perguntou Jordan, mas Clay notou pela voz do menino que ele já sabia.

— Porque é aqui que eu desço.

— Não!

— Sim. Vou procurar o meu filho.

Tom disse:

— É quase certo que ele esteja entre os mortos lá atrás. Não estou querendo ser pessimista, só realista.

— Eu sei, Tom. Só que também existe uma chance de que ele não esteja, como você sabe. Jordan falou que eles estavam andando para todo lado, como se estivessem completamente perdidos.

Denise falou:

— Clay... querido... mesmo que seu filho esteja vivo, pode estar dando voltas na mata com metade da cabeça estourada. Detesto dizer isso, mas você sabe que é verdade.

Clay assentiu.

— Também sei que ele pode ter fugido antes, enquanto estávamos trancados no Kashwakamak Hall. Nesse caso, ele teria tomado a estrada para Gurleyville. Alguns chegaram até lá. Vi com meus próprios olhos. Outros avistei no caminho. E vocês também.

— Impossível discutir com um artista, não é? — indagou Tom, com pesar.

— Pois é — concordou Clay. — De qualquer maneira, será que você e Jordan poderiam descer comigo por um instante?

Tom suspirou.

— Por que não? — disse.

17

Vários fonoides, aparentemente perdidos e desnorteados, passaram por eles enquanto estavam do lado da pequena van da purificadora de águas. Clay, Tom e Jordan não deram atenção a eles, e os fonoides retribuíram na mesma moeda. A noroeste, o horizonte ficava cada vez mais laranja-avermelhado à medida que o Kashwakamak Hall dividia suas chamas com a floresta atrás dele.

— Sem grandes despedidas dessa vez — começou Clay, fingindo não ver as lágrimas nos olhos de Jordan. — Estou esperando ver vocês de novo. Aqui, Tom, tome isso. — Ele estendeu o celular que usara para detonar a explosão. Tom pegou o aparelho. — Vá para norte daqui. Fique conferindo se o aparelho consegue sinal. Se encontrar obstáculos no caminho, abandone o que estiver dirigindo, ande até a estrada ficar liberada e depois pegue outro carro ou furgão e volte a dirigir. Você deve conseguir sinal por volta de Rangeley... as pessoas velejavam lá no verão, caçavam no outono e esquiavam no inverno... mas depois a barra deve ficar limpa e deve ser seguro viajar de dia.

— Aposto que já é seguro agora — disse Jordan, secando os olhos.

Clay assentiu:

— Talvez você tenha razão. Enfim, vocês é que sabem. Quando estiverem a uns cento e cinquenta quilômetros de Rangeley, procurem uma cabana, um casebre, ou algo do gênero, abasteçam o lugar com provisões e se preparem para o inverno. Já sabem o que o inverno vai fazer com aquelas criaturas, não sabem?

— Se a mente coletiva pifar e eles não migrarem, quase todos vão morrer — respondeu Tom. — Pelo menos os que estiverem a norte da linha Mason-Dixon.

— É, acho que sim. Coloquei aquelas latas de tinta spray no console central. A cada trinta quilômetros, mais ou menos, pintem T-J-D na estrada, bem grande. Entenderam?

— "T" de Tom, "J" de Jordan e "D" de Dan e Denise — disse Jordan. — T-J-D.

— Isso. Escrevam em letras gigantes, com uma seta, caso mudem de estrada. Se forem pegar uma estrada de terra, pintem nas árvores, sempre do lado direito, que é onde eu vou procurar. Entendido?

— Sempre do lado direito — repetiu Tom. — Venha com a gente Clay, por favor.

— Não posso. Não torne isso mais difícil para mim do que já é. Sempre que precisarem abandonar um veículo, deixem ele no meio da estrada e pintem T-J-D no capô. O.k.?

— O.k. — concordou Jordan. — É melhor você nos encontrar.

— Vou encontrar, sim. O mundo vai ser um lugar perigoso por um tempo, mas não tão perigoso quanto antes. Jordan, preciso perguntar uma coisa para você.

— Pergunte.

— Se eu por acaso encontrar Johnny e o pior que tiver acontecido com ele seja uma passagem pelo ponto de conversão deles, o que devo fazer?

Jordan ficou boquiaberto.

— Como é que *eu* vou saber? Meu Deus, Clay! Tipo... *meu Deus!*

— Você sabia que eles estavam reiniciando — observou Tom.

— Foi só um palpite!

Clay sabia que tinha sido muito mais do que isso. Muito *melhor* do que isso. Também sabia que Jordan estava exausto e apavorado. Ele se ajoelhou na frente do menino e pegou a mão dele.

— Não tenha medo. A coisa não pode ficar pior para ele do que já está. Deus sabe que não.

— Clay, eu... — Jordan olhou para Tom. — Pessoas não são como computadores, Tom! Diz isso pra ele!

— Mas computadores são como pessoas, não? — disse Tom. — Porque a gente cria a partir do que conhece. Você sabia que eles estavam reiniciando e sabia sobre o worm. Então dê o seu palpite. Clay nem deve encontrar o menino mesmo. E, se encontrar... — Tom deu de ombros. — É como ele disse: não tem como ficar pior.

Jordan ficou refletindo, mordendo o lábio. Aparentava um cansaço terrível, e havia sangue na sua camisa.

— Vocês vêm ou não vêm? — chamou Dan.

— Só mais um minuto — pediu Tom. E então, com mais brandura: — Jordan?

Jordan ficou mais um instante calado. Então olhou para Clay e disse:

— Você vai precisar de outro celular. E vai ter que levar seu filho para um lugar que tenha área de cobertura...

SALVAR NO SISTEMA

1

Clay ficou parado no meio da rota 160, no que teria sido a sombra do outdoor em um dia ensolarado, e ficou observando os faróis traseiros. A van se distanciou aos poucos, até sumir de vista. Ele não conseguia se livrar do pensamento de que jamais voltaria a ver Tom e Jordan (*as rosas murcharam*, sussurrou sua mente), mas se recusou a deixar aquela suspeita virar premonição. Afinal de contas, tinham se encontrado duas vezes, e as pessoas não diziam que três era o número da sorte?

Um fonoide que passava esbarrou nele. Era um homem com sangue coagulando em um lado do rosto — o primeiro ferido da Expo dos Condados do Norte que ele via. Veria outros se não se adiantasse a eles, então partiu pela rota 160, indo para sul novamente. Não tinha motivo para achar que seu filho seguira naquela direção, mas esperava que algum vestígio da mente de Johnny — da sua antiga mente — tivesse dito a ele que sua casa ficava para lá. E pelo menos era um caminho que Clay conhecia.

Quase um quilômetro a sul da estrada de acesso, encontrou outro fonoide, daquela vez uma mulher, que andava rapidamente de um lado para o outro da rodovia, como um capitão na proa de um navio. Ela virou o rosto para Clay, e aquele olhar era tão penetrante que ele cerrou os punhos, preparado para se engalfinhar com a fonoide em caso de ataque.

Só que não houve ataque.

— Quem fa-Pa? — perguntou ela a Clay, que ouviu em sua mente, com muita clareza: *Quem caiu? Papai, quem caiu?*

— Não sei — respondeu ele, deixando-a para trás. — Não vi.

— Onde gora? — insistiu ela, andando mais depressa ainda, e Clay ouviu em sua mente: *Onde estou agora?*

Ele nem fez menção de responder, mas pensou na Cabelinho Escuro perguntando: *Quem é você? Quem sou eu?* Em seguida apertou o passo, mas não o suficiente. A mulher gritou às suas costas, gelando seu sangue:

— Quem é Cabe'Escu?

E, em sua mente, ele ouviu a pergunta ecoar com aterrorizante clareza. *Quem é Cabelinho Escuro?*

2

Na primeira casa que arrombou, Clay não achou armas, mas esbarrou em uma lanterna de cilindro longo, que usou para iluminar cada fonoide errante que encontrava. Quando isso acontecia, Clay repetia a mesma pergunta, tentando ao mesmo tempo jogá-la em sua mente, como um slide de lanterna mágica projetado numa tela: *Você por acaso viu um menino?* Não houve respostas, apenas fragmentos de pensamento em sua mente.

Na segunda casa, havia um belo Dodge Ram parado na garagem, mas Clay não teve coragem de pegá-lo. Se Johnny estivesse naquela estrada, estaria andando. Se fosse de carro, talvez deixasse de ver o filho, mesmo dirigindo devagar. Na despensa, Clay encontrou um presunto enlatado, abriu a embalagem pelo anel da tampa e comeu enquanto voltava a pegar a estrada. Já satisfeito, estava prestes a jogar o resto fora quando viu um fonoide idoso parado ao lado de uma caixa de correio, com um olhar triste e faminto. Clay estendeu a lata, que o velho pegou sem pestanejar. Então, articulando devagar e com clareza, tentando criar uma imagem de Johnny em sua mente, Clay perguntou:

— Você por acaso viu um menino?

O homem mastigou o presunto. Engoliu. Pareceu refletir. Disse:

— Ganei o deseio.

— O deseio — repetiu Clay. — Certo. Obrigado.

E seguiu caminho.

Na terceira casa, cerca de um quilômetro e meio mais a sul, encontrou um rifle calibre .30-30 no porão, junto com três caixas de balas. No aparador da cozinha, achou um celular no carregador. O carregador estava morto — é claro —, mas quando ele apertou o botão liga/desliga do telefone, o aparelho apitou e ligou imediatamente. Clay conseguiu apenas uma barra de sinal, o que não causava surpresa. Os fonoides tinham instalado o ponto de conversão no limite da área de cobertura.

Estava andando em direção à porta, rifle carregado em uma das mãos, lanterna na outra e celular preso ao cinto, quando foi tomado pela mais pura estafa. Cambaleou para o lado, como se tivesse levado uma martelada na cabeça. Queria prosseguir, mas o pouco bom senso que ainda restava em sua mente cansada sugeriu que ele dormisse. E talvez dormir até fizesse sentido: se Johnny estivesse lá fora, o mais provável era que *ele* também estivesse dormindo.

— Mude o botão para o turno do dia, Clayton — murmurou ele. — Você não vai achar merda nenhuma no meio da noite com uma lanterna.

Aquela era uma casa pequena. Deve pertencer a um casal de idosos, pensou ele, a julgar pelas fotografias na sala de estar, pelo único quarto e pelas barras de segurança ao lado do vaso sanitário do único banheiro. A cama estava bem arrumada. Clay se deitou sobre ela sem entrar para debaixo dos lençóis, tirando apenas os sapatos. Assim que se acomodou no colchão, a fadiga pareceu se instalar sobre ele como um peso. Ele não conseguia se imaginar levantando por nada. O quarto cheirava a algo peculiar: a sachê perfumado de senhora idosa, pensou. Um cheiro de avó. Parecia tão fraco quanto ele. Deitado naquele silêncio, a carnificina no terreno da Expo lhe parecia algo distante e irreal, como uma ideia para uma revista que jamais escreveria. Horrível demais. *Continue com o Dark Wanderer*, teria dito Sharon — sua velha e doce Sharon. *Continue com os seus caubóis do apocalipse.*

A mente de Clay pareceu se desprender e flutuar sobre o corpo. Ela voltou — preguiçosamente, sem pressa — para o momento em que os três estavam parados ao lado da van da purificadora de águas Tyco, pouco antes de Jordan e Tom entrarem de volta no veículo. Jordan repetira o que havia dito ainda em Gaiten, sobre como os cérebros humanos não passam de enormes discos rígidos, e que o Pulso os apagara. De acordo com Jordan, o Pulso agira nos cérebros humanos como um pulso eletromagnético.

Só sobrou o núcleo, explicara Jordan. *E o núcleo era assassinato. Mas, como os cérebros são discos rígidos orgânicos, eles começaram a se reconstruir.*

A reiniciar. Só que o sinal-código estava com um bug. Não tenho provas, mas acredito que a formação de hordas, a telepatia, a levitação... tudo isso nasceu desse bug, que estava lá desde o início, então se tornou parte da reinicialização. Estão me acompanhando?

Clay assentira. Tom, também. O menino olhava para os dois, expressão cansada e séria por trás do rosto manchado de sangue.

Mas, enquanto isso, o Pulso continua pulsando, certo? Porque em algum lugar existe um computador alimentado por bateria que fica rodando esse programa. Como o programa está corrompido, o bug não para de sofrer mutações. Uma hora o sinal vai acabar parando, ou o programa vai acabar fechando, de tão corrompido. Mas por enquanto... talvez você consiga usá-lo. Eu disse talvez, *entendeu? Tudo depende de um detalhe: os cérebros precisam fazer o que computadores superprotegidos fazem quando recebem um pulso eletromagnético.*

Tom perguntara o que os computadores faziam. Jordan abriu um sorriso fraco.

Eles salvam no sistema. Todos os dados. Se isso tiver acontecido com as pessoas, e se você conseguir apagar a programação fonoide, talvez a velha programação acabe reiniciando.

— Ele estava falando da programação humana — murmurou Clay no quarto escuro, sentindo o aroma doce e fraco de sachê. — Da programação humana, salva em algum lugar bem lá no fundo. Intacta.

Já estava perdendo a consciência, adormecendo. Se fosse sonhar, esperava que não fosse um pesadelo com a carnificina na Expo dos Condados do Norte.

Seu último pensamento antes de cair no sono foi que talvez, a longo prazo, os fonoides se tornassem uma opção melhor. Sim, eles tinham nascido em meio à violência e ao horror, mas nascimentos costumavam ser difíceis, quase sempre violentos e, às vezes, horríveis. Depois que começaram a formar hordas e a desenvolver uma mente coletiva, a violência diminuíra. Até onde Clay sabia, os fonoides *não tinham* exatamente declarado guerra aos normies, a não ser que a conversão forçada fosse considerada um ato de guerra. A retaliação que se seguiu à destruição das hordas deles tinha sido grotesca, mas perfeitamente compreensível. Se deixados em paz, talvez até se provassem melhores habitantes da Terra do que os supostos normies. Eles certamente não ficariam fissurados em comprar utilitários esportivos bebedores de gasolina, não com suas habilidades de levitação (ou com seus desejos consumistas um tanto primários). Ora, até o gosto musical deles estava melhorando.

Mas que outra escolha eles tinham, pensou Clay. *A sobrevivência é igual ao amor. Os dois são cegos.*

Então ele caiu no sono e não sonhou com o massacre na Expo, e sim que estava em um bingo. Quando o locutor cantou B-12 — *É a vitamina da luz solar!* —, Clay sentiu alguém puxar uma das pernas de sua calça. Ao olhar debaixo da mesa, viu que Johnny estava ali, sorrindo para ele. E, em algum lugar, um telefone tocava.

3

Nem toda a raiva se dissipara dos fonoides refugiados, e seus talentos fantásticos também não haviam desaparecido por completo. Por volta do meio-dia seguinte, que foi frio e úmido, com um gostinho de outono no ar, Clay parou para acompanhar uma violenta briga de dois fonoides à beira da estrada. Eles desferiram socos, então se arranharam e finalmente se engalfinharam, batendo cabeças e se mordendo nas bochechas e nos pescoços. Durante a briga, começaram a se desprender devagar da calçada. Clay ficou olhando, boquiaberto, os dois atingirem uma altura de aproximadamente três metros, ainda lutando, os pés separados e retesados, como se estivessem em uma plataforma invisível. Então, um enfiou os dentes no nariz do oponente, que usava uma camisa esfarrapada e manchada de sangue com a estampa CARGA PESADA na frente. O Papa-Nariz empurrou CARGA PESADA para trás. CARGA PESADA cambaleou, antes de cair como uma pedra em um poço. Enquanto despencava, sangue jorrava para cima de seu nariz rasgado. O Papa-Nariz deu uma olhada para baixo, parecendo enfim notar que estava à altura de um andar da estrada, e desabou também. *Como Dumbo depois de perder a pena mágica*, pensou Clay. O Papa-Nariz torceu o joelho e ficou estirado na estrada, com os dentes manchados de sangue arreganhados, rosnando para Clay ao vê-lo passar.

Porém, os dois eram uma exceção. E quase todos os fonoides que cruzaram o caminho de Clay (ele não viu nenhum normie naquele dia, nem durante toda a semana seguinte) pareciam perdidos e desnorteados sem uma mente coletiva que os sustentasse. Clay não conseguia tirar da cabeça algo que Jordan dissera antes de voltar para a van e seguir rumo às florestas do norte, onde não havia cobertura de telefonia móvel: *Se o worm continuar em mutação, os convertidos mais recentes não vão ser nem fonoides, nem normies, pelo menos não exatamente.*

Para Clay, aquilo significava que ficariam parecidos com Cabelinho Escuro, só que um pouquinho mais perdidos. *Quem é você? Quem sou eu?* Conseguia ver aquelas perguntas nos olhos deles e suspeitava — não, *sabia* — que eram aquelas indagações que eles estavam tentando fazer quando despejavam aquele falatório.

Clay continuou perguntando aos fonoides que encontrava: *Você por acaso viu um menino?* Seguia fazendo a pergunta e tentando transmitir a imagem de Johnny, mas já não tinha esperanças de obter uma resposta que fizesse sentido àquela altura. Na maioria das vezes, não recebia resposta alguma. Passou a noite seguinte em um trailer cerca de oito quilômetros a norte de Gurleyville e, pela manhã, um pouco depois das nove, avistou um pequeno vulto sentado no meio-fio em frente ao Café Gurleyville, no centro comercial de um quarteirão da cidade.

Não pode ser, pensou ele, mas começou a andar mais rápido e, quando chegou um pouco mais perto — perto o suficiente para ter quase certeza de que o vulto pertencia a uma criança, e não a um adulto baixo —, passou a correr. A mochila nova começou a subir e descer nas suas costas. Seus pés tocaram o início da pequena calçada do café.

Era um menino.

Um menino muito magro, com cabelo longo quase na altura dos ombros da camisa dos Red Sox.

— *Johnny!* — gritou Clay. — *Johnny, Johnny-Gee!*

O menino virou o rosto na direção dos gritos, assustado. Sua boca estava aberta, numa expressão apalermada. Não havia nada nos seus olhos além de um vago choque. Ele parecia estar pensando em correr mas, antes mesmo que pudesse se preparar, Clay já o havia erguido e cobria aquele rosto sujo e indiferente e aquela boca frouxa de beijos.

— Johnny — disse Clay. — Johnny eu vim buscar você. Eu. Vim. Buscar. Você.

E em um determinado momento — talvez apenas porque o homem que o segurava passou a girá-lo no ar — o menino colocou as mãos em volta do pescoço de Clay, para não cair. E disse algo, também. Clay se recusou a crer que era uma vocalização vazia, tão sem sentido quanto o vento passando pelo gargalo de uma garrafa esvaziada de refrigerante. Foi uma *palavra*. Poderia ter sido *taeu*, mas também poderia ter sido *paei*, que era como ele, aos dezesseis meses de idade, tinha chamado pela primeira vez seu pai.

Clay decidiu se agarrar a isso. Decidiu acreditar que o garoto pálido, sujo e desnutrido que estava agarrado ao seu pescoço o chamara de pai.

4

Era muito pouco para ter esperanças, Clay pensou uma semana depois. Um som que poderia ter sido uma palavra, uma palavra que poderia ter sido *pai*.

Agora Johnny dormia em um catre dentro de um armário, porque ficava sossegado ali e porque Clay estava cansado de tirá-lo de baixo da cama. O refúgio quase uterino do armário pareceu acalmar o garoto. Talvez fizesse parte da conversão pela qual ele e os demais passaram. Que bela conversão. Os fonoides de Kashwak haviam transformado seu filho em um débil mental obsessivo, sem ao menos uma horda para confortá-lo.

Lá fora, sob um céu noturno cinzento, a neve respingava. Um vento frio fazia os flocos ondularem pela rua principal e sem luz de Springvale. Parecia cedo demais para nevar, mas é claro que não era, principalmente tão a norte. Quando a neve chegava antes do Dia de Ação de Graças, sempre alguém reclamava, e quando chegava antes do Halloween reclamava em dobro, então alguém o lembrava que ali era o Maine, e não a ilha de Capri.

Clay se perguntou onde estariam Tom, Jordan, Dan e Denise naquela noite. Imaginou como Denise faria quando chegasse a hora de ter o bebê. Achava que ela provavelmente ficaria bem — aquela sim era uma mulher de fibra. Imaginou se Tom e Jordan pensariam nele tanto quanto ele pensava nos dois, e se sentiriam sua falta tanto quanto ele sentia a da dupla — dos olhos solenes de Jordan, do sorriso irônico de Tom. Não chegara nem perto de ver aquele sorriso tanto quanto gostaria: as coisas por que passaram não tinham sido nada engraçadas.

Ele imaginou se aquela última semana com o filho não teria sido a mais solitária de sua vida. Chegou à conclusão de que sim.

Clay baixou os olhos para o celular em sua mão. Aquilo o intrigava mais do que qualquer outra coisa. Deveria ou não fazer outra ligação? As barras de sinal apareciam no pequeno mostrador quando ele ligava o aparelho, três belas barras, mas a bateria não duraria para sempre, e ele sabia disso. Também não esperava que o Pulso continuasse para sempre. As baterias que estavam enviando o sinal para os satélites (se é que era isso que estava acontecendo, e se é que *ainda* estava acontecendo) poderiam uma hora acabar. Ou o Pulso poderia se transformar em uma simples onda condutora, em um zumbido idiota ou no tipo de chiado agudo que você recebia quando ligava para o fax de alguém por engano.

Neve. Neve no dia 21 de outubro. Seria *mesmo* 21 de outubro? Ele perdera a noção dos dias. Se havia uma coisa de que tinha certeza era de que os fonoides estavam morrendo lá fora, mais e mais a cada noite. Johnny teria sido um deles, se Clay não o tivesse encontrado.

A questão era: o que ele tinha encontrado?

O que tinha salvado?

Paei.

Pai?

Talvez.

Sem dúvida, o menino não tinha dito nada remotamente parecido com uma palavra desde então. Andava sem problemas com Clay... mas também tendia a vagar para onde bem entendesse. Quando fazia isso, Clay precisava agarrá-lo mais uma vez, do jeito que se agarra uma criancinha que tenta sair correndo pelo estacionamento de um supermercado. Toda vez que isso acontecia, Clay se lembrava de um robô de dar corda que teve na infância, de como o brinquedo sempre esbarrava em um canto e ficava lá subindo e descendo os pés inutilmente até alguém virá-lo de volta para o meio da sala.

Johnny armou uma pequena e atormentada briga quando Clay encontrou um carro com as chaves dentro, mas depois que ele conseguiu colocar o cinto no menino, trancar as portas do veículo e começar a andar, Johnny se acalmou de novo e parecia quase ter caído em transe. Até encontrou o botão que descia a janela e deixou o vento bater no seu rosto, fechando os olhos e erguendo um pouco a cabeça. Clay observou o vento jogar o cabelo longo e sujo do filho para trás e pensou: *Deus tenha piedade de mim, é como dirigir com um cachorro.*

Quando chegaram a um obstáculo intransponível na estrada, Clay ajudou Johnny a sair do carro e descobriu que o filho tinha feito xixi nas calças. *Ele esqueceu como ir ao banheiro junto com a fala*, pensou Clay com desolação. *Deus me perdoe.* E aquilo era mesmo verdade, mas as consequências não foram tão complicadas ou medonhas quanto Clay pensara. Johnny não sabia mais como ir ao banheiro mas, se Clay parasse e o levasse até um espaço aberto, ele urinaria se estivesse com vontade. Se tivesse que se agachar, faria isso, olhando em devaneio para o céu, enquanto esvaziava os intestinos. Talvez traçando o caminho que os pássaros faziam lá em cima. Talvez não.

O menino não sabia ir ao banheiro, mas tinha aprendido a não fazer cocô dentro de casa. De novo, Clay não conseguiu impedir a comparação com os cachorros que tivera.

Só que cachorros não acordavam no meio de todas as noites e gritavam por quinze minutos.

5

Naquela primeira noite, pai e filho tinham ficado em uma casa perto do Posto Comercial de Newfield e, quando os gritos começaram, Clay achou que Johnny estava morrendo. Embora o menino tivesse adormecido nos seus braços, havia sumido quando Clay acordou de um pulo. Johnny não estava mais na cama, e sim debaixo dela. Clay se arrastou até lá, entrando em uma sufocante caverna de poeira, com a parte de baixo do colchão a uns dois centímetros da cabeça, e agarrou o menino, tão esguio que mais parecia uma barra de ferro. Os gritos tinham sido mais intensos do que pulmões tão pequenos poderiam produzir, e Clay compreendeu que estava ouvindo os berros amplificados na sua cabeça. Todos os cabelos de Clay, até os pelos pubianos, pareciam estar arrepiados e rijos.

Johnny gritara por quase quinze minutos debaixo da cama, então se calou tão abruptamente quanto havia começado. O corpo dele ficou mole, e Clay teve que apertar a cabeça no tórax do menino (um dos braços de Johnny de alguma forma passados por sobre o pescoço do pai naquele espaço incrivelmente pequeno) para se certificar de que o filho ainda estava respirando.

Ele arrastara Johnny para fora, molenga como um saco vazio, e colocara o corpo empoeirado e sujo de volta na cama. Ficou acordado ao lado do filho por quase uma hora antes de também cair pesadamente no sono. Pela manhã, estava mais uma vez sozinho na cama. Johnny voltara a se arrastar para baixo dela. Como um cachorro depois de uma surra, procurando o mais seguro refúgio possível. Aquilo parecia o total oposto do comportamento fonoide anterior... mas, obviamente, Johnny não era como eles. Johnny era algo novo. Que Deus o ajudasse.

6

Agora os dois estavam em uma confortável cabana perto do Museu da Madeira de Springvale. Havia bastante comida, um forno a lenha e água fresca da bomba manual. Tinha até um banheiro químico (embora Johnny não o usasse, porque usava o quintal dos fundos). Todas as conveniências modernas, *circa* 1908.

Foi um período tranquilo, exceto pelas gritarias noturnas de Johnny, e Clay teve tempo para refletir. Agora, parado em frente à janela da sala de estar, observando a neve soprar pela rua enquanto o filho dormia em seu pequeno esconderijo no armário, percebia que já era hora de parar de refletir. Nada mudaria a não ser que ele agisse.

Você vai precisar de outro celular, dissera Jordan. *E vai ter que levar seu filho para um lugar que tenha área de cobertura...*

Havia cobertura ali. Ainda havia cobertura. As barras de sinal no celular estavam lá para provar.

Não tem como ficar pior, dissera Tom. E dera de ombros. Mas é claro que *ele* podia dar de ombros, não é? Johnny não era filho *dele*. Tom tinha seu próprio filho agora.

Tudo depende de um detalhe: os cérebros precisam fazer o que computadores superprotegidos fazem quando recebem um pulso eletromagnético, explicara Jordan. *Eles salvam no sistema.*

Salvar no sistema. Uma frase de impacto.

Porém, seria preciso apagar o programa fonoide antes, para abrir espaço para uma altamente teórica segunda reinicialização. Além disso, a ideia de Jordan — atingir Johnny com o Pulso *mais uma vez*, como dar um contragolpe — parecia tão assustadora, tão absurdamente perigosa, na medida em que Clay não tinha como saber em que tipo de programa o Pulso se transformara àquela altura... supondo (supor é coisa de gente idiota, sim, sim, sim) que ele ainda estivesse funcionando...

— Salvar no sistema — suspirou Clay.

Lá fora estava quase escuro, e o sopro da neve parecia mais fantasmagórico do que nunca. O Pulso *estava* diferente àquela altura, Clay tinha certeza. Ele se lembrou dos primeiros fonoides que encontrara acordados à noite, os do Corpo de Bombeiros de Gurleyville. Eles estavam brigando pelo velho caminhão dos bombeiros, mas estavam fazendo muito mais do que isso: estavam falando. Não só fazendo vocalizações vazias que poderiam ser palavras, *falando*. Não era muita coisa, nenhum bate-papo brilhante entre intelectuais, mas mesmo assim uma conversa de verdade. *Vá embora. Você vai. Não, senhor.* E o inesquecível *Meaminhão*. Aqueles dois eram diferentes dos fonoides originais — os fonoides da Era do Esfarrapado —, e Johnny era diferente daqueles dois. Por quê? Porque o worm ainda estava fazendo estragos, porque o Pulso ainda estava em mutação? Provavelmente.

A última coisa que Jordan dissera antes de se despedir de Clay e seguir para norte foi: *Se você instalar uma nova versão do programa em cima da que Johnny e os outros receberam no ponto de conversão, eles podem se entredevorar. Porque é isso que os worms fazem. Eles se entredevoram.*

E então, se a velha programação estiver lá, se tiver sido salva no sistema...

Clay notou que sua mente conturbada se voltava para Alice — Alice, que perdera a mãe, Alice que encontrara uma maneira de ser corajosa transferindo seus medos para um tênis de criança. A umas quatro horas de Gaiten, na rota 156, Tom perguntara a outro grupo de normies se eles gostariam de dividir o local para piquenique, à beira da estrada. *São eles!*, exclamara um dos homens. *É o grupo de Gaiten.* Outro mandara Tom ir para o inferno. Naquele momento, Alice tinha saltado de pé. Saltado de pé e falado: *Pelo menos nós fizemos alguma coisa*, lembrou Clay, olhando para a rua que escurecia. Então ela perguntou: *O que vocês fizeram, porra?*

Então estava ali a resposta que ele procurava, cortesia de uma menina morta. Johnny-Gee não iria melhorar. No fim das contas, Clay só tinha duas alternativas: continuar na mesma situação ou tentar mudá-la enquanto havia tempo. Se é que havia.

Clay usou uma lanterna a pilha para iluminar o caminho até o quarto. A porta do armário estava entreaberta, e ele conseguia ver o rosto de Johnny. Adormecido, com a bochecha em uma das mãos, o cabelo embaraçado em cima da testa, lembrava muito o garoto cujo rosto Clay cobrira de beijos antes de partir para Boston com seu portfólio do *Dark Wanderer*, mil anos atrás. Um pouco mais magro; afora isso, bonito do mesmo jeito. Apenas quando o filho estava acordado dava para notar as diferenças. A boca caída e os olhos vazios. Os ombros curvados e as mãos pendendo dos braços.

Clay escancarou a porta do armário e se ajoelhou diante do catre. Johnny se agitou um pouco quando a luz da lanterna bateu no seu rosto, mas logo sossegou de volta. Clay não era de rezar, e os acontecimentos das últimas semanas não tinham aumentado muito sua fé em Deus, mas não podia negar que *encontrara* o filho. Por isso, rezou para seja lá o que estivesse ouvindo. Era uma oração curta e ia direto ao ponto: *Santo Antônio, santo Antônio, onde está você?, perdemos uma coisa que não quer aparecer.*

Ele abriu o celular e apertou o botão de LIGA/DESLIGA. O aparelho apitou baixinho. A luz âmbar do mostrador se acendeu. Três barras. Ele hesitou por um instante, mas havia apenas um número que podia arriscar: o que o Esfarrapado e seus amigos tinham discado.

Depois de discar os três dígitos, ele esticou o braço e sacudiu o ombro de Johnny. O menino não queria acordar. Ele gemeu e tentou se afastar, antes de querer virar de lado, mas Clay não deixou.

— Johnny! Johnny-Gee! Acorde!

Ele o sacudiu com mais força e continuou sacudindo, até o menino finalmente abrir os olhos vazios e encará-lo com desconfiança, mas sem curiosidade humana alguma. Era o tipo de olhar de um cachorro maltratado e sempre deixava Clay de coração partido.

Última chance, ele pensou. *Você realmente quer fazer isso? A probabilidade pode ser uma em dez, talvez até menos.*

No entanto, qual tinha sido a probabilidade de encontrar Johnny? E de Johnny abandonar o grupo de Kashwakamak antes da explosão? Uma em mil? Uma em dez mil? Ele conviveria com aquele olhar desconfiado, porém sem curiosidade, à medida que Johnny completasse treze anos, depois quinze e depois vinte e um, para sempre dormindo no armário e cagando no quintal dos fundos?

Pelo menos nós fizemos alguma coisa, dissera Alice Maxwell.

Ele olhou para o mostrador sobre o teclado. Nele, os números 911 se destacavam tão brilhantes e negros quanto um destino anunciado.

Os olhos de Johnny estavam fechando. Clay deu outra sacudidela para manter o filho acordado. Fez isso com a mão esquerda. Com o polegar da direita, apertou o botão CHAMAR do aparelho. Não houve tempo para contar os segundos: a mensagem CHAMANDO na janelinha iluminada mudou para CONECTADO. Quando isso aconteceu, Clayton Riddell não pensou duas vezes.

— Ei, Johnny-Gee — disse ele. — Pra-pra-vo-você.

E apertou o celular contra a orelha do filho.

30 de dezembro de 2004 — 17 de outubro de 2005
Center Lovell, Maine

Chuck Verrill editou o original e fez um ótimo trabalho. Obrigado, Chuck.

Robin Furth fez a pesquisa sobre celulares e forneceu inúmeras teorias sobre o que pode se passar no núcleo da psique humana. As informações corretas são dela; os erros de compreensão são meus. Obrigado, Robin.

Minha esposa leu o primeiro manuscrito e me incentivou. Obrigado, Tabby.

Os moradores de Boston e da Nova Inglaterra notarão que tomei algumas liberdades geográficas. O que posso dizer? Não dá para fugir delas.

Até onde sei, a FEMA não destinou nenhuma verba para equipar torres de transmissão de celulares com geradores reservas, mas devo acrescentar que muitas torres de transmissão possuem geradores reservas para o caso de apagões.

S.K.

1ª EDIÇÃO [2018] 2 reimpressões

ESTA OBRA FOI COMPOSTA PELA ABREU'S SYSTEM EM WHITMAN
E IMPRESSA EM OFSETE PELA GEOGRÁFICA SOBRE PAPEL PÓLEN
DA SUZANO S.A. PARA A EDITORA SCHWARCZ EM JULHO DE 2025

A marca FSC® é a garantia de que a madeira utilizada na fabricação do papel deste livro provém de florestas que foram gerenciadas de maneira ambientalmente correta, socialmente justa e economicamente viável, além de outras fontes de origem controlada.